ALYSON NOËL

Soul Seeker

Lesen erleben

*Buch*

Daire Santos hat ihr Schicksal als Soul Seeker angenommen und damit nicht nur das Leben ihrer Großmutter gerettet, sondern auch deren Seele. Aber der Preis dafür war hoch: Die Erzfeinde der Soul Seeker haben sich nämlich einen Zugang zur Unterwelt verschaffen können. Es ist eine mächtige Familie, deren Mitglieder allesamt magische Kräfte besitzen. Ihr größtes Ziel ist es, die verlorenen Seelen ihrer furchterregendsten Vorfahren zurückzubringen, um ihren Einfluss zu vergrößern. Daire und ihr Freund Dace müssen alles tun, um sie aufzuhalten, damit das Gleichgewicht zwischen Gut und Böse nicht zerstört wird. Diesmal steht allerdings noch mehr auf dem Spiel als nur eine Seele. Denn es geht nicht nur um ihre kleine Stadt Enchantment in New Mexiko, diesmal könnte die ganze Welt von den dunklen Mächten überschattet werden ...

Weitere Informationen zu Alyson Noël
sowie zu lieferbaren Titeln der Autorin
finden Sie am Ende des Buches.

# Alyson Noël
# SOUL SEEKER
## Das Echo des Bösen
### Band 2

Roman

Ins Deutsche übertragen
von Ariane Böckler

**GOLDMANN**

Die Originalausgabe erschien 2012 unter dem Titel
»Echo« bei St. Martin's Press, New York.

Dieses Buch ist auch als E-Book erhältlich.

Verlagsgruppe Random House FSC® N001967
Das FSC®-zertifizierte Papier *München Super* für dieses Buch
liefert Arctic Paper Mochenwangen GmbH.

1. Auflage
Taschenbuchausgabe Juni 2014
Copyright © der Originalausgabe 2012 by Alyson Noël, LLC.
All rights reserved.
Copyright © der deutschsprachigen Ausgabe 2013
by Page & Turner/Wilhelm Goldmann Verlag, München,
in der Verlagsgruppe Random House GmbH
Umschlaggestaltung: UNO Werbeagentur, München
Umschlagmotiv: © FinePic®, München
NG · Herstellung: Str.
Druck und Bindung: GGP Media GmbH, Pößneck
Printed in Germany
ISBN: 978-3-442-48070-8
www.goldmann-verlag.de

Besuchen Sie den Goldmann Verlag im Netz

*Das Rückgrat jeder Schöpfung, das sie stützt wie
ein Pfeiler, ist der Glaube. Enthusiasmus ist nichts:
Er kommt und geht. Aber wenn man glaubt,
werden Wunder wahr.*

Henry Miller

# Prophezeiung

# Eins

## DAIRE

Pferd trägt uns über eine weite Landschaft, während Rabe hoch oben auf seinem Nacken thront. Mit gemessenen Schritten. Sicher. Das Geräusch seiner Hufe, die beim Auftreffen auf der Erde ein sattes Scharren und Knirschen erzeugen, gibt mir immer das Gefühl, dass wir weiterkommen. Fortschritte machen. Obwohl wir bereits seit Wochen auf der Jagd sind, ohne den Feind zu Gesicht bekommen zu haben.

So nenne ich sie – den Feind. Manchmal bezeichne ich sie auch als *Eindringlinge* oder gar *Invasoren*. Und wenn mir nach einem besonders langen Tag auf der Jagd nach schlagkräftigeren Worten zumute ist, nenne ich sie *Todfeinde*.

Doch ich nenne sie nie bei ihrem richtigen Namen.

Ich nenne sie nie die Richters.

Sie mögen untote Richters sein, aber sie sind dennoch Richters, und Paloma hat mich davor gewarnt, Dace von seiner finsteren Abstammung zu unterrichten. Sie hat behauptet, er brauche nicht zu wissen, dass seine Existenz auf Magie der schwärzesten Sorte zurückgeht. Und obwohl ich mir beim Gedanken daran, dass ich eine so schreckliche Tatsache für mich behalte, bestenfalls unaufrichtig und schlimmstenfalls treulos vorkomme, muss ich trotzdem zugeben, dass meine Großmutter recht hat.

Wenn es ihm jemand sagen sollte, dann Chepi, seine Mutter. Doch sie hat bisher geschwiegen.

Ich lockere den Griff um Daces Taille und sehe mich seufzend um. Vor mir erstreckt sich eine mit glänzendem, hohem Gras bestandene Fläche, dessen Halme sich unter Pferds Huftritten biegen. Ein Wäldchen aus hohen Bäumen liegt dahinter und bietet Vögeln, Affen und ein paar Eichhörnchen auf der Suche nach Nüssen Schutz. Angestrengt spähe ich durch das schwindende Licht des Nachmittags – suchend, stets suchend. Doch wie immer gibt es keinen Hinweis auf irgendeine Störung, keinen Hinweis auf ihre Anwesenheit.

*Vielleicht hat die Knochenhüterin sie gefunden?*

Ich klammere mich fest an den Gedanken, er gibt mir ein gutes Gefühl. Ich will ihn nicht loslassen, ganz egal, wie unwahrscheinlich er auch ist. Obwohl ich keinerlei Zweifel daran hege, dass die Königin der Unterwelt mit ihrem Schädelgesicht, ihrem Rock aus Schlangen und ihrer Gewohnheit, Sterne zu verschlingen, sie schnappen, wenn nicht gar auslöschen kann, weiß ich doch ebenso, dass es nicht so einfach werden wird.

Nachdem ich dieses Unheil ausgelöst habe, muss ich es auch wieder in Ordnung bringen.

»Trotzdem kommt es mir sonderbar vor.« Ich presse Dace die Lippen auf den Nacken, sodass meine Worte durch seine dunkle, glänzende Mähne gedämpft werden. »Du weißt schon, der ewige Zyklus von Nacht und Tag. Es erscheint mir zu normal, zu gewöhnlich für einen solch außergewöhnlichen Ort.«

Ich studiere den spätnachmittäglichen Schatten, der uns zu verfolgen scheint. Die unwirkliche, lang gezogene Silhouette eines Raben mit einem spindeldürren Hals und zweier lächerlich großer Menschen, rittlings auf einem Pferd, dessen Beine so lang und dünn sind, dass sie uns allem Anschein nach kaum zu tragen vermögen. Die verzerrte Kontur kündigt den baldigen Anbruch der Nacht an.

Allerdings ist das, was in der Unterwelt als »Nacht« gilt, kaum mehr als ein mattes Dämmern, ganz anders als die tiefdunkle Schwärze des sternenübersäten Nachthimmels von New Mexico, an die ich mich inzwischen gewöhnt habe. Trotzdem freue ich mich über ihr Kommen. Ich bin froh, dass der Tag sich zum Ende neigt.

Ich setze meinen Gedankengang fort. »Ganz zu schweigen davon, dass nirgends eine Sonne zu sehen ist – wie kann das überhaupt sein? Wie kann sie auf- und untergehen, wenn sie gar nicht existiert?«

Dace lacht, und es klingt so tief, so heiser und so verführerisch, dass ich mich immer fester an ihn drücke, bis es nicht mehr enger geht. Ich will mich unbedingt an jede Senke und jede Biegung seines Rückens schmiegen, da er mich ebenso intensiv spüren soll wie ich ihn.

»Oh, es gibt durchaus eine Sonne.« Er dreht den Hals, bis er mich anschauen kann. »Leftfoot hat sie gesehen.« Seine eisblauen Augen sehen in meine und reflektieren mein langes, dunkles Haar, meine hellgrünen Augen und den blassen Teint, bis ich mich abwende, da sein Blick mich schwindelig macht.

»Und du glaubst ihm?« Ich runzele die Stirn, außerstande, den skeptischen Unterton aus meiner Stimme herauszuhalten. Bestimmt ist das nur wieder eine der vielen fantastischen Geschichten, die der alte Medizinmann Dace erzählt hat, als er noch ein Kind war.

»Natürlich.« Dace zuckt die Achseln. »Und wenn wir Glück haben, sehen wir sie vielleicht auch irgendwann.«

Ich reibe die Lippen aneinander und schiebe ihm eine Hand unter den Pulli. Meine Finger sind kalt, seine Haut ist warm, trotzdem zuckt er kein bisschen zusammen, sondern heißt meine Berührung willkommen, indem er sich meiner Handfläche entgegendrängt.

»Das Einzige, was ich momentan sehen möchte, ist …« Ich versuche, mich wieder auf die Aufgabe zu konzentrieren, derentwegen wir hierher aufgebrochen sind, doch der Gedanke verklingt ebenso wie meine Worte.

Offenbar spürt Dace meine Stimmung, denn im nächsten Moment lässt er Pferd wenden. Lenkt ihn zurück über den weiten, grasbewachsenen Abhang, hin zu einem unserer Lieblingsorte.

Ich vergrabe die Knie in seiner Kniekehle. Dabei kämpfe ich gegen den Ansturm von Schuldgefühlen, die mich stets nach einer langen, fruchtlosen Jagd überkommen. Ich habe Paloma versprochen, dass ich sie finde – und vertreibe. Ich habe geschworen, dass ich die Richters aus der Unterwelt werfe, ehe sie dazu kommen, irgendeinen Schaden anzurichten, der auch Mittel- und Oberwelt in Mitleidenschaft ziehen würde.

Ich dachte, es wäre leicht.

Dachte, in einem herrlichen Land voller üppigem Blattwerk und liebevollen Geisttieren würden diese untoten Freaks auf übelste Art und Weise hervorstechen.

War überzeugt, dass Dace und ich sie mit vereinten Kräften locker überwältigen könnten.

Doch jetzt bin ich mir da nicht mehr so sicher.

»Keine Angst«, sagt Dace, und seine Stimme klingt ebenso zuversichtlich wie seine Worte. »Gemeinsam finden wir sie.« Er fängt meinen zweifelnden Blick auf. »Weißt du es denn nicht?«, fügt er hinzu. »Die Liebe besiegt alles.«

*Liebe.*

Mir stockt der Atem, und meine Augen werden weit,

während jede Erwiderung in meiner plötzlich trocken gewordenen Kehle stecken bleibt.

Er zerrt an Pferds Zügeln und bringt ihn dicht vor der verzauberten Quelle zum Stehen, ehe er mir herunterhilft und meine Hände mit seinen umfasst. »Zu früh?«, fragt er, da er mein Schweigen offenbar falsch auslegt.

Ich räuspere mich und möchte ihm gerne sagen, dass es überhaupt nicht zu früh ist. Dass ich es in der ersten Nacht wusste, als er mir in meinen Träumen erschienen ist. Dass ich ihn an jenem Tag gespürt habe, als ich ihm beim Rabbit Hole begegnet bin – den Strom der bedingungslosen Liebe, die zwischen uns fließt.

Ich wünschte, ich könnte es einfach sagen – ihm gestehen, dass es mich zugleich erschreckt und beglückt. Dass von ihm geliebt, aufrichtig geliebt zu werden, das Wundervollste ist, was mir je passiert ist.

Ich sehne mich danach, ihm anzuvertrauen, dass ich mich in seiner Nähe immer fühle, als wäre ich mit Helium gefüllt – als würden meine Füße nicht mehr die Erde berühren.

Wir sind füreinander bestimmt.

Schicksalhaft verbunden.

Doch obwohl ich bereits seit einigen Wochen seine Freundin bin, wurde das Wort *Liebe* soeben zum allerersten Mal ausgesprochen.

Dace wirft mir einen so verträumten Blick zu, dass ich mir sicher bin, er wird sie jetzt sagen – jene drei gar nicht so kleinen Worte –, und ich bereite mich darauf vor, sie auch selbst zu äußern.

Doch er wendet sich einfach stehenden Fußes um und geht auf die sprudelnd heiße Quelle zu, auf deren Oberfläche ein feiner Sprühnebel dampft. Ich bin enttäuscht darüber, dass der Moment ungenutzt verstrichen ist – aber dennoch unerschütterlich von seiner Wahrheit überzeugt.

Wir ziehen uns aus, bis Dace nur noch seine marineblaue Badehose anhat und ich in dem schlichten schwarzen Bikini fröstele, den ich darunter trage. Ich gleite ins Wasser, direkt gefolgt von Dace, wobei mein Herz vor Vorfreude rast, als ich auf die breite Felsbank zuhalte. Ich weiß, dass die Jagd fürs Erste beendet ist – und der Spaß beginnt.

Ich lächele schüchtern. Gebannt vom Anblick seiner starken, breiten Schultern, der glatten, braunen Haut und der Verheißung seiner Hände, die locker seitlich herabhängen. Ich frage mich, ob ich mich je daran gewöhnen werde – an ihn gewöhnen werde. So viele Küsse haben wir schon gewechselt, dennoch kommt es mir jedes Mal, wenn er mir nahe ist, jedes Mal, wenn wir alleine sind, so vor, als wäre es das erste Mal.

Das Wasser reicht uns bis zur Brust, während sich unsere Lippen aufeinanderpressen und miteinander verschmelzen und unser Atem eins wird. Mit den Fingern erkunde ich sein kantiges Kinn, fahre über den Anflug von Bart, der mir zart auf der Haut kratzt, während er mit den Bändern meines Bikinioberteils spielt. Dabei achtet er sorgsam darauf, das Wildlederbeutelchen an meinem Hals nicht zu berühren, da er weiß, dass es die Quelle meiner Kraft birgt oder zumindest eine davon – und dass sein Inhalt nur von Paloma und mir gesehen werden darf.

»Daire ...« Mein Name ist ein Flüstern, rasch gefolgt von einer Spur von Küssen, die er über meinen Hals zieht, über meine Schulter und noch weiter hinab, während ich die Augen schließe und scharf den Atem einsauge. Hin- und hergerissen zwischen dem Reiz seiner Berührung und der Erinnerung an einen schrecklichen Traum, der sich genau in dieser Quelle abspielte – in einem Moment, der diesem sehr ähnlich war.

Ein Traum, in dem sein Bruder in unser Paradies einbrach – und Dace sowohl die Seele stahl wie auch das Leben, während ich nur zusehen konnte.

»Was ist denn?« Er spürt meine veränderte Stimmung und hebt den Blick zu mir.

Doch ich schüttele nur den Kopf und ziehe ihn wieder an mich, da ich keinen Grund sehe, es ihm zu verraten. Keinen Grund, den Augenblick zu zerstören, indem ich Cade erwähne.

Sein Atem geht schneller, als seine Lippen erneut auf meine treffen. Und als er mich auf seinen Schoß hebt, habe ich das vage Gefühl, dass etwas Fremdes, Glitschiges über meinen Fuß gleitet.

Ich versenke mich in den Kuss, entschlossen, es zu ignorieren, ganz egal, was es war. Das hier ist eine heiße Quelle – eine *verzauberte* heiße Quelle, aber dennoch eine heiße Quelle. Wahrscheinlich war es nur ein Blatt oder eine abgefallene Knospe aus dem Baldachin aus Ranken, der sich über uns erstreckt.

Ich konzentriere mich auf das Gefühl seiner Lippen, die sich hart auf mein Fleisch pressen, und drücke mich fest an ihn. Gerade schlinge ich die Beine um seine, als ein zweites glitschiges Objekt an meiner Hüfte vorbeigleitet, ehe es neben mir an die Oberfläche kommt und dabei ein hörbares Ploppen verursacht, bald gefolgt von einem zweiten.

Und einem dritten.

Bis der Chor von Gegenständen, die ploppend an die Oberfläche kommen, uns zwingt, uns voneinander zu lösen. Uns zwingt, den voneinander verklärten Blick freizublinzeln und voller Entsetzen zuzusehen, wie sich die Quelle mit aufgedunsenen, leblosen Fischen mit weit klaffenden Mäulern füllt, die uns aus leeren Augenhöhlen vorwurfsvoll anstarren.

Ehe ich aufschreien kann, reißt mich Dace in seine Arme und zerrt mich aus dem Becken. Er drückt mich fest an seine Brust, während wir beide atemlos und entsetzt auf eine Wahrheit blicken, die sich nicht leugnen lässt.

Die Feinde laufen immer noch frei herum – gesund und munter – und zersetzen die Unterwelt.

Und wenn wir sie nicht bald finden, werden sie auch die anderen Welten zersetzen.

*Zwei*

»Hast du's ihr gesagt?« Dace zeigt auf Palomas blaues Gartentor, als ich in seinen alten Pick-up steige und es mir neben ihm bequem mache.

»Noch nicht.« Ich kaue an der Innenseite meiner Wange und wende den Blick ab. Er grummelt leise und fährt los. Ich interpretiere sein Brummen dahingehend, dass er Folgendes gemeint hat: *Ich weiß ja nicht, ob ich mit deinen Methoden einverstanden bin, aber du hast bestimmt deine Gründe.*

Dace urteilt nicht.

Er ist so nett, freundlich und tolerant, dass er nicht einmal auf die Idee käme.

Er ist die buchstäbliche Verkörperung des *Guten*.

Das Ergebnis einer gespaltenen Seele – er hat die reine Hälfte bekommen –, das Gegenteil seines Zwillings. Dagegen ist meine eher von durchschnittlicher Art und birgt verschiedene Schattierungen von Hell und Dunkel, sodass sie entsprechend den Umständen einmal zum einen und einmal zum anderen neigt.

»Ich wollte ja«, sage ich, wobei meine Stimme zu schrill wird, um überzeugend zu klingen, doch das hält mich nicht auf. »Als du mich abgesetzt hast, hatte sie eine Patientin da – sie empfängt jetzt wieder welche –, und als sie fertig war, habe ich schon geschlafen.«

»Und heute früh?« Er sieht mich mit zuckenden Mundwinkeln an, da er weiß, dass Paloma eine glühende Verfechterin einer vernünftigen Ernährung ist. Es ist so ziemlich das Herzstück ihres Lebensplans, jeden Tag mit einem gesunden Frühstück zu beginnen. Ich hätte dem Thema – beziehungsweise ihr – nur ausweichen können, indem ich mich komplett entziehe. Was ich getan habe, indem ich bis zum allerletzten Moment in meinem Zimmer geblieben und wie eine Wilde zur Tür gestürzt bin, als ich Dace nahen fühlte. Ich hielt nur so lange inne, dass sie mir eines ihrer frisch gebackenen Bio-Blaumais-Muffins in die Hand drücken konnte, ehe ich zu seinem Pick-up lief.

Es gibt keine elegante Ausflucht. Ich bin schuldig im Sinne der Anklage. »Ich war spät dran«, sage ich und werfe ihm einen verstohlenen Seitenblick zu. »Aber offen gestanden war ich wohl einfach noch nicht so weit.«

Er nickt und umfasst das Lenkrad fester, während er über die von tiefen Fahrrinnen durchzogenen Feldwege rumpelt und ich aus dem Fenster schaue. Mir fällt auf, dass die alten Lehmziegelhäuser in der Umgebung nicht mehr so windschief sind wie früher. Dass die vor den Häusern geparkten Autos ein bisschen weniger rostig wirken und die Hühner, die in den Vorgärten umherstolzieren, ein bisschen weniger ausgezehrt aussehen. All das dank Dace und meinem kleinen Triumph in der Unterwelt, als wir die Knochenhüterin überzeugen konnten, all die armen Seelen freizugeben, die die Richters geraubt hatten.

Trotz unseres Erfolgs macht die Stadt ihrem Namen Enchantment – Verzauberung – noch immer alles andere als Ehre. Aber immerhin ist sie ein bisschen weniger trist, als sie es bei meiner Ankunft hier war, und das erachte ich bereits als Fortschritt.

»Wenn du willst, können wir es ihr gemeinsam sagen.« Dace sieht mich an. »Ich muss zwar nach der Schule arbeiten, aber ich kann auch zu spät kommen, wenn dir das was nützt.«

Ich schüttele den Kopf, von seinem Angebot zu gerührt, um zu sprechen. Dace braucht jeden Penny, den er im Rabbit Hole verdient. Wenn er die Miete für die winzige Wohnung in der Stadt, Benzin und Versicherung für seine zwei ramponierten Autos und die kleine Summe, die er Chepi gibt, bezahlt hat, bleibt nicht mehr viel übrig. Unter keinen Umständen lasse ich zu, dass er wegen etwas, das ich längst allein hätte erledigen sollen, einen Verdienstausfall erleidet.

»Ich mache es«, erwidere ich. »Ehrlich. Noch heute. Nach der Schule. Ehe ich wieder in die Unterwelt gehe, sage ich es ihr. Obwohl ich das ziemlich sichere Gefühl habe, dass sie es längst weiß. Paloma weiß alles. Es ist mehr als der sechste Sinn einer *abuela* – sie ist unfassbar scharfsinnig. Bestimmt spricht mein Schweigen lauter, als es irgendwelche Worte könnten.«

»Trotzdem, diese Fische ...« Er verstummt, während sich sein Blick verdüstert. »Ich glaube, ich sollte Leftfoot darauf ansprechen. Und Chepi. Vielleicht können sie helfen?«

Als er seine Mutter erwähnt, ist es an mir, grimmig zu werden. Nachdem sie Dace seine gesamte Kindheit über von der mystischeren Seite seines Lebens abgeschirmt hat, komme ich daher und zerre ihn kopfüber in all den Aufruhr und all die unheimlichen Machenschaften, die dieser Ort zu bieten hat. Damit habe ich mich bei ihr nicht gerade beliebt gemacht.

Doch laut Paloma war es unser Schicksal, dass wir uns begegnen, genau wie es unser Schicksal ist, zusammenzuarbeiten, um die Richters in Schach sowie Unter-, Mittel- und Oberwelt im Gleichgewicht zu halten. Und wenn es erst einmal in Gang gekommen ist, lässt sich das Schicksal nicht mehr aufhalten.

Ich will gerade fragen, ob er sich vielleicht noch einmal überlegen könnte, es Chepi zu erzählen, als er bereits auf den Schulparkplatz einbiegt und neben Audens uraltem Kombi mit den Holzpaneelen zum Stehen kommt. Er dreht das Fenster weit genug herunter, um einen kalten Luftstoß hereinzulassen, während wir zusehen, wie Auden Xotichl aus dem Beifahrersitz hilft und sie zu uns herüberführt. Ihren Blindenstock schwenkt sie dabei vor sich her.

»Xotichl behauptet, es schneit bis Weihnachten, aber ich sage, ausgeschlossen.« Auden schiebt sich das zerzauste goldbraune Haar aus den Augen und grinst. »Wir nehmen sogar Wetten an – seid ihr dabei?«

»Du willst allen Ernstes gegen Xotichl wetten?«, frage ich ungläubig. Xotichl mag blind sein, doch sie ist die hellsichtigste Person, die mir je begegnet ist – nach Paloma jedenfalls.

Auden zuckt die Achseln, legt Xotichl einen Arm um die Schultern und drückt ihr einen Kuss auf die Wange. »Ich müsste es wahrscheinlich besser wissen – gegen sie zu wetten hat noch nie etwas eingebracht –, aber ich bin mir ziemlich sicher, dass sie sich diesmal irrt. In Enchantment hat es seit Jahren nicht mehr geschneit. Seit meiner Kindheit nicht mehr. Und es deutet nichts darauf hin, dass sich das demnächst ändern sollte.«

»Es fühlt sich auf jeden Fall kalt genug an für Schnee.« Mein Atem gefriert zu einem Wölkchen vor meinem Mund, während ich die Handschuhe aus dem Rucksack ziehe und sie überstreife. Dabei denke ich, dass es an der Zeit wäre, meine olivgrüne Armeejacke – die dank einem unseligen Zusammenstoß mit einem gewissen untoten Richter seit

Neuestem an manchen Stellen ein bisschen ramponiert ist – gegen etwas Wetterfesteres einzutauschen. »Ich dachte, es schneit so ziemlich überall hier in der Gegend?«

»Schon«, sagt Auden. »Aber nicht hier. Nicht mehr.«

»Das hat früher einmal gestimmt, aber dieses Jahr ist es anders«, widerspricht Xotichl. Ein wissendes Lächeln lässt ihr schönes, herzförmiges Gesicht aufleuchten, während ihre blaugrauen Augen sich in meine ungefähre Richtung drehen.

»Du spürst Schneeenergie?« Ich schlinge mir gegen die Kälte die Arme um die Taille, während ich mich von dem Pick-up löse und mich zu ihnen stelle.

»Ich spüre auf jeden Fall etwas.« Xotichl spricht leise und schleppend. Ganz eindeutig genießt sie ihr Geheimnis.

»Also?« Auden sieht mich an.

Ich blicke zwischen ihnen hin und her und antworte ihm, ohne zu zögern. »Tut mir leid, Auden, aber ich werde wohl so gut wie immer auf Xotichl setzen.«

Auden wirft mir einen bedauernden Blick zu und wendet sich an Dace. »Und du?«

Dace nimmt solidarisch meine Hand und sieht mich mit seinen eisblauen Augen an. »Und ich setze so gut wie immer auf Daire.«

Auden wendet sich seufzend zu Lita, Jacy und Crickett um, die uns von der anderen Seite des Parkplatzes aus etwas zurufen. »Irgendwie heißen sie bei mir immer noch die ›Fiese Front‹. Ich muss jetzt doch mal unseren Facebook-Status zu ›Freunde‹ updaten.« Grinsend schüttelt er den Kopf. »Was meinst du, soll ich sie überhaupt fragen?«

»Nur wenn du die Ablehnung verkraftest.« Xotichl lacht, während wir unseren Kreis erweitern, um sie aufzunehmen.

»Was ist denn so lustig? Hab ich was verpasst?« Lita wirft

sich das Haar über die Schulter und lässt es in dunklen Wellen über ihren Rücken fallen, während ihre Augen – nach wie vor dick geschminkt, aber seit Jennikas professioneller Make-up-Beratung wesentlich besser – ängstliche Blicke aussenden. Sie hasst es, von irgendetwas ausgeschlossen zu werden, ganz egal, wie banal es auch sein mag.

»Weiße Weihnachten. Ist das möglich? Ja oder nein?« Auden kommt gleich auf den Punkt.

»Ja. Ich stimme definitiv für ja.« Lita klatscht zur Betonung in ihre behandschuhten Hände, während die anderen zustimmend nicken. »Allerdings braucht es dazu schon ein echtes Wunder. Das letzte Mal, als es geschneit hat, war ich ungefähr sechs. Aber andererseits ist ja gerade Saison für Wunder, nicht wahr?«

Sie wippt auf ihren Fußspitzen und vergräbt die Hände unter den Achseln, um so die Kälte abzuwehren. Das Läuten der Schulglocke veranlasst Auden, Xotichl einen Abschiedskuss zu geben, damit er losziehen und mit seiner Band proben kann, während wir anderen aufs Schulgebäude zugehen. An meinem Spind mache ich halt, um ein paar Bücher abzulegen, damit ich nicht so schwer zu tragen habe.

Lita drückt sich neben mir herum und sieht mit missmutigem Schweigen zu, wie mir Dace einen Kuss auf die Wange drückt und einen Treffpunkt für die Pause mit mir ausmacht, ehe er in seine Klasse geht. Sie wartet, bis er außer Hörweite ist, dann streckt sie mir hastig eine Hand hin. »Schnell. Nimm schon. Bevor wir deinetwegen noch alle beide zu spät kommen.«

Ich starre auf den gefalteten Zettel zwischen ihren Fingern. Gerade will ich sie daran erinnern, dass sie aus freien Stücken hier neben mir steht – ihre Verspätung also allein ihre eigene Schuld ist –, doch dann schlucke ich den Satz ganz schnell hinunter. Mit Lita befreundet zu sein heißt, dass man nicht nur lernen muss, die Hälfte dessen, was sie sagt, zu ignorieren, sondern auch nie zu vergessen, dass tief im Inneren ihr Herz zum größten Teil gut ist.

»Weihnachtswichteln«, erklärt sie, während ich den Zettel auseinanderfalte und verwirrt blinzele. Ihre Stimme konkurriert mit dem Geräusch ihres Stiefels, der hart und schnell gegen den Fliesenboden schlägt. »Gestern, als wir in der Mittagspause Namen gezogen haben, habe ich Dace gekriegt. Und ich dachte mir, du willst sicher tauschen, da ihr ja zusammen seid und so. Außerdem käme es mir extrem seltsam vor, ein Geschenk für ihn zu kaufen, nachdem ich mit seinem Zwillingsbruder Schluss gemacht habe.«

Ich nicke zustimmend, da ich weiß, dass es mir wesentlich leichterfallen wird, etwas zu finden, das Dace gefällt und unter unser Zwanzig-Dollar-Limit fällt, als für die Person, deren Namen ich ursprünglich gezogen habe. Als ich ihre erwartungsvolle Miene sehe, sage ich: »Allerdings weiß ich nicht, ob das funktioniert – ich habe dich gezogen.«

Litas Augen leuchten auf. Unübersehbar begeistert von der Idee, sich selbst etwas zu kaufen, wendet sie sich rasch zum Gehen. »Keine Sorge. Mir fällt schon was ein.«

Sie eilt den Flur entlang, wobei das Geräusch ihrer klackenden Stiefel meine Stimme beinahe übertönt, als ich ihr nachrufe.

Sie bleibt stehen und sieht sich mit ungeduldiger Miene um.

»Apropos – hast du Cade gesehen oder mit ihm gesprochen?«

Sie verdreht die Augen und lächelt selbstgefällig. »Soll das ein Witz sein? Er ist komplett abgetaucht. Völlig außer Reichweite. Wahrscheinlich leckt er seine Wunden und pflegt sein armes gebrochenes Herz. Wenn ich gewusst hätte, wie sagenhaft sich das anfühlen und wie leicht es sein würde, es zu brechen, hätte ich es schon vor Jahren getan.«

Sie schickt ihren Worten ein Lachen hinterher. Es klingt so leicht, so glücklich und so selbstzufrieden, dass ich wünschte, ich könnte es ihr so ohne Weiteres abkaufen. Wünschte, ich könnte an ihre Theorie glauben, dass Cade einfach unter dem unerwarteten Schlag gegen sein Ego litte, zum ersten Mal in seinem Leben von einem hübschen Mädchen abgewiesen zu werden. Dann wirbelt sie herum und rast den Korridor hinab, wobei ihr Haar wie ein Schleier hinter ihr herfliegt, ehe sie ihre Klasse betritt. Sie lässt mich vor meinem Spind stehen, als es zum zweiten Mal läutet, was mich offiziell als Zuspätkommende brandmarkt.

Ich sehe mich in alle Richtungen um, mustere den stillen, leeren Korridor, während ich mir meine Tasche über die Schulter schlinge und denselben Weg zurückgehe, den ich gekommen bin. Eilig rase ich an dem Wachmann mit seinen empörten Ermahnungen vorbei, trete in die eisige Morgenluft hinaus und mache mich auf den Weg zurück zu Paloma.

## *Drei*

Paloma geht durch ihre warme, gemütliche Küche und zieht ihre abgenutzte, himmelblaue Strickjacke enger über eines der akkurat gebügelten Hauskleider, die sie am liebsten trägt. Sie ist nicht im Geringsten erstaunt über meine plötzliche Rückkehr.

Ihre braunen Augen leuchten, und ihr dunkler Zopf mit den Silberfäden darin schlängelt sich ihren Rücken hinab, sodass sie völlig unverändert wirkt. Doch bei näherem Hinsehen bemerkt man, dass ihre Bewegungen langsamer sind – nicht mehr so flink. Vor allem im Vergleich mit der unverwechselbaren Aura von Entschlossenheit und Kraft, die sie an jenem Abend demonstrierte, als ich vor wenigen Monaten zum ersten Mal vor ihrer Tür stand. Kurz nach meinem Zusammenbruch auf diesem Platz in Marokko.

Damals, als ich von entsetzlichen Halluzinationen von leuchtenden Gestalten und Krähen geplagt wurde – und eine Zukunft in der Gummizelle vor mir sah.

Paloma hat mich gerettet. Vor diesem schrecklichen Schicksal bewahrt. Nur um mich stattdessen mit einer derart befremdlichen Wahrheit zu konfrontieren, dass ich mein Möglichstes tat, um ihr zu entkommen.

Aber sie wusste eben etwas, was die Ärzte nicht wussten.

Ich war nicht verrückt.

Wurde nicht von Halluzinationen geplagt.

Die Krähen und die leuchtenden Gestalten – das ist alles

real. Und ich war bei Weitem nicht die Erste, die diese Erfahrung machen musste. Jeder Suchende bekommt seinen Ruf – ich war einfach an der Reihe.

Es ist das Familienerbe der Familie Santos. Das Geburtsrecht, das seit unzähligen Generationen von einem Elternteil zum erstgeborenen Kind weitergegeben wird. Die ersten sechzehn Jahre schlummert es nur – doch wenn es dann zum Ausbruch kommt, steht die ganze Welt auf dem Kopf. Und selbst wenn es verlockend erscheint davonzulaufen, ist es doch besser, wenn man akzeptiert, dass das Schicksal einem kaum eine Wahl lässt. Für diejenigen, die das zu leugnen suchen, endet es nie gut.

Mein Vater Django ist das beste Beispiel dafür.

Sein tragischer, allzu früher Tod hat Paloma nur noch entschlossener gemacht, mich zu retten. Als Letzte der Familie bin ich die Einzige, die die Richters aufhalten kann. Doch nachdem meine Ausbildung aufgrund von Palomas kürzlich akut gewordener Erkrankung abgebrochen wurde, bin ich der Aufgabe kaum gewachsen.

Mühsam stellt sie sich auf die Zehenspitzen und streckt den Arm aus, um zwei Becher aus dem Hängeschrank zu nehmen. Ihre Glieder wirken steif und ungelenk. Als müssten die Gelenke dringend geölt werden, damit sie sich wieder mühelos bewegen kann. Der Anblick dient mir als bittere Erinnerung an ihren jüngst erfolgten Seelenverlust, der ihr all ihre Zauberkräfte und fast das Leben selbst geraubt hat – einer der zahlreichen Gründe, warum ich Cade und seine untoten Vorfahren finden muss, bevor alles noch schlimmer wird.

Ich schließe die Augen und hole tief Luft. Dabei fülle ich meinen Kopf mit den konkurrierenden Aromen von würzigem Kräutertee, den frisch gebackenen Ingwerplätzchen und dem rauchigen Duft der vertikal aufgestapelten Scheite vom Mesquitebaum, die im Kamin in der Ecke verbrennen. Ihr melodisches Knistern und Knacken steuert einen seltsam beruhigenden Hintergrundton zu den schlechten Nachrichten bei, die jetzt kommen.

»*Nieta.*« Sie stellt eine dampfende Teetasse vor mich hin und setzt sich auf den Stuhl gegenüber.

Ich wärme mir die Hände, indem ich den Becher auf beiden Seiten umfasse. Dann blase ich auf die Flüssigkeit und nehme vorsichtig einen ersten Schluck. Ich hebe den Blick zu meiner Großmutter. »Noch immer keine Spur von ihnen«, sage ich.

Sie nickt und bemüht sich nach Kräften, eine stoische, unveränderte Miene zu wahren.

»Obwohl das eigentlich nicht ganz stimmt ...« Meine Stimme ist ebenso unsicher wie mein Blick. Ich ermahne mich selbst, dass ich es tun kann, dass ich es tun muss. Zumindest schulde ich ihr die Wahrheit. Ich räuspere mich und beginne erneut. »Was ich meine, ist, dass wir sie zwar nicht aufgespürt haben, aber es gibt untrügliche Anzeichen für ihre Anwesenheit ...« Ich beschreibe die Flut von toten Fischen, die wir in der verzauberten Quelle gefunden haben – wobei ich bewusst verschweige, was wir überhaupt dort zu suchen hatten –, doch abgesehen davon, dass sie an ihren Ärmeln herumzupft, bleibt sie ganz ruhig sitzen und lässt sich nichts anmerken. »Und es gibt absolut keine Spur von Cade. Er war nicht in der Schule – und auch nicht im Rabbit Hole. Niemand hat ihn gesehen, und ich weiß langsam nicht mehr, was ich tun und wo ich noch Ausschau halten soll.«

Mein Blick sucht den von Paloma, in der Hoffnung auf Orientierung, Antworten, irgendetwas. Doch sie nickt nur, statt etwas zu sagen, und bedeutet mir mit Gesten, meinen

Tee auszutrinken und eines ihrer köstlichen Ingwerplätzchen zu essen. Schließlich erhebt sie sich vom Tisch und führt mich in mein Zimmer. Dort setzt sie sich auf meine Bettkante und weist mich an, die schöne, handbemalte Truhe zu öffnen, die sie mir an dem Abend hingestellt hat, als sie krank wurde.

Ich öffne das Schloss und betrachte den Inhalt. Mein Herz rast angesichts der Erwartung, welche Art von Zauber sie mit mir zu teilen bereit ist. Es ist schon Wochen her, seit sie mich gelehrt hat, mit den Eidechsen zu kriechen und mit den Vögeln zu fliegen – meine Energie mit ihrer zu verschmelzen, bis ich ihre Erfahrung als meine eigene erlebt habe. Und ich muss zugeben, dass ich unsere Lehrstunden vermisst habe. Wie auch unsere Gespräche und die Zeit, die wir zusammen verbracht haben.

Abgesehen davon, dass sie mir Essen kocht und sich um mich kümmert – trotz meiner Proteste, dass das wirklich nicht nötig ist, da ich dank meiner Mutter und meines nomadischen Lebensstils schon von Kindesbeinen an für mich selbst sorgen kann –, hat sie sich in den letzten paar Wochen vornehmlich ausgeruht. Und trotz Leftfoots Versicherungen, dass sie sich bald wieder erholen wird, hatte ich bis jetzt keinen triftigen Grund, ihm zu glauben.

Palomas Bereitschaft, meine Ausbildung als Suchende wiederaufzunehmen, ist das erste greifbare Zeichen dafür, dass sie vielleicht wirklich allmählich gesundet. Und selbst wenn kein Zweifel daran besteht, dass es nie wieder so werden wird, wie es einmal war, spricht doch nichts dagegen, dass wir trotz allem Fortschritte machen können.

»Die Decke.« Sie zeigt auf die aufwendig gemusterte, handgewebte Decke, die ordentlich gefaltet ganz unten liegt. »Breite sie vor dir aus und leg alle Gegenstände darauf.«

Also platziere ich die schwarz-weiße, handbemalte Wildlederrassel neben die Trommel, auf der ein Bild eines Raben mit violetten Augen prangt. Dann beginne ich eine neue Reihe nur für Federn. Jede von ihnen trägt einen Anhänger, der ihren jeweiligen Anwendungsbereich benennt – die Schwanenfeder für Verwandlungskräfte, eine Rabenfeder für Zauberkräfte und eine Adlerfeder fürs Versenden von Gebeten. Und direkt darunter lege ich das Pendel mit dem kleinen Stück Amethyst am Ende. Die Truhe ist jetzt leer, bis auf die kurze, prägnante Notiz von Paloma, die mir in ihrer akkuraten Schrift verspricht, mir eines Tages die Magie zu zeigen, die in all diesen Werkzeugen lebt – eines Tages, der, wie ich allmählich fürchtete, nie kommen würde.

Ich nehme die schwarze Feder und schwenke sie vor mir hin und her. Dabei denke ich, dass sie der in meinem Beutel ziemlich ähnlich sieht, sie ist nur größer, viel größer.

»Als dein Geisttier ist Rabe stets bereit, dich zu führen. Hast du ihn schon angerufen, *nieta*?«

»Andauernd.« Ich zucke die Achseln, und meine Stimme klingt so düster, wie ich mich fühle. »Doch in letzter Zeit kommt es mir so vor, als würde er eher folgen als führen. Er sitzt nur auf Pferds Nacken, wie ein zufälliger Begleiter, während Dace und ich reichlich ziellos umherziehen.«

»Und Pferd?« Sie richtet sich auf und mustert mich aus schmalen Augen.

»Genauso. Wenn Dace ihn nicht antreiben würde, würde er die ganze Zeit nur grasen. Es ist eher so, dass sie, je mehr wir sie brauchen, umso träger werden, bis sie kaum noch kooperieren. Und irgendwie wird es jeden Tag schlimmer.«

Paloma wird blass, während ihre Augen erschrocken aufleuchten. Der Effekt hält allerdings nur einen Moment lang an, dann findet sie ihre gewohnte Ruhe und Gelassenheit wieder – entschlossen, die Sorgen zu verbergen, die sie plagen.

Doch jetzt, da ich es gesehen habe, habe ich nicht vor, es auf sich beruhen zu lassen. Wenn Paloma bereit ist, meine Ausbildung wiederaufzunehmen, dann muss sie ehrlich sein und mit der Geheimnistuerei aufhören. Falls das stimmt, was sie sagt, nämlich dass ich als Suchende die letzte verbliebene Hoffnung bin, dann bringt sie nur alle anderen in Gefahr, wenn sie mich vor der Wahrheit schützt.

»Paloma«, sage ich beschwörend. »Du musst ehrlich zu mir sein. Du musst mir die Wahrheit sagen, egal, wie hässlich sie ist. Als du mir erklärt hast, dass eine Suchende lernen muss, im Dunkeln zu sehen und sich auf das zu verlassen, was sie tief in ihrem Herzen weiß – da dachte ich, du hättest das metaphorisch gemeint. Aber in letzter Zeit bekomme ich immer mehr das Gefühl, als würden Dace und ich nur im Dunkeln herumstochern, und da würde es uns sehr weiterhelfen, wenn du ein bisschen Licht in das Ganze bringen könntest. Ehrlich, *abuela*, ich bin bereit. Du brauchst mich nicht zu beschützen.«

Sie hebt das Kinn und holt tief Atem. Mit ihren zarten Fingern streicht sie die Falten in ihrem Baumwollkleid glatt. »Deiner Schilderung zufolge muss Rabe wohl verdorben, korrumpiert worden sein. Und Pferd auch. Und auch wenn sie vielleicht nicht gegen dich arbeiten, so arbeiten sie doch auch nicht wirklich für dich. Das alles bedeutet, dass wir uns für Wissen und Orientierung auf andere Quellen stützen müssen, bis wir die Richters aus der Unterwelt vertrieben und alles wieder ins gewohnte Gleichgewicht gebracht haben.« Sie seufzt leicht. »Ich hatte so etwas schon befürchtet«, fügt sie hinzu. »Und glaub mir, *nieta*, die toten Fische sind erst der Anfang. Wenn wir sie nicht bald aufhalten, dauert es nicht lange, ehe die Auswirkungen auch in der Mittel- und der Oberwelt zu verspüren sind. Jede Welt hängt von der anderen ab. Wenn die eine zersetzt wird, stürzen auch die anderen ins Chaos, und das ist genau das, was Cade will. Wenn die Geisttiere nicht mehr in der Lage sind, uns zu führen und zu beschützen, bekommt er freie Hand und kann schalten und walten, wie es ihm gefällt.«

Instinktiv greife ich nach dem weichen Wildlederbeutelchen an meinem Hals. Ich taste nach der Form des kleinen Steinraben und der schwarzen Rabenfeder, die Anfang und Ende meiner Visionssuche markiert hat. Gegenstände, die ich einst als heilig betrachtete, als die Hauptquelle meiner Kraft, doch jetzt bin ich mir da nicht mehr so sicher. Wurden sie genauso verdorben wie mein Leittier, Rabe?

»Soll ich das dann nicht mehr tragen?«, frage ich verblüfft von der Panik, die sich in meine Stimme geschlichen hat. Ich habe mich so daran gewöhnt, das Wildlederbeutelchen um den Hals hängen zu haben, dass ich mir gar nicht mehr vorstellen kann, ohne es zu sein.

Paloma zeigt auf die Decke. »Fragen wir doch das Pendel.« Sie kommt zu mir herunter auf den Boden, und so sitzen wir im Schneidersitz nebeneinander. Unsere Knie berühren einander beinahe, während ich das Pendel von meiner Fingerspitze schwingen lasse, bis es von selbst stillhält. »Das Pendel ist ein sehr mächtiges Weissagungsinstrument. Aber lass dich nicht beirren, *nieta*. Auch wenn man es leicht als Magie bezeichnen könnte, kommen die Antworten, die es liefert, von einem Ort tief in deinem Inneren.«

Ich blinzele und weiß nicht genau, ob ich sie verstanden habe.

»Das Pendel stimmt sich bloß auf dein eigenes höheres Bewusstsein ein und bringt die Antworten zum Vorschein, die du bereits kennst, zu denen du aber möglicherweise keinen unmittelbaren Zugang hast.«

»Willst du damit sagen, dass es durch die Dunkelheit blickt und das findet, was ich in meinem Herzen bereits weiß?«

»Genau.« Sie erwidert mein Grinsen und schickt ein leises Lachen hinterher, das auf der Stelle das ganze Zimmer heiterer macht. »Oft verheddern wir uns dermaßen in Abwägungen und Entschlusslosigkeit, dass wir keinen Zugang mehr zu der Wahrheit finden, die in uns lebt. Dann kommt das Pendel zum Zug. Es hilft dir, durch den Wirrwarr zum Kern der Sache vorzudringen.«

»Also, wie fangen wir an?« Ich starre auf den Kristall, begierig darauf, endlich mit der langen Liste von Fragen zu beginnen, die sich in meinem Kopf türmen.

»Zuerst möchte ich, dass du die Augen schließt und dir vorstellst, von Licht umgeben zu sein.«

Ich tue nichts dergleichen und verziehe nur den Mund, da ich die Stichhaltigkeit des Ganzen anzweifele.

»Wann immer du eine Weissagung vornimmst, selbst wenn du lediglich die Antworten tief in deinem Inneren ergründest, musst du dich schützen.«

»Wovor genau muss ich mich schützen?« Ich runzele die Stirn, da ich nicht weiß, worauf sie hinauswill.

»Vor dunklen Wesen. Niedrigeren Geistformen.« Sie fixiert mich mit ihrem Blick. »Du siehst sie vielleicht nicht, aber sie lauern immer in der Nähe, sie sind allgegenwärtig. Sie finden sich in jeder Dimension der Mittelwelt und leben von der Energie anderer. Deshalb musst du immer gut aufpassen, dich vor ihnen zu wappnen, und ihnen keine Gelegenheit geben, sich an dich zu hängen. Sie können großen Schaden verursachen und nutzen jede Bresche, die du ihnen bietest. Also bieten wir ihnen lieber keine, okay?«

Mehr brauche ich nicht, um die Augen fest zu schließen und mir mich selbst umgeben von einer strahlend weißen Lichtwolke vorzustellen.

»Gut.« Ihre Stimme klingt weich, erfreut. »Jetzt müssen wir entscheiden, welche Richtung ein Nein als Antwort bedeutet und welche ein Ja. Wir fangen am besten damit an, dass wir ein paar einfache Fragen stellen, auf die wir die Antwort bereits kennen, und warten ab, wie es reagiert.«

Ich senke den Blick, mustere eindringlich den kleinen Amethysten, der in die Spitze des Pendels eingelassen ist, und versuche, einen ernsthaften Tonfall zu wahren. »Ist mein Name Daire Lyons-Santos?« Verblüfft sehe ich zu, wie das Pendel von selbst zu schwingen beginnt. Zuerst bewegt es sich langsam vor und zurück, doch es dauert nicht lange, bis es einen Kreis im Uhrzeigersinn zu beschreiben beginnt, obwohl sich meine Finger nicht geregt haben.

»Ich glaube, wir können davon ausgehen, dass im Uhrzeigersinn Ja heißt.« Ich schaue zu Paloma, die bestätigend nickt.

»Das Pendel müsste von selbst langsamer werden, dann darfst du es zum kompletten Stillstand bringen, ehe du ihm eine Frage stellst, von der du weißt, dass die Antwort darauf nein lauten wird.«

Ich konzentriere mich auf das Pendel. Sogleich bin ich derart überwältigt von Freude darüber, dass ich wieder mit Paloma üben und mich der Magie nähern darf, die zum Greifen nahe ist, dass ich beschließe, dem Pendel eine Frage zu stellen, die nicht nur zu einem deutlichen Nein führen wird, sondern mich schon zum Lachen bringt, als ich sie ausspreche. »Pendel, sage mir: Bin ich in Cade Richter verliebt?«

Ich presse die Lippen aufeinander, um mir ein Grinsen zu verkneifen, doch es ist zwecklos. Es ist einfach zu lächerlich. Außerdem hat mich Paloma aufgefordert, eine Frage zu stellen, die zu einem unmissverständlichen Nein führen wird, und die Frage, ob ich in Cade verliebt bin, entspricht dem genau.

Ich starre das Pendel an, und meine Erheiterung verwandelt sich rasch in Verwirrung, als es erneut beginnt, im Uhrzeigersinn zu schwingen. Zuerst in trägen Schleifen, doch dann immer schneller, bis der Amethyst in schwindelerregendem Tempo herumsaust.

Um ihn ein für alle Mal zum Stehen zu bringen, grapsche ich unsanft nach ihm. Ich drücke ihn so fest, dass seine scharf geschliffene Spitze sich in meine Fingerkuppe bohrt und ein dünnes Blutrinnsal herauslaufen lässt. »Es funktioniert eben doch nicht«, sage ich, wobei meine Stimme verrät, dass ich meinen Worten selbst nicht traue. »Entweder das, oder es hat keinen Humor oder es will mir eine Lektion erteilen …«

Mein Redefluss wird von Paloma unterbrochen. »Das Pendel hat nur einen Zweck – die Wahrheit zu offenbaren, die in dir wohnt. Das ist alles, *nieta*.«

Ich ziehe eine finstere Miene und finde das nicht witzig.

»Du darfst nie vergessen, dass Dace und Cade eine gespaltene Seele sind, also zwei Hälften eines Ganzen.« Ihre Stimme ist so sanft wie die Hand, die sie mir aufs Knie gelegt hat.

»Ja, aber zwei ganz verschiedene Hälften«, fauche ich, die Worte so scharf und bitter, wie mir momentan zumute ist. »Dace ist gut – Cade ist böse. Dace …« Ich halte inne, noch nicht bereit, das L-Wort jetzt schon auszusprechen, obwohl mir ja Paloma selbst gesagt hat, dass wir füreinander bestimmt seien. Ich setze neu an. »Dace habe ich unheimlich gern – Cade hasse ich.«

Ich lasse das Pendel aufs Bett fallen und wische mir den Finger am Hosenbein ab, wo er eine dünne rote Spur hinterlässt. Dann greife ich zu den aufgereihten Federn, wähle die des Adlers, mit der man Gebete senden kann, begierig darauf, das Training fortzusetzen.

»Also, wie funktioniert das?« Ich schwenke die Feder vor mir. Will das Debakel mit dem Pendel hinter mir lassen und blicke verdrossen drein, als Paloma mir die Feder abnimmt und mir erneut das Pendel in die Hand drückt.

»Du musst es noch einmal versuchen, *nieta*. Stell diesmal eine andere Frage – eine, die definitiv zu einem Nein führt.«

»Das hab ich doch schon! Was soll das bringen?«, schimpfe ich und bereue augenblicklich meinen barschen Ton. Aber mal im Ernst – worauf will sie eigentlich hinaus? »Glaub mir, in Cade verliebt zu sein ist die lächerlichste Vorstellung überhaupt. Es ist widerlich. Grotesk. Völlig unvorstellbar. Der Stoff für Albträume. Meine persönliche Version der Hölle. Es ist die Definition von einem Nein!«

Grollend schüttele ich den Kopf und knurre leise eine Reihe ärgerlicher Worte vor mich hin, während Paloma geduldig darauf wartet, dass ich mich wieder der Aufgabe widme. Doch das kommt nicht infrage. Ich bin zu verletzt. Zu gekränkt von ihrer Reaktion – dass sie lieber einem dämlichen Pendel glaubt als dem, was ich ganz genau weiß.

Eine Weile bleiben wir so sitzen – Paloma schweigend und ich ein wutschnaubendes Häufchen Elend. Und dann kommt mir der Gedanke, dass sie etwas zurückhält.

»Was verschweigst du mir?« Ich beäuge sie misstrauisch. »Was ist hier los – worum geht es hier wirklich?«

Ich stehe auf, wobei meine Knie dermaßen zittern, dass

ich ums Gleichgewicht ringen muss. »Sag's mir!«, zische ich zwischen zusammengebissenen Zähnen hervor. »Sag's einfach, was immer es ist. Denn ich schwöre dir, was ich denke, ist wesentlich schlimmer, als die Wahrheit es je sein könnte.«

Sie greift nach meiner Hand, nimmt sie fest in ihre und zieht mich wieder zu sich herunter. »Nein, *nieta*«, sagt sie mit so beklommener Stimme, dass ich mich gleich noch schlechter fühle. »Wenn ich eines gelernt habe, dann, dass hier in Enchantment die Wahrheit oft viel schlimmer ist als alles, was man sich in Gedanken ausmalen könnte.«

*Vier*

Ich versuche es noch einmal.

Und noch einmal.

Und danach noch ein paarmal. Doch das Ergebnis bleibt stets dasselbe.

Jedes Mal, wenn ich dem Pendel eine Frage stelle, die ein unmissverständliches Nein ergeben müsste, reagiert es, wie es soll, indem es gegen den Uhrzeigersinn schwingt. Aber jedes Mal, wenn ich die Frage wiederhole, ob ich in Cade verliebt bin, schwingt es in die andere Richtung.

Das Ritual frustriert mich dermaßen, dass ich nicht mehr an mich halten kann. »Paloma, was soll das?«, schimpfe ich, da ich nicht begreife, was es bedeuten könnte, warum das Pendel darauf besteht, mich zu quälen.

Und dann fällt mir etwas ein, was die Knochenhüterin gesagt hat.

Etwas in dem Sinne, dass Dace das Echo sei.

Was Cades spöttische Bemerkung widerspiegelt, die er mir bei unserer letzten Begegnung an den Kopf geworfen hat.

*Du arbeitest seit dem Tag für mich, als du zum ersten Mal diese Träume von meinem Bruder hattest ... du weißt schon, das Echo?*

Ein Echo ist eine Wiederholung.

Ein Spiegelbild.

Eine Figur aus der griechischen Mythologie, die sich

nach Narziss verzehrte, bis nur noch ihre Stimme von ihr übrig war.

Was sollte das mit Dace zu tun haben?

Ich sehe Paloma forschend an, da ich dringend Antworten brauche.

»Sie sind miteinander verbunden, *nieta*. Das ist alles, was ich weiß. Wie tief diese Verbindung reicht, musst du selbst herausfinden. Aber sie ist eindeutig tief genug, dass das Pendel die beiden verwechselt.«

»Das ist unmöglich!«, rufe ich. »Sie sind sich *überhaupt nicht* ähnlich!«

Doch Paloma nickt nur und legt ihre Hand über meine. »Meine Patientin wird bald hier sein. Machen wir mit den Federn weiter, solange noch Zeit ist.«

Als Palomas Patientin eintrifft, mache ich mich auf den Weg nach draußen. Doch als ich an einem Fenster vorbeikomme und einen Blick auf einen dunkel dräuenden Himmel erhasche, kehre ich rasch um und gehe in mein Zimmer, wo ich vor meinem Schrank stehen bleibe und überlege, was ich tun soll.

Sosehr ich die alte Armeejacke liebe, die ich ständig trage – und die ich von der Kostümbildnerin bei einem Blockbuster-Film bekommen habe, an dem Jennika vor zwei Jahren mitgearbeitet hat –, sie ist nicht geeignet für einen Winter in New Mexico. Ich brauche etwas Schwereres, Dickeres, etwas, das mich zuverlässig vor der harten Winterkälte schützt.

Ich betrachte meine mageren Besitztümer, bestehend aus Jeans, Tops, lässigen Stiefeln und nicht viel mehr. Das Wärmste, was ich besitze, ist der schwarze V-Pulli, den ich mir im Duty-Free-Shop am Charles-de-Gaulle-Flughafen auf dem Weg nach Marokko gekauft habe, damit ich im Flugzeug etwas Warmes anzuziehen habe.

Immerhin hat mich das Leben aus dem Koffer gelehrt, meine Habseligkeiten auf ein Minimum zu beschränken. Bücher, Klamotten, Schuhe, Schmuck – alles, was ich nicht mehr brauche, gebe ich entweder weiter oder lasse es liegen. Und da mein letzter Wohnort L. A. war, bin ich in puncto Winter etwas mager ausgerüstet.

Ich trommele mit den Fingern auf meine Hüften, verziehe den Mund und blicke herum, als würde ich damit rechnen, dass aus dem Nichts etwas Neues auftaucht. Dann überlege ich, ob ich vielleicht etwas von Paloma borgen kann, bis ich in einen vernünftigen Kleiderladen komme, obwohl ich bezweifele, dass sie etwas Brauchbares besitzt. Ganz egal, wie tief die Temperaturen auch sinken, ich habe sie noch nie etwas Dickeres tragen sehen als ein Baumwollkleid und eine Strickjacke.

Ich richte den Blick nach oben und mustere den noch unerforschten braunen Pappkarton im obersten Schrankfach. Obwohl ich jetzt schon mehrere Monate in diesem Zimmer wohne, fällt es mir immer noch schwer, es als meines zu betrachten. Irgendwie bin ich es einfach nicht gewohnt, mir Räume anzueignen. Seit ich ein Kind war, waren alle meine Wohnsitze bestenfalls vorläufig. Und obwohl mir Paloma freie Hand dabei lässt, alles Erforderliche zu tun, um das Zimmer zu meinem eigenen zu machen, sind die einzigen Zeichen für meine Existenz ein paar Kleidungsstücke im Schrank, ein kleiner Stoß Socken und Unterwäsche in der großen Kommode und der Laptop, den ich auf den alten, hölzernen Schreibtisch gestellt habe – was allesamt locker in eine Reisetasche passt, wenn es Zeit ist weiterzuziehen.

Dieses Zimmer ist immer noch sehr stark Djangos Zimmer, und so gefällt es mir auch. Dadurch fühle ich mich meinem Vater auf eine Weise nahe, wie ich es bisher noch nie erlebt habe.

Auf der Frisierkommode steht in einem hübschen Silberrahmen ein Bild von ihm, das gemacht wurde, als er sechzehn war, genauso alt wie ich jetzt. Und seine Initialen sind direkt neben meinem Computer in die Tischplatte geritzt – das schroffe D. S. halb so groß wie meine Hand. Selbst der Traumfänger über dem Fensterbrett gehört ihm, also habe ich wohl wie selbstverständlich angenommen, dass der Inhalt der Schachtel oben im Schrank auch ihm gehört. Und bis jetzt hatte ich nicht das Gefühl, ich hätte das Recht herumzuschnüffeln.

Obwohl ich mit meinen eins achtundsechzig nicht gerade klein bin, ist das Regalbrett das entscheidende Stückchen zu hoch für mich, um nach der Schachtel zu greifen, ohne zu riskieren, dass sie mir auf den Kopf knallt. Ich überlege, die handbemalte Kiste, in der sich die Instrumente für meine Arbeit als Suchende befinden, zum Schrank herüberzuzerren, damit ich daraufsteigen und die Schachtel herunterholen kann, doch dann fällt mir etwas Besseres ein.

Ich beschließe, ein wenig von der Magie einzusetzen, die ich geübt habe, die Telekinese, an deren Beherrschung ich noch feilen wollte, und konzentriere mich fest auf die Schachtel. Dabei beachte ich Palomas Ratschlag, vom Ende her zu denken, denn sie behauptet, das sei die zweitwichtigste Zutat der Magie und komme gleich nach der Entschlusskraft.

»Das Universum arbeitet die Einzelheiten aus«, hatte sie gesagt. »Das Wichtigste, was du tun kannst, ist, deine Entschlossenheit zu erklären und dir dann das Ergebnis vorzustellen, als sei es bereits eingetroffen.«

Und statt mir nun vorzustellen, wie sich die Schachtel von dem Regalbrett hebt und sachte zu Boden schwebt, wie ich es früher getan habe, male ich mir aus, wie sie bereits wohlbehalten vor meinen Füßen steht. Prompt muss ich mit ansehen, wie sie sich vom Regalbrett löst und ungebremst auf den Boden kracht. Da muss ich wohl noch ein paar telekinetische Mängel ausbügeln.

Ich spähe zur Tür, in der Hoffnung, dass Paloma den Lärm überhört hat und nicht auf die Idee kommt nachzuforschen. Dann hocke ich mich neben die alte Kiste und öffne sie. Auf der Stelle weht mich ein Muff von Staub und Moder an, gefolgt von einem erdigen Geruch nach Gewürzen, Mesquite und ein paar anderen namenlosen Düften, die ich mittlerweile mit dem Ort hier assoziiere.

Ich krame durch den Inhalt. Schiebe einen selbst gestrickten Pulli beiseite, der mir auf den ersten Blick missfällt, ein altes Karohemd, das fast zu Tode getragen wurde, einen Stapel vergilbte T-Shirts, die einmal weiß waren, bis ich auf eine schwarze Daunenjacke stoße, die vielleicht ein bisschen groß sein könnte, aber für meine Zwecke definitiv ausreicht.

Schon will ich den Karton schließen und wieder nach oben stellen, als mir ganz unten ein Stapel Blätter auffällt, den ich mir noch ansehen will. Ich finde ein altes Schulzeugnis von Django mit Einsern in Spanisch und Sport, einem guten Zweier in Englisch und Dreiern in Geschichte und Naturwissenschaften. Ich lehne mich zurück und streiche über das verknitterte Blatt. Dann schließe ich die Augen und stelle mir vor, wie er damals war – ein gut aussehender Junge mit einer Nase wie der meinen – ein durchschnittlicher Schüler, der eine nicht ganz so durchschnittliche Zukunft vor sich hatte, der er sich nicht zu stellen wagte.

Ich lege das Zeugnis beiseite und stöbere weiter. Ich fühle

mich seltsam schuldig, weil ich herumspioniere, bin aber ebenso begierig nach allem, was ich in die Finger kriege. Ich lese alles. Weitere Schulzeugnisse, Stundenpläne, ein zusammengefalteter Zettel von einem Mädchen namens Maria, die offenbar auf ihn stand, falls man aus den um den Rand herum gemalten Herzchen Schlüsse ziehen darf. Schließlich komme ich zu dem Brief, den er Paloma an dem Tag hinterlassen hat, als er davongelaufen ist, ohne zu ahnen, dass seine Reise tragisch und kurz sein würde. Dass er sich kurz nach seiner Ankunft in Kalifornien in meine Mutter verlieben und sie schwängern würde, nur um noch bevor sie ihm das sagen konnte, auf einer hektischen Stadtautobahn in L. A. bei einem Unfall geköpft zu werden.

Ich hole tief Luft, und meine Hände zittern, während meine Augen über die Zeilen wandern:

*Mama,*
*wenn du das hier liest, bin ich schon lange weg, und auch wenn du versucht sein wirst, mir zu folgen, bitte ich dich, mich ziehen zu lassen.*
*Ich bedauere die Enttäuschung und den Kummer, die ich dir bereitet habe. Ich wollte dir nicht wehtun. Ich kann mich glücklich schätzen, eine so nette, liebevolle und unterstützende Mutter zu haben, und ich hoffe, du begreifst, dass mein Verschwinden nichts mit dir als Person zu tun hat.*
*Die Stadt erstickt mich einfach. Ich halte das nicht mehr aus. Ich muss weit weg von hier – irgendwohin, wo mich niemand kennt.*
*Wo mich die Visionen nicht finden.*
*Du sprichst von Bestimmung und Schicksal – aber ich glaube an den freien Willen.*

*Die Bestimmung, die ich wähle, erfüllt sich an einem weit von hier entfernt gelegenen Ort.*
*Ich melde mich, wenn ich Fuß gefasst habe.*
*Alles Liebe,*
*dein Django*

Ich lese den Brief noch einmal.

Und dann noch einmal.

Und nachdem ich ihn so oft gelesen habe, dass ich nicht mehr mitzählen kann, falte ich ihn ordentlich zusammen, lege ihn zurück in die Schachtel und stelle sie wieder an ihren Platz oben im Schrank.

Dann schlüpfe ich in die alte Daunenjacke meines Vaters und durchsuche die Taschen. Sorgfältig taste ich jeden Saum ab und halte inne, als ich etwas Kleines, Glattes entdecke, das jedoch ein erstaunliches Gewicht hat.

Ich öffne die Faust, und zum Vorschein kommt die kleine Steinskulptur eines Bären, die im selben Stil gehalten ist wie der Rabe in meinem Beutelchen. Der Rabe, der unerklärlicherweise nach meinem ersten Besuch in der Unterwelt modelliert wurde, als ich unterstützt von Palomas Tee auf eine Seelenreise ging. Und jetzt frage ich mich zwangsläufig, ob Bär auf die gleiche Weise zu Django kam.

Ich war immer davon ausgegangen, dass Django, geplagt von den entsetzlichen Visionen, die den Beginn der Berufung jedes Soul Seekers markieren, abgehauen ist, ehe Paloma das Ritual mit ihm vollziehen konnte – doch da bin ich mir jetzt nicht mehr so sicher.

Trotzdem freut es mich, dass ich ein Souvenir von meinem Dad habe, wie klein es auch sein mag. Und so reihe ich es in meine Sammlung von Talismanen ein und denke an das, was Paloma gesagt hat, nachdem das Pendel bestätigt hatte, dass ich das Beutelchen weiterhin um den Hals tragen solle: *Du sollst die Geisttiere nicht verlassen, wenn nicht sie dich aus freien Stücken verlassen haben.*

Ich gehe hinaus in den Garten und spaziere an den verschiedenen Beeten vorüber. Eines für die Kräuter, die Paloma für ihre Arbeit als Heilerin braucht, eines für das biologische Obst und Gemüse, mit dem sie all unsere Mahlzeiten zubereitet. Ich halte inne und mustere das Stück Land, das für ihre Hybridexperimente reserviert ist – wo seltsame, missgestaltete Pflanzen aus der Erde sprießen und ununterbrochen blühen, ganz unabhängig von der Jahreszeit –, bevor ich schließlich am Brunnen und der kleinen Steinbank vorübergehe und zu guter Letzt an Kachinas Stall haltmache.

Als ich meinen Adoptivkater schlafend in der Ecke liegen sehe, schleiche ich mich extra leise näher heran. Doch sowie er meine Anwesenheit spürt, schnellt sein Kopf in die Höhe, er spitzt die Ohren, dann springt er auf die Füße und schießt davon – hüpft über den nächstgelegenen Zaun und verschwindet im Garten der Nachbarn.

»Offenbar hasst Kater mich noch immer.« Ich liebkose Kachinas Nüstern, fahre ihr mit der Hand über die akkurat gestreifte braun-weiße Mähne, während sie zur Begrüßung leise wiehert. »Meinst du, du könntest ein gutes Wort für mich einlegen? Ihn daran erinnern, dass ich diejenige bin, die ihn füttert – dass ich es bin, die ihn gerettet hat?«

Kachina reibt ihre Nase an meiner Seite und drängt mich in Richtung Stalltür – ein sicheres Zeichen dafür, dass sie will, dass ich sie losbinde und mit ihr ausreite. Und auch wenn mir die Idee ebenso gut gefällt wie ihr, fallen mir zwangsläufig all die anderen Dinge ein, die ich stattdessen tun müsste.

Wie zum Beispiel zur Schule zurückkehren, damit meine Verspätung nicht in ein Schwänzen ausartet.

Oder, weit wichtiger noch, in die Unterwelt zurückkehren, damit ich einen Vorsprung auf der Jagd nach den Richters bekomme.

Doch bevor ich mich für das eine oder das andere entscheiden kann, trifft eine SMS von Dace ein:

Hab dich in der Pause vermisst – alles okay?

Ich zögere. Hin- und hergerissen zwischen dem Verlangen, ihn zu sehen, und dem Wissen, dass er, wenn ich ihm auch nur den leisesten Hinweis darauf liefere, dass ich die Jagd fortzusetzen gedenke, nicht nur die Schule, sondern auch noch die Arbeit schwänzen wird, um mir zu helfen. Und das kann ich nicht zulassen. Wenn er sich die Aussicht darauf bewahren will, aufs College zu gehen, dann muss er sowohl einen guten Abschluss schaffen als auch ein regelmäßiges Einkommen haben.

Und so tippe ich meine Antwort ein:

Keine Sorge. Alles bestens. Ich bin bei Paloma. Kommst du heute Abend nach der Arbeit vorbei?

Ich kaue auf meiner Unterlippe herum und warte auf seine Antwort. Ich habe wegen der Lüge ein schlechtes Gewissen – einer Notlüge, aber trotzdem einer Lüge –, während ich mir selbst einrede, dass es nicht anders ging.

Sowie er antwortet und mir versichert, dass er später kommt, zäume ich Kachina auf, steige auf ihren Rücken und lenke sie aus dem Stall. Dann dirigiere ich sie auf den zerfurchten Feldweg und habe nur noch ein Ziel vor Augen.

*Fünf*

Paloma hat mir einmal erzählt, dass es in Enchantment viele Pforten gebe. Sie meinte, es existiere eine Reihe von Portalen, die Zugang zu den Anderwelten gewähren, und dass ich eines Tages lernen würde, sie alle zu unterscheiden.

Doch trotz ihrer Behauptungen habe ich bisher nur drei gefunden. Eines in der Höhle, wo ich meine Visionssuche durchlitten habe, eines in dem Reservat, wo Dace aufgewachsen ist, und eines auf der untersten Ebene des Rabbit Hole.

Da das Portal im Rabbit Hole nicht nur auf Feindesland liegt, sondern auch von Dämonen gut bewacht wird und die Höhle meilenweit entfernt liegt, dirigiere ich Kachina stattdessen in Richtung Reservat. Ich bekomme nicht oft Gelegenheit, die Schule zu schwänzen, also nutze ich diese lieber effektiv und wähle das nächstgelegene Portal.

Wir reiten mehrere Feldwege entlang, wobei Kachina eine langsame, gleichmäßige Gangart vorlegt, bis wir eine weite Graslandschaft erreichen. Ich beuge mich zu ihrem Hals hinab und lasse ihr freien Lauf. Ich genieße das Gefühl, wie sie unter mir dahingaloppiert, während mir der Wind hart gegen die Wangen peitscht, und wünschte, ich könnte mich immer so leicht und frei und so unbeschwert fühlen.

Als wir auf Indianerland kommen, verlangsamt Kachina ihren Schritt. Sie bahnt sich den Weg zu einem Wäldchen aus verkrümmten Wacholderbäumen, deren Äste durch den ständigen Energiewirbel, der den Eingang in unsichtbare Welten markiert, grotesk verdreht sind. Suchend blicke ich mich nach Spuren von den Stammesältesten, Leftfoot oder Chay, um, die ich beide nicht ungern sähe – und von Chepi, der ich lieber aus dem Weg gehen würde. Doch im Reservat herrscht heute völlige Ruhe, und so gleite ich von Kachinas Rücken und streiche ihr über die Stirn. »Du musst nicht warten«, sage ich. »Entweder rufe ich dich, wenn ich dich brauche, oder ich komme irgendwie allein zurück.« Sie schnaubt und bläht die Nüstern, während sie mich zweifelnd ansieht. Das veranlasst mich, ihr leicht den Rumpf zu tätscheln und meine Anweisungen zu wiederholen. »Glaub mir«, versichere ich ihr. »Du willst nicht mitkommen. Die Reise wird unangenehm. Verzieh dich!«

Sie wiehert zur Antwort und trottet rasch davon, während ich mich aufmerksam umblicke, um mich zu vergewissern, dass niemand zusieht. Und dann trete ich zwischen die Bäume und gleite tief in die Erde.

Ich rase durchs Erdreich. Reise durch das Herz der Erde, die Handflächen fest aufs Gesicht gepresst, um mich vor hervorstehenden Baumwurzeln, Würmern und all den anderen glitschigen, schleimigen Dingen zu schützen, die im Finstern lauern. Im Gegensatz zu meinen ersten Reisen in die Unterwelt kämpfe ich nicht mehr dagegen an, da ich mittlerweile begriffen habe, dass ich umso schneller an mein Ziel komme, je weniger Widerstand ich leiste.

Sowie ich den Tunnel hinter mir habe, komme ich schlitternd zum Stehen und senke langsam die Hände, während ich versuche, mich an das Licht zu gewöhnen. Es erstaunt mich nicht im Geringsten, dass ich an einem breiten, weißen Sandstrand gelandet bin – er wird mehr und mehr zu einem meiner verlässlichsten Landeplätze – und dass Rabe nicht bereits da ist und auf mich wartet. Offenbar hatte Paloma recht, als sie sagte, dass er nicht mehr für mich arbeite. Doch die Frage bleibt: Arbeitet er jetzt gegen mich?

Ich wische mir die Erde von den Kleidern und gehe in Richtung Wasser. Dort halte ich Ausschau nach springenden Delfinen, prustenden Walen und all den anderen Tieren, an deren Anblick ich gewöhnt bin. Doch obwohl das Meer so ruhig und einladend wie immer aussieht – zumindest aus der Ferne –, ist keine Spur von Aktivität zu erkennen, keinerlei Anzeichen von Leben. Selbst die üblichen Schwärme von kleinen, silbernen Fischen sind nirgends zu sehen. Das Wasser ist dunkler und trüber als sonst, und als ich einen Finger hineintauche, ist er hinterher vom Fettfilm eines dunklen, schlierigen Schleims bedeckt.

Ich wische den Glibber an meinen Jeans ab und sehe entsetzt zu, wie der Finger schlagartig anschwillt und eine grellrote Färbung annimmt. Das Wasser ist also verschmutzt – und zwar extrem. Womit kein Zweifel mehr daran besteht, dass die gleiche Verschmutzung auch verantwortlich für den Tod der Fische ist, die wir in der heißen Quelle vorgefunden haben, und dass dies Cade Richters Werk ist.

Ich muss mich nur einmal schnell umsehen, schon fühle ich mich klein, machtlos und für die anstehende Aufgabe so mangelhaft gerüstet, dass ich meine Chancen selbst gering einschätze.

Ohne Rabes Führung, ohne Dace an meiner Seite habe ich keine Ahnung, wo ich anfangen soll. Die Unterwelt ist ein riesiges Reich mit vielen Dimensionen und ohne greifbare Begrenzung. Es ist wie die Suche nach einer Nadel im Heuhaufen.

Ich greife nach meinem Wildlederbeutelchen und umschließe es fest mit den Fingern. In der Hoffnung, dass das Pendel recht hatte und ich es wirklich guten Glaubens weitertragen sollte, sende ich eine stille Bitte um Hilfe aus. Ich appelliere an die Elemente, an die Geister meiner Vorfahren – an alle und alles, die bereit sein könnten, mich zu führen. Dann stecke ich den Beutel wieder weg und gehe los, ohne eine klare Richtung im Sinn, aber entschlossen, so viel Strecke wie möglich zu machen.

Obwohl ich eigentlich keine untoten Richters sehe, ist ihre Gegenwart durch das Fehlen von zwitschernden Vögeln und umhertollenden Tieren spürbar. Selbst der Wind, mein Leitelement, der mir sonst so bereitwillig dient, macht sich nur durch sein Fehlen bemerkbar – was die böse dräuende Stille um mich herum verursacht. Dazu wird die Umgebung mit jedem Schritt trister.

Die normalerweise so üppig grünen Wiesen sind nun zu einem Flickenteppich aus Brauntönen verkommen. Die in Gruppen angeordneten hohen Bäume, sonst stets mit dichtem Laub bewachsen, ragen nun nur noch als reine Skelette ihrer früheren Pracht empor. Ihre Stämme sind verbrannt und ausgehöhlt, die übrig gebliebenen Blätter vertrocknet und rissig. Es ist das genaue Gegenteil von allem, was ich erwartet habe.

Ich erwäge, einen Abstecher zur Knochenhüterin zu machen, verwerfe die Idee aber ebenso schnell wieder. Sie mag ja einiges über meine Bestimmung und die von Dace wissen, und vielleicht weiß sie auch ganz genau, was das Echo ist, aber sie hat ebenso deutlich erklärt, dass sie uns lieber verspottet, statt uns zu helfen. Außerdem bezweifele ich, dass es sie auch nur im Geringsten kratzt, wie sich die Gegend hier verändert hat. Ihr Metier sind Knochen, und der Tod ist das Vehikel, das sie zu ihr bringt.

Ich gehe weiter, ziehe eine gefühlte Ewigkeit dahin, bis meine Füße längst von Blasen bedeckt sind und schmerzen und meine Beine vor Erschöpfung zittern.

Ich gehe weiter, bis ich das Gefühl habe, dass ich nicht mehr kann – und dann noch ein bisschen weiter.

Ich halte erst inne, als ich auf einen großen, glatten Felsen stoße, vor dem ich mich niederlasse und das Gesicht in den Händen vergrabe, während ich mich frage, was ich als Nächstes tun soll. Mich frage, wie ich je mein Ziel erreichen soll, wenn ich anscheinend ständig nur im Kreis herumgehe, ohne die geringsten Fortschritte zu machen.

So versunken bin ich in meiner Verzweiflung, dass ich beinahe das Rauschen von über mir flatternden Flügeln überhöre.

Rabe.

Mein Rabe.

Seine violetten Augen glitzern wild, während er über mir einen perfekten Kreis beschreibt.

Ich runzele die Stirn, ungewiss, ob ich ihm trauen kann. Es ist gut möglich, dass er für den Feind arbeitet ... aber andererseits habe ich schließlich um Hilfe gebeten, und vielleicht reagiert er einfach auf meinen Ruf?

Er landet direkt neben mir, und seine violetten Augen leuchten, während er eine Blüte auf meinen Schoß fallen lässt und mit der gebogenen Spitze seines Schnabels drängend gegen sie stupst.

Ich packe sie am Stängel, mustere die samtig schimmernden Blütenblätter und versuche mich zu erinnern, wo ich diese spezielle Blüte schon einmal gesehen habe, als Rabe den Kopf senkt und mich unsanft ins Bein pickt.

Missmutig verziehe ich das Gesicht und schiebe ihn mit dem Knie beiseite. Sehe zu, wie er die Schwingen weit ausbreitet und sich in die Luft erhebt – wo er hartnäckig über meinem Kopf schwebt, bis ich tief Luft hole und nachgebe. Ich rede mir selbst ein, dass es, sogar wenn er mich in irgendeine Falle locken will, immer noch besser ist, als ziellos umherzuwandern. Wenn ich in der Höhle der Richters lande, bekomme ich wenigstens etwas zu tun – etwas, womit ich arbeiten kann. Alles ist besser als das.

Der Gedanke verschwindet in dem Moment, als ich merke, dass er mich zu der verzauberten heißen Quelle geführt hat, an deren Rand nun Dace steht.

Mit einem langen, spitzen Ast, den er von dem Baldachin aus blühenden Ranken darüber abgerissen hat, stochert er im Wasser herum.

Ranken, die dieselbe Art von Blüten tragen, wie mir Rabe eine in den Schoß geworfen hat.

»Warum bist du nicht in der Arbeit?«, frage ich und bewundere einen Moment lang die schlanke Linie seines Rückens.

Er dreht sich um und sieht mich forschend an. »Warum schwänzt du die Schule?«

Mein Blick schießt zu Rabe hinüber, der sich inzwischen gemütlich auf Pferds Nacken eingerichtet hat. Dann gehe ich auf Dace zu. »Irgendwie kam mir das hier wohl wichtiger vor.« Ich greife nach seiner Hand und verschlinge meine Finger mit seinen.

»Bei mir war's genauso.« Er grinst und mustert mich mit seinen eisblauen Augen. Doch schon im nächsten Moment schaut er wieder mit finsterer Miene in die Quelle.

»Noch mehr Fische?«, frage ich. »Oder nicht hoffentlich etwas noch Schlimmeres?«

Er schüttelt den Kopf und stochert noch ein bisschen mit dem Stock im Wasser herum, dann wirft er ihn beiseite.

»Nicht schlimmer, nur seltsam. Soweit ich es beurteilen kann, ist das Wasser vollkommen klar.«

»Aber das ist doch gut, oder?« Ich recke den Hals, und tatsächlich, das Wasser sieht wieder genauso aus wie bei meinem ersten Besuch – sprudelnd, verlockend und frei von toten, aufgeblähten Fischen. Doch ein Blick auf Dace sagt mir, dass er nach wie vor nicht überzeugt ist.

»Sie sind eindeutig weg – aber wohin sind sie verschwunden?«, überlegt er laut.

Ich starre angestrengt in die Quelle. Zum ersten Mal fällt mir auf, dass alles hier heller und üppiger wirkt als all die anderen Male, die wir hier waren. Die Ranken sind elastischer und ihre Blüten fleischiger. Selbst das Wasser glitzert irgendwie intensiver. Die Blasen auf der Oberfläche ähneln zarten Kristallkugeln, die darauf treiben, bis sie platzen und sich erneut bilden.

»Es ist, als wäre die Quelle wiederhergestellt.« Ich blinzele, schaue, blinzele erneut, da ich meinen Augen nicht trauen will. Ich sehe zu Rabe hinüber und frage mich, ob er vielleicht gar nicht so korrumpiert ist, wie ich dachte.

*Ist ein kleiner Teil von ihm vielleicht noch auf meiner Seite?*

*Will er mir zeigen, dass nicht alles so schlimm ist, wie ich glaube?*

»Es ist, als wäre es nie geschehen – als wäre die Quelle nicht vergiftet gewesen. Im Gegensatz zur restlichen Umgebung.«

Dace sieht mich an, von meinem Tonfall alarmiert. »Ich bin sofort hergekommen. Pferd hat mich geführt. Ich hatte überhaupt keine Zeit, mich umzusehen. Ist es schlimm?«

Ich nicke und hoffe, dass mein Blick vermitteln kann, was Worte nicht vermögen. Ich bin erschöpft. Meine Füße schmerzen. Mein Finger ist immer noch grellrot, nur dass er mittlerweile auf doppelte Größe angeschwollen ist. Erneut mustere ich die Quelle und sehne mich danach, kurz darin zu baden. Eine kleine Erfrischung würde mich doch sicherlich genug erquicken, dass ich meine Jagd fortsetzen kann?

Ich knie mich neben das Wasser und will gerade meinen Finger eintauchen, als Dace neben mir in die Hocke geht und meine Hand packt. »Was ist da passiert?«

»Nichts.« Ich reiße mich los. »Ehrlich. Es war nur eine kleine Schramme, aber dann habe ich den Finger ins Meer getaucht, und er ist so wieder herausgekommen. Das Meer ist vergiftet. Es ist entsetzlich. Du musst es mit eigenen Augen gesehen haben, sonst glaubst du es nicht. Aber wenn der Ort hier wirklich verzaubert ist, wenn er wirklich von all der Kontamination ringsum ausgenommen ist, wenn er sich wirklich selbst heilen kann, dann müsste er doch auch imstande sein, mich zu heilen, oder?«

Dace sieht mich an, ist eindeutig nicht überzeugt.

»Schau mal«, sage ich, nicht bereit, mich zu streiten. »Entweder behalte ich einen Finger, oder ich verliere einen Finger. Aber so oder so, ich muss es versuchen.«

Noch ehe er mich aufhalten kann, tauche ich die Hand hinein. Und die Erleichterung, die ich verspüre, ist so überwältigend, dass es nicht lange dauert, bis ich mit meinem ganzen Körper hineingleite.

## Sechs

Ich sinke ganz in das Wasser ein – das wundervolle, warme, seidenweiche Wasser. Dann halte ich, so lange ich kann, den Atem an, spüre intensiv, wie meine Zellen verjüngt und mit neuem Leben erfüllt werden. Die Knoten in meinen Schultern lösen sich, während die nässenden Blasen an meinen Füßen verschrumpeln und die Haut glatt und heil wird, ohne jede Spur einer Verletzung.

Kaum ist meine Verwandlung abgeschlossen, schnelle ich an die Oberfläche – wiederauferstanden, neugeboren. Ich finde Dace dicht an meiner Seite; seine eisblauen Augen glitzern, und sein Lächeln strahlt wie ein Leuchtfeuer und zieht mich in seine Arme.

Er bedeckt meinen Mund mit seinem – unsere Lippen prallen aufeinander, schmecken und forschen, und unsere Zungen wirbeln und tanzen, verlieren und finden sich immer wieder aufs Neue. Unsere Körper verschmelzen, schmiegen sich ineinander, während seine Hände mein Fleisch suchen und überall Lustwallungen auslösen. Er macht sich ein winziges Stück von mir los und presst seine Stirn gegen meine. Sein Blick ist von einem Verlangen erfüllt, das sich mit meinem messen kann.

Ich atme schneller und drücke mich an ihn, begierig, ihn erneut in einen Kuss zu ziehen. Doch Dace hält mich fest und beginnt mit bedeutungsschwerer Stimme zu sprechen. »Daire – ich liebe dich.« Seine Lider werden schmal, und sein Kiefer verspannt sich, während er mein Gesicht erforscht und auf meine Reaktion wartet.

Und dann werden seine Züge weich vor Erleichterung, als ich sage: »Und ich liebe dich.« Ich bin erstaunt, wie leicht mir die Worte von der Zunge gegangen sind. Es war sogar wesentlich leichter, als ich gedacht hatte. Die große, massive Mauer, die ich mir in langen Jahren aufgebaut habe, um mich vor Augenblicken wie diesem zu wappnen, ist mit einem kleinen Schubs in sich zusammengestürzt.

Doch schon im nächsten Moment füllt sich mein Herz mit Panik – ich fühle mich verletzlich, entblößt. Mein Herz ist es nicht gewohnt, sich zu offenbaren, nachdem es sein Leben in Eis eingefroren, unter Quarantäne und ordentlich weggepackt in einer unzugänglichen Ecke verbracht hat.

Wenn ich eines sicher weiß, dann, dass nichts ewig hält. Beziehungen enden, Abschiede müssen vollzogen werden, und das ist der Teil, den ich noch nie besonders gut beherrscht habe. Es war schon immer leichter, einfach die Stadt zu wechseln, den nächsten Flug zu nehmen und nie mehr einen Blick zurückzuwerfen.

Ich hole tief Luft. Ringe um Fassung. Ich muss akzeptieren, dass die Worte ausgesprochen wurden, die Wände eingestürzt sind und es unmöglich ist, das Ganze rückgängig zu machen – unmöglich, an diesen sicheren, einsamen Ort zurückzukehren, der mein Zuhause war.

Doch als ich erneut seinem Blick begegne und sehe, wie er vor Verehrung und Liebe überquillt, schwillt mein Herz an, und die Panik verschwindet. An ihre Stelle tritt die reine Vorfreude darauf, aus meinem Käfig auszubrechen.

Ich sage die Worte noch einmal.

Und dann noch einmal.

Und dann noch ein paarmal.

Ich fahre mit den Lippen an seinem Kinn entlang bis zu der Kuhle an seinem Hals, wo ich die Worte in sein Fleisch präge.

Jede einzelne Liebeserklärung macht mich stärker. Und endlich begreife ich, was damit gemeint ist, wenn man sagt, dass Liebe heilt – dass Liebe Kraft gibt – dass die Liebe alles besiegt.

Ich wechsele die Stellung, bis ich rittlings auf ihm sitze. Dann fahre ich mit den Händen seine seidig glatte Brust hinauf und umfasse seine Schultern. Mein Blick wird tiefer, meine Absichten sind unverkennbar. Die Erklärung war erst der Anfang – nun folgt die Tat.

»Bist du sicher?« Er sieht mich fragend an.

Ich nicke. Nie war ich mir sicherer. Über irgendetwas. Je zuvor.

Er fährt mir mit einem Finger über die Wange, seine Berührung sanft und zart, während er sich vorbeugt, um mich erneut zu küssen. Seine Lippen fallen leicht auf meine, als etwas seltsam Glitschiges an meinem Schienbein vorübergleitet und ploppend neben mir an die Oberfläche kommt.

Ich schnappe nach Luft. Schon will ich fluchtartig die Quelle verlassen, schelte mich selbst, weil ich es nicht besser gewusst habe – denn es wäre ja einfach zu schön gewesen, um wahr zu sein –, als Dace mich aufhält und mich wieder auf seinen Schoß zieht. Er zeigt mir den Gegenstand, der nun flach auf seiner Hand liegt – eine überreife Blüte, die aus dem Rankendach über uns herabgefallen sein muss.

Er lächelt sanft, hebt mich aus dem Wasser und bettet mich auf ein weiches Rasenstück, ehe er sich neben mich legt. Er mustert mich mit einem so widersprüchlichen Blick – so voller Sehnsucht, Staunen und nervöser Vorfreude –, dass ich ihn einfach an mich ziehen muss, begierig darauf, ihm zu versichern, dass dies genau der Ort ist, an den wir beide gehören.

Seine Lippen finden meine, doch gerade als der Kuss tiefer wird, heißer, macht er sich los. »Ich hoffe, du findest das nicht sonderbar, aber ich hab das erst ein einziges Mal zuvor gemacht.«

»Jemand, den ich kenne?« Ich wende den Blick ab und verbeiße mir den kleinen Anfall von Eifersucht.

*Bitte lass es nicht Lita sein. Oder Jacy. Oder Crickett. Oder Xotichl. Oder irgendein anderes Mädchen, mit dem ich befreundet bin ...*

»Nein«, murmelt er mit abwesender Miene. »Niemand, den ich heute noch kenne.«

Ich schlinge die Finger in die seidenweichen Strähnen seines glänzenden Haars und versuche, meine Erleichterung zu dämpfen. »Tja, das ist jedenfalls immer noch einmal mehr als ich.« Mein Blick begegnet seinem, und ich erkenne die Neugier in seinen Augen. »Trotz allem, was du über meine wilde Hollywood-Vergangenheit gehört haben magst.« Ich weiß, was er denkt: Dass jemand, der ein solches Leben geführt hat wie ich, ein Mädchen, das mit einem angeblich so heißen Typen wie Vane Wick zusammen war, zumindest einmal in dieser Situation gewesen sein muss, und so weise ich dies rasch von mir. »Ehrlich. Ich bin nie bis an diesen Punkt gekommen. Offenbar hab ich auf dich gewartet.«

Er rückt näher, sagt aber kein Wort. Seine Miene ist voller Gefühl, als er mit einem Finger das Band meines Wildlederbeutelchens entlangfährt und die Stelle umkreist, wo es über meinem Herzen ruht.

Seine Berührung lässt mich derart schwindeln, dass ich

nur noch flüstern kann. »Allerdings habe ich genug Filme gesehen, um zu wissen, dass es so beginnt …«

Meine Finger gleiten tiefer, sodass ich ihm die Badehose abstreifen kann, während er mich von meinem Bikinihöschen befreit. Gebannt vom herrlichen Anblick seiner Nacktheit erforsche ich mit den Händen die Kurve seiner Schultern, die festen Muskeln seiner Brust und das schlanke Tal seines Bauchs. Meine Haut gleitet zart an seiner entlang, als er mich fest an sich zieht, mit den Lippen mein Fleisch liebkost und sich in mich gleiten lässt.

Ich schnappe nach Luft – überrumpelt von einem scharfen, kurzen Schmerz, der bald von den pressenden, kreisenden Bewegungen seiner Hüften gelindert wird, während ich seinen wilden Herzschlag spüre. Und schon im nächsten Moment bin ich nur noch Gefühl, verliere mich darin, ihn zu spüren – seine Magie – die Euphorie, bei ihm zu sein.

Spüre ihn ganz.

Ich ergebe mich der Welle des Hochgefühls, die mich durchwogt – mich entfesselt – befreit. Entledige mich meines Körpers. Schwebe neben ihm.

Zwei Seelen steigen mit schwindelerregendem Tempo nach oben – wirbeln durch die Galaxien – jagen über ein weites Sternenfeld.

Die Worte bleiben ungesagt, doch sie sind trotzdem wahr: Dies ist der Moment, der uns vereint – uns verbindet – für alle Ewigkeit.

Ohne je den Blick von mir abzuwenden, umfasst er mit beiden Händen mein Gesicht und führt mich wieder zur Erde zurück, wo er mich in seine Arme zieht und seinen Körper um mich schmiegt. Das Gesicht in meinen Haaren vergraben, atmet er tief und langsam, sucht sich auf meinen Rhythmus einzustimmen, während ich unbedingt den

Augenblick festhalten will. Mit aller Kraft will ich jeden Gedanken an die reale Welt abwehren, doch das gelingt mir nicht einmal ansatzweise. »Ich weigere mich, ein schlechtes Gewissen zu haben«, sage ich.

Dace stützt sich auf seinen Ellbogen und starrt mich an. Offenbar versteht er nicht, was ich meine.

»Deshalb.« Ich drehe mich zu ihm um und lege ihm die flache Hand auf die nackte Brust, sodass ich seinen Herzschlag spüre. »Ich weigere mich, ein schlechtes Gewissen zu haben – weil ich die Jagd unterbrochen habe, um mit dir zusammen zu sein.« Mein Blick brennt sich in seinen, während ich inständig hoffe, dass meine Worte zutreffen. Doch bei dem ganzen Chaos, das um uns herum tobt, ist das ziemlich gewagt. Trotzdem spreche ich weiter. »Ich bin schon seit Stunden hier unten. Als Rabe mich zu dir geführt hat, war ich mit den Nerven am Ende. Und jetzt sieh nur, die Quelle hat mich tatsächlich geheilt.« Ich wackele zum Beweis mit dem Finger und lächele, als er mit seinem herüberfasst und sich einhakt.

»Daire, du brauchst keine Ausreden. Liebe ist die höchste Energie von allen. Sie braucht keine Vergebung, keine Entschuldigung.«

»Schön, dass du das sagst.« Ich grinse. »Ehrlicherweise habe ich mich schon gefragt, wann du dich endlich dazu durchringst.«

Lachend wirft er den Kopf in den Nacken und entblößt dabei seinen herrlichen, ebenmäßigen Hals. »Das ist eine ziemlich großartige Erklärung, weißt du. Ich wollte wohl einfach sicher sein, dass die Aussicht auf Erwiderung besteht.«

Ich mustere ihn genau. Es amüsiert mich, dass er nicht erkannt hat, was ich für so unübersehbar gehalten hatte.

»Hast du ernsthaft an mir gezweifelt?« Ich lasse mein Bein über seines gleiten und genieße die Glätte seiner Haut.

Er lächelt verhalten und schaut in die Ranken über uns. Dann zieht er eine prächtige rote Blüte zu sich heran, knipst sie ab und steckt sie mir ins Haar. »Du kannst manchmal ein bisschen reserviert sein – ein bisschen schwer zu durchschauen.«

»Ach ja?« Ich grinse ihn an. »Dann sag mal, Dace Whitefeather, wie würdest du das hier interpretieren?« Ich ziehe ihn an mich.

Er antwortet mit einem Kuss.

## Sieben

»Ich bin froh, dass die Quelle verschont wurde.« Ich ziehe mir den Pullover über den Kopf, während Dace in seine Jeans schlüpft. »Sie ist wirklich verzaubert und kann sich selbst heilen – genau wie sie mich geheilt hat.«

Ich sehe Dace an, in der Hoffnung auf Bestätigung, doch er hört gar nicht mehr zu, da er von etwas anderem in seinen Bann gezogen wird.

»Was ist denn?« Ich gehe auf ihn zu, bleibe aber stehen, als er sich umdreht, einen Finger auf die Lippen presst und sich dann leise davonschleicht.

Ich hebe meine Jacke vom Boden auf, werfe sie mir über die Schultern und eile ihm nach. Fast pralle ich gegen seinen Rücken, als er ohne Warnung stehen bleibt. Ich spähe über seine Schulter und sehe einen altbekannten Kojoten mit leuchtend roten Augen, flankiert von Cade, dem Zwillingsbruder von Dace.

*Hier ist er also die ganze Zeit gewesen.*

Sein ultimativer Plan war – abgesehen von ein paar kleineren Störungen – erfolgreich.

Die untoten Richters, ursprünglich von der reinen Liebe und Güte von Palomas Seele genährt, was es ihnen erlaubt, in die Unterwelt einzudringen, eine Welt, die ihnen lange verschlossen geblieben war, haben gerade genug Verwüstung, genug Schaden und Zersetzung verursacht, um Cade den Zugriff zu gewähren, den er seit jeher angestrebt hat.

Kojote fühlt sich offenbar sofort an unsere letzte Begegnung erinnert, als er mir ein Loch in die Jeans gerissen hat und ich ihm im Gegenzug den Fuß in die Schnauze gerammt habe, und so senkt er den Kopf, legt die Ohren an und prescht auf mich los. Mit seinen flammend roten Augen stürmt er in einem Wirbel aus gefletschten Reißzähnen und rasiermesserscharfen Krallen auf mich zu. Das Maul hat er dabei weit aufgerissen, als gierte er nach meinem Fleisch, als wollte er sich ein Stück schnappen, ehe Dace sich vor mich schiebt und sich statt meiner anbietet.

Entsetzt schreie ich auf, finde wieder festen Halt und versuche einzugreifen, jedoch nur mit dem Erfolg, dass Dace mich mit seiner Schulter rammt und mich erneut wegstößt. Irgendwie schafft er es, aufrecht stehen zu bleiben, während Kojote sich vor Wut schäumend auf ihn stürzt. Er gräbt sich in Daces Arm, reißt an seinem Fleisch, beißt in rasender Gier wieder und wieder zu, bis Cade die Bestie am Nacken packt und sie zurück an seine Seite zerrt. Daces Arm ist durch die Attacke zu einer roten Masse aus Bissen und Blut geworden, die ich gern versorgen möchte, doch das lässt sein Stolz nicht zu.

Cade wirft einen unbeteiligten Blick auf die Wunden. »Wie edel von dir, Bruder. Wirklich sehr edel. Und zugleich geradezu von einer absurden Naivität.« Verächtlich verzieht er das Gesicht, dann wendet er sich mir zu und fixiert mit seinen eisblauen Augen die Blüte, die nach wie vor in meinem Haar steckt. »Glaub mir, du könntest sie nicht schützen, wenn es wirklich darauf ankommt. Das kann nur ich.«

»Was zum Teufel hast du hier verloren? Was willst du?« Dace presst seinen zerfetzten Ärmel fest gegen die Wunden und müht sich vergeblich, die Blutung zu stoppen. Er ist verwirrt vom plötzlichen Auftauchen seines Bruders, dessen sonderbarer Redeweise und dem penetranten Blick, mit dem er mich ansieht. Er ist so ahnungslos, so völlig uninformiert, dass ich innerlich auf Chepi fluche. Und auf Leftfoot. Sie hätten es ihm sagen sollen. Mann, *ich* hätte es ihm sagen sollen. Aber jetzt ist es zu spät. Jetzt bleibt uns nichts anderes übrig, als auf das zu reagieren, was Cade im Schilde führt.

»Ich glaube, die bessere Frage lautet: Was hast *du* hier verloren? Müsstest du jetzt nicht eigentlich arbeiten?« Cade legt den Kopf schief und sieht seinen Bruder streng an, während mein Blick zwischen beiden hin- und herwandert.

Sie haben beide die gleiche energische Stirn, die gleichen hohen Wangenknochen, das kantige Kinn und den wohlgeformten Mund. Doch ihr Auftreten ist so verschieden, dass man leicht vergessen könnte, dass sie eineiige Zwillinge sind. Dace ist angespannt und verwirrt, während Cade selbstsicher und beherrscht bleibt, da er genau weiß, dass er die Oberhand hat.

»Keine Sorge«, winkt Cade ab. »Ich decke dich schon irgendwie. Das ist doch das Mindeste, was ich tun kann, nach allem, was du für mich getan hast. Ja, im Grunde müsste ich dir sogar danken – obwohl ich es wahrscheinlich lassen werde. Dankbarkeit ist nicht so mein Ding.«

Dace kneift die Augen zusammen und behält Kojote im Blick, während er mit blutverschmierten Fingern seinen Arm umfasst.

»Du hast keine Ahnung, was hier abgeht, oder?« Cade grinst und fährt sich mit der Hand durch das zerzauste schwarze Haar. »Anscheinend hat Chepi es nie geschafft, es dir zu sagen. Und deine Freundin hat es offenbar ebenso wenig für nötig gehalten, dich ins Bild zu setzen. Apropos – hallo, Daire.« Er wirft mir ein unaufrichtiges Lächeln zu – ein Lächeln von der Art, wie es die Herzen sämtlicher Mädchen an der Milagro High zum Schmelzen brachte, jedenfalls zumindest so lange, bis sie ihre Seelen zurückbekamen. Er hält den Blickkontakt so lange aufrecht, dass es mir schwerfällt, unter dessen Last nicht zurückzuzucken.

»Du siehst ziemlich ... *strahlend* aus. Dann darf ich wohl annehmen, dass ihr zwei eure kleine Mußestunde genossen habt?«

Bei seinen Worten verkrampft sich mein ganzer Körper. Ich bin einer regelrechten Panik nahe, als er auf die Stelle direkt hinter uns zeigt.

»Ihr wisst schon, in eurer kleinen Oase. Eurer *verzauberten Quelle*. Derselben Quelle, von der du immer geträumt hast, stimmt's?« Er fährt sich mit der Zunge über die Zähne und grinst mich anzüglich an. »Das hab ich alles nur für euch so präpariert. Die Menge an Bläschen und Blumen verdoppelt und die Wiese einen kleinen Touch elastischer gemacht – einfach als hübsches romantisches Extra. Euren geröteten Wangen nach zu urteilen, fandet ihr das auch.«

Mir stockt der Atem. Meine Hände werden klamm und kalt. Und als ich nach Dace fasse, stelle ich fest, dass er die gleichen körperlichen Reaktionen aufweist wie ich.

»Was ist hier los? Was wird da gespielt?« Dace sieht zwischen uns hin und her, seine Miene beklommen und verwirrt, während ich schweige. Er kennt nur einen Teil der Geschichte. Sein Bruder hält den Schlüssel in der Hand.

»Willst du die kurze oder die lange Version hören?« Cade kramt in der Tasche seiner braunen Wildlederjacke herum und holt ein silbernes, mit Türkisen verziertes Feuerzeug sowie eine Packung Zigaretten hervor, aus der er eine herausschüttelt.

»Ich will die Wahrheit hören«, sagt Dace mit derart

verkrampftem Kiefer, dass er die Worte förmlich herausquetschen muss.

»Bist du sicher, dass du das verkraftest?« Cade zieht eine Braue hoch und dreht mit dem Daumen an dem metallenen Rädchen seines Feuerzeugs. Die aufspringende Flamme beleuchtet seine leeren, ausdruckslosen Augen auf eine Weise, dass mich eisige Schauer überlaufen. »Die Frauen in deinem Leben schienen da ja anderer Meinung zu sein.«

Dace flucht unhörbar vor sich hin und geht auf seinen Bruder los, bereit, der Sache ein Ende zu machen, ehe es richtig losgegangen ist.

Der Anblick bringt Cade zum Lachen. »Entspann dich, Bruder. Theatralische Einschüchterungsversuche sind überflüssig. Ehrlich.« Als Dace einen weiteren Schritt auf ihn zumacht, verdreht er die Augen. »Glaub mir, und halte dich an meine Worte. Ich versuche nur, dich vor dir selbst zu schützen. Ob es dir passt oder nicht, du und ich sind auf Weisen miteinander verbunden, die du dir nicht einmal vorstellen kannst, und es ist an der Zeit, dass du die Wahrheit erfährst.«

Dace hält inne und bleibt auf halbem Weg zwischen seinem Zwilling und mir stehen.

Das reicht Cade, um fortzufahren. »Weißt du, wir sind nämlich nicht einfach nur Zwillinge, Bruder – wir sind eine gespaltene Seele. Identisch an der Oberfläche, doch innerlich ganz verschieden. Angeblich ist deine die gute und reine Hälfte.« Er verzieht in gespieltem Widerwillen die Miene und tut so, als müsste er würgen. »Während meine nur in ihrer Finsternis rein ist – böse bis aufs Mark. Obwohl mir das im Grunde egal ist.« Er zuckt die Achseln, um seine Gleichgültigkeit zu bekräftigen. »*Böse* ist nur ein einfallsloses Etikett, das jämmerliche Loser verwenden, die in ihren öden, kleinen Leben nie irgendetwas Interessantes zustande bringen. Sie klammern sich an ihre falschen Überzeugungen und benutzen sie, um ihr Weltbild zu untermauern. Reden sich ein, dass sie eines Tages dafür belohnt werden, ein sinnloses Leben ohne irgendwelche greifbaren Konsequenzen geführt zu haben, während ich dazu verurteilt bin, auf ewig in der Hölle zu schmoren.« Er steckt sich die Zigarette zwischen die Lippen und nimmt einen langen Zug, bevor er den Rauch genüsslich wieder ausstößt. »Sag mal, Bruder«, fährt er fort, »mache ich einen besorgten Eindruck auf dich?«

Dace sagt kein einziges Wort. Seine Miene ist reserviert, doch zeichnet sich darauf nicht der Schock ab, mit dem ich gerechnet habe.

»In Wirklichkeit ertragen sie die Wahrheit nicht. Ertragen die Tatsache nicht, dass ihre Leben wertlos sind und ihre Leiden sinnlos. Also ziehen sie sich selbst an falschen Versprechungen hoch und zeigen derweil mit dem Finger auf mich. Idioten.« Er lacht, als würde ihn diese Torheit unheimlich amüsieren. »Aber täuscht euch nicht – *ich* bin es, der die Welt erben wird. Es ist meine Bestimmung. Genau dafür wurde ich erschaffen. Weißt du, unser Vater Leandro ist ein mächtiger Zauberer, der sich den perfekten Erben erschaffen wollte, was ihm auch gelungen ist.« Er fährt liebkosend mit der Hand an seinem Körper entlang, wobei die Glut seiner Zigarette auf dem Weg nach unten aufleuchtet und Funken sprüht. »Am Tag der Toten, wenn der Schleier zwischen den Lebenden und den Toten gelüftet wird, hat er einige unserer lang verstorbenen Vorfahren gerufen, damit sie ein bisschen Schwarze Magie auf unsere Mutter ausüben. Du und ich sind das Ergebnis ihres Wirkens. Nur dass Leandro dich nicht eingeplant hatte. Sein

Ziel war es lediglich, die Seele in zwei Teile zu spalten – und die dunkle Hälfte zu nähren, die helle aber auszulöschen. Doch irgendetwas ging schief, und so hat er versehentlich auch dich gemacht. Jahrelang haben wir dich als aus der Art geschlagene Fehlgeburt betrachtet – eine Schande für den Richter-El-Coyote-Clan. Wir hielten dich für unbrauchbar, von wenig Wert oder Nutzen. Mann, vor gar nicht langer Zeit habe ich Leandro um die Erlaubnis gebeten, dich zu töten.« Sein Blick richtet sich nach innen, während er der Erinnerung nachhängt. Schließlich wendet er sich wieder Dace zu. »Er wollte schon nachgeben, als ich auf eine interessante Information gestoßen bin, der zu entnehmen war, dass du wesentlich nützlicher bist, als wir uns je hätten träumen lassen. Ja, du hast sogar einen viel tieferen Sinn, als uns Schande zu machen …«

Er legt eine effektvolle Kunstpause ein und genießt, wie er uns in seinen Bann gezogen hat. Und ich kann kaum glauben, dass die Antwort, die ich gesucht habe, nun hier ist – oder zumindest eine davon.

Cade zieht an seiner Zigarette und stößt blinzelnd eine Reihe von makellosen Rauchringen aus, denen er versonnen nachblickt. Er zögert die Enthüllung absichtlich hinaus, wenn auch nur, um uns zu demonstrieren, dass er das Sagen hat. »In Wirklichkeit wurdest du geboren, um uns dabei zu helfen, unsere Bestimmung zu erreichen. Nur aus dem Grund hast du überlebt. Denn weißt du, du … mein Bruder … bist das Echo.«

Ich werfe Dace einen nervösen Blick zu und sehe, wie er erschauert, woraufhin mich ein heftiger Anflug von Angst durchzuckt. Ich muss hören, was als Nächstes kommt, auch wenn ich die Enthüllung zugleich fürchte.

»Du bist mein Echo – und ich bin dein Echo. Wir stehen

in einer Art von Verbindung, die ich erst ansatzweise begriffen habe. Während ich viel zu finster bin, um dieses angeblich so wundervolle Gefühl, das ihr Liebe nennt, persönlich zu erleben, gewährt mir letztlich die Liebe, die du für Daire empfindest, und die Liebe, die sie für dich empfindet, eine Art Freibrief auf allen Ebenen. Die Suchende liebt dich, und du liebst die Suchende.« Er breitet die Arme weit aus und verbeugt sich tief vor uns, ehe er sich mit großer Geste wieder erhebt. »Ich hätte mir nichts Besseres wünschen können! Und dank ein bisschen Verschleierungstaktik meinerseits und einem kleinen Knick in eurer Wahrnehmung habt ihr euch nun nicht nur eure Liebe erklärt, sondern sie auch miteinander geteilt.«

»Du hast *zugesehen*?« Dace stürmt empört auf ihn zu und lässt sich nicht einmal bremsen, als Kojote erneut auf ihn losgeht. Mit seinen rasiermesserscharfen Zähnen attackiert er jetzt den anderen Arm von Dace, will ihn ebenso zerfleischen wie den ersten, als Cade ihn mitten im Sprung abfängt und abermals an seine Seite zieht.

»Bild dir bloß nichts ein.« Cade zuckt zusammen und verzieht angewidert das Gesicht. »Du kannst mir glauben, dass ich den Anblick nicht ertragen würde. Schon allein beim Gedanken an euer zärtliches Schäferstündchen wird mir schlecht. Aber täusch dich nicht.« Sein Gesicht wird hart, bis seine Augen nur noch zwei Schlitze sind. »Ich bin immer auf der Wacht. Ich weiß *alles* über dich, Bruder. Es wäre klug, wenn du das nie vergessen würdest.«

»Du bist verrückt!«, brüllt Dace, ohne den unablässigen Blutstrom zu registrieren, der über sein Handgelenk läuft, über seine Finger, bis er sich mit der Erde zu seinen Füßen vermengt. »Du bist ein Monstrum!«

Er stürmt erneut los, doch Cade schüttelt nur den Kopf

und stemmt eine Handfläche fest gegen seine Brust. In einer Demonstration brutaler Kraft, die mir unerträglich ist, hält er ihn mit nur einer Hand auf. Ein letztes Mal zieht er an seiner Zigarette, dann wirft er sie zu Boden und versetzt Dace einen Stoß. »Nein, Bruder, du täuschst dich. Ich bin jenseits aller Etiketten. Ich überschreite alles, was sich dein kleiner Geist vorstellen kann. Ich bin einfach überlegen – dir sowie allen anderen –, wie ich bereits erklärt habe.«

Dace starrt seinen Bruder grimmig an, während Kojote *ihn* grimmig anstarrt, bereit, ihn beim leisesten Wink von Cade anzufallen.

»Damit will ich aber nicht sagen, dass ich nicht froh darüber wäre, dass ihr euer kleines Liebesfest genossen habt.« Cade grinst auf eine Weise, die regelrecht gruselig wirkt, obszön. »Man könnte wohl sagen, dass ich es auf meine eigene Art auch genossen habe. Es hängen einfach so viel Liebe und positive Schwingungen in der Luft, dass ich mich fast völlig *verwandelt* fühle!«

Er richtet seinen Blick auf mich. Die eisblauen, gold umrandeten Iriden sind nahezu identisch mit denen seines Zwillings. Doch im Gegensatz zu seinem kaleidoskopischen Blick, der alles in der Umgebung reflektiert, bleiben Cades Augen leer. Reflektieren nicht. Sie sind ein bodenloser Abgrund, der die Essenz von allem absorbiert, was er sieht.

Und jetzt absorbieren sie mich.

Zehren an meiner Seele.

Ziehen mir die Energie ab.

Entschlossen, mich auszusaugen, während sie auf etwas anspielen, was zu entsetzlich ist, um es in Worte zu fassen.

Cades Blick wird eindringlicher, und seine Züge heitern sich triumphierend auf. »O ja, Santos, es ist leider alles wahr«, sagt er. »Auch wenn du denkst, du könntest die Zusammenarbeit mit mir verweigern – auch wenn du denkst, du könntest das großzügige Angebot ablehnen, das ich dir gemacht habe – du begreifst nicht, dass du schon die ganze Zeit für mich gearbeitet hast. Schon lange bevor du in Enchantment angekommen bist. Dace und ich sind zwei Hälften eines Ganzen. Verbunden. Verflochten. Was bedeutet, dass die Liebe, die du für ihn empfindest – in Gedanken und Taten und sogar in deinen Träumen –, lediglich dazu dient, mich zu stärken. Ich bin der Nutznießer jeder freundlichen und liebevollen Regung, die ihr füreinander hegt. Das Gleiche gilt auch für erotische Gedanken.«

*Das Pendel!*

*Paloma hatte recht. Die beiden sind so tief verbunden, dass das Pendel sie als eins empfindet. Mein Unterbewusstsein hatte bereits die schreckliche Wahrheit akzeptiert, gegen die sich mein Herz noch wehrte.*

»Du kommst nicht darum herum«, spottet Cade. »Was bereits geschehen ist, kann nicht mehr rückgängig gemacht werden. Ihr beiden seid vom Schicksal ausersehen. Vorbestimmt. Und nun hat die Prophezeiung bereits eingesetzt. Oder anders ausgedrückt«, er sieht seinen Bruder an, »der Schneeball ist unterwegs zur Hölle, und es gibt keinen Weg, ihn aufzuhalten.«

Dace ist voller Zorn. Trotz seines verwundeten Arms, trotz allem, was er soeben erfahren hat, knickt er nicht ein. Kuscht nicht vor seinem monströsen Bruder. »Ich wusste schon immer, dass du verrückt bist – aber jetzt hast du eine ganz neue Ebene erreicht«, sagt er. »Halt dich von uns fern. Und komm bloß nicht auf die Idee, dich Daire irgendwie zu nähern!«

Er greift mit seinem heilen Arm nach mir, um mich wegzuziehen, doch ich bin wie erstarrt. Mir ist übel von allem, was Cade gerade preisgegeben hat, aber noch verstörter bin ich von den Worten, die mir wie in Endlosschleife immer wieder durch den Kopf wandern: *Und dank ein bisschen Verschleierungstaktik meinerseits und einem kleinen Knick in eurer Wahrnehmung ...*

Ich muss an das denken, was mir Paloma über El Coyotes Fähigkeit erzählt hat, die Wahrnehmung der Menschen zu verändern. Mir fällt wieder ein, wie Cade und Leandro während meines ersten Besuchs im Rabbit Hole mit meiner gespielt haben, indem sie den Anschein erweckten, als würde die Decke sich herabsenken und die Wände aneinanderrücken. Wie sie sich dann zurückgelehnt und zugeschaut haben – Vater und Sohn – und sich an meinem Zusammenbruch geweidet haben, an meinem Konflikt mit der Realität.

Aber nachdem ich einmal den wahren körperlichen Unterschied zwischen Dace und Cade entdeckt und begriffen hatte, dass ihre Augen völlig unterschiedlich sind – etwas, was laut Paloma bisher noch niemand erkannt hatte –, war ich mir sicher, gegenüber Cades Tricks immun zu sein. Sicher, dass er mir nichts anhaben könne. Doch nun kann ich die Sogkraft nicht leugnen, die ich erst vor einem Augenblick empfunden habe, als er mich mit seinem Blick fixierte.

Die Art, wie er brutal an meiner Seele gezerrt hat.

Ich lasse Daces Hand fallen und renne zur Quelle, wo ich entsetzt nach Luft schnappe, als ich sehe, dass das, was ich schon für geheilt erachtet hatte, alles andere als geheilt ist.

»Nicht ganz das Paradies, für das du es gehalten hast, was?« Cades Lachen kommt von hinten angekrochen. Spöttisch. Höhnisch. Ich betrachte den Blütenbaldachin, den ich zuvor als strotzend von Leben wahrgenommen habe und der nun zu einem Gewirr abgestorbener Ranken verkommen ist, in dem Ratten hausen, während das Ganze über einem grässlich fauligen Loch von Quelle hängt, das nur noch nach Tod riecht.

Selbst die grünsamtene Wiese, auf der Dace und ich unsere Liebe geteilt haben, ist jetzt nur noch ein verbrannter, löchriger Teppich voller Insekten.

Auch die Wunden, die ich für verheilt gehalten hatte, sind wieder da – mein Finger ist rot geschwollen und tut weh, und meine Füße sind von nässenden Blasen bedeckt, die an den Schuhen kleben.

Dace stößt einen langen Strom von Flüchen aus und zerrt unsanft an meiner Hand. Er drängt mich zu verschwinden, davonzurennen, uns zu verziehen, solange es noch geht. Aber ich kann noch nicht weg. Es gibt noch etwas zu sehen.

Ich wirbele herum, entsetzt von dem monströsen Anblick, der sich mir bietet.

Mein erstickter Schreckensschrei lässt auch Dace sich umdrehen. Ungläubig reißt er die Augen auf, als er den Cade aus meinen Albträumen sieht. Den Cade mit den rot glühenden Augen, dem klaffenden Mund und dem Schwarm doppelköpfiger, Seelen raubender Schlangen, die von der Stelle hervorgeschossen kommen, wo eigentlich seine Zunge sein müsste.

Doch im Gegensatz zu dem Cade aus meinen Träumen dehnt sich dieser rasch aus, als bestünde er aus Knetmasse und würde von unsichtbaren Händen auseinandergezogen. Seine Haut nimmt eine sonderbar schuppige Textur an und strahlt ein seltsames rötliches Leuchten aus, während sein Torso länger wird, seine Gliedmaßen sich aufblähen und dicke Muskelstränge entwickeln. Außerstande, ihn weiter zu umhüllen, zerreißen seine Kleider und fallen wie Federn um seine riesigen Klauenfüße, bis er massig, nackt und dräuend vor uns aufragt, während sich direkt neben ihm sein getreuer Kojote aufbläst und die beiden Augenpaare in einem identischen Rot erglühen.

Ohne ein Wort zerrt Dace mich auf Pferd zu. Mit seinem guten Arm umfasst er meine Taille und will mich gerade auf Pferds Rücken heben, als Pferd urplötzlich davongaloppiert und Rabe ihm nachfliegt. Und so bleibt uns nichts anderes übrig, als zu Fuß durch ein sterbendes Land zu hasten, das mit jedem Schritt unwirtlicher wird.

Unser Abgang wird von Cades höhnischer Stimme begleitet. »Lauf nur, Bruder!«, ruft er. »Lauf, so weit du willst. Aber du wirst mir nie entkommen. Ich bin dein Echo – dein stetiger Begleiter – dein stetiger Beobachter.«

## Acht

»Wie lange weißt du es schon?« Dace geht in seiner kleinen Küche auf und ab. Zwei Schritte zu dem alten Herd, einen von dort zu dem vorsintflutlichen Kühlschrank und drei weitere zu der abgestoßenen Porzellanspüle und dann wiederum anderthalb Schritte zurück zum Herd, wo er stehen bleibt, sich erschöpft mit einer Hand die Augen reibt und mir einen so bestürzten Blick zuwirft, dass ich ihn nur zögernd erwidere.

Ich lasse mich auf einen Stuhl an dem mit Schnitzereien verzierten Holztisch fallen, der fast identisch mit dem in Leftfoots Haus ist, und wünschte, Dace würde sich zu mir setzen. Doch ich begreife, dass er das nicht einmal in Betracht zieht, ehe ich ihm ein paar der Antworten liefere, die er haben will. Ich hole tief Luft. »Paloma hat mir von den Umständen deiner Geburt erzählt – davon, dass Leandro Chepis Wahrnehmung lange genug verändert hat, um sie zu verführen.«

»Sie zu *verführen*?« Dace wirbelt zu mir herum und zeigt mir seine empörte Miene. »Er hat sie *vergewaltigt*. Chepi war sechzehn Jahre alt und unberührt. Sie war nicht auf Abenteuer aus.«

Ich zucke unter seinem Blick zusammen, zwinge mich dann aber, mich wieder aufrecht hinzusetzen, da ich ihm die Sache unbedingt erklären will. »So habe ich es nicht gemeint – als ob es ein romantisches Rendezvous gewesen wäre. Ich wollte damit sagen, dass er sie *eingewickelt* hat. Mit Hexerei und Schwarzer Magie. Die Richters wissen, wie man die Wahrnehmung anderer verändert – das tun sie ja schon seit Jahrhunderten. Es geht darum, wie sie diese Stadt und fast jeden in ihr beherrschen. Es geht darum, wie Cade uns glauben gemacht hat, dass die Quelle nach wie vor verzaubert sei, obwohl sie längst verdorben war. Leandro hat Chepis Träumen Nahrung gegeben, sie sehen lassen, was sie am liebsten sehen wollte, und als sie dann völlig weggetreten war …« Ich lasse den Satz unvollendet, da ich die Sache nicht weiter ausführen will.

Dace winkt ab, gestikuliert heftig in den leeren Raum vor sich, die Augen so müde und rotgerändert, wie ich sie noch nie gesehen habe. »Ich bin das Produkt einer Gewalttat.« Sein Blick ist kalt und leer. »Da helfen keine Beschönigungen. Ich hätte nie geboren werden sollen.«

»Sag das nicht!« Ich klammere mich an die Tischplatte und kämpfe gegen den Drang an, aufzuspringen und ihn eng an mich zu drücken. Im Augenblick ist er eine Insel – mit einer Bevölkerung von einer Person. Er würde einen Eindringling nicht willkommen heißen.

»Weißt du, wie viel einfacher ihr Leben ohne mich wäre?« Seine Stimme klingt flach und tonlos. »Jedes Mal, wenn sie mich sieht, wird sie an den schlimmsten Tag ihres Lebens erinnert.«

»Das glaube ich nicht. Und du solltest auch nicht so denken.«

Er ignoriert meinen vielsagenden Blick. »Wirklich, Daire? Wie soll ich es denn stattdessen sehen?« Er spuckt die Worte regelrecht aus.

Ich sitze ruhig da und weigere mich, den Köder zu schlucken. Ich starre lediglich auf meine Hände und registriere, dass mein Finger von Sekunde zu Sekunde roter und dicker wird.

»Und, wo wir schon dabei sind, wie soll ich es denn finden, dass du das alles wusstest, es aber nicht für nötig gehalten hast, es mir zu sagen?«

Ich hebe das Kinn, bis mein Blick seinem begegnet. Mir ist klar, dass die drei Worte »Tut mir leid« nicht ganz ausreichen, aber mehr habe ich nicht zu bieten. »Ich wünschte, ich hätte es dir gesagt, glaub mir. Ich wünschte, du hättest es nicht auf diese Art erfahren müssen.« Seufzend schüttele ich den Kopf. »Der Punkt ist, dass ich Paloma versprechen musste, es dir nicht zu sagen. Sie meinte, du seist eine wahrhaft gute und reine Seele und es stehe mir nicht zu. In dem Fall tut es mir leid, dass ich auf sie gehört habe statt auf mein Herz.«

»Eine gute und reine Seele?« Er zieht eine finstere Miene. »Ich bin eine Abscheulichkeit! Das Resultat einer so bösen Tat …«

»Bist du *nicht*!«, schreie ich, um ihn daran zu hindern, diesen Gedankengang weiterzuverfolgen. »Das ist dein Bruder, nicht du.« Ich richte den Blick auf seinen Arm, auf die Stelle, wo Kojote ihn angefallen hat. Ich wünschte, er ließe mich die Wunden versorgen, doch als ich Anstalten dazu gemacht habe, hat er nur abgewinkt, sich ein Geschirrtuch geschnappt und es um die verletzten Stellen gewickelt.

»Er ist ein Monster.« Er macht das blutgetränkte Geschirrtuch ab, wirft es in die Spüle und ersetzt es durch ein frisches. Und obwohl die Worte wie eine Aussage klingen, liegt eine Frage in seinem Blick.

»Allerdings.« Ich nicke bekräftigend.

»Und dennoch sind wir ein Echo voneinander.«

Ich scharre mit der Schuhspitze auf dem abgenutzten

Linoleumboden herum und habe keine Ahnung, was ich sagen soll.

Seine Stimme klingt matt und trostlos, als er weiterspricht. »Wir dürfen uns nicht mehr treffen.«

Die Worte kommen aus dem Nichts.

Versetzen mir eine Breitseite.

Treffen mich mit voller Wucht.

»*Was?*« Ich starre ihn verständnislos an. Spüre, wie der Boden unter meinen Füßen ins Wanken gerät, unter mir wegzurutschen und mich mit Haut und Haaren zu verschlingen droht.

»Es tut mir leid, Daire, aber wir haben keine Wahl. Ich muss dich schützen, und das kann ich nur dadurch tun, dass ich dich nicht mehr treffe.«

Seine Worte machen mich sprachlos. Ich kann nur noch mit offenem Mund dasitzen.

»Ich bin nicht völlig ahnungslos, weißt du.« Er fährt sich mit der Hand durchs Haar. »Ich habe im Lauf der Jahre Gerüchte gehört. Registriert, wie die Stammesältesten, vor allem Leftfoot, mich ansahen, wenn sie dachten, ich bekäme es nicht mit. Ich war ein stilles Kind. Ein Einzelgänger, ein Leser, ein Denker – was es alles zusammen leichter machte, unbemerkt zu bleiben. Ich wurde ein Experte im Lauschen, darin, mit der Zeit immer wieder einzelne Häppchen aufzuschnappen, deren Bedeutung sich mir bis jetzt nie so richtig erschlossen hat. Ich wusste immer, dass ich anders war, ich wusste nur nicht, *wie* anders. Außerdem hatte ich dieses grundlegende Wissen, dass ein ungewöhnliches Schicksal auf mich wartet. Und auch wenn ich noch nicht genau weiß, was das ist – so fügt sich doch allmählich alles zusammen. Das Rätsel, an dem ich seit Jahren herumbastele, ist der Auflösung wesentlich näher gekommen.«

Ich sehe ihn an, so verzweifelt, dass ich nicht weiß, was ich sagen soll.

»Du bist die Suchende«, sagt er.

Ich schließe die Augen und wünschte, ich könnte mein Leben zurückspulen. Wäre nie hierher gefahren. Hätte es nie so weit kommen lassen. Dann wäre ich genauso geendet wie mein Dad – tot vor meiner Zeit. Um dem zu entgehen, habe ich beschlossen, mich meiner Bestimmung zu stellen, nur um zu erkennen, dass ich nicht mehr als ein kleines Zahnrädchen im Lauf der Dinge bin. Gesteuert von den Umständen, ohne selbst Einfluss nehmen zu können.

Ich bin so in Gedanken verloren, dass ich fast überhöre, was Dace als Nächstes sagt. »Und Cade ist ein Coyote – ein Mitglied des El-Coyote-Clans wie alle Richters.«

Ich lasse die Schultern sinken und wünschte, ich könnte verschwinden, mich einfach in Luft auflösen.

»Und ich bin das Echo von Coyote.«

Ich reibe die Lippen aneinander, fühle mich immer unwohler in meiner Haut und habe keine Ahnung, worauf er damit hinauswill, spüre aber, dass es noch schlimmer werden wird.

Er holt tief Luft und kratzt sich heftig das Kinn, ehe er mit frostiger Stimme zu flüstern beginnt: »Das nimmt kein gutes Ende.« Sein Blick wandert zu mir. »Jemand muss sterben. Ich hatte Träume – Träume, die ich jetzt als Prophezeiungen erkenne. Wir werden nicht alle überleben. Und auch wenn ich nicht aufhören kann, dich zu lieben, Daire – dafür ist es viel zu spät –, kann ich doch aufhören ...« Er mahlt mit dem Kiefer und presst mühsam die Worte hervor. »Ich kann aufhören, unserer Liebe Nahrung zu geben. Jetzt, wo ich weiß, dass es ihn stärkt, bleibt mir keine andere Wahl. Es ist, wie er gesagt hat – er profitiert von jedem liebevollen

Gedanken, den ich für dich hege. Und es lässt sich nicht leugnen, dass meine Liebe zu dir immer weiter wächst, je mehr ich mit dir zusammen bin. Aber nachdem wir jetzt wissen, was wir wissen, können wir es uns nicht leisten weiterzumachen – können uns nicht leisten zusammen zu sein. Wir müssen das Opfer bringen. Distanz zwischen uns schaffen. Wir haben keine andere Wahl.«

»Nein«, sage ich, das Wort so brüchig, dass ich es mit aller Kraft wiederhole, die mir zu Gebote steht. »Nein! Kommt nicht infrage. Das lasse ich nicht zu. Dein Bruder ist ein Widerling – ein Monstrum! Er ist eine machthungrige Bestie mit einem schwarzen Herzen und will ohne Rücksicht auf Verluste die ganze Welt beherrschen, und ich weigere mich, einfach beiseitezutreten und ihn siegen zu lassen. Ich weigere mich, nach seinen Regeln zu spielen. Außerdem, wie können wir sicher sein, dass es wahr ist? Vielleicht ist es das gar nicht, was das Echo ist. Vielleicht bedeutet es etwas völlig anderes.« Ich bin den Tränen nahe, aber die Worte klingen selbst in meinen eigenen Ohren verzweifelt und unwahr.

»Hast du ihn denn nicht *gesehen*?«, schreit Dace, seine Stimme ebenso ungläubig wie seine Miene. »Das war keine Illusion – das war nur allzu echt!«

Ich seufze und lenke unwillig ein. »Das war nicht das erste Mal. Ich habe es schon einmal erlebt.«

»Ich auch ...« Seine Stimme versiegt, während er auf die abblätternde gelbe Wandfarbe starrt und in Gedanken längst ganz woanders ist. »Und das hat auch nicht gut geendet, zumindest nicht für uns. Allerdings hat er ganz zufrieden gewirkt ...« Ich werfe ihm einen fragenden Blick zu, doch er schüttelt nur den Kopf und greift nach den Autoschlüsseln. »Komm jetzt. Es wird spät. Ich fahre dich heim.«

Ich folge ihm hinaus zu seinem alten Pick-up und steige neben ihm ein, während er die Heizung aufdreht, um die Kälte zu vertreiben. Doch die heiße Luft aus den Düsen zeigt keinerlei Wirkung. Mein Körper ist so taub wie mein Herz, und eine erhöhte Raumtemperatur kann daran nichts ändern.

Er fährt schweigend den Feldweg entlang, bis er vor Palomas blauem Tor anhält und sich zu mir umwendet. »Das ändert nichts an meinen Gefühlen für dich. Nichts könnte daran je etwas ändern.«

Ich schlucke schwer. Kehre seinen Worten den Rücken zu. Greife mit brennenden Augen und einer zum Antworten viel zu zugeschnürten Kehle nach dem Türgriff.

»Wenn du willst, fahre ich dich morgen zur Schule, aber danach solltest du dich vielleicht nach einer anderen Mitfahrgelegenheit umsehen. Wir müssen es uns nicht schwerer machen, als es ohnehin schon ist.«

Ich stoße die Tür auf und husche hinaus. Ich spüre das Gewicht seines Blicks auf mir, als ich langsam durch das blaue Tor trete. Sowie das Tor hinter mir ins Schloss fällt, stürme ich ins Haus, wo ich in Palomas Armen zusammenbreche und nur noch bitterlich weinen kann.

# Neun

»*Nieta?*« Paloma drückt mich fest an ihre Brust und gurrt mir beruhigende Laute ins Haar. »*Nieta*, was ist denn passiert?«

Ich mache mich los und wische mir wütend mit dem Handrücken die Tränen vom Gesicht. Weinen ist etwas, was ich mir nur selten gestatte, und vor anderen zu weinen, finde ich eigentlich nahezu unerträglich. Ich versuche zu sprechen, doch die Worte verhaspeln sich und bleiben in meiner Kehle stecken, als wollte ich ihnen nicht noch mehr Gewicht, mehr Macht geben, mich zu verletzen, als sie ohnehin bereits haben.

Paloma sieht mich forschend an. Mit einer weichen, papiertrockenen Hand streicht sie mir über die Stirn. Aus ihren Augen leuchtet das Mitgefühl, und sie beginnt mit einem leisen Seufzen: »Jetzt fängt es also an.«

Ich blinzele und habe keine Ahnung, was das heißen soll. Paloma hatte schon immer eine unheimliche Art, meine Emotionen zu lesen, doch diesmal kommt es mir anders vor. Es kommt mir vor wie von langer Hand geplant. Als hätte sie an der Tür gelauert und darauf gewartet, dass ich hereingestürmt komme.

»Es tut mir leid, *nieta*. Ich hatte schon befürchtet, dass das passiert.« Ihre Stimme klingt aufrichtig, doch die Worte beunruhigen mich.

Sie reicht mir ein Taschentuch, mit dem ich mir das Gesicht abtupfe, bis das Tuch so durchweicht und unbrauchbar ist, dass ich es in der Faust zusammenknülle. »Gefürchtet, dass was passieren würde?« Ich versuche, aus ihr schlau zu werden, doch wie gewohnt ist ihre Miene undurchschaubar. »Ich habe dir doch noch gar nichts erzählt.«

Sie sieht mir fest in die Augen und antwortet ohne Zögern: »Das Leben einer Suchenden ist schwer.« Sie greift nach mir, doch als sie sieht, wie ich vor ihrer Berührung zurückzucke, lässt sie den Arm rasch fallen. »Und Liebe fordert immer ihren Tribut.«

»Du hast es also gewusst?« Ich verschränke trotzig die Arme und denke mir, dass es nett gewesen wäre, wenn sie mir das mitgeteilt hätte. Aber vielleicht hat sie das ja getan, und ich habe bloß nicht zugehört.

Sie hat im Lauf der Zeit eindeutig ein paar Hinweise fallen lassen. Auch in der Nacht direkt nachdem sie ihre Seele zurückbekommen hatte und sie mir gesagt hat, dass Dace und ich vom Schicksal auserkoren seien. Ich war von der Neuigkeit total begeistert, während Palomas Reaktion alles andere als das war.

Ich wende mich ihr wieder zu, und bei ihren nächsten Worten laufen mir kalte Schauer über den Rücken. »Nein, *nieta*, sicher wusste ich es nicht. Ich habe nur vermutet, was das Pendel und dein momentaner Zustand bestätigt haben.«

»Aber ich habe überhaupt nichts bestätigt. Ich habe kein Wort über das gesagt, was heute geschehen ist. Also woher kannst du es wissen? Spionierst du mir auch nach?«

»Auch?« Sie zieht eine Braue hoch.

Statt eine Erklärung abzugeben, presse ich die Lippen aufeinander und sage kein Wort mehr. Doch mein Widerstand hält nur ein paar Sekunden lang, ehe ich den Blick zu ihr hebe. »Paloma, bitte«, flehe ich sie an, »ich muss wissen, was du weißt – und ich muss es jetzt gleich wissen.«

Sie nickt einsichtig und will schon zu sprechen beginnen, als Xotichl den Kopf durch den Türbogen steckt, der zu Palomas Arbeitszimmer führt. »Soll ich lieber gehen?«, fragt sie. Ihr Blick scheint zwischen Paloma und mir hin- und herzujagen, als könnte sie uns sehen.

*Toll. Jetzt weine ich auch noch vor einer Freundin. Kann es noch schlimmer werden?*

Da ich weiß, dass Xotichl Palomas Hilfe ebenso dringend braucht wie Paloma das Geld, das ihre Patienten ihr einbringen, schüttele ich den Kopf und wende mich in Richtung meines Zimmers. »Nein, du musst unbedingt dableiben.« Doch ich schaffe es nicht einmal in den Flur, ehe Paloma meinen Finger registriert und mich am Ärmel zurückzieht.

»*Nieta*, woher hast du das?« Sie inspiziert die Wunde, die noch vor ein paar Stunden kaum zu erkennen war, aber jetzt, nach einem Ausflug in eine extrem verseuchte Unterwelt flammend rot geschwollen ist und schauderhaft aussieht. Sie nimmt mich am Ellbogen und führt mich die Rampe zu ihrem Arbeitszimmer hinauf, wo sie mich an dem viereckigen Holztisch neben Xotichl auf einen Stuhl drückt und sich an der Arbeitsfläche mit ihren Tinkturen und Kräutern zu schaffen macht.

Ich beäuge Xotichls langärmeliges, schwarzes T-Shirt, auf dem in einem silbernen Flammenkranz das Wort »Epitaph« prangt, der Name von Audens Band, und ihre engen Jeans, die in dunklen Wildlederstiefeln stecken. Das Haar trägt sie zu einem lockeren Pferdeschwanz gebunden, der ihre fein gemeißelten Züge bestens zur Geltung bringt. Erneut bin ich verblüfft von ihrem hübschen Aussehen. Ihre sanften, blaugrauen Augen blicken starr nach vorn, während sie mich an der Schulter fasst. »Ich habe deinen Kummer gespürt, sowie du das Haus betreten hast. Es tut mir so leid, dass dir etwas Schlimmes passiert ist. Wenn du Hilfe brauchst, sag einfach Bescheid.«

Ich lächele matt. So wenig bin ich daran gewöhnt, Freunde zu haben, Menschen, denen ich vertrauen kann, Menschen, die bereit sind, mir zu helfen, dass ich gar nicht weiß, wie ich reagieren soll. Und so murmele ich nur ein rasches Dankeschön und bleibe schweigend neben ihr sitzen. Ich kreuze die Füße unterm Stuhl, während Paloma in ihrem Mörser eine Handvoll sorgfältig ausgewählter Kräuter zerkleinert. Leise summt sie dabei einen ihrer Heilgesänge, während sie die Mischung zu einer dicken, grünen Paste verrührt und auf meinen Finger aufträgt. Dann wickelt sie einen Streifen Verbandmull darüber und weist mich an, ihn ruhig zu halten, bis sie mir neue Anweisungen gibt.

Ich warte, bis sie sich zu uns an den Tisch setzt, ehe ich meine Frage stelle. »Also, woher weißt du es? Oder besser noch, *was* weißt du?«

Paloma hält lange genug inne, um sich die Finger an ihrem Becher zu wärmen. »Ich fürchte, das ist alles Teil der Prophezeiung«, sagt sie. »Ich habe es im Kodex gelesen.«

Ich ziehe scharf den Atem ein. Nur nebenbei registriere ich, wie sich Xotichl neben mir regt und mir eine Hand auf den Arm legt, ein willkommener Trost, den ich nicht erwartet habe.

»Bitte, *nieta*, du musst wissen, dass eine Prophezeiung eine heikle Sache ist. Es ist nie so schwarz-weiß, wie es scheint. Die Formulierungen sind oft verwirrend und verklausuliert, sodass mehr als nur eine Interpretation möglich ist. Erst als ich dich und Dace zusammen gesehen habe – den Energiefluss erkannt habe, der euch verbindet, begann ich Verdacht zu schöpfen. Und dann, nach ein paar Nachforschungen, habe ich herausgefunden, dass ihr beide am selben Tag geboren seid. Hast du das gewusst?«

Verdrossen schüttele ich den Kopf. »Offenbar habe ich vergessen, mir seinen Ausweis zeigen zu lassen.«

Meine bissige Bemerkung veranlasst Xotichl, mir beruhigend den Arm zu tätscheln, und Paloma, mir einen Blick zuzuwerfen, der mir sagt, dass sie zwar Verständnis für meine miese Laune hat, mir aber meine Frage nicht beantworten wird, bevor ich mich nicht wieder im Griff habe.

»Also, und was heißt das nun?«, frage ich und bemühe mich nach Kräften, meinen Ton zu mäßigen. »Worauf willst du hinaus?«

»Obwohl die Prophezeiung auf den Echo-Effekt anspielt, ist dessen Definition nicht restlos geklärt. Ich habe sie so verstanden, dass die Zwillinge miteinander verbunden sind – und zwar eng.« Sie sieht mich nach Bestätigung heischend an, und als ich dem nachkomme, spricht sie weiter. »Aber ich muss dich warnen, *nieta*, die Prophezeiung besagt auch, dass einer von euch sterben wird.«

Xotichl schnappt nach Luft und packt mich so fest am Arm, dass ich aus meinem verständnislosen Zustand gerissen werde. Ich lehne mich zurück, lasse mir die Worte ausgiebig im Kopf herumgehen, ehe ich tief Luft hole und mich dazu äußere. »Gut. Dann stirbt Cade. Ich werde Cade töten. Dann ist alles vorüber und wir können weiterleben. Ich bezweifle, dass ihn irgendjemand außer Leandro vermissen wird. Und ich bezweifle ernsthaft, dass es Dace etwas ausmacht, da sie sich nicht gerade nahestehen.« Ich sehe Paloma mit festem Blick an, da meine Entscheidung gefallen ist.

Doch sie erwidert meinen Blick mit einer Miene voller

Mitgefühl, durchsetzt von Schmerz. »Niemand ist zufällig hier, *nieta*. Das Universum macht keine Fehler. Jeder hat einen Zweck, und das schließt Cade mit ein. Was heißt, dass wir nicht einfach losziehen und Leute umbringen können. Du kannst nicht so kaltschnäuzig sein, wenn ein anderes Menschenleben betroffen ist ...« Sie will noch weitersprechen, doch ich falle ihr ins Wort.

»Cade ist kein Mensch. Er ist ein dämonisches Monster.« Ich ringe um Fassung, ringe darum, die Wutblase zurückzudrängen, die in mir aufwallt. »Außerdem würde ich damit der ganzen Welt einen Gefallen tun. Seit deiner Zeit hat sich einiges geändert. Da draußen herrscht eine mehr als feindselige Atmosphäre. Und auch wenn das zum Teil meine Schuld sein mag, weil ich deine Seele gerettet habe, was ihnen Zugang zur Unterwelt gewährt hat, müsste ich, wenn ein früherer Seeker sie in weiser Voraussicht alle schon vor langer Zeit getötet hätte, jetzt nicht mit dem Gefühl hier sitzen, als wäre mein Herz zerquetscht worden, während die einzige Zukunft, die mir noch bleibt, dunkel, einsam und trist ist und ich eine Schlacht schlagen muss, die zu verlieren ich von vornherein verdammt bin.« Ich kneife die Augen zusammen, begierig darauf zu sehen, wie sie reagieren wird.

Doch Paloma bleibt sich selbst treu. Standhaft. Unbeirrbar. Weigert sich, von ihrer Botschaft abzuweichen, ganz egal, wie viele Köder ich ihr auch hinwerfe.

»Wenn ein früherer Seeker deinen Wunsch erfüllt hätte, wäre Dace nie geboren worden. Er wäre dann eventuell in anderer Form gekommen, ja, aber er wäre nicht zu deiner Bestimmung geworden. Es steht geschrieben. Nichts hier ist ein Zufall.«

Ich lasse die Worte auf mich wirken, außerstande, sie zu bestreiten, so verhasst sie mir auch sein mögen.

»*Nieta*, täusch dich nicht, die Aufgabe einer Suchenden ist es, wiederherzustellen und zu heilen – das Gleichgewicht zwischen den Welten zu wahren – und niemals vom Licht abzuweichen. Wir können das Böse nur im Zaum halten. Wir können es nicht auslöschen. Solange es Menschen gibt, gibt es auch das Böse. Unsere Aufgabe ist es, seine Auswirkungen zu mildern.«

Ich zupfe an dem Verband an meinem Finger, nicht geneigt, so ohne Weiteres einzuknicken. »Ja, aber vielleicht stimmt das ja nicht mehr. Vielleicht ist es an der Zeit für eine neue Generation von Suchenden, die auf neue Art ans Werk gehen. Das Gleichgewicht ist eindeutig gestört, und nach meinem letzten Ausflug in die Unterwelt kann ich dir ehrlich versichern, dass es von Tag zu Tag schlimmer wird. Der Feind ist keiner, gegen den zu kämpfen du gewohnt bist, *abuela*. Er ist größer, stärker … dämonischer.« Ich halte inne und denke daran, wie Cade sich vor uns aufgeblasen hat – wie er und sein gruseliger Kojote auf dreifaches Format angewachsen sind. »Du bist es gewöhnt, mit Menschen zu tun zu haben – schlechten Menschen, finsteren Menschen, aber immer noch Menschen. Aber Cade ist *kein* Mensch. Er ist ein psychopathisches, dämonisches Monster – das Resultat von Magie der übelsten Art. Angetrieben vom erbärmlichen Drang, Leandro zu beeindrucken, indem er die Herrschaft über die ganze Welt erringt. Ach, und er kann sich ganz nach Bedarf auch in ein schuppiges, schlangenzüngiges Monster verwandeln. Ich weiß es, weil ich es gesehen habe, und ich kann dir sagen, es ist kein schöner Anblick. So, und mit diesen Fakten im Hinterkopf glaube ich kaum, dass eine Trommel schlagen und eine Adlerfeder schwenken etwas dazu beiträgt, ihn aufzuhalten.«

»Was ist dann mit Dace, seinem Zwilling – ist *der* ein Mensch?«, fragt Paloma, den Blick fest auf mich gerichtet, ihr Tonfall ruhig und gelassen.

»Natürlich!« Ich runzele die Stirn. Die Frage ärgert mich. »Er ist gut und freundlich und ...«

»Aber er ist ebenfalls das Resultat der dunklen Magie, von der du sprichst.«

Ich winde mich unter ihrem Blick, weil mir nicht gefällt, worauf sie hinauswill, auch wenn ich nicht genau weiß, was das ist.

»Willst du damit sagen, dass Dace die menschliche Hälfte eines unmenschlichen Zwillings ist? Wie kann das sein?« Sie wartet darauf, dass ich antworte, aber ausnahmsweise habe ich einmal nichts zu sagen. Mein Schweigen veranlasst sie weiterzusprechen. »Die schlimmsten Grausamkeiten der Welt wurden von Menschen verübt, *nieta*. Finsteren, gestörten, verblendeten, egomanischen Menschen – aber eben doch Menschen.«

Ich reibe weiter mit dem Daumen über den Verband und genieße das kühlende Gefühl, das die Paste verbreitet. Momentan ist es das Einzige, was sich gut anfühlt. »Hör mal, wenn er sich in einen Dämon verwandelt, dann ist er ein Dämon.« Ich nicke. Hoffe, dass das der Meinungsverschiedenheit ein Ende machen wird. Doch ein Blick auf Paloma und einer auf Xotichl sagen mir, dass ich es an Überzeugungskraft habe fehlen lassen.

»Ganz so einfach ist es nicht ...« Xotichl hält inne und neigt ihren Kopf zu mir. »Tut mir leid, Daire, aber in dem Fall muss ich mich auf Palomas Seite stellen. Cades Energiemuster sind völlig anders als die der Dämonen, die das Portal im Rabbit Hole bewachen.«

»Vielleicht ist er eine andere Art von Dämon«, erwidere

ich und lasse sie kaum zu Ende sprechen. »Vielleicht gibt es mehr als nur eine Sorte.«

Xotichl schüttelt den Kopf. Sie spielt mit dem Saum ihres Ärmels, zieht ihn sich über die Knöchel und vor bis an die Fingerspitzen. »Die Energie eines Dämons ist wie eine elektrische Störung. Sie ist frenetisch und fremdartig, mit einer Schwingung, die schwer zu kontrollieren ist. Cades Energie ist nicht so. Sie ist definitiv menschlich – dunkler als die der meisten natürlich, das ist klar. Sie ist extrem schwer und dicht. Aber doch menschlich.«

»Vielleicht ist er dir ja nur in menschlicher Form begegnet«, wende ich ein und begreife erst, als ich die Worte ausgesprochen habe, dass ich die Debatte verloren habe. »Okay, ja, ich kapier's. Menschlich in der Gestalt, was bedeutet, dass er ein Mensch ist. Trotzdem ist er *kein* normaler Mensch, nicht einmal annähernd.« Ich seufze ergeben. Xotichls Blindheit ist ein sagenhaftes Werkzeug. Sie lässt keinerlei Vorurteile zu, sondern nur nüchterne Aussagen. So ähnlich wie das Pendel.

»Seid ihr eigentlich mit den Legenden über die Hautwandler der Navajo vertraut?«, fragt Paloma und sieht zwischen uns hin und her.

Xotichl windet sich sichtlich und gibt dann widerwillig zu, dass sie davon gehört hat, während ich nur die Achseln zucke. Mir ist das Wort ein- oder zweimal begegnet, doch ich konnte mir keine klare Vorstellung davon bilden, was es bedeutet.

»Sie sind *brujos* und *brujas*.« Als sie meine verständnislose Miene sieht, fährt sie fort: »Böse Hexen und Zauberer, dunkle Magier, die imstande sind, die Gestalt anderer Formen anzunehmen.«

»Wie Gestaltwandler?«, frage ich und muss an den Abend

denken, als ich Cade mithilfe der Kakerlake nachspioniert habe. Wie er sich vor seinem Lauf mit Kojote ausgezogen hat, was mir seltsam vorkam – und überdies enorm peinlich war. Doch ehe ich noch mehr sehen konnte, trat er brutal mit dem Stiefel auf mich – ähm, die Kakerlake – und trennte unsere Verbindung. Doch jetzt muss ich mich einfach zwangsläufig fragen, ob Cade womöglich vorhatte, sich in einen Kojoten zu verwandeln. Ich werfe Xotichl einen verstohlenen Blick zu, verwundert davon, wie sie nervös hin und her rutscht, als wäre ihr nichts lieber als ein Themawechsel.

»Ähnlich, aber nicht gleich.« Paloma fährt mit dem Finger am Rand ihrer Tasse entlang. »Sie benutzen Tierhäute, auch Zauberhaut genannt. Wenn sie sich die Haut des Tiers umhängen, das sie werden wollen, können sie sich komplett verwandeln und viele der Eigenschaften des Tiers annehmen, eingeschlossen die Fähigkeit, ziemlich schnell große Distanzen zu überwinden. Sie können Gedanken lesen, in den Kopf einer Person eindringen und diese dazu überreden, sowohl anderen als auch sich selbst großen Schaden zuzufügen. Angeblich können sich Hautwandler allein dadurch in den Körper eines Tiers einschleusen, dass sie intensiven Blickkontakt mit ihrem Opfer aufnehmen. Oft werden sie mit Coyote in Verbindung gebracht. Aber ob Cade nun tatsächlich ein Hautwandler ist, weiß ich nicht. Allerdings kann ich aus dem, was du mir erzählt hast, schließen, dass er und wahrscheinlich auch andere Mitglieder seines Clans die einzigartige Fähigkeit zur Verwandlung besitzen. Und wir wissen bereits, dass sie die Gedankenkontrolle fast bis zur Perfektion beherrschen und die Wahrnehmung anderer verändern können. Doch die Tatsache, dass er offenbar dazu imstande ist, sein menschliches Bewusstsein und seine ichbezogenen Begierden zu bewahren, während er sich in diesem veränderten Zustand befindet, sagt mir, dass er eher eine Art Halbling ist.«

Ich denke an den Moment, als Cade und ich uns an der zur Jauchegrube verkommenen verzauberten Quelle mit Blicken fixierten. Wie ich spürte, dass er an meiner Seele zerrte – mir die Energie abzapfte. Der Gedanke lässt mich erschauern.

»Aber Cade verwandelt sich nur in die körperliche Manifestation des wahren Wesens seiner Seele.« Als sie meine Verwirrung bemerkt, holt sie weiter aus. »Seine Seele ist dunkel – wenn er sich verwandelt, zeigt er lediglich das, was im Inneren lauert.«

»Als würde er sich selbst nach außen kehren!« Xotichl grinst und begreift sofort, was ich noch nicht ganz verdaut habe.

»Heißt das dann etwa, dass sich Dace in einen Regenbogen oder einen Engel oder einen strahlend weißen, geflügelten Hengst verwandeln kann?«, frage ich und bedaure die Worte bereits in dem Moment, als Xotichl zusammenzuckt und Paloma mir einen bezeichnenden Blick zuwirft.

»Ich zweifele nicht daran, dass Dace die Fähigkeit besitzt, sich in etwas sehr Mächtiges und Gutes zu verwandeln. Aber ich weiß nicht genau, ob er das schon erkannt hat«, sagt Paloma.

Ich seufze ergeben und weiß, dass die beiden recht haben. Dace ist gut. Cade ist böse. Und doch sind sie beide Menschen. Was heißt, dass ich einen anderen Weg finden muss, um Cade aufzuhalten. Momentan habe ich allerdings keine Ahnung, wie ich das anfangen soll.

»Es sind immer noch zwei gegen einen«, erkläre ich in der Hoffnung, in dem Gedanken Trost zu finden. Die beiden sehen mich verständnislos an. »Damit meine ich, dass ich überwiegend gut bin«, fahre ich fort. »Dace ist ganz und gar gut. Und da wir ineinander verliebt sind und die Liebe immer siegt – da das Licht stets das Dunkel bezwingt –, sind wir doch auf dem besten Weg zum Sieg, oder?« Ich sehe die beiden abwechselnd an, nur um zu verfolgen, wie Paloma sich abrupt vom Tisch erhebt und zu einem abgeschlossenen Schrank geht, dem ich bisher so gut wie keine Beachtung geschenkt habe.

Sie zieht einen alten, ledergebundenen Folianten heraus, lässt ihn vor uns auf den Tisch plumpsen und sagt: »Warum befragen wir nicht den Kodex?«

## *Zehn*

Xotichl und ich rücken näher heran und sitzen Ellbogen an Ellbogen da, während wir uns über den Folianten beugen. Seine pergamentenen Seiten aus dünner Rinderhaut weisen, obwohl sich das Buch über die Jahre hinweg gut erhalten hat, an den Rändern Zeichen von Alterung und Abnutzung auf, denn sie werden allmählich brüchig und wellen sich.

»Er ist illustriert!« Xotichl wendet sich zu Paloma, um es sich bestätigen zu lassen.

»Allerdings.« Paloma nickt. »Valentina war sowohl als Wahrsagerin als auch als Illustratorin überaus begabt.« Sie spricht von einer der allerersten Suchenden im Stammbaum der Familie Santos, die mir bei meiner Visionssuche erschienen ist – ebenso wie mein Vater Django, Alejandro, der Großvater, den ich nie kennengelernt habe, und eine ganze Reihe weiterer Santos-Vorfahren, im Verein mit ihren Geisttieren.

Ich beäuge den in komplizierter Schnörkelschrift verfassten Text, der mir auf den ersten Blick wie ein wirres Chaos aus Symbolen und Zahlen erscheint, verknüpft mit Wörtern, die derart archaisch und kryptisch sind, dass sie unmöglich zu entziffern sind.

»Das ist unlesbar.« Mit frustrierter Miene sehe ich Paloma an.

»So scheint es wohl.« Ihre Augen funkeln.

Xotichls Hände schweben über den Seiten, während sie konzentriert den Mund verzieht und einen Moment lang nachdenkt. »Es hat eine sehr reine Energie. Es spricht nur die Wahrheit.« Sie legt die Hände auf den Schoß und lehnt sich zurück. »Aber das hatte einen hohen Preis. Ein Opfer war nötig.«

Paloma streckt die Hand nach Xotichl aus, während ihre Augen vor Stolz leuchten. »Du machst solche Fortschritte!«, ruft sie aus und zaust Xotichl das Haar, bis diese ihre Hand festhält.

»Schon, aber es gibt noch so viel zu lernen.« Xotichl grinst.

Ich mustere die beiden zusammen – die Lehrerin und die Schülerin. Und doch sind sie so viel mehr als das. Sie sind Familie. *Meine* Familie. Die Erkenntnis erfüllt mich mit einer unerwarteten Wärme. Nachdem Dace beschlossen hat, mir aus dem Weg zu gehen, um mich zu schützen, ist es gut zu wissen, dass ich die Sache nicht allein durchstehen muss.

»Valentina war das Opfer«, erzählt Paloma. »Sie hat enorme Qualen durchgestanden, um dieses Wissen anzusammeln, doch sie hat es freiwillig getan. Als eine der Ersten, die sich den Richters gestellt hat, wusste sie, dass der Kampf weitergehen würde – dass ihr Kind kaum eine andere Wahl haben würde, als dort anzusetzen, wo sie aufgehört hat. Sie wollte unbedingt eine Art Orientierungshilfe hinterlassen. Dieses Buch ist das Ergebnis.«

»Haben sie eine besondere Sprache gesprochen, die nur sie selbst konnten?« Ich spähe auf die Buchstaben, die seltsamen Symbole und kann nach wie vor kein Wort entziffern.

»Valentina hat extra dafür gesorgt, dass der Text nicht in die falschen Hände fällt. Da sie nur allzu gut wusste, dass sich ein Leck dieser Art für uns katastrophal ausgewirkt hätte, hat sie einen komplizierten Code ersonnen, der nicht leicht zu entziffern ist. Seit es dieses Buch gibt, wurde es zusammen mit dem geheimen Schlüssel für seine Lektüre von einem Suchenden an sein Kind weitergegeben. Ich habe Django das Buch an seinem sechzehnten Geburtstag geschenkt, wie es der Brauch ist. Aber wie du ja bereits weißt, wollte er mit der Seeker-Tradition nichts zu tun haben. Nachdem nun allerdings du deine Berufung akzeptiert hast, *nieta*, ist es an der Zeit, es an dich weiterzureichen.«

Xotichl neigt den Kopf und seufzt. »Na, dann hast du ja in den Winterferien eine harte Lektüre vor dir.« Sie lacht, entschlossen, eine schwierige Situation zu entkrampfen.

»O nein.« Ich fasse das Buch an den Kanten und ziehe es zu mir her. »Ich habe nicht die Absicht zu warten. Ich fange sofort an. Das heißt, falls Paloma bereit ist, mir beizubringen, wie man dieses Teil liest.«

Ich sehe Paloma nach, die in der Küche verschwindet und kurz darauf mit einem Teller selbst gebackener Plätzchen und frisch gebrühtem Tee zurückkehrt. Nachdem sie jeder von uns einen Becher voll eingeschenkt hat, wenden wir uns dem Buch zu – und bleiben bis zum späten Abend dabei.

Am nächsten Morgen warte ich schon lange, ehe Dace eintreffen soll, vor dem blauen Tor. Mein Schmerz vom Abend zuvor wurde durch das, was ich jetzt weiß, gedämpft.

Es ist, wie Paloma gesagt hat, Prophezeiungen können trügerisch sein. Sie lassen sich auf verschiedene Arten interpretieren. Und jetzt, nachdem ich es selbst schwarz auf weiß in dem Buch habe lesen können, ist meine Mission klar.

Einer muss sterben. Daran führt kein Weg vorbei.

Doch das werde nicht ich sein.

Und Dace wird es auch nicht sein. Ich werde alles Nötige

tun, um ihn am Leben zu halten. Selbst wenn das bedeutet, eine vor langer Zeit getroffene Vorhersage zu durchkreuzen.

Obwohl Paloma mir erklärt hat, dass Töten nicht gern gesehen wird, begreift sie nicht, dass eine neue Zeit angebrochen ist. Jetzt, wo ich weiß, was ich weiß, und gesehen habe, was ich gesehen habe, steht fest, dass Cade Richter eliminiert werden muss.

Er mag ein Mensch sein, doch er ist kein normaler Mensch. Und sobald ich mit ihm fertig bin, ist es nur noch eine Frage der Zeit, bis ich diese untoten Richters aufgespürt habe, denn sie sind nur so gut wie die Orientierung, die er ihnen liefert. Wenn sie weg sind, kann die Unterwelt wieder genesen und gedeihen, das Gleichgewicht wird wiederhergestellt, und nichts oder niemand wird Dace und mir im Weg stehen. Dann steht es uns frei, uns so lange zu lieben, wie wir wollen.

Ich muss nur die Welt von seinem Bruder befreien.

Der Gedanke liefert mir den dringend benötigten Anstoß für das, was ich als Nächstes zu tun habe.

Als Dace schließlich seinen Pick-up vor mir zum Stehen bringt und auf seiner Seite herausspringt, um mir die Tür aufzumachen, bleibe ich wie angewurzelt stehen und sehe ihn fest an. »Danke fürs Kommen«, sage ich. »Aber ich werde heute von Auden und Xotichl mitgenommen.«

Er mustert mich aus Augen, die sogar noch müder und geröteter sind, als sie es bei unserem Abschied waren. Meinen Namen spricht er mit so heiserer Stimme aus, dass es meiner ganzen Willenskraft bedarf, um mich nicht in seine Arme zu werfen und ihn zu bitten zu vergessen, was ich gesagt habe. Zu vergessen, was er gesagt hat. Alles zu vergessen und einfach nur wieder mit mir zusammen zu sein.

Er greift nach mir, streckt seine Finger nach meinen aus,

doch ich entziehe mich rasch. Ich kann mir den Kontakt nicht leisten. Kann es mir nicht leisten, von seiner verführerischen Berührung ins Wanken gebracht zu werden. Wenn ich seinen Zwilling töten soll, darf ich nichts tun, was es Cade ermöglicht, ein noch stärkerer Gegner zu werden, als er es bereits ist.

Ich muss Geduld haben.

Muss tief in meinem Herzen daran glauben, dass es nicht mehr lange dauern wird, bis Dace und ich zusammen sein können.

Ich muss es glauben, es mir ausmalen und alles vom Ende her denken.

Ich mache eine abwehrende Geste und hoffe, dass er nicht merkt, wie meine Finger zittern und meine Stimme brüchig wird, als ich sage: »Wir sind miteinander im Reinen, ja? Wirklich. Ich verstehe, warum du das tun musst. Ganz ehrlich.« Ich schlucke das Schluchzen hinunter, das sich in meiner Kehle ballt, und wende den Blick ab, damit ich seine schmerzerfüllte Miene nicht sehen muss.

Gerade will er noch etwas sagen, da kommen Auden und Xotichl vorgefahren. Auden reißt fragend die Augen auf, und Xotichl legt den Kopf schief, als sie mich im Gespräch mit Dace vor dem Haus antreffen.

Ich signalisiere ihnen durch eine Geste, dass sie kurz warten sollen, und will mich gerade von Dace verabschieden, als er nach meinem Arm greift. Er hält mein Handgelenk fest, beäugt meinen Finger und sagt: »Er ist wieder heil.«

»Offenbar hat Paloma mal wieder ein Wunder vollbracht.« Ich gestatte mir ein kurzes Grinsen, ehe ich mich aus seinem Griff winde, was mich wesentlich mehr kostet, als es den Anschein hat. Allein das löst eine Lawine von Schmerz in mir aus. »Und du?«

Ich spähe auf das Stück seines Verbands, das unter dem Ärmel hervorlugt und die Stelle markiert, an der sich Kojote an seinem Fleisch gütlich getan hat. Unsanft zieht er an seinem Ärmel und zerrt ihn über die Wunde. »Ein Wunder ist unnötig. Mir geht's gut, keine Sorge.«

Ich glaube ihm nicht ganz, hake aber nicht nach. Wider besseres Wissen gestatte ich mir, seinen Blick wesentlich länger zu erwidern, als mir guttut. Innerlich feilsche ich darum, ein paar weitere Sekunden in die Geborgenheit seiner Anwesenheit gehüllt zu sein – und sage mir, dass ich alles Menschenmögliche tun werde, um ihn für sämtliche drohenden Folgeschäden zu entschädigen.

Es kostet mich die letzte Kraft, mich von ihm zu lösen, doch ich tue es. Schließlich gehe ich auf Auden und Xotichl zu, ohne mich noch einmal umzudrehen.

»Hast du überhaupt geschlafen?«, fragt Xotichl, als ich auf die Rückbank rutsche.

»Nicht richtig«, antworte ich. »Aber seltsamerweise bin ich gar nicht müde.« *Entschlossen, aber nicht müde.*

»Ich auch nicht«, sagt Xotichl, als Auden losfährt und vorsichtig einen Bogen um Dace und dessen Pick-up beschreibt.

»Also ich schon«, wirft Auden ein. »Es gibt einfach nicht genug Energydrinks auf der Welt.«

Seine Worte veranlassen Xotichl, auf ihre ureigene, hinreißende Art zu lachen. Sie drückt ihre Schulter gegen seine und schmiegt sich an ihn. »Epitaph haben gestern Abend in Albuquerque gespielt«, erklärt sie. »Das Publikum hat sie so geliebt, dass sie sieben Zugaben geben mussten!«

»Zwei.« Auden lacht und zieht Xotichl liebevoll an ihrem Pferdeschwanz. »Aber wer zählt schon so genau mit?«

»Ich weiß nur, dass er den ganzen Weg zurück nach Enchantment gefahren ist, statt mit den anderen von der

Band dort zu übernachten, nur damit er uns zur Schule bringen kann. Ist das nicht nett?« Sie neigt den Kopf in meine Richtung, während ich den heftigen Anflug von Neid unterdrücken muss, als sie ihre Liebe zueinander so offen und locker zeigen. Ich zwinge mich zu bestätigen, dass das tatsächlich nett von ihm war.

»Ja, ich bin nett.« Auden grinst. »Und sowie ich euch abgesetzt habe, werde ich mich postwendend aufs Ohr hauen, bis es an der Zeit ist, euch wieder abzuholen.«

»Ich brauche niemanden, der mich nach Hause fährt.« Ich starre aus dem Fenster und mustere diese Müllhalde von einer Stadt mit ihren verrosteten Autos, den durchhängenden Wäscheleinen und den baufälligen Häusern.

Eine kurze Zeit lang habe ich mir selbst eingeredet, sie wandele sich zum Besseren – habe mir eingeredet, ich sei der Grund dafür. Doch jetzt, wo ich sie mit unverstelltem Blick sehe, lässt sich nicht leugnen, dass diese Stadt eine totale Sackgasse ist. Rein gar nichts spricht für Palomas Behauptung, dass sie ihrem Namen einst alle Ehre gemacht hat. Ich kann nur hoffen, dass die Stadt, wenn ich Cade Richter unschädlich gemacht habe, wirklich wieder wie verzaubert sein wird.

»Wie kommst du dann nach Hause?« Ich höre Xotichl ihren Argwohn deutlich an.

»Ich finde schon jemanden.« Ich mache den Sicherheitsgurt los und schnappe mir meine Tasche. »Du kannst mich übrigens gleich hier rauslassen.«

»Schwänzt du die Schule?«, fragt Auden.

»Hm«, brumme ich, bereits abgelenkt von dem, was ich jetzt tun muss.

»Schon wieder?« Xotichl dreht sich auf dem Sitz herum, bis ihr Gesicht halb zu mir zeigt.

Ihre Stimme geht in Audens Worten unter. »Ich soll also allen Ernstes hier anhalten?«, stößt er hervor und sieht mich im Rückspiegel fragend an. »Mitten auf der Straße?«, fügt er hinzu und kneift die Augen zusammen.

Ich nicke und öffne bereits die Tür, um auszusteigen.

»Was hast du vor, Daire?« Xotichls Miene verfinstert sich in einem Maße, wie ich es noch nie gesehen habe.

Da es keinen Sinn hat, sie anzulügen, versuche ich es gar nicht erst. Ich schaue zwischen den beiden hin und her und sage: »Etwas, was schon längst hätte getan werden müssen.«

Dann schlage ich die Tür zu und gehe zu Gifford's Gift Shop, zugleich Notariat und Postamt. Dort werde ich mir einen Becher von dem frisch gebrühten Kaffee gönnen, für den sie im Schaufenster werben, während ich darauf warte, dass das Rabbit Hole aufmacht.

# Entweihung

# Elf
## DACE

Daire geht weg von meinem Auto.
Weg von mir.
Entschlossen. Eilig. Ihr glänzend braunes Haar weht auf beinahe höhnische Weise hinter ihr her. Als wollte es sagen: *Du willst mich? Du willst mich mit deiner Hand umfassen und die Finger um meine weichen, seidigen Strähnen schließen? Nur zu – deinem dämonischen Bruder wäre nichts lieber als das!*

Ich fluche leise, versetze dem Erdboden einen sinnlosen Tritt und steige ins Auto. Ein hässlicher Blechhaufen aus zusammengeschraubten Einzelteilen, aber dank unzähligen Stunden unter der Motorhaube und schichtenweise Schmierfett an den Händen mit einem reibungslos schnurrenden Motor.

Ich blicke in den Rückspiegel und sehe, wie Daire bei Auden auf die Rückbank rutscht. Ihre tiefgrünen Augen leuchten wie Smaragde, ihre Wangen schimmern rosig – und sie lächelt so strahlend, dass ich die Augen schließe und mir einbilde, sie würde für mich lächeln.

Als ich die Augen wieder öffne, sind sie weg. Ich kann nur noch ihrer Staubwolke hinterherstarren, außerstande, irgendetwas anderes zu tun, als den Kopf zu schütteln. Ich fahre mir durchs Haar und denke an eine Zeit zurück, als ich noch der Meinung war, dessen Länge sei das Einzige, was mich von meinem Bruder unterschiede.

Gestern war ich naiv.

Heute nicht mehr so sehr.

Nicht, nachdem ich gesehen habe, wie er vor unseren Augen immer größer geworden ist und sich in ein monströses, schlangenzüngiges Untier verwandelt hat.

Und dann Daire – klar, sie hat völlig entsetzt zugesehen, wirkte aber nicht im Geringsten überrascht, ihn so zu erleben. Ob sie wohl auch den Traum gehabt hat?

Es ist ein Traum, den ich schon zu oft geträumt habe.

Ich presse mir die Knöchel fest gegen die Augen, um das Brennen darin zu verhindern, jedoch vergeblich – die zwangsläufige Folge einer qualvoll durchlittenen Nacht. Jedes Mal, wenn ich fast eingeschlafen war, trieben mir Bilder von Daire in den Kopf. Sie sah mich an – vertrauensvoll, liebend, schenkte sich mir in einer Weise, die ihr selbst mehr Angst machte als mir.

Ich war mir sicher, dass das erst der Anfang war.

Sicher, dass unsere Liebe von da an nur noch wachsen konnte. Ich war nie so glücklich gewesen, hatte mich nie so erfüllt gefühlt wie in dem Moment, als ich neben ihr lag. Als ich mir geschworen habe, den Rest meines Lebens damit zu verbringen, sie so zufrieden zu machen, wie ich es war.

Dieses Versprechen wollte ich einhalten.

Will es noch immer.

Unsere Trennung ist vorübergehend. Eine bittere Notwendigkeit. Es ist das, was ich tun muss, um sie zu schützen, bis ich weiß, wie ich mit Cade fertig werde.

Und auch wenn alles davon wahr ist, bringt mir das keinen Trost.

Fünf Minuten ohne sie sind unerträglich.

Ein ganzes Leben ohne sie ist undenkbar.

Doch obwohl ich es momentan nicht riskieren kann, mich ihr zu nähern, ja, mir nicht einmal erlauben darf, an sie zu denken, ohne Cade zu stärken, wird mir ein Weg einfallen, wie ich dem ein Ende bereiten kann. Ich habe keine Wahl. Dieser hartnäckige Albtraum, in dem sie in meinen Armen stirbt, kann kein Zufall sein. Es ist eine Prophezeiung. Daran hege ich keinen Zweifel.

Eine Prophezeiung, die ich aufhalten will, koste es, was es wolle.

Unter keinen Umständen werde ich tatenlos zusehen, wie Daire stirbt. Wenn überhaupt jemand stirbt, dann Cade. Und wenn nicht Cade, werde ich mit Freuden an seiner statt sterben. Wenn ich schon nichts anderes mit meiner unseligen Existenz anfange, dann will ich wenigstens dafür sorgen, dass Daire unversehrt bleibt.

Ich reiße unsanft am Lenkrad. Dieser alte Blechhaufen stammt noch aus dem Jahrzehnt vor Erfindung der Servolenkung. Gerade will ich losfahren, als Daires Großmutter durch das blaue Tor kommt und mich unverwandt ansieht.

»Obwohl ich es schon lange vermutet habe, war ich mir bis jetzt nicht sicher.« Ihre Stimme klingt hell und unbefangen, als knüpfte sie an ein früheres Gespräch an, an das ich mich nicht erinnern kann. Sie verwirrt mich noch mehr, als sie sagt: »Es tut mir ja so leid.«

Ich zucke die Achseln. Fahre mit dem Daumen übers Lenkrad. In letzter Zeit gab es eine Menge Dinge, die einem leidtun können, aber ich nehme an, sie meint meine verhinderte Beziehung zu Daire.

»Du bist besser als die Umstände deiner Geburt«, fährt sie fort.

*Ach. Das.*

»Du musst dich bemühen, dich darüber zu erheben. Du hast das Potenzial für Großes. Das darfst du nie vergessen.«

Sie mustert mich, während ich nicht weiß, wie ich reagieren soll.

»Was auch immer du tust, bitte setz dich nicht selbst herab. Deine Mutter hat sich wegen euch beiden schon mit genug Selbstvorwürfen gequält, findest du nicht auch?«

Ich fange ihren Blick auf und frage mich, wie sie das macht – wie die ältere Generation das überhaupt macht. Paloma, Leftfoot, Chepi und Chay – wie können sie in einer Welt, die von Schmerz überquillt, so hoffnungsvoll und optimistisch bleiben?

»Weil wir keine andere Wahl haben.« Sie setzt ein angedeutetes Lächeln auf und beantwortet den Gedanken in meinem Kopf. »Es wird immer Hell und Dunkel geben. Wie sollten wir sonst das eine erkennen, wenn es nicht auch das andere gibt?«

Ich halte ihren Blick fest und weiß, ich habe ihr volles Verständnis und ihre Unterstützung. Doch ich bin zu befangen durch die Scham darüber, dass sie weiß, was ich bin – wie ich gezeugt wurde, die schreckliche Wahrheit, die mir niemand verraten hat –, um den mitfühlenden Blick schätzen zu können, den sie mir schenkt.

»Du musst den Drang unterdrücken, Gleiches mit Gleichem zu vergelten. Dabei kann nichts Gutes herauskommen. Du musst dich auf deine innere Güte und Helligkeit stützen.« Zur Bekräftigung tätschelt sie mir den Arm. Es ist eine kurze, flüchtige Berührung, die mich aber dennoch tröstet.

Dann weicht sie von meinem Pick-up zurück, zieht sich die Strickjacke eng um den Körper und winkt mich davon. Ihre besorgte Miene verschwindet in der Staubwolke, die ich hinter mir aufwirbele.

Als ich auf den Schulparkplatz einbiege, ist die Lücke neben Audens Auto frei. Doch ich hüte mich, dort zu parken. Ab jetzt muss ich auf Distanz bleiben. Ab sofort. Also fahre ich weiter zur anderen Seite und bemerke dabei, dass nur zwei Personen aus Audens Auto aussteigen. Daire ist nicht darunter.

»Wo ist sie?« Ich trete abrupt auf die Bremse. Sehe mich in alle Richtungen suchend nach ihr um.

Ich mustere Auden, der sich zu Xotichl umdreht, die sich wiederum mir zuwendet und sagt: »Sie ist gar nicht bis hierher mitgekommen, sondern hat sich in der Stadt absetzen lassen.«

»In der Stadt? Warum?« Ich reibe mir das Kinn und versuche, mir einen Reim auf ihr Handeln zu machen.

Xotichl kaut auf ihrer Unterlippe herum und überlegt sichtlich, wie viel sie mir verraten soll. »Weil sie irgendetwas vorhat«, sagt sie. »Ich weiß nur nicht, was. Das Einzige, was ich sicher sagen kann, ist, dass ihre Energie sehr entschlossen war. Und Dace, nur damit wir beide auf demselben Stand sind – ich weiß, was gestern geschehen ist. Und das macht mir nur umso mehr Sorgen.«

Das Auto hinter mir hupt. Es ist Lita, die ihr Fenster herunterlässt und mich mit einem sarkastischen Grinsen begrüßt. »Hey, Dace. Nimmst du jetzt den Parkplatz oder was? Denn falls nicht, hätte ich ihn gern. Und zwar möglichst noch heute!«

Mein Blick begegnet dem Audens. Er schüttelt den Kopf und lacht, als ich Lita in die Parklücke winke. Wenn Xotichl sich Sorgen macht, mache ich mir auch Sorgen. Und das genügt mir schon, um ebenso schnell, wie ich gekommen bin, den Parkplatz wieder zu verlassen.

Ich muss mich nur vergewissern, dass ihr nichts fehlt.

Wenn das erledigt ist, fahre ich zurück zur Schule, tue, was von mir erwartet wird, und verschwende keinen Gedanken mehr an sie.

Doch ganz egal, wie oft ich mir das auch vorsage, ich weiß, dass es nicht wahr ist.

## Zwölf

### Daire

Die Glocke an der Tür gellt laut, als ich den Laden betrete, sodass mehrere Kunden mich mit einem schnellen Blick taxieren.

Gifford schaut von seiner Registrierkasse auf, und seine Augen weiten sich, als er mich erkennt. »Ach, hallo«, ruft er mir fröhlich zu. »Hast du deinen Bus verpasst? Frische Postkarten sind übrigens gerade erst eingetroffen – gleich da drüben.« Er zeigt auf den Ständer mit den deprimierenden Bildpostkarten von diesem elenden Kaff. Ihm ist überhaupt nicht bewusst, dass er mich soeben an einen der schlimmsten Tage in meinem Leben erinnert hat. An den Tag, an dem ich nur ein paar Schritte von hier fast gestorben wäre.

Trotzdem, so schlimm es auch war, der gestrige Tag war noch schlimmer. Viel schlimmer. Durch Palomas Beistand ist das Bein, das ich mir vor dem Rabbit Hole gebrochen habe, binnen weniger Wochen geheilt. Wenn es heute nicht läuft wie geplant, wird sich mein gebrochenes Herz vielleicht nie mehr erholen.

Ich lächele ansatzweise und sage mir, dass er es gut meint. Nicht jeder in dieser Stadt ist ein Richter. Dann gehe ich in den hinteren Raum, wo der Kaffee ausgeschenkt wird. Dabei hoffe ich, einen dieser runden Tische mit den leuchtend pinkfarbenen Tischdecken zu ergattern und als zeitweiligen Zufluchtsort benutzen zu können, bis es an der Zeit ist, meinen Plan umzusetzen.

Doch sowie ich Chay dort sitzen sehe, über einen Kaffee und ein Plunderteilchen gebeugt, während er die Zeitung liest, trete ich schnurstracks den Rückzug an. Ich komme allerdings nicht besonders weit, da er sich bereits vom Tisch erhebt und mir nachruft, was mir keine andere Wahl lässt, als ihn zu begrüßen.

»Hey«, sage ich und stelle meine Tasche auf den Stuhl ihm gegenüber.

Er schiebt mir seinen Teller hin und bietet mir die Hälfte seines Plunderteilchens an. Doch so verlockend es auch aussieht mit seiner flüssigen Cremefüllung und den gezuckerten Früchten – ich habe Paloma versprochen, die Finger von Junkfood zu lassen, und dieses Versprechen gedenke ich zu halten.

»Nein danke. Ich lebe immer noch abstinent.« Ich schiebe ihm das Gebäckstück wieder hinüber. »Wenn es nach Paloma geht, bleibe ich auf Dauer abstinent. Aber keine Sorge, ich verrate ihr nicht, wie du deine Vormittage verbringst.«

Er lacht über meine Worte, wobei sich um seine Augen Fältchen bilden, die sich fächerförmig ausbreiten. Seine gute Laune ist dermaßen ansteckend, dass ich einfach mitlachen muss, verblüfft darüber, wie sich dadurch schlagartig meine Stimmung verbessert.

»Wie wär's, wenn wir ein Abkommen treffen?«, schlägt er vor. »Du erzählst Paloma nicht, dass ich trotz all ihrer Warnungen über die Übel von Zucker immer noch meinem Hang zu Süßem fröne, und ich verrate ihr nicht, dass du die Schule schwänzt.« Als sein Blick meinem begegnet, liegt allerdings keinerlei Heiterkeit mehr darin. »Das sehe ich doch richtig, oder?«

Ich ziehe eine Braue hoch und zucke die Achseln. Mein Mitteilungsbedürfnis ist versiegt. Ich stehe vom Tisch auf und hole mir die Reste verbrannten Kaffees aus einer schon fast leeren Kanne. Eines der besten Beispiele für unlautere Werbung, die ich je gesehen habe. *Frisch gebrüht*, da lache ich ja.

Ich nehme vorsichtig einen ersten Schluck.

»Und falls dem so ist«, fährt Chay fort, »warum bist du dann hierhergekommen?«

»Zu dieser Tageszeit gibt es nicht so rasend viele Alternativen. Und zu anderen Tageszeiten eigentlich auch nicht. Schließlich befinden wir uns in Enchantment. Nicht direkt die Vergnügungshauptstadt der Welt.« Ich gebe zwei Tütchen Kaffeeweißer in meinen Becher und hoffe, das überdeckt den schlimmsten Beigeschmack. Es ist eine Art Milch in Pulverform, keine Flüssigmilch, und damit schon wieder etwas, was Paloma keinesfalls gutheißen würde. Doch ich habe nichts anderes zur Verfügung, und manchmal muss man eben Kompromisse schließen.

»Ich weiß nicht«, sagt Chay. »Ich könnte mir hundert andere Beschäftigungen für dich vorstellen.«

»Nenn eine.« Ich tauche eines dieser dünnen Plastikstäbchen in meinen Kaffee und rühre heftig um.

»Kachina liebt es, frühmorgens auszureiten.« Chay mustert mich eindringlich.

»Ich auch.« Ich nehme noch einen Schluck, der zwar besser schmeckt als der erste, aber wirklich nur ein bisschen. »Irgendwie hatte ich wohl das Bedürfnis, unter Leute zu gehen statt in die Natur. Und welcher Ort wäre besser als dieser hier?«

Chay hält inne, wobei seine Gabel mit einem Bissen von seinem Plunderteilchen zwischen Teller und Mund hängen bleibt. »Und was ist mit der Schule? Da sind jede Menge Leute. Sogar Leute deines Alters.« Er sieht mir direkt in die Augen. Man kann ihm nicht so leicht etwas vormachen. »Daire, was wird hier wirklich gespielt?« Sein Tonfall wird schlagartig ernst. Jetzt ist Schluss mit lustig.

Seufzend starre ich in meinen Kaffee. »Wo soll ich anfangen?«

»Wo du magst.« Er faltet seine Zeitung zusammen und schiebt sie zur Seite, während ich meine Möglichkeiten abwäge.

Chay ist Palomas vertrauter Freund und, wie ich kürzlich entdeckt habe, auch ihr Geliebter. Er hat mich schon in meiner schlimmsten Trotzphase erlebt. Hat mich ohne ein einziges Wort der Beschwerde den ganzen Weg von Phoenix nach Enchantment gefahren. Hat mich an den Ort meiner Visionssuche begleitet und mir das Selbstvertrauen vermittelt, das ich brauchte, um mich in die Höhle zu wagen. Und er hat mir auf unbestimmte Zeit Kachinas Pflege überlassen.

Er ist ein guter Mensch.

Jemand, dem ich vertrauen kann.

Vielleicht nicht in allem, aber ich habe ja auch nicht vor, ihm alles zu erzählen.

Ich hole tief Luft und lege los. Dabei fällt mir auf, wie er während meiner Schilderung, dass die Unterwelt vor die Hunde geht, nervös an dem Adlerring dreht, an dem zwei goldfarbene Steine als Augen eingelassen sind und den er immer trägt. Gerade will ich ihm vom Echo erzählen, davon, wie ich endlich herausgefunden habe, was es wirklich bedeutet – für Dace, für Cade, für uns alle.

»Und dann ist da natürlich noch die Kleinigkeit mit der Prophezeiung«, sage ich mit sarkastischem Unterton. Doch in Wahrheit ragt die Prophezeiung überlebensgroß vor uns auf, sodass ich an nichts anderes mehr denken kann. Und so wird es zweifellos bleiben, bis ich einen Weg finde, sie in die Tonne zu treten, was ich schon bald zu tun gedenke. Und zwar sehr bald. Sobald ich Chay abwimmeln und über die Straße zum Rabbit Hole gehen kann. »Du weißt über die Prophezeiung Bescheid, stimmt's?«

Chay beugt sich über seinen Kaffee und weicht gezielt meinem Blick aus. »Eine Prophezeiung lässt sich auf viele verschiedene Arten auslegen.«

Ich lehne mich zurück und verzichte lieber auf den Rest meines Kaffees, statt noch einen Schluck zu nehmen. »Genau das hat Paloma auch gesagt.« Ich mustere ihn aufmerksam, betrachte das lange, schwarze Haar, die hohen Wangenknochen, den breiten Mund, den verwitterten Teint und die freundlichsten Augen, die ich, abgesehen von Daces Augen, je gesehen habe.

»Paloma ist eine weise Frau.« Chay grinst. Dann isst er gemächlich sein Gebäckstück auf und wischt sich die Krümel von den Lippen, ehe er weiterspricht. »Aber das erklärt noch immer nicht, warum du hier bist.«

»Nicht?« Ich lege den Kopf schief und fordere ihn so heraus, mal zu versuchen, die Wahrheit zu erraten, da ich nicht vorhabe, sie ihm einfach auf die Nase zu binden.

Er lehnt sich zurück und kneift nachdenklich die Augen zusammen. Zweifellos spürt er, worauf ich es anlege, wenn vielleicht auch nicht ganz. Schließlich kippt er den Rest seines Kaffees hinunter und steht auf. »Gehen wir doch ein bisschen spazieren.«

Ich folge ihm nach draußen und habe keine Ahnung, wo er mit mir hinwill, doch ich bin mir ziemlich sicher, dass es nicht das Rabbit Hole sein wird. Zumindest hoffe ich das nicht. Ich brauche keinen Begleiter. Manche Dinge muss ich allein erledigen.

»Wohin gehen wir?« Ich bleibe neben ihm am Straßenrand stehen, um ein paar Autos vorbeifahren zu lassen, bevor wir hinübergehen.

»Buchhandlung.« Er schaut konzentriert auf die andere Straßenseite, von wo Dace mich aus seinem Auto heraus beobachtet.

Ich weiß, ohne hinsehen zu müssen, dass er es ist.

Ich spüre den Strom bedingungsloser Liebe, der mich stets umgibt, wenn er in der Nähe ist.

Es kostet mich die letzten Reste meiner Kraft, ihn zu ignorieren. Nicht zu ihm hinzusehen. Nicht wie ein Gummiball herumzuspringen, ihm wie wild zuzuwinken und dabei laut seinen Namen zu rufen.

Schlimm genug, dass ich ihn liebe. Allerdings kommt es nicht infrage, diese Liebe zu leben.

Zumindest für den Moment.

»Ich muss zuerst noch hier rein«, sage ich, packe Chay am Ellbogen und steuere ihn in den Schnapsladen an der Ecke, wo ich mich, kaum innen angekommen, an die nächste Wand lehne, um mich zu beruhigen.

»Alles in Ordnung?« Chay schaut mich prüfend an.

Ich nicke und ringe um Fassung, damit ich etwas sagen kann. »Würde es dir etwas ausmachen, ein Päckchen Zigaretten für mich zu besorgen? Ich bin noch zu jung, um selbst welche zu kaufen.«

Misstrauisch zieht er die Brauen zusammen.

»Zigaretten sind der Lieblingssnack der Dämonen«, rufe ich ihm in Erinnerung. »Und man kann nie wissen, wann man mal welche braucht.«

## *Dreizehn*
### Dace

Ich bremse ab, als ich sie sehe. Seufze erleichtert auf, als sie weiter die Main Street entlanggehen.

Chay ist ein guter Mensch. Solide. Zuverlässig. Vernünftig. Wenn Daire die Schule schwänzt, um sich mit ihm zu treffen, muss sie ihre Gründe haben.

Ich rutsche auf dem Sitz nach unten, als sie am Straßenrand stehen bleiben, und komme mir wie ein fieser Stalker vor, als Chay mich beim Spähen ertappt. Der Blick, den er mir zuwirft, zeugt allerdings von unausgesprochener Solidarität. Zum Glück ist Daire zu sehr mit Reden beschäftigt, um meine Anwesenheit zu registrieren.

Ich starre auf ihre Lippen und versuche, von ihnen zu lesen. Zielsicher bestrafe ich mich selbst, als ich mir ausmale, wie sie über uns spricht. Dass unsere Liebe von Anfang an zum Scheitern verurteilt war. Dass ich mit ihr geschlafen und mich zwei Stunden später von ihr getrennt habe.

Vielleicht glaubt sie, dass ich mich aus freien Stücken gegen das Kämpfen entschieden hätte.

Dass ich klein beigebe und Cade gewinnen lasse.

Jedenfalls hat sie gestern Abend in meiner Küche etwas in der Richtung angedeutet.

Und vielleicht sagt Chay ihr deshalb nicht, dass ich hier bin. Dass ich hilflos aus einem schlammverspritzten Autofenster schaue, mein Wort bereits gebrochen habe und außerstande bin, meine eigenen Versprechen zu halten.

Vielleicht denkt er, dass ich ihrer nicht würdig bin.

Als sie im Schnapsladen verschwinden, konzentriere ich mich mit jetzt wissenderen Augen aufs Rabbit Hole und frage mich, wie ich weiter dort arbeiten soll. Wie ich je wieder einen Fuß dort hineinsetzen soll – jetzt, wo ich weiß, was ich weiß.

Mir ist bereits der Anblick des Ladens verhasst.

*Sie* sind mir verhasst.

Doch kaum habe ich das gedacht, da ertönt Chepis Stimme in meinem Kopf: *Was habe ich dich über Hass gelehrt, mein Sohn?*

Gefolgt von der pflichtbewussten Antwort, die ich ihr als Kind gab: *Dass er dem Hassenden mehr Schaden zufügt als dem Gehassten. Und dass man sich unter allen Umständen davor hüten soll.*

Ich reibe mir das Gesicht und frage mich, warum sie ein Kind, das angeblich so gut, so unfähig zu einem solch dunklen Gefühl sein soll, gelehrt hat, was zu tun ist, wenn es mit dem Gespenst des Hasses konfrontiert wird.

Hat sie damit gerechnet, dass dieser Tag einmal kommen würde?

Wollte sie mich auf eine Zeit vorbereiten, da meine Seele von Kummer verdunkelt sein würde?

Was auch immer der Grund dafür war, ich hege keinen Zweifel daran, dass meine Seele eine kleine Verdunkelung brauchen könnte. Wenn ich mir überhaupt Hoffnungen darauf machen will, die Umstände meiner Geburt zu überwinden oder vielmehr meinen dämonischen Bruder zu überwinden, dann könnte sich ein bisschen Seelenschwärze als hilfreich erweisen.

Vergelte nicht Gleiches mit Gleichem, hat Paloma gesagt und behauptet, dabei käme nichts Gutes heraus.

Doch wie sonst soll ich kämpfen?

Soll ich etwa so hell und gut leuchten, dass Cade allein von meinem strahlenden Anblick vernichtet wird?

Soll ich mich zurücklehnen und nichts tun – und meinem Bruder erlauben, Daire zu töten, indem er ihr die Seele raubt wie in meinen Träumen? Einem Traum, den ich fälschlich für einen Albtraum gehalten habe. Ich begriff einfach nicht, warum ich immer wieder aufwachte, Nacht für Nacht, schweißgebadet und besessen von Gedanken an ein Mädchen, das ich gar nicht kannte.

Bis sie mir an diesem Abend im Rabbit Hole über den Weg gelaufen ist und ihr Anblick meine ganze Welt aus den Angeln gehoben hat.

Als kurz darauf Leftfoot zu mir gekommen ist und mir eröffnet hat, dass ich nun sechzehn Jahre alt und die Zeit für meine Visionssuche gekommen sei, hätte ich nie gedacht, dass diese Suche mit ihr zu tun haben könnte.

Nie hätte ich gedacht, dass ich zur Höhle ihrer Visionssuche aufbrechen und sie überreden würde, dazubleiben und es durchzustehen. Ihr vor Augen zu führen, welche Art von Größe sie eines Tages erreichen könnte, wenn sie nur noch ein bisschen darin aushielte.

Sowie es vorüber war, blieb ich mit mehr Fragen als Antworten zurück. *Was hatte das zu bedeuten? Warum war ich dort? Warum hat Daire es kein einziges Mal erwähnt? Nicht einmal den Kuss, den wir uns gegeben haben?*

Ich blicke grimmig zum Rabbit Hole hinüber, zu dem dämlichen Neonschild mit dem leuchtenden Pfeil, der eine steile Treppe hinunterzeigt.

Die Richters sind Idioten.

Als das Portal sie nicht in die Unterwelt eingelassen hat, versuchten sie, sich den Zugang zu erzwingen, indem sie tief in die Erde gruben, ohne zu begreifen, dass sie dabei bessere Aussichten darauf hatten, Australien zu erreichen als eine von ausschließlich Gutem bevölkerte mystische Dimension.

Als sie ihre Dummheit schließlich erkannten, beschlossen sie, die Grube zu nutzen, indem sie sie zu Enchantments angesagtestem Ausgehlokal umfunktionierten oder vielmehr zu Enchantments *einzigem* Ausgehlokal. Die Trinker in der oberen Etage, die Teenager in der unteren, und schon ist der Laden Abend für Abend voll.

Doch jetzt, dank Cades Diebstahl an Palomas Seele und Daires Unvermögen, das ewige Leben ihrer Großmutter für das Wohl des großen Ganzen zu opfern, haben sie einen Weg gefunden, die Barriere aufzubrechen. Die Geschichte musste ich mir aus den Fetzen, die ich aufgeschnappt habe, mühsam zusammenbasteln, weil irgendwie jeder denkt, ich müsse geschont und vor der Wahrheit meiner Familie bewahrt werden.

Glauben sie wirklich, ich sei so verflucht rein, dass ich nicht mit meiner eigenen Wirklichkeit umgehen kann?

Und schlimmer noch, glauben sie allen Ernstes, ich sei außerstande, mich selbst zu verteidigen?

Ich umfasse das Lenkrad fester, schaue das Gebäude finster an und trete aufs Gas, bis ich das Pedal zum Boden durchgetreten habe. Nichts wünsche ich mir mehr, als diese falsche Ziegelfassade zu durchbrechen und dieses bescheuerte Schild in Trümmer zu legen, zusammen mit sämtlichen Richters drinnen im Haus.

Doch im allerletzten Moment reiße ich das Lenkrad herum und verlasse die Innenstadt.

Mache mich auf den Weg ins Reservat, auf der Suche nach Antworten, die längst überfällig sind.

## Vierzehn

### DAIRE

Als wir aus dem Schnapsladen kommen, die Zigaretten sicher in meiner Tasche verstaut, ist Dace verschwunden. Hoffentlich hat er sich auf den Rückweg zur Schule gemacht, nachdem er begriffen hat, welch großes Risiko er eingeht, wenn er mir folgt.

An mich denkt.

Mich liebt.

Ich begleite Chay in die Buchhandlung, wo er an den Regalen entlangstreift und sich die Art von Titeln ansieht, von denen ich mir sicher bin, dass sie ihn überhaupt nicht interessieren. Dabei drückt er sich auf eine Art und Weise herum, dass ich mich frage, warum er überhaupt Wert darauf gelegt hat, mich hierherzubringen.

Als die Rothaarige an der Kasse einer unsichtbaren Person im Hinterzimmer zuruft, dass sie kurz rüber zu Gifford's muss, um eine Rolle Briefmarken zu besorgen, und den Laden verlässt, wird Chay sofort munter. Sowie sie die Ladentür hinter sich geschlossen hat, schießt er mit einer mir völlig unerklärlichen Zielgerichtetheit zum Verkaufstresen. Er lächelt zur Begrüßung, als ein Mann mit pechschwarzem Haar und ebensolchen Augen hinter dem Vorhang hervorkommt und mich fragend ansieht.

»Daire Santos.« Chay macht eine Kopfbewegung zu mir her.

»Lucio Whitefeather.« Der Mann nickt und umfasst

meine Hand mit seiner zu einem angenehm festen Händedruck.

»Whitefeather?« Ich sehe zwischen ihm und Chay hin und her.

»Lucio ist Leftfoots Sohn«, murmelt Chay, während er mich durch den Vorhang in ein Hinterzimmer schiebt, das anscheinend als Lager, Pausenraum und Versandzentrale zugleich herhalten muss, wenn man nach der Anzahl großer Pappkartons geht, die überall herumstehen.

»Gutes Timing«, sagt Lucio. »Hab gerade Neuware bekommen.«

Ich sehe ihnen zu, wie sie sich über eine Kiste beugen und dicke Streifen braunen Klebebands durchtrennen, nur um ... *Bücher freizulegen?*

»Kapier ich nicht.« Ich verziehe den Mund. Versuche, aus ihrem Treiben schlau zu werden. »Was soll die ganze Heimlichtuerei?«

Lucio schaut zwischen Chay und mir hin und her und ergreift die Initiative. »Die Richters kontrollieren die Stadt nicht nur einfach so – sie kontrollieren auch, was in der Stadt verkauft wird.«

Ich mustere die Bücherstapel mit ihren bunten Einbänden – Bücher darüber, wie man sein Leben meistert, wie man von innen heraus eine bessere Welt erschafft – etwas ganz anderes als die Bücher, die ich erwartet hätte.

»Wollt ihr damit sagen, dass sie zusätzlich zu ihrer langen Liste von Übeltaten jetzt auch noch Bücher verbieten?«

»Sie haben alles verboten, was ihnen zu inspirierend oder zu informativ ist.« Lucio und Chay wechseln einen wissenden Blick. »Sie wollen nicht, dass die Menschen ihr Leben selbst in die Hand nehmen. Das wäre ungünstig für sie.«

»Also zensieren sie?«

»Schon mal Enchantment-Radio gehört?«, fragt Lucio.

Ich schüttele den Kopf. Auf die Idee wäre ich nie gekommen. Ich bin ziemlich mit meinem iPod verwachsen.

»Dort laufen nur die Musik und die Nachrichten, die ihnen genehm sind. Und die Lokalzeitung ist keinen Deut besser.«

»Okay, aber trotzdem – wozu die ganze Heimlichtuerei? Warum bestellt man nicht einfach die ganzen Sachen online und lässt sich sämtliche inspirierenden Ratgeberbücher, die man haben will, direkt ins Haus liefern?«

»Sie betreiben das lokale Postamt und auch den lokalen Internetprovider.«

Ich reiße die Augen auf. *Puh.* Ich wusste ja, dass diese Stadt schlimm ist. Ich wusste, dass die Richters böse sind. Aber irgendwie war mir wohl nie so ganz klar, wie weit das geht. Sie sind wirklich komplette Faschisten. Ein Grund mehr, mich ins Rabbit Hole zu begeben und zu tun, wozu ich gekommen bin.

»Und, warum bleibt ihr hier?« Ich sehe zwischen ihnen hin und her.

»Jemand muss doch für das Gute kämpfen.« Chay grinst, nimmt ein Buch vom Stapel und steckt es mir in die Tasche. Er verabschiedet sich rasch von Lucio und drängt mich hastig zur Hintertür hinaus, als die rothaarige Verkäuferin zurückkehrt.

»Soll ich dich nach Hause bringen?« Chay äußert die Frage ganz beiläufig, was in direktem Gegensatz zu dem durchdringenden Blick steht, mit dem er mich mustert.

»Nach Hause? Du meinst nicht zur Schule?« Ich ziehe eine Braue hoch. »Ehrlich gesagt, hatte ich eigentlich vor, mich noch eine Weile in der Stadt herumzutreiben. Mir ein ruhiges Plätzchen suchen und mein neues Buch lesen.« Ich tätschele nachdrücklich meine Tasche, doch Chays Blick sagt mir, dass er mir die Nummer nicht abkauft.

»Das würde ich nicht empfehlen. Am besten machst du so etwas ausschließlich in deiner häuslichen Privatsphäre.«

»Willst du damit sagen, dass unsere häusliche Privatsphäre geschützt ist?«

In Chays Mundwinkeln zuckt es. »In Palomas Haus schon.«

»Was hast du mir da überhaupt zugesteckt?«, frage ich, nachdem ich kaum einen Blick auf das Buch hatte werfen können, ehe er es mir tief in die Tasche geschoben hat.

»Ein Buch über Manifestieren und Entschlusskraft – nichts, was Paloma dir nicht auch beibringen könnte.«

Verwirrt starre ich ihn an.

Er reibt sich das Kinn und sieht sich um, um sicherzugehen, dass uns niemand belauscht. »Daire, ich wollte dir zeigen, mit was für Gegnern du es zu tun hast. Du unterschätzt El Coyote massiv, wenn du glaubst, du kannst einfach dort hineinplatzen und tun, was … was ich glaube, was du zu tun vorhast. Sie sind viel mächtiger, als du denkst. Die Schachtel Zigaretten in deiner Tasche bringt dich vielleicht an den Dämonen vorbei, die das Portal bewachen, aber was willst du machen, wenn du erst einmal drinnen bist? Hast du überhaupt einen Plan – oder handelst du einfach aus einer irrationalen Mischung aus Leidenschaft, Wut und Adrenalin heraus?« Er fixiert mich mit seinem Blick und wartet auf eine Antwort von mir, doch als ich ihm keine gebe, spricht er weiter. »Wenn du jetzt da rübergehst, schaffst du es lediglich, dich umbringen zu lassen.«

»Stimmt nicht«, widerspreche ich. »Cade bringt mich nicht um – er braucht mich. Er weiß, dass ich mich nicht einfach dazu zwingen kann, Dace nicht mehr zu lieben – so funktioniert das nicht. Also wird er umso stärker, je länger er mich am Leben lässt. Er ist derjenige, der davon profitiert.«

»Glaub bloß nicht eine Sekunde lang, dass er dich nicht tötet, nur um sich selbst zu retten, denn ich garantiere dir, er tut es. Dein Antrieb, ihn umzubringen, ist nur so wirksam wie die Kraft, die dir dafür zur Verfügung steht. Und Daire, du bist einfach nicht stark genug. Ich kann dich das nicht tun lassen. Zumindest *noch* nicht. Außerdem musst du das nicht alles allein auf dich nehmen. Du hast jede Menge Rückhalt in Paloma und mir. Selbst in Leftfoot und Chepi und Lucio, den du gerade kennengelernt hast. Lass dir von uns helfen. Lass dir von uns zeigen, wie man die Sache richtig angeht.«

Ich wäge seine Worte ab.

»Komm schon.« Er legt mir einen Arm um die Schulter und führt mich die Straße hinab zu seinem Auto. »Es ist keine Schande, auf die Weisheit eines alten Mannes zu hören.«

## Fünfzehn
### Dace

Der Letzte, mit dem ich gerechnet hätte, als ich das Haus meiner Mutter betrete, ist Leftfoot. Doch da sitzt er über einen dampfenden Becher frischen Piñon-Kaffee gebeugt am Küchentisch, mitten in einem lebhaften Gespräch.

»… einfach verschwunden«, sagt er gerade. »Aber wir wissen, dass das nicht wahr ist.«

Er wirft Chepi einen vielsagenden Blick zu, woraufhin sie so grimmig das Gesicht verzieht, wie ich es nicht oft zu sehen bekomme. Die beiden sind derart in ihre Gedanken vertieft, dass es eine Weile dauert, bis sie mich bemerken.

»Dace!« Meine Mutter springt auf und macht ein Gesicht, das ich nicht entschlüsseln kann. *Ist es schlechtes Gewissen – Erstaunen – Vorwurf?* Ehe ich es herausfinde, eilt sie auf mich zu, schließt mich in die Arme und streicht mir übers Haar.

Ich erwidere die Umarmung. Drücke sie fest an mich, dann mache ich mich sachte los. Ich blicke zwischen den beiden hin und her und sage: »Ich brauche Antworten.«

»Warum bist du nicht in der Schule?« Chepi sieht mich aus ihren großen braunen Augen streng an. Offenbar möchte sie ein Gespräch abwenden, das ihr unangenehm ist. »Die Winterferien fangen doch erst nächste Woche an.«

»Mutter, bitte.« Meine Stimme klingt so angestrengt, wie mir zumute ist, während ich mich auf den freien Stuhl zwischen ihnen setze, nicht bereit, dieses spezielle Spielchen mitzuspielen. »Es ist an der Zeit, ehrlich zu mir zu sein und mir die Wahrheit zu sagen.«

Leftfoot murmelt vor sich hin, dass er jetzt gehen müsse. Doch noch bevor er recht weit gekommen ist, halte ich ihn auf. »Zufällig brauche ich dich auch hier.«

Er sieht mich scharf an, nimmt wieder Platz und wendet sich an meine Mutter. »Chepi, es ist Zeit. Du kannst es nicht ewig hinauszögern.«

Chepi knetet nervös die Tischplatte. Man sieht ihren Händen an, dass sie jahrelang Schmuck gemacht hat – die Stücke aus Türkisen und Silber, die einst bei Galerien und Touristen zugleich begehrt waren. Doch im Lauf der letzten zehn Jahre haben die Galerien allesamt den Betrieb eingestellt, und die Touristen machen einen Bogen um Enchantment. Seitdem ist Chepi gezwungen, regelmäßig nach Santa Fe zu fahren, wo sie ihre Waren auf der Plaza anbietet, um uns so über Wasser zu halten.

»Ich weiß, was dir am Tag der Toten zugestoßen ist«, beginne ich, um ihr ein erneutes Durchleben dieser Hölle zu ersparen. »Ich weiß, was Leandro getan hat. Ich weiß, was ich bin, was Cade ist und wie wir gezeugt wurden. Ich weiß, dass du in keiner Weise verantwortlich für das bist, was dir zugestoßen ist. Ich weiß, wie schwer es für dich gewesen sein muss, mich in den letzten sechzehn Jahren ständig vor Augen zu haben …«

»Nein!« Ihre Hand greift nach meiner und drückt sie mit erstaunlicher Kraft, während sie mir heftig widerspricht. »Glaub das nicht – so war es überhaupt nicht!«

Ich befreie mich aus ihrem Griff und kippele mit dem Stuhl nach hinten, bis er nur noch auf zwei Beinen steht. Eine Gewohnheit von mir, die sie in meiner Kindheit stets mit einem missbilligenden Blick und einem scharfen Tadel quittierte, die heute jedoch unkommentiert bleibt.

»Du bist mein Sohn. Ich habe kein einziges Mal bereut, dich geboren zu haben. Du warst dazu ausersehen, zu mir zu kommen.« Nervös bewegt sie die Finger.

*Ausersehen. Ja.* Ich starre auf meine Hände und überlege, was ich als Nächstes sagen soll.

Meine Gedanken werden durch Leftfoot unterbrochen. »Dace, es tut mir leid«, sagt er. »Ich wollte es dir schon so oft sagen, aber …«

»Aber ich habe es nicht erlaubt«, unterbricht ihn Chepi. »Ich dachte, indem ich es ignoriere, könnte ich es vermeiden. Dumm von mir, ich weiß.« Sie schüttelt den Kopf. »Aber als ich dich mit dem Mädchen gesehen habe …«

»Daire. Das Mädchen heißt Daire.« Mein Magen krampft sich beklommen zusammen, als ein Bild von ihr in meinem Kopf aufblitzt.

»Ja.« Chepi nickt. »Als ich dich mit ihr gesehen habe, wusste ich, dass es nicht mehr lange dauern würde, bis die Wahrheit ans Licht kommt. Trotzdem schien irgendwie kein Augenblick dafür geeignet zu sein, um es dir zu sagen. Aber du sollst wissen, dass ich dich niemals absichtlich belogen oder getäuscht habe. Ich wollte dich nur vor der Art von quälenden Gedanken schützen, die du jetzt hast.«

Mein Blick begegnet dem meiner Mutter, und auf einmal ist all der Ärger, in den ich mich im Lauf einer langen, qualvollen Nacht hineingesteigert habe, wie weggeblasen. Sie hat mehr gelitten, als einem Menschen eigentlich zumutbar ist. Es gibt keinen Grund, ihr vorzuwerfen, dass sie ihre Geheimnisse für sich behalten hat. Keinen Grund, sie noch tiefer in das hier hineinzuziehen, als ich es bereits getan habe.

Doch als ich versuche, ihr das klarzumachen und darauf zu bestehen, dass Leftfoot und ich allein alles Weitere besprechen können, tritt eine lange verborgen gebliebene Kraft zutage. »Du hast eine Erklärung verdient«, sagt Chepi. »Du hast es verdient, die Wahrheit zu erfahren.«

Obwohl ich hier reingeplatzt bin und eine Erklärung verlangt habe, brauche ich einen Moment, um mich darauf vorzubereiten.

Sie schaut an die Wand, als wären ihre Erinnerungen darauf geschrieben. Dann lässt sie die Schultern sinken und nimmt eine bequemere Haltung ein, während ihre Mundwinkel sich kaum merklich heben – ein enormer Kontrast zu dem verkniffenen Mund und den geballten Fäusten, mit denen ich gerechnet hätte.

»Ich war damals noch so wahnsinnig jung.« Ihre Stimme wird ganz weich, während ein wehmütiges Lächeln ihre Wangen aufleuchten lässt und an eine unwiederbringliche Version ihrer selbst gemahnt. »Jolon – mein Vater, dein Großvater – hat sich auf eine enorm liebevolle und fürsorgliche Art um mich gekümmert, was ich aber überhaupt nicht begriffen habe, ehe er starb.«

»Er hat dich nach Strich und Faden verwöhnt«, ergänzt Leftfoot und gibt der Geschichte, die schon allzu bald düster werden wird, damit ein Körnchen Leichtigkeit.

Ihre Blicke begegnen sich, als würden sie die Erinnerung zwischen sich ausbalancieren. Die Verbindung bricht ab, als Chepi an ihren Ärmeln zieht und sich wieder mir zuwendet. »Ich war gerade sechzehn geworden. Nach heutigen Maßstäben war ich allerdings eine sehr junge und unschuldige Sechzehnjährige. Du kannst mir glauben, dass ich nicht einmal einen Hauch der Weltgewandtheit eurer Generation besessen habe. Zuerst habe ich meine Naivität für das verantwortlich gemacht, was mir zugestoßen ist, aber Leftfoot konnte mich schließlich davon überzeugen, dass das keine Rolle gespielt hat. Ich war Leandro so oder so nicht gewachsen. Er war wild entschlossen. Ich war sein Faustpfand. So einfach ist das.«

Mein Blick schweift zu Leftfoot hinüber, und erneut muss ich seine Selbstlosigkeit würdigen – wie rasch er sich erboten hat, die vaterlose Lücke in unserem Leben zu füllen.

»Es war ein aufregender Tag«, fährt sie fort. »Im ganzen Reservat herrschte reges Treiben. Aber ich war ganz besonders voller Vorfreude, weil mir Jolon versprochen hatte, mich in die Unterwelt mitzunehmen, damit ich mein Geisttier kennenlernen konnte.« Ihre Augen glänzen bei der Erinnerung. »Obwohl ich schon immer wusste, dass ich von Kolibri geleitet werde, hatte ich nie die Reise angetreten, um ihm von Angesicht zu Angesicht gegenüberzutreten. Ich war ja so glücklich – ich fühlte mich so erwachsen, als wäre ich endlich voll und ganz in die Gemeinschaft aufgenommen worden. Die mystischen Künste hatten mich schon immer fasziniert, denn ich hatte seit frühester Jugend bei Jolon gelernt. Doch sowie ich sechzehn Jahre alt geworden war, versprach er, meine Ausbildung zu intensivieren. Er war überzeugt davon, dass ich seine Gabe geerbt hatte. Es galt als ausgemacht, dass ich eines Tages in seine Fußstapfen treten würde …«

Sie verstummt und fährt mit den Fingerspitzen über die Maserung der Tischplatte und bereitet sich auf das vor, was als Nächstes kommt. Ihr Gesichtsausdruck veranlasst mich, nach ihrer Hand zu greifen, in der Hoffnung, dass ihr das die Kraft gibt fortzufahren.

»Wir wollten eigentlich früh aufbrechen, aber wie es bei Jolon oft vorkam, wurden wir aufgehalten, weil ein Nachbar krank geworden war und seine Behandlung brauchte. Normalerweise hätte ich ihm assistiert, doch ich war zu aufgeregt und meine Energie zu konfus, als dass ich hätte nützlich sein können. Also stieg ich auf mein Pferd, eine alte Stute namens Lucky, die ich sehr liebte, und machte mich auf den Weg zu den verkrümmten Wacholderbäumen, wo ich auf Jolon warten wollte. Unterwegs ist mir Daniel begegnet – ein wuschelhaariger, braunäugiger Junge, in den ich heimlich verknallt war. Zumindest dachte ich, es sei eine heimliche Liebe, aber ich hatte meine Gefühle wohl nicht gut genug verborgen.« Sie blinzelt unsicher, und ihr Gesicht nimmt einen resignierten Ausdruck an. »Jedenfalls hat sich Daniel erboten, mich zu begleiten, doch zuerst wollte er mir noch etwas Tolles zeigen. Es werde nicht lange dauern, behauptete er und versprach, dass ich zurück am Portal wäre, ehe Jolon überhaupt bemerkt hätte, dass ich weg sei. Er war so überzeugend, und ich war so leichtgläubig, dass ich sofort einwilligte. Erst später, als ich gefesselt und geknebelt war, offenbarte er sein wahres Gesicht. Es stellte sich heraus, dass ich nicht Daniel gefolgt war, sondern Leandro Richter. Er hatte mich überlistet. Mich manipuliert, indem er meine Wahrnehmung verändert und mir das gezeigt hat, was ich mir am sehnlichsten wünschte. Stundenlang hielt er mich gefangen – unterstützt von finsteren, bedrohlichen Gestalten, die er aus dem Äther heraufbeschwor. Gemeinsam übten sie schreckliche Rituale der Schwarzen Magie aus, bei denen ich misshandelt und geschlagen wurde und immer wieder das Bewusstsein verlor. Bis der Morgen graute und er meinen besinnungslosen Körper über Luckys Rücken warf und mich nach Hause zu Jolon schickte. Ein paar Stunden später war Jolon tot.«

Ihre Stimme birgt die stille Resignation einer Überlebenden – einer Frau, die das Schlimmste durchgemacht hat, was das Leben einem antun kann, die unbegreiflichen Akte der Grausamkeit, die Menschen sich aus freien Stücken gegenseitig zufügen.

»An diesem Tag habe ich meine Unschuld verloren, ich habe meinen Glauben verloren und ich habe meinen geliebten Vater verloren.«

Ich nehme meine Hand von ihrer und balle unter dem Tisch die Fäuste, während ich Leandro, Cade und allen anderen von ihnen Rache schwöre. Obwohl sie mir nichts erzählt hat, was ich nicht schon wusste, verhindert das nicht die neue Welle der Wut, die in mir aufwallt.

Ich entstamme der Dunkelheit. Bin der Spross eines so heimtückischen Akts, dass man es kaum fassen kann.

*Wie kann sie es ertragen, mich anzusehen?*
*Wie kann sie es ertragen, in meiner Nähe zu sein?*

Als spürte sie meine Gedanken, dreht sich Chepi auf ihrem Stuhl zur Seite, bis sie mir direkt ins Gesicht sieht. Sie umfasst mein Kinn mit Zeigefinger und Daumen und zwingt mich, sie anzublicken. »Neun Monate später, als ich dich bekam, als ich das Licht in deinen schönen blauen Augen sah, wusste ich, dass sich ein kleiner Teil von mir durchgesetzt hatte. Während sich dein Bruder als Leandros Schöpfung erwiesen hat, bist du, mein Sohn, mein und mein allein. Es ist *mein* Blut, das durch deine Adern fließt. Du bist ein reiner Whitefeather, und das darfst du nie vergessen. Dein Großvater Jolon war sowohl mächtig als auch begabt – er stand in Verbindung zum Göttlichen –, und ich hege keinen Zweifel daran, dass das auf dich genauso zutrifft.«

»Ja, ich bin die gute Hälfte – die reine Hälfte«, erwidere ich. Die Worte klingen bitter, triefen von Sarkasmus, während ich mein Kinn aus ihrem Griff winde, da ich ihren Blick nicht mehr auf mir spüren will, mich ihrer bedingungslosen Liebe unwürdig fühle.

»Du hast unbeschreibliche Freude in mein Leben gebracht.« Sie hält kurz inne. »Du bist der Grund, aus dem ich hier sitze. Deine Ankunft in dieser Welt hat mir Freude gegeben – und einen Grund, wofür ich leben kann. Dace, mein geliebter Junge, weißt du denn nicht, dass ich, seit du auf der Welt bist, es überhaupt nicht mehr anders haben möchte?«

Das kann nicht wahr sein.

Nach allem, was sie durchgemacht hat, ist doch ausgeschlossen, dass sie das ernst meint.

Doch als ich endlich zögernd den Blick zu ihr hebe, erkenne ich, dass sie die Wahrheit spricht.

Ich schließe die Augen und ringe um Fassung. Als ich sie wieder aufschlage, spüre ich das dringende Bedürfnis, mich dafür zu entschuldigen, dass ich sie gezwungen habe, einen so entsetzlichen Tag erneut zu durchleben. »Das alles – die ganze Geschichte – tut mir wahnsinnig leid. Es tut mir leid, dass die Vergangenheit keine Ruhe gibt.«

Chepi zuckt die Achseln. »Wir hatten sechzehn friedliche Jahre zusammen. Dafür bin ich dankbar.« Sie greift mit einer Hand nach meiner Wange. Und als sie beginnt, mit meinen Haaren zu spielen, hindere ich sie nicht daran. Ihre Berührung ist sehr tröstlich für mich. »Obwohl wir jetzt in dieser Lage sind, bin ich sicher, dass wieder Frieden einkehren wird. Leandro hat meine Vergangenheit an sich gerissen, aber meine Zukunft bekommt er nicht – und deine auch nicht.« Ihre Stimme klingt so entschlossen wie selten, ihre Augen werden dunkler und erinnern mich an frisch aufgegrabene Erde. »Ich habe schon mit den Vorbereitungen begonnen.«

Ich sehe zu Leftfoot hinüber, der Chepi hier ebenso wenig folgen kann wie ich.

»Ich habe den Tag der Toten seit vielen Jahren nicht mehr begangen. Aber nachdem ich dich an jenem Morgen mit Daire allein gelassen habe, direkt nachdem Paloma ihre Seele wiederbekommen hatte, habe ich mein eigenes kleines Ritual abgehalten.«

Ich beuge mich näher zu ihr und versuche zu verstehen, was sie meint.

»Ich habe Jolon angerufen.« Sie hebt das Kinn. »Die ganzen Jahre über habe ich stets seine Gegenwart gespürt. Sein Geist ist überall, genau wie ich es dich gelehrt habe …« Ihre Stimme wird leiser, während sie abwesend mit dem Daumen über den in einen Türkis eingravierten Kolibri reibt, den sie am Zeigefinger trägt. »Ich habe ihn um seinen Schutz angefleht, und seitdem habe ich das Gefühl, dass die Kraft seines Löwen auf uns aufpasst. Aber, Dace, täusch dich nicht – sie existieren nur im Geiste. Du und Daire seid unsere letzte reale Verteidigung gegen ihn und die anderen Richters. Es wäre sinnlos, das zu leugnen.«

Sie verstummt und überlässt es mir, aus ihren Worten schlau zu werden. Und obwohl das überhaupt nicht das war, was ich zu hören erwartet hatte, bleibe ich vor allem daran hängen, dass Jolons Löwe uns leitet. Angesichts der Umstände kann das nichts Gutes bedeuten.

»Die Unterwelt ist korrumpiert«, sage ich. »Daire und ich waren gestern dort. Wir waren fast jeden Tag dort – oder vielmehr Daire war dort.« Ich zupfe an dem unprofessionellen Verband an meinem Arm, der an den Rändern bereits ausfranst und in der Mitte rot von meinem Blut ist, und bin mir nur allzu bewusst, dass ich ihren Namen zweimal ausgesprochen habe.

Es ist ein Zeichen dafür, dass man verliebt ist. So zu tun, als könnte allein die Erwähnung einer Person deren Anwesenheit heraufbeschwören. Obwohl es einzig und allein das atemberaubende Bild heraufbeschwört, wie sie unter mir liegt, mit geröteten Wangen, rosigen, einladenden Lippen und grün glitzernden Augen, während ich unter dem Druck meiner Finger ihre zarte Haut spüre ...

Ich schüttele den Gedanken ab. Gelobe, ihren Namen so wenig wie möglich zu verwenden. Schwer abzuschätzen, wie viel dieser kleine Tagtraum mich gekostet hat.

»Die Unterwelt ist verseucht«, fahre ich fort. »Und die Geisttiere sind auch infiziert. Pferd ist unbrauchbar. Es führt mich nicht mehr. Sie sind allesamt unbrauchbar, verstört, unfähig.«

Das genügt Chepi, um den Kolibriring, den sie trägt, seit ich denken kann, abzulegen. Unsanft wirft sie ihn auf den Tisch, während Leftfoot ein Zeichen über den Wildlederbeutel schlägt, den er um den Hals trägt. Dabei muss ich erneut an Daire denken.

*Sie trägt ihren Beutel immer noch. Vielleicht sollte ich es ihr sagen – sie warnen, dass er eine Gefahr für sie darstellt.*

Kopfschüttelnd reibe ich mir das Gesicht. Ich muss damit aufhören. Aufhören, mir Ausreden auszudenken, damit ich an sie denken und sie sehen darf. Paloma kümmert sich um sie. Und Chay auch, nach dem, was ich vorher beobachtet habe. Sie ist in guten Händen.

Ich muss mich darauf konzentrieren, sie in anderen Belangen zu beschützen.

In wichtigeren Belangen.

In Belangen, die wirklich eine Rolle spielen.

Ich schaue auf Chepis Ring – ein Relikt aus meiner Kindheit, an dessen Anblick ich gewöhnt bin, nur dass er jetzt anders aussieht. Als enthielte er einen ganzen Schatz von Geheimnissen, die ich nicht einmal ansatzweise begreife. Mein Kopf ist so voll, meine Gedanken sind so widersprüchlich, dass ich mir selbst nur halb zuhöre, als ich sage: »Die Tiere sind dermaßen korrumpiert, dass man sich nicht mehr auf sie verlassen kann.«

Leftfoot steht abrupt vom Tisch auf. »Dann müssen wir uns eben auf uns selbst verlassen.« Er geht zur Tür und bedeutet mir, ihm zu folgen.

## Sechzehn

### Daire

Als die Fahrt sich immer länger hinzieht, als Chay einen unbekannten Feldweg nach dem anderen entlangtuckert und immer noch undurchsichtigere Abzweigungen nimmt, kann ich nicht mehr an mich halten. »Hast du nicht gesagt, Paloma würde uns erwarten?«

Er sieht mich geduldig an. »Tut sie.«

»Und wo genau wartet sie? Denn du bringst mich ja offenbar nicht nach Hause.«

»Wir fahren zu den Fällen«, erklärt er, als wäre das vollkommen einleuchtend, obwohl es mir gar nichts sagt.

»Kannst du mir vielleicht ein bisschen auf die Sprünge helfen?« Ich versuche, meine wachsende Unruhe ebenso zu dämpfen wie das nervöse Frösteln, das mich befallen hat. Die Situation erinnert mich massiv an den Verlauf meiner Visionssuche. Und obwohl ich sie durchgestanden habe und erneuert daraus hervorgegangen bin, heißt das nicht, dass es mir Spaß gemacht hätte.

Chay streckt die Hand aus, an der sein Adlerring glitzert, und tätschelt mir das Knie. »Ich habe Paloma eine SMS geschickt, als ich dich bei Gifford's gesehen habe. Sie hat mich gebeten, dich zu den Fällen zu bringen, und gemeint, sie würde dort auf uns warten.«

»Ihr simst euch?« Ich wende mich zu ihm um. Ich weiß, das sollte nicht der Punkt sein, auf den ich mich konzentriere, aber das hätte ich einfach nie gedacht.

Chay lacht. »Ja, wir simsen. Wir sind auch auf Facebook. Bei Twitter ziehen wir allerdings die Grenze.«

Ich schüttele den Kopf und ringe darum, mich zu konzentrieren und meine Gedanken wieder auf Kurs zu bringen. »Und was machen wir, wenn wir an diesen *Fällen* angelangt sind?«

Er sieht mich an. »Paloma erklärt es dir, wenn wir dort sind. Ich bin nur der Chauffeur.«

Seufzend lasse ich mich in den Sitz zurückfallen. Ich weiß genau, dass es sinnlos ist, mehr aus ihm herauszuquetschen zu wollen. Chay und Paloma stehen sich viel zu nahe, um sie gegeneinander auszuspielen.

Ein Band aus Landschaftsansichten läuft an meinem Fenster vorbei – eine unscharfe Abfolge von kargen Formationen und dunklen Beige- und Brauntönen, vor einem Himmel so weiß wie gebleichte Knochen. Trotz des kalten, trostlosen Wetters erscheint mir Xotichls Behauptung, dass es Weihnachten schneien wird, von Tag zu Tag unwahrscheinlicher.

Wir fahren Meilen und Abermeilen. Durchqueren unbekanntes Terrain, das immer unwegsamer zu werden scheint, je weiter wir kommen. Und als wir schließlich nur ein paar Meter vom Wasser entfernt haltmachen, sehe ich Palomas Jeep am Ufer stehen.

Ich lasse mich aus Chays Pick-up gleiten und verfolge, wie die beiden sich besprechen, die Köpfe zusammengesteckt wie Verschwörer. Jegliche Aussicht darauf, sie zu belauschen, wird von dem Wasserfall zunichtegemacht, der so laut rauscht, dass er alles andere übertönt.

»Bist du bereit?« Paloma sieht mich mit undurchdringlicher Miene an.

Ich blicke mich in alle Richtungen um. Ich sehe einen

tosenden Fluss und zwei Menschen, denen mein Wohl am Herzen liegen mag oder nicht.

»Bereit wofür?«, frage ich, obwohl ich fürchte, dass ich es bereits weiß. Ich habe Paloma gebeten, meine Initiation als Suchende abzuschließen, mir so viel beizubringen, wie sie kann und so schnell sie kann, und das ist ihre Art, ihr Wort zu halten. »Du erwartest allen Ernstes von mir, dass ich da reingehe? Jetzt?« Ich zeige auf den Fluss und schüttele den Kopf. »Du machst wohl Witze!« Ich verschränke die Arme. »Kommt nicht infrage, Paloma. Für den Fall, dass du es nicht bemerkt haben solltest, es ist eiskalt. Ganz zu schweigen davon, dass ich nicht gerade dafür angezogen bin.«

Mir kommt das wie eine gute Ausrede vor, doch Paloma beeindrucken meine Worte nicht. Ohne das geringste Zögern erwidert sie: »Ich habe dir Kleider zum Wechseln mitgebracht. Sobald du bereit bist, steigst du hier rein.« Sie streckt den Arm vor sich aus und zeigt mit dem Finger auf einen Punkt, wo das Wasser ans Ufer stößt. »Dann schwimmst du flussabwärts bis zum Wasserfall. Dort wirst du seine Sturzfluten ertragen, bis du mit seiner Kraft verschmilzt und er dir sein Lied anvertraut.«

Ich blinzele. Schüttele den Kopf. Blinzele noch einmal. Doch es hilft nichts. Jedes Mal, wenn ich die Augen öffne, sehe ich die beiden vor mir stehen und darauf warten, dass ich mit der Zeitverschwendung aufhöre und loslege.

»Vergiss nicht, was ich dir gesagt habe: Alles lebt, *nieta*. Die Elemente sind unsere Verbündeten, Freunde aller Suchenden. Sie alle haben uns etwas zu lehren, etwas zu offenbaren. Du hast bereits die Kraft von Wind und Erde kennengelernt, und jetzt musst du die Macht des Wassers erfahren. Es gibt ein altes Sprichwort, das besagt: *Die weichsten Dinge der Welt besiegen die härtesten Dinge der Welt*, und

Wasser ist ein gutes Beispiel dafür. Es ist seidig und flüssig, doch es hat auch die Felsen zu deinen Füßen geformt. Du musst dich bemühen, aufs Wasser zu horchen, zu ergründen, was es anzubieten hat, und sein Lied entschlüsseln. Falls nicht, fürchte ich, wirst du untergehen, und alles war vergebens.«

Ich schlucke schwer. Versuche zu erkennen, was schlimmer ist – wie mein Dad auf einer Stadtautobahn in L. A. geköpft zu werden oder in einem reißenden Fluss in New Mexico zu ertrinken, wie es mir ziemlich sicher bevorsteht.

»Eines der wichtigsten Dinge, die du als Suchende je tun wirst, abgesehen davon, das Gleichgewicht zwischen den Welten zu erhalten, ist, das Wetter zu regeln, indem du die Elemente beeinflusst. Doch bevor du den Umgang mit den Elementen beherrschst, musst du lernen, dich mit ihnen zu verbinden. Und jetzt ist es an der Zeit, dich mit dem Element Wasser zu verbinden. Viele Suchende vor dir haben sich diesen Prüfungen unterzogen, jetzt bist du an der Reihe.«

Sie reicht mir die Kleider, die sie mitgebracht hat, und weist mich an, mich im Jeep umzuziehen. Als ich herauskomme, breitet sie die Arme aus, als wollte sie mich umarmen. Und obwohl ich momentan nicht besonders scharf auf eine Umarmung von ihr bin, gebe ich nach.

Es könnte meine letzte Umarmung sein.

Sie könnte mir die Kraft geben, die ich brauche, um das hier durchzustehen.

Als mein Blick dem Chays begegnet und er aufmunternd nickt, straffe ich die Schultern, wende mich zum Fluss und wate hinein. Ich marschiere direkt in das eiskalte Wasser, das mich im Handumdrehen durchnässt hat und meinen Körper binnen weniger Sekunden an den Rand der Unterkühlung bringt. Ich sage mir, wenn es das ist, was getan werden muss, um Cade Richter zu töten, dann tue ich es eben.

Zuerst kämpfe ich gegen die Strömung an, beharre darauf, mein eigenes Tempo zu finden, meinen eigenen Weg. Doch schon bald bin ich von der Anstrengung erschöpft, sehe mich gezwungen, meine Glieder zu lockern und buchstäblich mit der Strömung zu schwimmen. Das Wildlederbeutelchen fest in einer Hand, tue ich mein Möglichstes, um meinen Kopf über Wasser zu halten, während ich flussabwärts getrieben werde.

Mit den Fingern taste ich nach den harten Kanten des steinernen Raben darin, nach dem Kiel der Feder und den Kurven von Djangos Bär. Mit klappernden Zähnen und bebenden Lippen presse ich den Beutel fest zwischen meine Hände und falte flehend die Finger. »Wenn in dir noch irgendetwas Gutes ist«, sage ich, »dann bitte führe mich durch das hier. Bitte hilf mir durchzuhalten. Lass mich nicht sterben. Nicht hier. Nicht so. Nicht ehe ich Gelegenheit bekomme, das zu tun, wofür ich geboren wurde.«

## Siebzehn

DACE

Ich presse Ober- und Unterkiefer aufeinander und bäume mich auf, als Leftfoot noch mehr von dieser widerlich stinkenden Flüssigkeit auf meine Wunde gießt. Das Zeug brennt wie die Hölle.

»Ich glaube, jetzt hast du alles erwischt.« Ich stoße die Worte zwischen zusammengebissenen Zähnen hervor. »Noch mehr davon, und ich muss vermuten, dass du mich foltern willst.«

»Wie ist das passiert?« Er blinzelt und fädelt mühsam die Nadel ein, mit der er die Wunde nähen will.

»Hatte eine unangenehme Begegnung mit einem verrückten Kojoten.«

Er hält inne, mustert mich nachdenklich und rammt mir schließlich die Nadel ins Fleisch. »Entspann dich. Je mehr Widerstand du leistest, desto schlimmer wird es. Das gilt übrigens für alles im Leben, nicht nur fürs Nähen von Wunden.«

Ich knurre leise eine Reihe von Flüchen vor mich hin. Auch wenn es weiß Gott nicht das erste Mal ist, dass Leftfoot mich näht, geht diese Wunde doch tiefer als die meisten.

»Ich fürchte, es ist noch schlimmer, als du denkst.« Immer wieder zieht er Nadel und Faden durch meine Haut und wieder heraus.

Böse funkele ich die Verletzung an. *Wenn dieser Kojote auch noch tollwütig war, bringe ich ihn um!*

»Nein, das nicht.« Leftfoot hat meine Gedanken gelesen und reißt an dem Faden, ehe er ihn verknotet. »Die Mittelwelt leidet unter den Auswirkungen von Cades Taten.«

*Ach. Das.*

»Gestern ist ein Schwarm Raben vom Himmel gefallen. Als sie am Boden aufkamen, waren sie tot. Das ist jetzt schon das zweite Mal, dass das passiert ist.«

*Raben. Natürlich. Wie poetisch.*

*Raben entsprechen Daire.*

*Und tote Raben entsprechen Cades Plan, Daires Seele zu rauben und sie als tot zurückzulassen – genau wie in dem prophetischen Traum, den ich hatte.*

»Und nachdem es in Enchantment schon viele Jahre nicht mehr geschneit hat, schneit es jetzt auch in der Umgebung nicht mehr. Es ist kalt genug für Schnee. Es riecht nach Schnee. Aber aus irgendeinem Grund schneit es nicht. Schlechte Nachrichten für Angel Fire, Taos und all die anderen Skiorte. Aber noch schlechtere Nachrichten für uns, weil wir wissen, was dahintersteckt.« Er mustert mich eindringlich. »Und die Person, die uns retten soll, ist der Aufgabe nicht gewachsen. Daires Ausbildung wurde abgebrochen, als Paloma ihre Seele verloren hat. Jetzt machen sie einfach da weiter, wo sie aufgehört haben. Doch nachdem Paloma ihre Zauberkraft verloren hat, wird Daire die Sache allein durchstehen müssen. Und ich sage das zwar nicht gern, aber sie ist leider noch lange nicht bereit dafür.« Er greift nach einer Rolle Verbandsmull und wickelt ihn mir locker um den Arm.

»Ich helfe ihr! Ich ...« Schlagartig presse ich die Lippen aufeinander und starre aus dem Fenster.

*Wie soll ich ihr helfen, wenn ich nicht einmal in ihre Nähe kommen darf?*

*Ich darf ja nicht einmal an sie denken, ohne Cade zu stärken.*
Der einzige Weg, ihr zu helfen, besteht darin, alle liebevollen Gedanken an sie durch Rachegedanken an Cade zu ersetzen. Meinen Hass auf ihn zu nähren, bis meine Seele dunkel genug geworden ist, um seine zu zermalmen.

»Du bist auch noch nicht so weit.« Leftfoots Stimme drängt sich in meine Gedanken. »Du bist zu lange behütet worden. Neben der Handvoll Taschenspielertricks, die wir dir als Kind beigebracht haben, musst du noch eine ganze Menge lernen.«

Ich beiße die Zähne zusammen. Das ist ja wohl kaum meine Schuld.

Er zupft an meinem Ärmel und rollt den Stoff herunter, bis er meine Wunde bedeckt. »Obwohl du trotz deiner mangelhaften Ausbildung niemals vergessen darfst, dass du einen ganz herausragenden Vorteil gegenüber Cade hast.«

Unsere Blicke begegnen sich. Ich habe keine Ahnung, was das wohl sein könnte.

»Während die Dunkelheit Leid und Chaos erzeugt, ist das Licht das Einzige, was das Dunkel hell genug erleuchten kann, um es aufzuhalten. Du musst nicht wie dein Bruder werden, um deinen Bruder zu bekämpfen. Verstanden?«

Ich nicke. Doch in Wahrheit bin ich bereit, alles zu opfern und falls nötig mit unlauteren Methoden zu kämpfen, wenn ich Daire nur auf diese Weise retten kann. Jetzt, wo sie ein Teil meines Lebens ist, gibt es nichts, was ich nicht tun würde, um sie zu schützen.

Ich betrachte die handgeschnitzten Santos in den Nischen und die Sammlung von Federn, Kristallen und Kräutern auf den Regalen. Die Werkzeuge der Lichtarbeiter. Die Talismane, auf die Leftfoot schwört. Vielleicht ist das Zeug wirksam genug, um die einheimische Bevölkerung zu heilen, doch es ist kaum genug für meinen monströsen Bruder.

Ich wende mich zu Leftfoot um und ertappe ihn dabei, wie er mich eingehend mustert, als würde er meine Gedanken lesen. Schließlich holt er resigniert Luft und sagt: »Ich schätze, es ist an der Zeit, dass du ein paar neue Tricks lernst.«

»Es werden Leute vermisst.«

Ich konzentriere mich und weiß nicht, ob er das ernst meint oder ob er gezielt versucht, mich abzulenken, damit er mich noch einmal daran erinnern kann, wie wichtig die Entschlusskraft ist. Und dass sie der Hauptbestandteil der Magie ist. Die Kraft, die alles bewirkt.

Ich öffne die Hand und kämpfe gegen den Drang an, einen Triumphschrei auszustoßen, als der Rotschwanzbussard, den ich angepeilt habe, mitten auf meiner Handfläche landet. Seine scharfen Krallen bohren sich in mein Fleisch, als er sich für ein paar Augenblicke niederlässt und sich rasch umsieht, ehe er die Flügel ausspannt und sich wieder in die Lüfte erhebt.

»Wer wird vermisst?«, frage ich und schlucke den Köder, nachdem ich die Aufgabe, mich mit der Natur zu verbinden und mit ihr zu verschmelzen, gemeistert habe. Ich habe es geschafft, den Bussard zumindest für ein paar kurze Augenblicke glauben zu machen, dass meine Hand ein sicherer Landeplatz sei. Hoffentlich stellt mich die nächste Lektion vor eine etwas größere Herausforderung. Die letzten waren zu einfach.

»Mike Miller, Randy Shultz, Tessa Harpy, Anthony Lopez, Carla Sanchez – sie sind alle weg. Spurlos verschwunden. Und das sind nur diejenigen, von denen ich weiß.«

Ich runzele die Stirn. Seine Worte erinnern mich schlagartig an das Gespräch zwischen ihm und Chepi, das ich unterbrochen habe, als ich vor ein paar Stunden in ihre Küche geplatzt bin.

»Wohin verschwunden?«

Leftfoot zuckt die Achseln. »Keine Ahnung. Von hier ziehen nicht viele Leute weg, wie du weißt.«

»Manche schon.« Ich starre in die Ferne und muss daran denken, wie es Marliz geschafft hat, vor einer trostlosen Zukunft als Bedienung im Rabbit Hole und einer noch trostloseren Zukunft als Ehefrau meines gestörten Cousins Gabe zu fliehen, indem sie nach L. A. gezogen ist – mit ein wenig Unterstützung von Daires Mom Jennika. Und dann war da noch ein anderes Mädchen, das ich mal gekannt habe … eine, die ebenfalls den Absprung von hier geschafft hat und nie zurückgekehrt ist.

»Viele waren es nicht. Und noch nie fünf an einem Tag.«

»Haben ihre Angehörigen sie als vermisst gemeldet?«

Leftfoot blinzelt. »Glaubst du, irgendjemanden von der Polizei kümmert das? Die schreiben nicht mal ein Protokoll. Die ganze Stadt wird von den Richters kontrolliert. Wahrscheinlich stecken sie selbst dahinter.«

Ich reibe mir das Kinn. Scharre mit den Füßen über die Erde.

»Du bist ganz anders als sie«, sagt er.

Ich wende mich zu ihm um und stimme ihm weder zu noch widerspreche ich. Auf keinen Fall will ich etwas sagen, das dazu führen könnte, dass er meine Ausbildung abbricht. Ich muss noch so viel lernen, und er ist der Einzige, der bereit ist, mich zu unterrichten.

»Was kommt als Nächstes? Du kannst es gern anspruchsvoller gestalten.«

»Du glaubst also, du bist bereit für mehr, was?« Er betrachtet mich einen Moment lang, und sein Blick ist so tief und forschend, dass ich darum ringen muss, nicht darunter zusammenzuzucken. Der alte Medizinmann mag zwar nicht so legendär sein wie sein Bruder Jolon, aber er hat sich definitiv bewährt, und ich konnte ihn noch nie an der Nase herumführen. »Gut. Aber ich warne dich: Es wird bis spät in die Nacht dauern. Morgen kannst du dann wieder zu deinem Job im Rabbit Hole zurückkehren.«

# Achtzehn

### DAIRE

Die tosende Gischt peitscht mir unbarmherzig das Gesicht, noch ehe ich am Wasserfall angelangt bin.

So gewaltig ist seine Kraft.

Von dort aus, wo ich im Wasser treibe, sieht er bedrohlich und riesig aus – eine gigantische Sintflut von der Breite einer Landstraße. Sein Anblick lässt keinen Zweifel daran, dass er mich zermalmen oder verwandeln kann.

Es kann so oder so ausgehen.

Ich erhasche einen Blick zurück auf die Stelle am Ufer, von wo aus mich Paloma und Chay beobachten. Trotz der ziemlich kurzen Distanz zwischen uns scheinen sie Welten entfernt zu sein. Wie zwei Miniaturfiguren, die von den Rändern her zuschauen und abwarten, ob ich überlebe oder umkomme. Doch die Strömung wird immer schneller. Das rasant fließende Wasser kündigt mir an, dass ich schon bald am Ziel sein werde.

Das unablässige Prasseln des Wassers, das auf sich selbst zurückstürzt, lässt meinen Körper von innen erbeben, während die eisige Umarmung des Flusses von außen mein Fleisch tot und gefühllos werden lässt. All das zusammen macht meine Lage derart elend, derart unerträglich, dass ich meine gesamte Entschlusskraft im Kampf gegen den instinktiven Drang einsetzen muss, ans Ufer zu kraulen. Ich muss darauf vertrauen, dass mich die von Paloma erlernte Magie, die altbewährten Traditionen der Suchenden und die Elemente unbeschadet hier hindurchlotsen werden.

Doch im Grunde habe ich keine Wahl. Es ist sinnlos, gegen meine Bestimmung anzukämpfen.

Würde ich mich weigern, das hier auf mich zu nehmen, mich weigern, meine Ausbildung abzuschließen, wäre mein Leben ebenso beendet wie das Djangos. Und irgendwie habe ich das Gefühl, dass ich es für uns beide tue. Mir muss das gelingen, woran er scheiterte. Und auch wenn ich diese spezielle Prüfung vielleicht nicht überlebe, auch wenn sie mir einen schrecklichen verfrühten Tod bescheren könnte, besteht doch immer noch die vage Chance, dass ich überlebe. Und an diesem Gedanken halte ich mich fest.

Ich schließe fest die Augen, konzentriere mich intensiv auf mein Ziel und drücke das Kinn auf die Brust.

Treibe näher heran.

Die Gischt peitscht gegen meine Wangen wie hämmernde Fäuste.

Fast am Ziel.

*Django – Paloma – bitte vergebt mir! Ich bin dafür nicht geschaffen – ich kann das nicht!*

Ich bin unter Wasser.

Das Wasser drischt auf mich ein, es reißt an meinen Schultern und zieht mich nach unten – und dann noch weiter nach unten. Es taucht mich in Tiefen, die alle nachvollziehbaren Grenzen überschreiten und meine Lungen derart anschwellen lassen, dass ich fürchte, sie werden platzen. Und ich kann nichts dagegen tun. Das Wasser hat mich machtlos gemacht, hilflos – es hat meine Kraft zersetzt und mir nur noch meinen Willen gelassen.

Meinen Willen zu leben.

Meinen Willen, die Sache durchzustehen.

Meinen Willen, Cade zu töten – mein Geburtsrecht als Suchende einzufordern – und nicht umzukommen wie mein Vater.

Doch offensichtlich reicht Willen allein nicht aus.

Er ist vergänglich.

Flüchtig.

Kann mit der Natur nicht mithalten.

Ist einfach nicht so robust.

Hindert mich nicht am Versinken. Ich rudere hilflos mit Armen und Beinen, außerstande, mich selbst davor zu bewahren, hart gegen die Felsen zu stoßen, während überall um mich herum schleimiges, glitschiges Zeug schwimmt.

Meine Glieder sind nutzlos und schwach geworden und meine Lungen über ihr eigentliches Fassungsvermögen hinaus aufgebläht, und so ringe ich um jedes bisschen Kraft, das mir noch geblieben ist, und versuche erneut, zur Oberfläche zu gelangen.

Doch letztlich ist es nichts weiter als ein Todestanz – hektisch, hilflos und nicht annähernd ausreichend, um mich zu retten.

Django hatte Glück – als er es kommen sah, war es bereits zu spät.

Doch das hier – das ist grauenhaft, und es wird noch schlimmer durch das kristallklare Wissen um die Endlichkeit, die auf mich wartet.

Die Felsen werden zuerst weich und dann schwammig, bis sie ganz nachgeben und ich noch weiter hinabtauche, an einen Ort, wo es nicht mehr dunkel ist und ich nicht mehr allein bin. Frei von all dem Schmerz und Leid, das mich noch vor Sekunden plagte, kann ich nur fasziniert auf eine wunderschöne, leuchtende Gestalt blicken, die direkt vor mir schwebt. Sie strahlt eine so warme, so strahlende

Energie aus, so liebevoll und heilsam, dass ich dem, was ich verloren habe, nicht mehr nachtrauere.

Ich bin einfach nur dankbar, mich in ihrem Dunstkreis aufhalten zu dürfen.

Dankbar dafür, dass dieser Abstieg nicht annähernd so schlimm war, wie ich gefürchtet hatte.

Ich verweile. Treibe in langsamen Kreisen um dieses wundervolle, strahlende Wesen herum. Ein so herrliches Gebilde, dass es kaum zu fassen ist.

Mein Körper ist gestärkt, geheilt von der makellosen Reinheit seiner angeborenen Kraft und Güte. Ich ringe darum, das Gefühl zu bewahren, damit es nie aufhört. Doch ein kaum merkliches Kopfschütteln und ein aufgerichteter Finger von ihm genügen, und schon bin ich wieder auf dem Weg nach oben.

Steige auf. Wirbele. Breche so schnell durchs Wasser, dass keine Zeit zum Protestieren bleibt, ehe ich herausschieße.

Frei vom Wasser.

Frei von der Strömung.

Keuchend blinzele ich durch vom Wasser getrübte Augen. Stelle erstaunt fest, dass ich mich an einem stillen, ruhigen Ort auf der anderen Seite des Wasserfalls befinde.

Nicht mehr bedrohlich. Nicht mehr beängstigend. Die Innensicht gestattet eine ganz neue Perspektive.

Klar, er ist immer noch glänzend, schillernd und glitzernd – aber von da aus, wo ich jetzt treibe, erscheint er eher prächtig als Furcht einflößend. Eine strahlende Kaskade kristallinen Wassers glitzert silbern unter dem Bauch eines spätmorgendlichen Mondes. Der Ton ist irgendwie gedämpft – nicht mehr das krachende Crescendo, das ich einst als so ohrenbetäubend empfand.

Ich greife nach meinem Beutelchen und stelle erleichtert

fest, dass es die Reise ebenfalls überlebt hat. »Und jetzt?«, sage ich und presse mir das nasse Wildleder an die Lippen.

Obwohl ich nicht wirklich eine Antwort erwartet habe, hält mich das Schweigen, das mir begegnet, dazu an, auch selbst zu schweigen.

Ich bringe meinen Körper zur Ruhe. Meinen Geist. Zwinge mich, still und ruhig zu werden und mir anzusehen, was das Wasser offenbart.

Ich habe keine Ahnung, wie lange ich so verharre. Da mein Körper nicht mehr kalt und meine Haut nicht mehr taub ist, erscheint mir die Zeit bestenfalls bedeutungslos. Ich weiß nur, dass irgendwann mein Puls schneller geht und mein Herz schneller schlägt, bis ich spüre, wie die rohe Kraft der Energie des Wasserfalls mit meiner eigenen eins wird.

Sie wallt in mir auf.

Verschmilzt mit der Lebenskraft, die mich antreibt.

Zuerst vernehme ich die Botschaft nur vage, doch schon bald ertönt sie klar und deutlich. Erhebt sich zu einer herrlichen Harmonie, die aus den Tiefen emporsteigt, bis der Klang des Wasserlieds in meinem Kopf anschwillt.

*Ich bin Trost*
*Ich bin Tod*
*Ich nehme Leben und erhalte es zugleich*
*Ich bin das Wiegen und das Plätschern an einem heißen Sommertag*
*Ich bin die harte Eisschicht einer strengen Winterzeit*
*Ich passe mich an*
*Wandele mich ständig*
*Meine Bindungen nichtig*
*Folge meiner Spur, wenn du merkst, dass du widerstrebst*

Das Lied wiederholt sich. Erklingt wieder und wieder, bis ich mitsinge. Und sowie der Text in meinem Kopf gespeichert und in mein Herz eingeprägt ist, finde ich den Weg zurück. Der einstmals tosende Wasserfall wird zu einem Rinnsal und gewährt mir sicheres Geleit, bevor er wieder zu seiner vollen Kraft zurückfindet.

Paloma und Chay erwarten mich mit einer dicken Decke am Ufer, in die sie mich einhüllen, um mich zu wärmen. Paloma streicht mir über Schultern und Rücken, und ihre Stimme ist voller Stolz, als sie sagt: »*Nieta*, du hast es geschafft!«

Ich umfasse mein Haar mit der Faust, presse große Wassertropfen daraus auf den Boden, zusammen mit einem herrlichen Stein, der zu mir heraufglitzert. Seine Farbe erinnert mich an die Augen von Dace.

»Ein Geschenk des Wassers.« Paloma hebt ihn auf und präsentiert ihn auf ihrer Handfläche, während ich ihn staunend betrachte. »Ein Aquamarin – ein Wasserstein. Der gehört in deinen Beutel, *nieta*.«

Sie lässt ihn neben den anderen Talismanen hineinfallen, während ich zwischen ihr und Chay hin- und herblicke. »Was kommt als Nächstes?«, frage ich, denn ich fühle mich mehr als bereit, es anzugehen, was immer es auch sein mag. Sicher kann es nicht schlimmer sein als die Tortur, die ich soeben überstanden habe – okay, mit knapper Not überstanden, aber immerhin.

Chay sieht Paloma an. »Das überlasse ich dir«, sagt er, gibt ihr einen kurzen Abschiedskuss und geht auf sein Auto zu. Paloma winkt mich zu ihrem Jeep, wo ich wieder in die Sachen schlüpfe, in denen ich gekommen bin.

»Feuer kommt als Nächstes.« Sie hält mir die Decke vor und erläutert es mir näher. »Es ist das letzte übrige Element und, wie manche sagen würden, das gefährlichste. Normalerweise verkraften wir keine zwei Prüfungen an einem Tag, aber andererseits handelt es sich auch nicht um normale Umstände, oder?«

»Ich bin bereit.« Meine Stimme klingt entschlossen, während ich ihr erlaube, mein Haar zu einem langen Zopf zu flechten, der mir über den Rücken fällt, ganz ähnlich wie ihrer. »Was auch immer getan werden muss, ich tue es. Sag mir einfach, wo ich beginnen soll.«

## Neunzehn
### Dace

Nach mühsamen Übungen in Umarmen der Natur sowie Eintauchen in die Natur und Verschmelzen mit ihr kommt Leftfoot endlich zur Sache. »Dein Zwilling ist ein Hautwandler«, sagt er.

Im ersten Moment erstarre ich. Es geschieht unwillkürlich, und ich könnte es selbst beim besten Willen nicht verhindern. Ich blicke mich hektisch in alle Richtungen um, ob irgendjemand nahe genug ist, um uns zu belauschen, aber natürlich ist außer uns niemand da. Trotzdem atme ich noch nicht auf.

Eines der ersten Dinge, die ich als Kind gelernt habe, war, dass Dinge, wenn man seine Aufmerksamkeit auf sie richtet, indem man über sie spricht oder permanent über sie nachdenkt, irgendwann real werden, dass sie zum Beispiel auf einmal vor der Tür stehen, ob man sie nun wollte oder nicht. Und das funktioniert bei den schlechten Dingen genauso wie bei den guten.

Deshalb wurde ich von unangenehmen Themen ferngehalten – und das Thema Hautwandler zählt zu den allerunangenehmsten überhaupt.

Hautwandler sind ein ernstes Problem. Wirklich beängstigend. Wenn man es anspricht, sollte man einen triftigen Grund dafür haben, damit man nicht ohne Not einen davon auf sich aufmerksam macht, was man sein Leben lang bereuen wird.

Falls man das Glück hat, danach weiterzuleben, heißt das.

Aber laut Leftfoot habe ich ja ohnehin bereits einen auf mich aufmerksam gemacht, der zufälligerweise gleichzeitig mein Zwillingsbruder ist.

Ich konzentriere mich auf den alten Medizinmann vor mir. In der schwindenden Nachmittagssonne glitzert sein Haar wie Silberfolie. Sein verhangener Blick wird intensiver, als er weiterspricht. »Oder ich sollte besser sagen, er ist eine Art Mischform davon. Ich bezweifele nämlich, dass er das Ritual vollständig absolviert hat. Nicht nur, weil ihm die Geduld für so etwas fehlt, sondern auch, weil die Tötung eines Verwandten dazugehört – der übliche Preis dafür, dass jemandem Zugang zu den Schwarzen Künsten gewährt wird. Und da Leandro nicht bereit ist, auch nur den dümmsten Richter zu opfern, vermute ich, dass Cade noch kein voll ausgeprägter Hautwandler ist. Mit einer so dunklen Seele, wie Cade sie besitzt, genügt schon allein der Akt, sich reizen zu lassen, zum Beispiel indem er sich heftig über etwas ärgert oder freut, für eine völlige Umwandlung seines Selbst.«

Ich starre in die Ferne und brauche einen Moment, um seine Worte zu verarbeiten. Obwohl ich keinen Zweifel daran hege, dass das stimmt, was er sagt, bleibt doch die Frage bestehen – kann ich das auch?

»Ich habe es gesehen. Sowohl im Traum als auch im richtigen Leben.«

»Ich auch.« Er fängt meinen erstaunten Blick auf. »Ich habe in der Schwitzhütte eine Menge Dinge gesehen, genau wie es bei dir sein wird. Doch eines nach dem anderen.«

Ich blicke ihn an und fühle mich bereit zu allem, was er mir beibringen will.

»Ich werde etwas mit dir teilen, was lange verboten gewesen ist. Etwas, was mich mein Bruder Jolon gelehrt hat, was ihn aber niemand gelehrt hat. Er hat es einfach intuitiv *aufgenommen*, wie nur Jolon es konnte. In der Hinsicht war er sehr stark.« Leftfoot versinkt in Erinnerungen, ehe er sich wieder mir zuwendet. »Ich werde dich Seelenspringen lehren. Wie du in das Wesen eines anderen Menschen eintauchen kannst, indem du mit seiner Energie verschmilzt, sodass du die Erfahrungen anderer teilen kannst. Du wirst sehen, was sie sehen, hören, was sie denken. Und die wenigen, die dies meistern, können außerdem großen Einfluss auf die Betreffenden ausüben.«

Obwohl ich unbedingt lernen will, machen mich seine Worte stutzig. Mit offenem Mund stehe ich schweigend vor ihm, bis ich mich wieder gefasst habe. »Du machst Witze, oder? Wie soll das denn möglich sein?«

»Oh, es ist möglich.« Leftfoots Miene und seine Stimme bleiben völlig gelassen. »Ganz ähnlich wie du deine Energie vorhin mit den Vögeln und den Schlangen verschmolzen hast, um ihre Erfahrung zu teilen, wirst du jetzt lernen, das Gleiche mit einem Menschen zu tun.«

Ich schließe die Augen und versuche es mir auszumalen. Stelle mir vor, einen Seelensprung in Cade hinein zu tun.

*Wie wäre es, in diesen dunklen, hohlen Kern zu blicken und die Geheimnisse seines Wesens zu lernen – sich auf die Suche nach seinen Schwachpunkten zu machen?*

Genau auf so etwas hatte ich gehofft.

Es verändert auf jeden Fall die Spielregeln.

Wenn ich nur hineingelangen und einen Blick auf die dort lauernde Finsternis werfen kann, weiß ich genau, wie ich mein Wissen nutzen muss, wenn es an der Zeit ist. Vielleicht eigne ich mir auch selbst ein Stück davon an. Wenn meine Liebe zu Daire ihn stärkt, dann funktioniert das doch sicher auch andersherum? Bestimmt könnte ich mich doch mit seiner Bösartigkeit wappnen?

Ich sehe Leftfoot an, begierig darauf anzufangen. Sicher wird sich das als weitaus nützlicher erweisen, als mithilfe dieses Rotschwanzbussards über der Landschaft zu schweben, so faszinierend das auch war.

»Es gibt allerdings einen Vorbehalt ... Du darfst nie einem anderen Menschen zeigen, was du gelernt hast – nicht einmal Daire.« Er hält so lange inne, bis ich zustimme, und fährt dann erst fort. »Und du darfst die Gabe nie missbrauchen. *Niemals*. Ich kann das gar nicht genug betonen. Du benutzt die Gabe ausschließlich dann, wenn du der festen Überzeugung bist, dass es sein muss. Zuerst musst du alle anderen Optionen ausschöpfen. Es darf nur ein letzter Ausweg sein. Die restliche Zeit musst du dein Wissen für dich behalten. Und du musst schwören, es mit ins Grab zu nehmen. Nicht einmal Chepi und Paloma ahnen, dass ich das beherrsche. Wie ich bereits erwähnt habe, ist es schon seit Jahren verboten.«

»Ich sag's niemandem. Ich schwöre es.« Die Beteuerung klingt selbst in meinen Ohren ein bisschen übereifrig, was vermutlich der Grund dafür ist, dass mir Leftfoot einen skeptischen Blick zuwirft.

»Es steckt noch mehr dahinter.« Er zieht die Brauen zusammen und blickt in die Ferne. »Etwas, von dem ich hoffe, dass es illustriert, wie ernst das alles ist ...«

Ich warte darauf, dass er es mir verrät, aber eigentlich will ich jetzt anfangen.

»Leandro hat Jolon nicht umgebracht.«

Ich starre Leftfoot an. Seine Worte haben mich schockiert.

»Diese Geschichte tut Jolon unrecht. Allerdings habe ich

nie versucht, ihn in Schutz zu nehmen, weil die Wahrheit noch viel schlimmer ist.«

Er wendet sich den Sangre-de-Cristo-Bergen zu und verzieht das Gesicht, als er den fehlenden Schnee auf den Gipfeln registriert. Oder vielleicht gilt seine Grimasse auch nur dem, was er als Nächstes sagen will. Bei Leftfoot weiß man nie.

»In Wirklichkeit war Jolons Abwehr viel zu stark für Leandro, und Leandro war zumindest klug genug, um das zu wissen. Als Chepi an diesem Tag geschändet und misshandelt nach Hause kam, beschloss Jolon, die verbotene Kunst zu nutzen, mit der wir als Kinder nur gespielt hatten, um in Leandros Innenwelt einzudringen. Er hielt sich lange genug darin auf, um die Inhalte dieses elenden, verkommenen Lebens zu ergründen – einschließlich der schrecklichen, an Chepi verübten Taten. Er glaubte, er könne damit umgehen, und damals war Jolon so stark, dass ich auch darauf gewettet hätte. Doch die Vorgänge, die Jolon zu sehen bekam, waren so grauenhaft, dass sie ihn auf eine Weise schwächten, die er nie für möglich gehalten hätte. Er starb, kurz nachdem er den Seelensprung vollzogen hatte. Während also der Kern dieser vielfach erzählten Geschichte derselbe ist – nämlich dass Jolon angesichts der Ereignisse an einem gebrochenen Herzen starb –, hat Leandro in Wirklichkeit Jolon nicht dazu gezwungen, sich das Geschehen vor Augen zu führen. Er hat Jolons Wahrnehmung nicht verändert, wie so oft behauptet wird. Jolon hat den Sprung aus freien Stücken vollführt. Er hat *selbst* beschlossen, zu den Abgründen von Leandros schwarzer Seele vorzustoßen. Und was er dort gesehen hat, hat ihn das Leben gekostet.«

Ich stehe vor ihm, von seiner Schilderung der Ereignisse reichlich ernüchtert.

»Alle Magie hat ihren Preis. Das darfst du nie vergessen.«

Ich mahle mit dem Kiefer und nicke mit geballten Fäusten, als würde ich ihm zustimmen. Tue ich ja auch.

»Okay«, sagt Leftfoot, endlich überzeugt. »Es funktioniert folgendermaßen …«

## Zwanzig

### Daire

Sowie wir Jennika sehen, die mit ihrem Auto vor Palomas Haus geparkt hat, stöhnen wir beide auf – eine lauter als die andere.

»Toll. Geht es also schon los mit dem Feuer.« Ungläubig beobachte ich, wie meine Mutter, an einen unspektakulären Mietwagen gelehnt, dasteht und zornig Ziffern in ihr Handy eingibt. Wahrscheinlich ruft sie bei mir an und erreicht nur die Mailbox, da mein Telefon den größten Teil des Tages ausgeschaltet war.

Als sie uns kommen hört, hebt sie das Kinn. Ihr Gesichtsausdruck wechselt von wütend zu erleichtert, ehe er sich bei total verdrossen einpendelt. »Hallo, Daire«, sagt sie und kommt zu mir herüber. Sie breitet die Arme weit zu einer Umarmung aus, obwohl ihr Auftreten alles andere als einladend auf mich wirkt. »Wo zum Teufel bist du gewesen?« Abrupt lässt sie mich los. »Ich versuche seit Stunden, dich zu erreichen. Bin sogar an deiner Schule vorbeigefahren, nur um dort zu erfahren, dass du überhaupt nicht aufgetaucht bist. Ich habe mir entsetzliche Sorgen gemacht!« Sie greift nach meinem Zopf und runzelt die Stirn, als ihre Finger nass werden. Schließlich verlagert sie ihre Wut auf Paloma. »Na?«, knurrt sie sie an.

»Bitte komm doch rein.« Paloma schlägt einen Bogen um Jennika und geht auf die Haustür zu. »Ich mache uns Tee und etwas zu essen, und dann können wir uns alle zusammensetzen und reden. Schön, dich zu sehen.« Sie lächelt Jennika an, doch die schnaubt nur.

Ich werfe Paloma einen verstohlenen Blick zu, der voller Fragen steckt. *Wie ist es dazu gekommen? Wie konnte meine Mom in Enchantment auftauchen, ohne dass ich davon wusste – ohne jegliche Vorwarnung?* Doch Paloma scheint ebenso ahnungslos zu sein wie ich.

»Was willst du hier?«, frage ich, während ich mich auf einen Stuhl am Küchentisch niederlasse und Jennika bedeute, sich ebenfalls zu setzen, was sie widerwillig tut.

»Ich wollte dich überraschen. Und nach deinem entsetzten Gesichtsausdruck zu urteilen, als du mich gesehen hast, ist mir das auch gelungen.«

Ich ringe um ein Lächeln. Versuche, so zu tun, als wäre ich nicht annähernd so entsetzt, wie sie glaubt. Ein wenig überrascht, aber in erster Linie froh darüber, sie zu sehen.

Was ich auch bin.

Oder zumindest hätte ich es mit einer kleinen Vorwarnung sein können, einem bisschen Vorbereitungszeit. Aber schließlich war Jennika noch nie der Typ, der vorher anruft. Sie liebt Überraschungsangriffe.

»Was ist los, Daire?« Ihre grünen Augen, fast exakte Ebenbilder der meinen, mustern mich auf diese alles wissende, alles sehende mütterliche Art, bei der mir regelmäßig mulmig wird.

»Warum bist du nicht bei der Arbeit?«, erwidere ich und nehme den Becher Tee entgegen, den Paloma vor mich hinstellt. So habe ich wenigstens etwas zum Anschauen.

»Wir machen über die Feiertage Pause. Also dachte ich, ich besuche dich mal.«

»Du bleibst *über Nacht* hier?«, frage ich und bedauere

auf der Stelle meine erschrockene Miene und meinen panischen Tonfall.

*Ganz cool, Daire. Lass sie bloß nicht ahnen, dass du in Aktivitäten verstrickt bist, die sie nie gutheißen würde.*

»Ich habe mir in der Stadt ein Zimmer genommen.« Sie tippt mit dem Daumen gegen die Teetasse, wobei der Silberring, den ich ihr zum Muttertag geschenkt habe, ein dumpf scheppernder Geräusch erzeugt.

»In Enchantment gibt es Zimmer?« Ich blinzele und versuche mir vorzustellen, wer hier eigentlich übernachten wollen könnte. Wer würde freiwillig nach Enchantment kommen und dann auch noch die Nacht hier verbringen?

»Ja, aber weiß Gott nichts Großartiges.«

Sie zupft an ihrem Haar, wobei mir die blond gebleichten Strähnchen wesentlich goldfarbener vorkommen als das extreme Platinblond, das ich in Erinnerung habe. Und ihr Teint, der normalerweise ebenso blass ist wie meiner, hat eine leichte Bräunung angenommen. Das muss der L.-A.-Effekt sein – die Folge davon, dass sie jetzt dauerhaft in Kalifornien lebt, wo immer die Sonne scheint.

Zumindest denke ich das, bis ich ein paar zarte Fältchen auf ihrer Stirn entdecke und begreife, dass sie kein annähernd so ruhiges Leben führt, wie ich dachte. Auch wenn sie zum ersten Mal seit langer Zeit eine feste Adresse und einen festen Arbeitsplatz hat, war es ein hartes Jahr für sie, mit so vielen Veränderungen, dass man kaum mehr mit Zählen nachkam. Und es waren nicht alles Veränderungen zum Guten.

Manchmal vergesse ich, wie schwer es für Jennika gewesen ist, mir nicht nur beim Umgang mit Dingen zusehen zu müssen, die sie nicht verstehen kann – und eigentlich auch nicht will –, sondern mich auch in der Obhut einer Frau zu lassen, die sie gar nicht so besonders gut kennt.

Sie macht sich Sorgen.

Sie meint es gut.

Und je länger sie bleibt, desto mehr muss ich das berücksichtigen.

»Ich wollte mich dir und Paloma nicht aufdrängen«, fährt sie fort. »Aber jetzt glaube ich fast, ich sollte es tun.«

Toll. Ich starre in meinen Tee, während sie wiederum mich anstarrt. Sie hätte sich mal wieder keinen ungünstigeren Zeitpunkt aussuchen können. Irgendein verrückter mütterlicher Instinkt muss ihr genau den richtigen Moment zum Eingreifen eingeflüstert haben. Anders lässt es sich nicht erklären.

»So, und nachdem ich jetzt deine Frage beantwortet habe, ist es höchste Zeit, dass du meine beantwortest. Was ist mit der Schule? Warum warst du heute nicht dort, obwohl du abgesehen von deinem unerklärlicherweise nassen Haar einen völlig gesunden Eindruck machst? Wo wart ihr beiden überhaupt? Was ist los, Daire?«

Ich schaue Hilfe suchend zu Paloma, doch sie ist an den Herd zurückgekehrt und dreht uns den Rücken zu, während sie etwas zu essen zubereitet.

Ich beschließe, Jennikas Trommelfeuer von Fragen auf einmal zu beantworten. »Ich brauchte einen Tag für meine seelische Gesundheit, also hat Paloma einen Ausflug mit mir gemacht. Sie meinte, ein paar Stunden an der frischen Luft würden mir guttun.« Die Antwort ist nicht übel und kommt der Wahrheit so nahe, wie ich es mir leisten kann.

»Was meinst du mit einen Tag für deine *seelische Gesundheit*? Sind die Visionen zurückgekommen?« Jennika erbleicht, während sie an die Halluzinationen denkt, die mich hierhergeführt haben. Doch ich winke rasch ab, da ich auf dieses Thema nicht noch einmal eingehen will.

»Nein. Nichts dergleichen. Ich habe nur ... Na ja, die Schule ist etwas völlig Neues für mich, wie du weißt, und da muss ich mich erst daran gewöhnen, das ist alles.«

»Geht es um diesen Jungen?« Sie runzelt die Stirn und verzieht das Gesicht, wobei der Diamantstecker in ihrer Nase immer wieder aufblinkt.

»Mit *diesen Jungen* meinst du wohl Dace?« Ich sehe sie mit zusammengekniffenen Augen an, denn ich weiß ganz genau, dass sie sich an seinen Namen erinnert.

»Dace Whitefeather, ja. Also – geht es um ihn? Ist zwischen euch etwas passiert?«

Ich lehne mich zurück, da ich die Sache eigentlich nicht diskutieren will, aber ich weiß auch, dass sie nicht so ohne Weiteres lockerlassen wird. Jennika ist wie ein Pitbull. Sie würde mit Freuden den ganzen Abend hier sitzen bleiben und auf die Antwort warten, die sie haben will. Sie kann unglaublich stur sein. Das weiß ich, weil sie diejenige ist, die mich gelehrt hat, ebenfalls unglaublich stur zu sein.

Ich seufze, da mir bereits vor ihrer Reaktion graut. »Wir sind momentan eigentlich gar nicht zusammen. Wir machen eine Pause.«

»Eine Pause?« Misstrauisch legt sie den Kopf schief.

»Eine kurze Pause.« Ich nicke. Innerlich verdrehe ich die Augen über mich selbst, da ich weiß, dass es das in ihren Ohren weder einen Deut besser noch glaubwürdiger macht.

»Und wessen Entscheidung war das – diese *kurze Pause* einzulegen?« Sie faltet die Hände vor sich auf dem Tisch und wartet darauf, dass ich ihr die ganze grässliche Geschichte erzähle.

Ich hole tief Luft und will eigentlich sagen, dass es meine war, doch das glaubt sie mir nie. Sie kennt mich zu gut. Sie wird die Lüge spüren, sowie sie mir über die Lippen geht. Also bleibe ich bei der Wahrheit – oder zumindest einer Teilwahrheit. »Seine. Es war seine Idee.« Ich kann mir einen bissigen Kommentar nicht verkneifen: »Jetzt zufrieden?« Dabei weiß ich ganz genau, dass sie das ist. Sie liebt es, recht zu behalten. Wie die meisten Menschen.

Sie kann das selbstzufriedene Strahlen nicht unterdrücken. »Eine kurze Pause – und das so kurz vor Weihnachten – wie reizend.« Sie schüttelt den Kopf und tippt mit ihren kobaltblau lackierten Nägeln hart gegen die Tischplatte. »Heißt das, ihr findet euch nach Neujahr wieder zusammen? Oder vielleicht verschiebt ihr es auch bis nach dem Valentinstag, damit ihr sämtliche romantischeren Feiertage sicher umgangen habt?«

Ich starre in meinen Tee. Wenn es nur so einfach wäre.

Sie seufzt lang und laut, als wäre es ihr eine schwere Bürde, immer recht zu haben. Als sie erneut das Wort ergreift, spricht sie in einem süßlichen Singsang. »Also, ich sage es dir ja wirklich nur ungern, dass ich mir das gleich gedacht habe …«

»Nein, das tust du nicht.« Ich beuge mich zu ihr vor. »Du sagst es überhaupt nicht ungern. Du lebst doch praktisch für diese Worte.«

Sie mustert mich. Wahrscheinlich will sie ergründen, ob ich wütend, belustigt oder gleichgültig bin. Doch bei diesem Gedanken hält sie sich nur ein paar Sekunden lang auf. »Stimmt.« Theatralisch hebt sie die Schultern und lässt sie wieder fallen. »Aber in diesem speziellen Fall wäre es schön gewesen, nicht recht zu haben. Ich weiß, du glaubst mir nicht, Daire, aber es tut mir aufrichtig leid, und ich verstehe wirklich, was du durchmachst. Dace war dein erster richtiger Freund, aber er wird nicht dein letzter sein. Deshalb ist es zwar jetzt ein schlimmes Gefühl ...«

»Würdest du das bitte lassen?«, sage ich. Ihre verwirrte Miene lässt mich nahtlos weitersprechen. »Würdest du mir bitte nicht mit solchen Sprüchen kommen, dass andere Mütter auch schöne Söhne haben und es noch mehr Fische im Meer oder andere Hähne auf dem Hühnerhof gibt und dergleichen, sondern mir einfach meinen Liebeskummer lassen? Wie du schon gesagt hast, ist es meine erste Trennung, also lass sie mich bitte voll und ganz auskosten, ehe du mich auf einen Phantomjungen zuschiebst, den ich jetzt noch überhaupt nicht kennenlernen will, okay?«

Ich rutsche auf dem Stuhl nach unten und staune darüber, wie gebrochen meine Stimme am Ende klang. Eigentlich wollte ich nur brav mitspielen und ihr sagen, was sie hören wollte, indem ich so tat, als wäre es tatsächlich so einfach, wie sie glaubt. Nichts als eine ganz gewöhnliche Schülerliebe, die plötzlich in die Brüche gegangen ist – und das nur, damit Dace sich die Mühe sparen kann, mir ein Weihnachtsgeschenk zu kaufen. Doch je länger ich gesprochen habe, desto realer wurden die Worte. Und es dauert nicht lange, da setzt meine Paranoia ein.

*Was, wenn es nicht nur eine kurze Pause ist?*

*Was, wenn ich keinen Weg finde, um den Fluch des Echos zu überwinden?*

*Was, wenn ich Cade nicht besiegen kann?*

*Wie viele Menschen müssen dann wegen meines Versagens leiden?*

Jennika macht sich an meinen Haaren zu schaffen. Sie löst meinen Zopf und glättet die einzelnen Strähnen, ehe sie sie mir in sanften Wellen über den Rücken streicht. »Ich würde dich ja zum Eisessen ausführen, gefolgt von einer starken Dosis Shoppingtherapie, was, wie du weißt, so ziemlich die beiden besten Heilmittel für ein gebrochenes Herz sind. Nur leider sitzen wir hier in diesem Kuhkaff fest, wo es keine coolen Läden gibt.« Sie sieht zu Paloma hinüber. »Nicht böse sein«, bittet sie, doch Paloma winkt nur ab und kocht weiter. »Und auch wenn ich keine Eiscreme für dich einpacken konnte, hab ich es doch geschafft, dir ein bisschen Shoppingtherapie mitzubringen.« Jennika kniet sich neben mich und lächelt so strahlend, dass es quasi einer Aufforderung gleichkommt, genauso strahlend zurückzulächeln.

Also tue ich es.

Jennika bemüht sich um mich.

Jennika tut ihr Bestes, um mir zu zeigen, dass sie mich versteht.

Jennika ist entschlossen, mich aus meiner schlechten Stimmung herauszuholen.

Also kann ich wenigstens nachgeben.

»Ich wollte die Sachen eigentlich für Weihnachten aufheben, aber es spricht ja nichts dagegen, sie dir gleich zu geben.« Sie kramt in einer Tasche herum, die sie neben ihrem Stuhl abgestellt hat, und entnimmt ihr einen verborgenen Schatz aus Designer-Jeans und ein paar dazu passenden stylischen Tops sowie einer Handvoll Silberschmuck und einem Paar neuer schwarzer Stiefel. Alles ausgesucht mit Jennikas unglaublichem Gespür dafür, was trendy und cool ist.

Obwohl mich der Anblick der Sachen nicht ganz auf dieselbe Art aufheitert wie sonst, tue ich doch so, als wäre alles wie immer, indem ich mir mehrere Ringe an die Finger stecke und lächele, als Jennika eine schicke rote Wolljacke herauszieht, die sie Paloma schenkt.

Erleichtert stelle ich fest, dass ihr Argwohn sich fürs Erste gelegt hat. Doch es ist nur eine Frage der Zeit, bis Jennika erneut auf die Pirsch geht, entschlossen, mir eine Erklärung darüber abzuringen, was Paloma und ich gemacht haben.

## *Einundzwanzig*
### Dace

Als wir an der Schwitzhütte eintreffen, ist die Sonne längst untergegangen, der Himmel ist grauschwarz angelaufen, und Leftfoot erwartet uns bereits mit seinem Lehrling Cree. Cree ist ganz auf das Feuer konzentriert, das er kontinuierlich schürt, sodass er uns kaum eines Blickes würdigt. »Cree wird als Hüter des Feuers fungieren«, erklärt Leftfoot.

Ich nicke und weiß sehr gut, was für eine Ehre es ist, das Holz am Brennen und die Steine aus dem Fluss auf der richtigen Temperatur für das Ritual zu halten.

»Vor einer Zeremonie soll man fasten – wann hast du zuletzt gegessen?«

Ich lasse den Tag Revue passieren. Da ich mich aber nicht erinnern kann, zucke ich anstelle einer Antwort nur mit den Achseln.

»Schon gut.« Er wechselt ein paar Worte mit Cree und erläutert ihm, wie die Zeremonie ablaufen soll, ehe er sich wieder mir zuwendet. »Zieh Kleider und Schuhe aus. Die Schwitzhütte ist ein heiliger Ort.«

Mir ist nur allzu bewusst, was für ein Privileg es ist, von Leftfoot lernen zu dürfen. Obwohl er den Ruf genießt, im Hinblick auf Beratung in mystischen Fragen und Begleitung auf dem Pfad der amerikanischen Ureinwohner, dem Weg zu Wahrheit, Frieden und Harmonie, freundlich, großzügig und weise zu sein, ist er ansonsten doch unglaublich wählerisch. Er unterrichtet niemanden, den er nicht persönlich ausgesucht hat. Es ist eine Ehre, hier zu sein. Ich werde ihn nicht enttäuschen.

Ich streife die Schuhe ab und ziehe mich aus. Nachdem ich meine Kleider ordentlich auf der Erde gestapelt habe, hüpfe ich unter dem dicken Bauch eines Dezember-Vollmonds von einem Bein aufs andere. Kurz breite ich weit die Arme aus und begrüße die Umarmung der eisigen Nachtluft auf meinem Körper.

Während meine Haut vor Kälte brennt, lenke ich mich ab, indem ich an das denke, was man mich als Kind gelehrt hat. Der Eingang zur Hütte zeigt nach Osten, damit man die aufgehende Sonne begrüßen kann, wenn die Zeremonie beendet ist. Die Hütte wird ein Stück weit in den Boden eingegraben, um die Erde als Mutterleib zu symbolisieren. Und, was am wichtigsten ist, die Erfahrungen, die man während des Rituals macht, sind kraftvoll und umwälzend zugleich – man geht völlig gereinigt und neugeboren daraus hervor.

Dass ich nicht direkt nach Reinigung strebe, muss ich Leftfoot ja nicht unbedingt auf die Nase binden. Wenn die Erfahrung auch nur annähernd so ist wie die Visionssuche, durch die er mich geführt hat, dann lohnt es sich auf jeden Fall.

Gerade als ich denke, dass ich es nicht eine Sekunde mehr aushalte, nackt und frierend hier zu stehen, winkt mich Leftfoot zur Tür, lässt mich aber noch nicht eintreten. Er erklärt mir, dass ich zuerst die Erlaubnis der Geister erheischen muss, die über die Hütte wachen. Und so steht er über mir, als ich mich zu Boden sinken lasse und die Knie in die Erde drücke. In meiner Muttersprache rufe ich meine Ahnen an und erhebe mich erst, als mir Leftfoot versichert, dass ich hineingehen darf.

Er schwenkt einen buschigen Salbeizweig quer und längs

an der Türöffnung entlang. Dazu intoniert er einen seiner traditionellen Heilgesänge, während ich die an der Wand befestigte Leiter hinabsteige und ans gegenüberliegende Ende krieche. Erstaunt stelle ich fest, dass der Raum wesentlich kleiner ist, als ich dachte. Und dunkler. Vermutlich habe ich im Lauf der Jahre so viele Gerüchte gehört, dass ich mir in meinem Kopf eine vollständige Version ausgemalt und mir alles größer, geräumiger vorgestellt habe. Obwohl das mit Weidenzweigen befestigte und mit einer dicht gewebten Plane bedeckte Kuppeldach in Wirklichkeit seitlich so weit herunterreicht, dass ich in die Mitte kriechen muss, wenn ich ganz aufrecht sitzen will.

Leftfoot und Cree folgen. Leftfoot nimmt den Platz neben mir ein und murmelt ein Gebet. Cree dagegen schwenkt ein massives Hirschgeweih, beladen mit glühenden Flusssteinen, die er erst in der Grube versenkt und dann mit einer großzügigen Menge Wasser und Kräutern überschüttet, woraufhin der Raum von einem süßen, berauschenden Duft erfüllt wird.

Während die Temperatur rasch steigt, schließt Cree die Tür, sodass wir in völliger Dunkelheit zurückbleiben. Dann rutscht er zur anderen Seite hinüber und greift nach seiner Rassel, die er in einem langsamen, regelmäßigen Rhythmus schüttelt, während er ein Lied singt, das ich noch nie gehört habe.

Dicke Schweißbäche rinnen mir über den Oberkörper und bilden kleine Pfützen auf der Erde unter mir. Der unaufhörliche Rhythmus von Crees Singen und Rasseln lässt meinen Kopf brummen, während mein Körper unwillkürlich im Takt mitzuschwingen beginnt. Die Luft um mich herum wird allmählich leicht und dunstig, bis ich auf einmal nicht mehr mit meinem Körper verbunden bin.

Ich bin von der Schwerkraft befreit.

Mein physischer Leib weicht einer astralen Version meiner selbst. Ich bin gewichtslos, von allen Fesseln befreit. Mühelos gleite ich durch das Kuppeldach über mir und schwebe im Äther. Erstaunt stelle ich fest, dass Leftfoot neben mir fliegt und sein ätherischer Leib in einen dünnen, goldenen Film gehüllt ist, während mein eigener von schimmernden blauen Streifen umgeben ist.

*Schau genau hin.* Seine Worte wirbeln mir durch den Kopf. *Du wirst sehen, was du sehen sollst, also musst du gut aufpassen. Vielleicht gefällt dir nicht unbedingt alles, was du siehst, aber nicht du wählst die Reise – die Reise wählt dich.*

Auf ein kurzes Nicken von Leftfoot sinken wir wieder nach unten und gelangen in einen langen, weißen Flur mit einer Reihe von Türen ohne Griffe oder Klinken, die wir unmöglich aus eigener Kraft öffnen können.

Ich sehe Leftfoot an, unsicher, was ich tun soll, als er meinen Blick auffängt und mir das Wort *Geduld* in den Kopf strömt.

Eine Tür zu meiner Rechten schwingt auf, und ich spähe hindurch. Erstaunt sehe ich den Moment, als ich schnell und still in diese Welt getreten bin. Nur um die Stille ein paar Sekunden später durch Cades lärmende Ankunft durchbrochen zu sehen.

Für den unbedarften Betrachter scheint kein offenkundiger Unterschied zwischen uns zu bestehen. Doch ein eingehenderer Blick enthüllt den Schleier der Finsternis, der meinen Zwillingsbruder umgibt.

Chepi weiß es, sowie sie ihn sieht. Ihr Unbehagen erkennt man daran, wie sie zusammenzuckt, als er in ihre Arme gelegt wird.

Leandro sieht es auch. Bei ihm erkennt man es an

dem Funkeln in seinen Augen, als er Cade für sich beansprucht.

Das Bild wird blasser, vergeht und rollt sich an den Rändern auf, als würden Flammen an ihm züngeln. Kaum habe ich verarbeitet, was ich gesehen habe, da öffnet sich eine andere Tür, und Leftfoot führt mich zu einem Sessel vor einem kleinen Bildschirm. Dort verfolgen wir einen Schwarz-Weiß-Film mit den peinlichsten Szenen aus meiner Kindheit.

Ich lasse mich tief in den Sessel sinken und schlage immer wieder nervös meine blau leuchtenden Beine übereinander. Schon will ich aufstehen und mein Glück in einem anderen Raum versuchen, als mir Leftfoot eine Hand auf den Arm legt und auf den Bildschirm zeigt. Und da sehe ich es. Da erkenne ich, was ich bisher nicht begriffen habe. Meine gesamte Kindheit hindurch – mein ganzes Leben lang – wurde jeder unangenehme Moment, jede Demütigung, jede unglückliche Episode durch Leftfoots Wirken gelindert.

Er war damals ebenso für mich da, wie er es jetzt ist.

Seit jeher hat er gewusst, was ich bin und wofür ich bestimmt bin. Und deswegen hat er sein Bestes getan, um mir subtile Lektionen in Magie und Vorsehung zu erteilen, selbst wenn das Chepis Wünschen zuwiderlief.

Als der Bildschirm dunkel wird, bin ich erfüllt von Dankbarkeit, überwältigt von dem Verlangen, ihm meine Anerkennung zu bezeugen. Doch er winkt nur ab und führt mich zurück in den Flur, wo wir mehrere Türen auf- und wieder zugehen sehen. Manche gestatten nur einen kurzen Blick, während andere größere Enthüllungen gewähren.

Und obwohl ich es bereits gelebt habe, ist damit, dass ich mein Leben so ordentlich vor mir ausgebreitet sehe, bewiesen, dass nichts davon ein Zufall war.

Nichts wurde der reinen Willkür überlassen.

Jeder Schritt ging geschmeidig in den nächsten über – jeder einzelne Teil eines größeren Plans.

Der Boden unter unseren Füßen beginnt sich zu bewegen und schleudert uns ans Ende des Flurs, wo wir durch die Glaswand krachen und durch eine Konstellation glitzernder Kristallstückchen wirbeln, während wir uns in den Himmel erheben.

Wir fliegen über Berggipfel.

Gleiten über dunkel glänzende Flüsse.

Fliegen so viel höher, als ich es in der Gestalt des Rotschwanzbussards getan habe, mit dem ich vor ein paar Stunden verschmolzen bin. Das Gefühl ist so herrlich, so befreiend, dass ich gar nicht mehr landen will.

Irgendwo in der Ferne schwingt Cree die Rassel schneller – winzige Perlen, die wild gegen das dünne Leder schlagen. Er ruft uns nach Hause. Doch ich bin noch nicht bereit.

Wir sinken tiefer.

Und dann noch tiefer.

Kreisen über einer drastisch veränderten Landschaft. Einer zerstörten, wüstenhaften Savanne. Einem Ort unbeschreiblichen Verfalls und Niedergangs. Die windschiefen Häuser und die kaputten Menschen lassen auf den ersten Blick Enchantment erkennen.

Ein tristes Loch von einer Stadt, durch das Treiben der Richters, der Sippe, der auch ich angehöre, bedenkenlos entweiht.

Wir fliegen über das Rabbit Hole und sehen es in eine Wolke schmutzig braunen Dunsts gehüllt, die mir bisher noch nie aufgefallen ist.

Wir fliegen über Palomas Lehmziegelhaus mit dem

leuchtend blauen Tor, das auf ganzer Grundstücksgröße von einem strahlenden Lichterkranz umgeben ist.

Die Stadt besteht aus hellen und dunklen Flecken.

Aber vor allem aus dunklen.

Überwiegend aus dunklen.

Und dann kommt Cade.

Wir tauchen hinab in die Gasse hinter dem Rabbit Hole. Bleiben unbemerkt, als er ein Mädchen brutal gegen die Wand presst und an ihrem T-Shirt zerrt.

Ein Mädchen mit langem, dunklem Haar, das ihr so übers Gesicht fällt, dass ich sie nicht erkennen kann.

Sie dreht den Kopf – versucht vergeblich zu schreien. Kann kaum mehr als einen kurzen Schreckenslaut hervorstoßen, ehe Cade sie mit einer Ohrfeige mitten ins Gesicht zum Schweigen bringt.

Seine Augen lodern rot. Aus seinem Mund quellen Schlangen. Verwandelt in die Bestie, die er ist, stößt er ein entsetzliches Knurren aus und reißt ihr mit seinen Krallen die Brust auf.

Stiehlt ihr die Seele.

Genau wie in meinem Traum.

Ich stürze auf ihn zu. Lasse meine Energie hart gegen seine prallen. Hoffe, ihn lange genug aus dem Gleichgewicht zu bringen, dass das Mädchen fliehen kann.

Doch letztlich ist es, als würde ich mich in Schaum stürzen – die Landung ist weich, federnd und hat keinerlei erkennbare Wirkung.

Trotzdem gebe ich nicht auf. Mein Wille, sie zu retten, ist unerbittlich. Während eine neu gefundene Kraft in mir aufsteigt, knalle ich brutal gegen Cades Seite, kann aber nur entsetzt zusehen, wie das Mädchen wegsackt und sich als Daire entpuppt, während mein Bruder zu mir herumwirbelt. Im Kiefer der aus seiner Zunge hervorschnellenden doppelköpfigen Schlange balanciert er eine perlmuttartig schimmernde Kugel.

Ein Schrei ertönt. Er klingt so wütend, so archaisch, dass ich erstaunt mich selbst als seinen Ursprung erkenne.

Ich stürme unablässig gegen Cade an, lasse meine Energie immer wieder gegen seine prallen. Doch es dauert nicht lange, bis ich merke, dass ich gegen Luft schlage. Verblüfft sehe ich zu, wie sich die ganze Szene vor mir in einzelne Pixel auflöst. Die einzelnen Fragmente lösen sich im Äther auf, als hätte es sie nie gegeben.

Ich schaue hektisch in alle Richtungen und bemühe mich verzweifelt, mir einen Reim darauf zu machen, bis mir Leftfoot eine glühend heiße Hand auf die Schulter legt und auf die Backsteinmauer vor uns zeigt, auf der eine Folge wie von Geisterhand geschriebener Wörter abläuft. Jede Zeile verschwindet, sobald die nächste beginnt. Doch trotz ihrer Kürze bleiben die Worte in meinem Gedächtnis eingebrannt.

Es ist die Prophezeiung.

Das weiß ich, sowie ich es sehe.

Es ist alles ganz genauso wie in meinem Traum.

Als es vorüber ist, als die Worte dorthin verschwinden, wo sie hergekommen sind, spricht Leftfoot zum ersten Mal, seit diese Reise begonnen hat. »Dace, es tut mir wirklich leid«, sagt er in einem Tonfall, der das ganze Ausmaß seines Bedauerns offenbart. »Aber die Prophezeiung steht geschrieben; sie lässt sich nicht annullieren.«

Ich will etwas erwidern. Einen langen, ausführlichen Protest, der mir schon auf der Zunge liegt, als das Rasseln schneller – und meine Wesenheit schwerer – wird und ich im Handumdrehen wieder in meine Haut geschlüpft bin.

Meine Gliedmaßen fühlen sich fremd an, fleischig und steif. Ich strecke den Hals von einer Seite zur anderen und recke die Arme über den Kopf. Versuche, mich wieder mit meiner physischen Gestalt anzufreunden.

Der Schweiß rinnt mir in dicken Tropfen in die Augen, sodass ich mir die Stirn wischen muss, während ich einen Dampfschwaden beobachte, der aus dem Steinhaufen vor mir aufsteigt. Sein in Schlangenlinien aufsteigender Dunst winkt mir wie ein Finger und fordert mich auf zu beobachten, wie er sich in zwei Teile aufspaltet.

Eine Seite hell, beleuchtet – die andere so dunkel, dass sie kaum wahrnehmbar ist.

Wiegend bieten sie sich mir an und fordern, dass ich eine Wahl treffe.

Ich sehe Leftfoot an, damit er mir einen Rat gibt, und stelle entsetzt fest, dass er mich auffordert, einen Seelensprung zu vollführen. »Es ist ein einmaliges Angebot«, sagt er. »Du solltest es nutzen.«

Ohne zu zögern, springe ich. Begierig, den Code seiner Seele zu erfahren.

Jeder hat einen Seelencode.

Jeder hat eine Seele und jede Seele einen Zweck.

Obwohl die meisten Menschen durchs Leben gehen, ohne auch nur eine Ahnung davon zu haben.

Aber nicht Leftfoot. Jetzt, wo ich freien Zugang zum ungekürzten Film seines Lebens habe, staune ich nur noch über das, was ich zu sehen bekomme. Ich dachte immer, ich würde ihn gut kennen, doch die Szenen, die vor mir ablaufen, gehen weit über alles hinaus, was ich mir je hätte träumen lassen.

Es ist ein Leben, in dem fast täglich Wunder gewirkt werden. Doch das heißt nicht, dass es ohne Fehler wäre.

Es gab vieles zu bereuen. Viele Situationen, von denen er wünschte, sie wären anders ausgegangen. Doch das war meist in jüngeren Jahren, als er von seinem Ego angetrieben wurde.

Das ist die Warnung aus der Geschichte. Der Teil, den ich mir zu Herzen nehmen soll. Und obwohl ich die Weisheit aufnehme und sie als die Warnung anerkenne, die sie ist, bin ich begierig darauf, tiefer zu bohren. Die Stelle zu finden, wo die Geheimnisse liegen.

»Bist du sicher, dass du bereit dafür bist?«, will Leftfoot wissen.

Bereit oder nicht, ich will unbedingt so viel wie möglich aufsaugen.

Nach ein bisschen mehr Graben finde ich ihn – den Schatz an verborgenem Wissen, der sich in den falschen Händen als ziemlich gefährlich erweisen könnte.

In unerfahrenen, übereifrigen Händen.

Händen wie meinen?

Dennoch ist es ein unwiderstehlicher Quell des Wissens. Wie wenn man nach Goldkörnchen sucht und auf einmal in Nuggets schwimmt.

Ein Satz sticht besonders aus allem anderen heraus. Oberflächlich betrachtet so einfach – doch scheint er direkt auf mich gemünzt zu sein.

*Manchmal musst du dich in die Finsternis wagen, um das Licht zutage zu fördern.*

Sobald der Satz gefallen ist, macht Leftfoot die Schatzkammer dicht und sperrt mich aus. »Ich habe dich nach bestem Wissen und Gewissen geleitet«, sagt er resigniert. »Alles mit dir geteilt, was ich weiß. Nun ist es an dir zu entscheiden, was du mit all dem Wissen anfangen willst, das du dir angeeignet hast. Du musst deinen Weg selbst wählen. Aber, Dace, du darfst nie eines der grundlegenden Gesetze des Universums vergessen: Jede Handlung hat eine Reaktion zur Folge. Das ist eine Regel ohne Ausnahme.«

Das Wasser zischt, faucht und flüstert vor Ungeduld. Es lenkt meine Aufmerksamkeit weg von Leftfoot und zurück zu den sich duellierenden Dampfkringeln, die vor mir aufwallen.

Leftfoots Lehren gehen mir durch den Kopf:

*Jeder Mann muss entscheiden, welchen Weg er einschlagen will – jetzt ist es an mir, eine Wahl zu treffen.*

*Auf jede Aktion folgt eine Reaktion.*

*Die Prophezeiung steht geschrieben; sie lässt sich nicht annullieren.*

Es ist dieser letzte Teil, gegen den ich mich wehre.

Wenn sich die Prophezeiung nicht annullieren lässt – was sagt das dann über den freien Willen aus?

Warum erst so tun, als könnte ich meinen Weg selbst wählen, wenn er mir bereits vorbestimmt ist?

Die Worte widersprechen sich. Passen nicht zusammen.

Es ist an mir, die Einzelteile meines Lebens aneinanderzufügen, alles aufzubieten, was ich gelernt habe, es zusammenzusetzen und die Prophezeiung zu widerlegen.

Daire wird nicht sterben.

Nicht unter meiner Aufsicht.

Ich werde tun, was immer ich kann, um das zu verhüten.

Ich kneife die Augen zusammen und verfolge, wie die Dampfkringel vor mir sich drehen und wenden. Dann, ohne einen weiteren Gedanken, bestimme ich denjenigen, dem ich folgen werde. Ich sehe zu, wie er Funken schlägt und aufflammt und zu doppelter Größe anwächst, ehe er den anderen verschlingt und wilde Bocksprünge vor mir vollführt.

Ich wünschte, ich könnte sagen, dass das, was ich fühle, Erleichterung ist. Doch in Wahrheit löst der Anblick Unruhe in mir aus.

Die Wahl ist getroffen; es gibt kein Zurück.

Und es wird Konsequenzen geben, das hat Leftfoot mir versichert.

Aber damit kann ich umgehen. Kein Preis ist zu hoch, um Daire zu retten.

Als wir die Schwitzhütte verlassen, geht die Nacht bereits in den Morgen über. Doch trotz Schlafmangels bin ich überhaupt nicht müde.

Ich fühle mich eher erfrischt. Verwandelt. Als wäre ich im Laufe einer Nacht vom Kind zum Mann geworden.

»Ich will, dass du heute zur Schule gehst«, sagt Leftfoot, als wir uns wieder anziehen. »Nicht nur weil deine Ausbildung wichtig ist, sondern auch weil sich dann Chepi keine Sorgen mehr macht und es dir den Anschein von Normalität gibt. Das ist etwas, das du unbedingt aufrechterhalten musst, jetzt mehr denn je.« Er mustert mich eindringlich, und ich sauge den Atem ein, davor gewappnet, dass er es jetzt anspricht. Dass er mir wegen der Wahl, die ich getroffen habe, Stress macht. Doch er sagt nur: »Außerdem musst du ins Rabbit Hole zurückkehren und dich dafür entschuldigen, dass du die letzten Tage nicht zur Arbeit gekommen bist. Benimm dich unauffällig. Es kostet dich nichts außer einen Augenblick des Stolzes, was ohnehin etwas ist, was du ablegen solltest. Stolz ist eine überbewertete Tugend, die nur dazu dient, uns voneinander zu isolieren, obwohl es besser für uns wäre, wenn wir zusammenarbeiten. Wenn du dann wieder drinnen bist, möchte ich, dass du das Portal ausfindig machst. Daire weiß, wo es ist. Aber da du ihr momentan besser aus dem Weg gehst, könntest du dich ja auch an Xotichl wenden. Sie kann dich leiten.«

»Und wenn ich es gefunden habe?«, frage ich und begreife, dass er trotz allem, was er mir im Lauf der Nacht beigebracht hat, nicht dazu gekommen ist, mir zu sagen, wie ich das Gelernte umsetzen soll.

»Ich will nur, dass du es findest, weiter nichts – jedenfalls für den Moment. Sie sind schon in die Unterwelt eingebrochen, also ist dieser Schaden bereits geschehen. Fürs Erste sollst du nur alles im Auge behalten. Halt Ausschau nach allem, was aus dem Rahmen fällt, und berichte mir über deine Entdeckungen.«

Ich reibe mir das Kinn. Erstaunt registriere ich ein breites Band kratziger Bartstoppeln. Es muss Tage her sein, seit ich zuletzt geduscht und mich rasiert habe.

»Und Dace …«

Ich wende mich zu ihm um.

»Ruh dich aus. Du wirst es brauchen.«

Obwohl Leftfoot mich zum Ausruhen drängt, obwohl ich seit Tagen nicht geschlafen habe, bin ich, als ich endlich in meiner Wohnung anlange, viel zu aufgedreht, um es auch nur ernsthaft in Erwägung zu ziehen.

Schlafen heißt: die Augen schließen.

Und die Augen schließen heißt: von Daire träumen.

Daire lächelnd.

Daire lachend.

Daire liebend.

Mein Kopf voll von einem Film von ihr, der darin gipfelt, wie sie mich angesehen hat, nachdem ich ihr eröffnet hatte, dass wir uns nicht mehr sehen dürfen. Wie sie über meinem Küchentisch in sich zusammensackte, als hätten meine Worte sie wie ein Messerstich getroffen …

Ich schüttele den Gedanken ab und wende mich meiner Körperpflege zu. Schließlich klaube ich mir frische Sachen aus dem Waschkorb, dessen Inhalt ich nie in den Schrank geräumt habe, esse rasch noch eine Kleinigkeit und mache mich auf den Weg zur Schule.

Mit nichts als einer Schale abgestandener Frühstücksflocken, einer Tasse schwachen Kaffees und dem Adrenalin der reinen Entschlusskraft im Bauch, sehe ich auf die Uhr und verlasse die Wohnung. Ich werde zu früh kommen – aber zu früh in der Schule zu sein ist immer noch besser, als hier zu sitzen und mich in meinen Erinnerungen zu verlieren.

## Zweiundzwanzig
### Daire

Jennika erscheint am nächsten Morgen in aller Herrgottsfrühe, angeblich um mit uns zu frühstücken, doch ich weiß es besser. Sie will sich vergewissern, dass ich angezogen und fertig für die Schule bin. Dass ich die Art von Leben führe, die ihr keinen Grund gibt, sich mehr zu sorgen, als sie es ohnehin schon tut.

Sie klopft an meiner Zimmertür und wartet kaum so lange, bis ich geantwortet habe, da platzt sie schon herein und lässt sich auf mein Bett fallen. Sofort spult sie eine Gardinenpredigt ab, die sie vermutlich im Lauf der Nacht eingeübt hat. Ihre Stimme wird lauter und leiser, während ich in verschiedenen Stadien des Angezogenseins zwischen Badezimmer und Schrank hin- und herrenne.

Es ist die gleiche Tirade, die ich schon zu hören bekam, als sie vor ein paar Monaten aus Enchantment abgereist ist. Weitere Warnungen über die Gefährlichkeit von Jungen – vor allem gut aussehenden wie Dace. In Jennikas Weltbild haben es solche Jungen nur darauf abgesehen, einem Mädchen mithilfe ihrer Süßholzraspelei an die Wäsche zu gehen und es dann postwendend sitzen zu lassen, wenn sie ihren Spaß gehabt haben.

So ähnlich, wie es ihr mit Django ergangen ist.

Nur dass Django sie nicht sitzen gelassen hat.

Er ist gestorben.

Und Jennika ist nie darüber hinweggekommen.

Und genau deshalb will sie mich unbedingt daran hindern, ihre Fehler zu wiederholen, indem ich mein Herz an jemanden hänge, der mir auch wegsterben könnte.

Doch dafür ist es zu spät. Ich habe mein Herz bereits an einen Jungen verloren, der in meinen Träumen gestorben ist, ganz zu schweigen von der Prophezeiung. Wenn ich allerdings irgendetwas dabei mitzureden habe, wird er im richtigen Leben nicht sterben – noch viele Jahre nicht.

»Was ist mit Vane?« Ich stehe vor ihr, eine Hand auf meine jeansbekleidete Hüfte gestemmt, in der anderen die neuen Stiefel, die sie mir gekauft hat. Sie sieht mich verständnislos an. »Du weißt schon – Vane Wick?«, fahre ich fort. »Der internationale Herzensbrecher – einer der jüngsten und heißesten Hollywood-Stars – der, den ich auf diesem Platz in Marokko angefallen habe?«

»Was ist mit ihm?« Sie zupft an ihren glitzerblauen Fingernägeln und zieht den Lack genau auf die Art ab, die sie mir immer verboten hat, da sie meint, es schade den Nägeln.

»Also, ich kann mich nicht erinnern, diesen Vortrag damals gehört zu haben.« Ich stecke meine Füße in die Stiefel und muss leise schmunzeln, als ich feststelle, dass sie perfekt passen.

»Weil ich wusste, dass du viel zu klug bist, um auf jemanden wie Vane hereinzufallen. Du warst nie beeindruckt von Stars, Daire. Dafür bist du viel zu clever. Ich wusste, dass du seine Show sofort durchschaut hast, und deshalb habe ich mir auch keine Sorgen gemacht, als du mit ihm herumgezogen bist.«

Ich wende mich zum Fenster und mustere den Traumfänger über dem Sims. Dabei muss ich an den Abend denken, als mich Vane in diese Gasse gelockt hat, an die erfahrene Art, wie er mich geküsst hat. Wie er mich beinahe dazu überredet hätte, die Dinge zu tun, vor denen mich Jennika immer warnt. Und wie mich nur die Visionen von den leuchtenden Gestalten davor bewahrt haben.

Doch das verrate ich ihr nicht.

Ich schüttele die Erinnerung ab und lausche geduldig, als sie weiterspricht. »Ich wusste im ersten Moment, als ich euch zusammen gesehen habe, dass es mit Dace anders ist«, sagt sie mit finsterer Miene. Wahrscheinlich denkt sie an den Abend, als sie uns in seinem Auto erwischt hat. Wir wollten uns gerade küssen, als sie uns aufgeschreckt und uns erfolgreich davon abgehalten hat. »Daire, Liebes.« Ihre grünen Augen blicken tief in meine. »Du weißt doch, dass ich dich nur davor bewahren will, die gleichen Fehler zu machen wie ich.«

»Ja, weiß ich.« Verdrossen stopfe ich einen Stapel Bücher in meine Tasche. »Und nur damit du es weißt, ich finde es einfach traumhaft, wenn du mich als einen *Fehler* bezeichnest. Ehrlich. Da krieg ich gleich ein ganz warmes und heimeliges Gefühl im Bauch.«

Sie schnaubt leise. Und obwohl ich ihr den Rücken zukehre, kenne ich sie gut genug, um zu wissen, dass sie die Augen geschlossen hat und leise bis zehn zählt. »Du weißt genau, was ich meine«, sagt sie, sobald sie es hinter sich gebracht hat.

Ich runzele die Stirn und will ihr schon eine gehässige Entgegnung an den Kopf werfen, als sie so klein und schutzlos auf mich wirkt, dass sich in mir etwas löst und ich weich werde.

Irgendwie kann ich *fühlen*, wie es für sie war, als sie mit sechzehn Jahren von einem Jungen schwanger wurde, der dann plötzlich umkam – und nur wenige Jahre später ihre Eltern zu verlieren.

Aus der Bahn geworfen.

In den Bauch getreten.

Atemlos nach Luft schnappend und darum ringend, sich ein neues Leben aufzubauen.

Ich greife nach einem Stuhl, umklammere mit beiden Händen die Lehne. Ich bin überwältigt von der Wucht dieses *Eindrucks* – davon, wie ich unwillkürlich in Jennikas inneres Erleben eingetaucht bin.

Es ist das gleiche Phänomen, von dem Paloma mir erzählt und das sie mir zu verfeinern empfohlen hat. Sie meinte, es werde mir helfen, die Wahrheit eines Menschen zu erkennen.

Zum ersten Mal habe ich es erlebt, als ich Dace und Chepi an der Tankstelle begegnet bin. Ohne mich auch nur darum bemüht zu haben, hatte ich mich augenblicklich auf die Wolke aus Traurigkeit und Kummer um Chepi herum und auf den Strom reiner, bedingungsloser Liebe eingestimmt, der von Dace zu mir geflossen kam.

Und jetzt passiert es wieder, ebenfalls ohne dass ich es angestrebt hätte, nur diesmal mit Jennika.

Nachdem ich ein paar Minuten hinter ihrer stählernen Fassade verbracht habe, kann ich ihr nicht mehr böse sein. Kann nicht mehr denselben schnippischen Ton anschlagen. Wie die meisten Menschen versucht sie einfach ihr Bestes zu tun.

»Komm schon.« Ich hebe das Kinn und schnuppere demonstrativ. »Es riecht, als würde Paloma ihre berühmten Blaumaispfannkuchen backen, und die willst du dir garantiert nicht entgehen lassen.«

Sosehr ich mir auch vorgenommen hatte, netter zu Jennika zu sein, als sie darauf besteht, mich zur Schule zu fahren, werfe ich Paloma sofort einen flehentlichen Blick zu und bitte sie auf diese Weise, irgendwie einzugreifen.

Ich muss mit ihr reden. Muss meine Ausbildung fortsetzen. Aber jetzt, mit Jennikas Überraschungsbesuch, habe ich keine Ahnung, wann wir das schaffen sollen. Als Jennika gestern Abend gegangen ist, war es zu spät und zu kalt, als dass Paloma mir noch hätte zeigen können, wie man das Feuerlied beschwört, also hatte ich gehofft, wir könnten es heute tun. Doch angesichts der Umstände kommt mir diese Aussicht eher fraglich vor.

Trotz meines flehenden Blicks wünscht mir Paloma lediglich einen schönen Tag und meint, dass wir uns ja abends wiedersehen. Und obwohl ein Hauch von Hintersinn in ihren Worten mitschwingt, zupft mich Jennika, noch ehe ich es durchschaut habe, am Ärmel und zieht mich hinaus zu ihrem Auto.

»Du musst wirklich mal fahren lernen.« Sie setzt sich hinters Lenkrad, während ich auf den Beifahrersitz rutsche.

»Ich weiß«, erwidere ich und hoffe, dass sie mir nicht anbietet, die Plätze zu tauschen und mich zu unterrichten. Dann kommen wir nur ins Streiten, und das möchte ich gerade jetzt unbedingt vermeiden.

»Nicht dass es hier irgendwelche besonders verlockenden Ziele gäbe, wenn du erst mal den Führerschein hast...«

Sie verzieht die Miene und teilt mir dadurch ein weiteres Mal mit, wie sehr sie diese Stadt verabscheut. Ganz leise zischt sie denselben abgegriffenen Monolog vor sich hin, dass ihr völlig unverständlich ist, warum ich lieber in diesem Kaff lebe als in der supercoolen Behausung, die sie gerade in L. A. bezogen hat. Schließlich seufzt sie, bauscht ihr Haar auf und wendet sich der Stereoanlage zu.

Als sie mich bittet, im Handschuhfach nach ihrer Hole-

CD zu suchen, weiß ich, dass sie noch einmal von vorn anfangen und einen gemeinsamen Nenner finden will. Musik aus den Neunzigerjahren, der Zeit ihrer Jugend, ist immer der Rettungsanker, wenn ihr nach einem Abstecher in weniger schwere Zeiten zumute ist.

»Du siehst süß aus in dem Top«, sagt sie. Kaum hat Courtney Love die ersten Takte von *Celebrity Skin* gesungen, bessert sich ihre Laune schlagartig. »Und die Jeans passt dir wie angegossen – aber das hatte ich schon im Gefühl.« Sie wirft mir einen anerkennenden Blick zu, während ich nur achselzuckend ein Dankeschön murmele und aus dem Fenster schaue. Draußen durchwühlt ein räudiger Straßenköter den Inhalt einer umgekippten Mülltonne, während eine noch räudigere Katze zusieht und nur darauf lauert, sich bei der erstbesten Gelegenheit mit ins Geschehen zu stürzen.

»Dace Whitefeather wird es noch massiv bereuen, dass er dich sitzen gelassen hat«, sagt sie in einem irregeleiteten Versuch, mich aufzuheitern.

»Das will ich wirklich nicht hoffen.« Ich äuge zu ihr hinüber und registriere zufrieden, dass sich ein leichter Anflug von Erschrecken auf ihrer Miene abzeichnet.

Sie zieht die Brauen zusammen, sichtlich bemüht, aus meinen Worten – und aus mir – schlau zu werden. Sie versucht, irgendwo eine Spur ihrer Lehren zu finden, von den Werten, die sie mir mühsam einzubläuen versucht hat.

»Es ist besser, wenn er gar nicht an mich denkt.« Ich presse die Worte an dem Schluchzen vorbei, das mir im Hals steckt – dem Schluchzen, das sich seit jenem schrecklichen Abend in seiner Küche dauerhaft dort eingenistet hat. »Es ist besser, wenn er einfach sein Leben weiterführt.«

Sie mustert mich einen Moment lang, wobei sie den Kopf

wiegt, als würde sie über meine Worte nachdenken. Schließlich lässt sie das Thema auf sich beruhen. »Wo hast du die her?«, fragt sie und kneift in den Ärmel der schwarzen Daunenjacke, die ich anhabe. »Ich weiß nicht, was schlimmer ist, Daire – die alte Armeejacke, die du immer getragen hast, oder das Teil hier.« Sie schüttelt den Kopf und empfindet mich sichtlich als ein Rätsel, das Entscheidungen trifft, die ihr immer unbegreiflich bleiben werden.

»Die ist von Django.«

Ihr bleibt der Mund offen stehen, und ihre Augen werden so groß, wie ich sie noch nie gesehen habe.

»Wo hast du sie gefunden?« Sie umfasst das Lenkrad so fest, dass ihre Knöchel weiß werden.

»In einer Kiste mit seinen Sachen. Schau sie doch auch mal durch, solange du hier bist. Das wäre sicher interessant für dich.«

»Nein. Vielleicht.« Sie reibt die Lippen aufeinander und sieht blinzelnd aus dem Fenster. »Ich weiß nicht. Mal sehen.« Sie seufzt und lässt ergeben die Schultern sinken, die in dieser Position verharren, ehe sie in den Parkplatz einbiegt. »Hey, sind das nicht deine Freundinnen? Und ist das nicht dein Ex, der bei ihnen steht?«

Ich wende mich dorthin um, wo Xotichl, Auden, Lita, Crickett, Jacy und ja, sogar Dace, miteinander reden und lachen. Ich lasse meinen Blick über sie schweifen, ehe ich ihn genauer mustere, aber nur einen Moment, dann zwinge ich mich wegzusehen. Ich kann es mir nicht leisten, ihn länger zu betrachten.

»Wow. Ich hätte eigentlich erwartet, dass sie auf deiner Seite stehen.« Sie schaut hastig zwischen ihnen und mir hin und her. »Wissen sie überhaupt von eurer Trennung?«

»Wahrscheinlich nicht«, murmele ich. »Nachdem ich

gestern nicht in der Schule war.« Ich verstumme, als ich sehe, wie ein neues Mädchen mit einer wilden Mähne aus dunklen Korkenzieherlocken, das ich noch nie gesehen habe, zögerlich auf das Grüppchen zugeht.

»Tja, er wird ihnen garantiert nicht auf die Nase binden, was für ein Blödmann er ist. Also musst du es tun.« Jennika schnaubt leise und blickt drein, als würde sie am liebsten zu ihnen rübermarschieren und es ihnen an meiner statt erzählen.

Doch ich kann nur dieses schlanke, exotisch wirkende Mädchen mit der dunklen Haarwolke, den mandelförmigen Augen, dem zierlichen Näschen und den vollen Lippen betrachten.

Sie sieht aus wie eine Tänzerin – sehnig, biegsam – der Inbegriff von Grazie.

In ihr scheinen sich mehrere Nationalitäten vermischt und beschlossen zu haben, ihre edelsten körperlichen Eigenschaften in einer Person zu vereinen.

»Wer ist das da bei ihnen?« Jennika stupst mich am Arm. »Die neben Jacy?«

Ich kann den Blick nicht abwenden, während ich mich frage, warum alle dieses Mädchen zu kennen scheinen – und warum sie ständig Dace anschaut. Und warum es Dace offenbar kaum über sich bringt, ihren Blick zu erwidern.

Gerade will ich tiefer bohren und mich um einen dieser *Eindrücke* bemühen, wenn auch nur, um aus der Situation schlau zu werden, als ich mich wieder fange. Mich im Zaum halte. Schließlich sollte ich ja eigentlich Mauern zwischen uns errichten, nicht sie einreißen.

Jennika redet monoton weiter und leiert eine lange Liste von Tipps herunter, wie ich gegenüber meinen Freunden mit dieser Trennung umgehen soll, um die Oberhand zu erringen. Sie hört erst auf, als ich ihr ins Wort falle. »Jennika ...«

Sie sieht mich erwartungsvoll an.

Ich kaue an meiner Lippe und zwinge mich, die ärgerliche Entgegnung zu unterdrücken, die mir auf der Zunge liegt. Die, in der es um Grenzen geht – darum, mir die Freiheit zu lassen, meine eigenen Fehler auf meine eigene Art zu machen. Die Entgegnung, mit der ich sie daran erinnere, dass sie mich nicht vor allem beschützen kann, sosehr sie sich auch anstrengt. Stattdessen steige ich einfach aus dem Auto und winke ihr vom Randstein aus zu. Ich verfolge, wie sie den Parkplatz verlässt, ehe ich auf Chays alten Pick-up zuhalte, der neben dem Schulgebäude parkt, direkt unter der Comiczeichnung eines Zauberers, unseres Schulmaskottchens. Das war es, was Paloma gemeint hat.

Er beugt sich über den Sitz und macht mir die Tür auf. »Steig ein«, sagt er. »Paloma wartet schon. Du musst wohl noch ein bisschen trainieren.«

Ich steige neben ihm ein, und obwohl ich es besser weiß, kann ich mir einen letzten Blick auf Dace nicht verkneifen.

Kann mir nicht verkneifen zu registrieren, wie schnell er meinen Blick gespürt hat.

Wie schnell er sich umdreht, um mich anzusehen.

Ich lasse mich in den Moment hineinfallen und erlaube mir, seine Gegenwart zu genießen.

Bis ich erneut daran denken muss, welch hohen Preis es kostet, ihn zu lieben, und mich zwinge, den Blick abzuwenden.

## *Dreiundzwanzig*
### Dace

Ich spüre sie, sowie ihre Mutter in den Parkplatz einbiegt. Der Schwall ihrer Energie ist wie ein Cocktail für die Sinne, der mich nach mehr lechzen lässt.

So gebannt bin ich von Daires Gegenwart, dass ich Litas Worte beinahe überhöre. »... und dann sage ich, *Phyre?*« Sie spielt eine Szene vom Vortag nach, indem sie das gleiche Mienenspiel, den gleichen Haarschwung theatralisch wiedergibt, damit wir sehen können, wie es abgelaufen ist. »Und sie war es tatsächlich«, fährt Lita fort. »Sie ist wieder in Enchantment. Ist das zu fassen? Ich hätte geschworen, dass sie ein für alle Mal weg sind.«

»Phyre?« Ich starre Lita an, obwohl ich eigentlich eher durch sie hindurchsehe. Der Name allein genügt, um mich in eine Vergangenheit abtauchen zu lassen, die ich längst begraben hatte. Und an die ich kaum mehr denke.

Lita schüttelt den Kopf und sieht mich mit dramatischem Augenrollen an. »Ähm, hallo? Ja, Phyre. Was glaubst du, wovon ich die ganze Zeit rede?«

»Dann ist sie also wieder da?«, sage ich, auch wenn ich weiß, dass die Frage sie bloß ärgern wird, aber ich habe die Einzelheiten eben beim ersten Mal verpasst. Jetzt brauche ich die Bestätigung, dass es das ist, was ich denke.

Lita setzt eine übertrieben geduldige Miene auf und befleißigt sich eines ebensolchen Tonfalls. Sie benimmt sich, als hätte sie es mit einem schwierigen Kind zu tun, dem man alles haarklein erklären muss. »Ich habe sie gestern in der Stadt gesehen. Sie ist eindeutig wieder hier. Sie geht sogar auf die Milagro. Meinte, sie würde nach den Winterferien anfangen...«

Sie erzählt weiter, aber ich höre schon nicht mehr zu. Ich habe genug gehört.

*Phyre.*
*Hier.*
*Auf der Milagro High.*

Ich will den Gedanken abschütteln, doch er ist hartnäckig und löst einen wirren Schwall lange vergessener Bilder in meinem Kopf aus. Die Diashow läuft zum Soundtrack meiner eigenen Stimme ab, die mich warnt: *Du kannst nicht umkehren. Warum solltest du auch?*

Und dann, sofort nachdem ich es gedacht habe, begreife ich, dass ich das gar nicht will.

Umkehren.
Niemals.

»Wow«, sagt Xotichl. Immer wieder verblüfft sie mich mit ihrer Fähigkeit, so viel Bedeutung in ein einzelnes, scheinbar harmloses Wort zu packen. Sie neigt den Kopf in meine Richtung und liest offenbar meine Energie. Versucht zu erfassen, wie ich die Neuigkeit aufnehme. Was es für mich heißt. Was es für Daire heißt.

Ich quittiere ihren schief gelegten Kopf mit einem Achselzucken und hoffe, sie spürt es und sagt sich beruhigt, dass mir die Neuigkeit nichts bedeutet. Ich könnte sie interessant finden. Unerwartet. Aber nicht mehr.

»Apropos...« Jacy zeigt dorthin, wo Phyre gerade aus einem staubigen, weißen Auto steigt. Sowie sie uns erblickt, setzt sie ein breites Lächeln auf.

Sie hat sich verändert. Sieht ganz anders aus, als ich sie

in Erinnerung hatte. Ihr Haar ist noch immer wild, doch die roten Strähnchen sind neu. Und sie ist eindeutig grösser. Und hübscher. Als wäre der Babyspeck, der früher ihre Wangen gepolstert hat, an weiblichere Stellen gewandert, wodurch ihr Gesicht zu einer gelungenen Komposition aus prägnanten Kanten und Kurven reifen konnte.

Ich reibe mir das Kinn. Versuche wegzusehen, doch es ist sinnlos. Es ist, als sähe ich einen Geist aus der Vergangenheit herbeigeschwebt kommen, und ich kann nichts weiter tun als tatenlos zuschauen. Dabei sage ich mir, dass es gar nichts bedeutet hat, dass wir noch Kinder waren und gar nicht richtig wussten, was wir eigentlich taten.

Okay, vielleicht nicht gerade Kinder.

Kinder tun nicht das, was wir getan haben.

Trotzdem ist eine Menge Zeit verstrichen. Und in dieser Zeit hat sich vieles verändert. Eigentlich hat sich alles verändert. Zumindest für mich. Und nach ihrem Äußeren zu urteilen, hat sie auch gewisse Umwälzungen erlebt.

Sie begrüßt uns und lässt den Blick über uns schweifen, ehe sie bei mir innehält und mich lange genug ansieht, um mich eingehend zu mustern. Ich erwidere ihren Blick ein paar Sekunden zu lang – so lang, dass es alle mitkriegen. Schließlich räuspert sie sich und sagt: »Also heißt das etwa, dass ihr jetzt alle Freunde seid? Wie kam es denn dazu?«

»Das hat Daire bewirkt.« Xotichl hebt das Kinn und rümpft die Nase, als sie Phyres Energie wahrnimmt. Dass sie nicht lockerer wird, lässt mich vermuten, dass sie nicht gutheißt, was sie sieht. »Daire ist die Freundin von Dace.« Die Worte kommen so pointiert heraus, dass Phyre die Lippen aneinanderreibt und den Blick auf ihre Füße senkt.

»Dann ist sie sicher umwerfend«, sagt Phyre, wobei ihre

Augen ein klein wenig zu grell blitzen. »Also, kann mir vielleicht irgendjemand sagen, wo das Sekretariat ist? Ich muss mich anmelden.«

Sie wendet sich mir zu, wohl in der Hoffnung, dass ich mich erbiete, doch ich tue so, als hätte ich sie nicht gehört. Schließlich versetzt Lita Jacy einen unsanften Stoß in die Seite, und im nächsten Moment gehen Jacy und Crickett mit Phyre davon.

Sie sind noch nicht ganz außer Hörweite, als Xotichl die Stirn runzelt und Lita sagt: »Das gefällt mir nicht.« Sie schaut den dreien nach, während sie nachdenklich die Lippen verzieht. »Mir gefällt nicht, was das für mich bedeuten könnte.« Ihre Worte fordern Xotichl und mich förmlich auf, sie um eine nähere Erläuterung zu bitten. Doch wir wissen beide, dass das gar nicht nötig ist. Lita brennt regelrecht darauf, sich zu erklären. Sie muss nur noch ihre Gedanken sortieren. »Ich meine, schaut euch doch nur an, wie sie hier einfach angestapft kommt und sich einschleicht. Früher ist sie immer von einer Clique zur anderen gehüpft und hat sich mir nichts, dir nichts mit allen abgegeben. Ich habe *Jahre* gebraucht, um auch nur in Erwägung zu ziehen, euch zu akzeptieren.« Sie hält inne, als sie begreift, was sie soeben gesagt hat. Achselzuckend spricht sie weiter. »Ist nicht böse gemeint. Aber trotzdem ...«

Sie quasselt weiter und wägt das Für und Wider von Phyres plötzlichem Wiederauftauchen ab – und wie es sich auf ihre eigene Beliebtheit auswirken könnte. Entweder kriegt sie gar nicht mit, dass ihr kein Mensch richtig zuhört, oder ihr ist völlig gleichgültig, dass Xotichl in ihre eigenen Gedanken versunken ist, während ich wie der Teufel darum ringe, mich nicht umzudrehen und Daire anzusehen.

Einerseits sehne ich mich danach, sie zu sehen – und

andererseits weiß ich, dass wir uns das auf gar keinen Fall erlauben dürfen.

Dummerweise setzt sich mein unvernünftiger Teil durch. Getrieben von Daires auf mir lastendem Blick, mit dem sie mich bittet, mich umzudrehen. Sie anzusehen. Und ohne weiteres Zögern tue ich es.

Und ich sehe ihr selbst dann noch nach, als Chay längst mit ihr weggefahren und sie aus meinem Sichtfeld verschwunden ist.

## Vierundzwanzig

DAIRE

Einmal entfacht, prescht Feuer rasch voran und verzehrt augenblicklich alles auf seinem Weg. Es verbrennt, versengt und verwandelt, indem es die Struktur von allem verändert, was es berührt. Im Zaum gehalten, sorgt es für Behaglichkeit, Wärme und Licht. Außer Kontrolle geraten, hinterlässt es einen schrecklichen Pfad der Zerstörung.«

Paloma beugt sich über die Reihe handgezogener Kerzen, die sie auf den abgenutzten Holztisch in ihrem Büro gestellt hat. Ihre Dochte knistern und sprühen Funken, als sie mit dem brennenden Ende des langen Streichholzes in Kontakt kommen, das sie in der Hand hält.

»Feuer kann außerdem zum Auspendeln benutzt werden.« Sie sieht mich an, und ein Lächeln lässt ihre Augen aufleuchten. »Man kann fast jeden Gegenstand dafür verwenden, aber Feuer liefert eine gewisse Intensität, eine gewisse Lebhaftigkeit, die man bei einem Stein oder Kristall nicht so ohne Weiteres findet. Also, sag mal, *nieta*, wenn du in die Flamme schaust, was siehst du dann?«

Ich schürze die Lippen und mustere die Kerzen vor mir. Ich versuche, die Übung ernst zu nehmen, da so viel auf dem Spiel steht, aber ich will nicht lügen. »Wahrscheinlich nicht das, was ich deinen Vorstellungen nach sehen sollte«, antworte ich schulterzuckend. »Da ist ein blauer Hintergrund, aus dem eine flackernde gelbweiße Spitze aufsteigt.«

»Gut.« Sie grinst. »Weiter solltest du auch gar nichts sehen. Oder zumindest nicht für den Moment. Ganz ähnlich wie du es bei dem Pendel gemacht hast, wirst du auch dem Feuer eine Frage stellen. Doch anstelle der Ja- oder Nein-Antwort des Pendels wird das Feuer dir Bilder zeigen, in denen die von dir gesuchte Information steckt.«

Ich ziehe eine Braue hoch und weiß genau, dass ich lieber nicht nachfrage. Auf jeden Fall werden diese Lektionen immer sonderbarer.

»Und genau wie beim Pendel musst du immer daran denken, dass das Feuer nur die Erkenntnisse liefert, die du tief in deinem Inneren trägst. Genauso ist es mit den Talismanen in deinem Beutelchen. Keiner dieser Gegenstände kann dir Fähigkeiten oder Antworten liefern, die du nicht bereits besitzt – sie bringen lediglich die Kräfte zum Vorschein, die tief in dir schlummern. Es wird einmal eine Zeit kommen, *nieta*, in der du so mit dir selbst und deiner Verbindung zu allen Lebewesen in Einklang stehen wirst, dass du gar nicht mehr auf diese Hilfsmittel zurückgreifen musst, es sei denn, du brauchst Klärung. Da du allerdings noch nicht ganz so weit bist, sollst du mehrere tiefe, reinigende Atemzüge nehmen. Befrei deinen Geist und zentrier dich. Wenn du dann bereit bist, möchte ich, dass du eine der Flammen wählst und deinen Blick auf sie richtest, bis sich deine Konzentration ganz natürlich einspielt. Und statt dem Feuer eine Frage zu stellen, sollst du das Feuer bitten, dir etwas zu offenbaren, was es dir zu zeigen bereit ist. Halt einfach deinen Geist offen. Lass die Information fließen. Kannst du das?«

Ich nicke. Ich bin bereits dabei. Hole tief und beruhigend Luft. Spüre, wie meine Muskeln auf der Stelle locker und entspannt werden. Dabei beginnt sich mein Blickfeld zuerst zu weiten, ehe es sich auf einen einzigen Punkt verengt.

Ich konzentriere mich auf eine einzelne Flamme, die vor mir züngelt. Fühle mich zu ihrer Hitze, ihrem Wesen, ihrem beseelten Tanz hingezogen und bemühe mich, zu ihrem eigentlichen Kern Kontakt aufzunehmen und mit ihm zu verschmelzen. Bis alles verblasst außer diesem einsamen Flackern.

Kaum habe ich meine stille, inständige Bitte darum, sein Wissen mit mir zu teilen, übermittelt, bildet sich ein Gesicht heraus. Ein dunkles, bekümmertes, schönes Gesicht mit intensiv leuchtenden Augen, die fest in meine blicken. Doch gerade als ich das Bild erfasst habe, verblasst das Gesicht und lässt nur noch die vagen Umrisse eines Waschbären zurück.

»Es ist Valentina!«, stoße ich atemlos hervor, während ich auf eine der ersten verbürgten Suchenden im Stammbaum der Familie Santos blicke. »Und Waschbär – ihr spirituelles Leittier.«

Palomas geflüsterte Ermunterung veranlasst mich, näher heranzugehen und zu versuchen, die Botschaft auszumachen – überzeugt davon, dass es eine gibt. Und als Valentinas Gesicht erneut vor mir erscheint, erklingt diesmal ihre Stimme in meinem Kopf.

Zuerst ist sie schwach und schwer zu verstehen. Doch schon bald gehen mir die Worte durch und durch.

*Hör zu – du darfst keine Zeit verlieren! Denk immer daran, dass deine Entschlusskraft deinen Willen stärkt, und dein Wille ist dein Weg. Du darfst nie zurückblicken. Du darfst nie bereuen. Ein neuer Tag ist angebrochen – die alten Regeln haben sich gewandelt. Beispiellose Taten werden nun von dir erwartet, und diese werden einen hohen Tribut fordern. Es ist der Glaube der Suchenden, und du musst geloben, ihn zu befolgen!*

Ich nicke heftig und nehme mir jedes einzelne Wort zu Herzen.

Allmählich verblasst ihr Gesicht und lässt mich mit dem Satz zurück: *Es ist deine Pflicht, sie zu beschützen – kümmere dich um sie!*

Dabei blitzen Bilder von Xotichl, Auden und Lita vor mir auf, gefolgt von den Umrissen einer Fledermaus, eines Otters und eines Opossums.

Ihren Geisttieren. Das müssen sie sein. Jetzt, wo wir Freunde sind, jetzt, wo ich sie alle kenne, passen die Tiere, die sie leiten, perfekt dazu.

Wie Xotichl kann die Fledermaus im Dunkeln sehen.

Wie Auden ist Otter lustig und nett, mit klarer Entschlusskraft.

Wie Lita ist Opossum ein guter Schauspieler, der schnell lernt und anpassungsfähig ist.

Als die Bilder verblassen, schwingt nur noch die Flamme im Takt zum Lied des Feuers hin und her:

> *Nach der Laune des Windes*
> *Kann ich glühen oder sengen*
> *Tröste so leicht, wie ich verletze*
> *Ein einziges Züngeln meiner Flamme bewirkt*
> *unwiderruflichen Wandel*
> *Sei wie ich, wenn du Veränderung willst*

Nach der dritten Wiederholung erlischt die Flamme einfach. Und ich kann nur noch ihren Geist anstarren – einen dünnen Rauchfinger, der sich vor mir schlängelt. »Gut gemacht, *nieta*«, flüstert mir Paloma ins Ohr. »Und jetzt lösch den Rest aus. Du weißt, was du tun musst.«

Ich strecke den Arm nach einer der Kerzen aus, hebe die Hand vor ihr und beobachte, wie sie sich schlagartig selbst löscht. Dann mache ich weiter mit der nächsten und kann sie ausmachen, indem ich nur mit den Augen blinzele und will, dass sie ausgeht. Als ich bei der letzten anlange, greife ich mir das zweischneidige Messer, das mir Paloma hingelegt hat. Fest umfasse ich seinen glatten Holzgriff und heilige das Athame, indem ich es einmal langsam durch die geheiligte Flamme der Kerze ziehe. Ich vernehme den Refrain – die herrliche Symphonie, die in meinem Kopf anschwillt –, während das Feuer die Klinge beim Durchziehen schwärzt, nur um sie glänzend wie neu wieder daraus hervorgehen zu lassen.

Als es vorüber ist, legt Paloma das Messer in seine Hülle zurück. Sie lässt die Finger auf dem abgenutzten Lederfutteral liegen und schweigt lange, ehe sie das Wort ergreift. »Du hattest recht«, sagt sie.

Ich beuge mich zu ihr, habe jedoch keine Ahnung, wovon sie spricht.

»Sosehr ich mir auch anderes erhofft habe, fürchte ich nun, dass sich Valentinas Warnung nicht bestreiten lässt. Ein neuer Tag ist angebrochen. Die alten Regeln sind jetzt hinfällig. Was bedeutet, dass Cade getötet werden muss. Und bedauerlicherweise bist du die Einzige, die das tun kann. Das Schicksal dieser Stadt – deiner Freunde – hängt davon ab, ob es dir gelingt, ihn zu töten.« Ihre Finger fahren an der Schneide entlang, während sich auf ihrem Gesicht ein widersprüchliches Mienenspiel abzeichnet. Als ihr Blick schließlich auf meinen trifft, ist er von einer unergründlichen Traurigkeit erfüllt, die nicht zu übersehen ist. »Wenn ich deinen Platz einnehmen und es dir abnehmen könnte, *nieta*, glaub mir, ich würde es tun. Aber meine Zeit als Suchende ist vorüber. Was ich noch an Kräften besessen habe, ist bereits auf dich übergegangen.«

Ich mustere sie mit starrem Blick und ohne zu atmen.

Verblüfft von ihrem plötzlichen Sinneswandel – und von der Tragweite ihrer Worte.

Sie schiebt das Messer zu mir herüber und sieht mich unverwandt an. »Wenn du bereit bist, Cade zu töten, wirst du dieses Athame dazu benutzen. Du wirst es auch dazu benutzen, um die Unterwelt von untoten Richters zu befreien, entweder indem du ihnen die Köpfe abtrennst oder sie sauber in der Taille spaltest.«

Ihre Anweisungen lassen mich erstarren. Ich bin außerstande, mir eine solche Tat auszumalen.

»Ich weiß, dass die Vorstellung unangenehm ist«, fährt sie fort. »Leider wird es die Tat selbst auch sein. Doch diesmal wirst du im Gegensatz zum letzten Mal nicht auf die Hilfe der Knochenhüterin zählen können. Daher ist dies der einzige Weg, um die Seelen zu retten, die ihnen Kraft spenden. Der einzige Weg, um sie dorthin zurückzuschicken, wo sie hingehören.«

»Und Cade – ist das auch der einzige Weg, um ihn zu töten?« Ich nehme das Messer aus seiner Hülle, betrachte es mit jetzt wissenderen Augen, wiege es in der Hand und fahre mit seiner glatten Schneide über meine Handfläche. Dabei versichere ich mir selbst, dass ich das schaffe – schließlich wurde ich dafür geboren. Ich muss sie nur finden, weiter nichts. Wenn die Zeit kommt, gibt es kein Zögern. Dann töte ich sie alle.

Es ist ein Versprechen, das ich mir selbst gebe und Paloma und den Leuten von Enchantment, die das Leid nicht verdient haben, das sie erdulden mussten.

Mit entschlossener Miene wende ich mich zu Paloma um. Sie soll wissen, dass ich mich der Aufgabe gewachsen fühle. Dass ich sie nicht enttäuschen werde. Ich werde diese Sache zu Ende bringen. Erst als sie mir mit einem sehr betrübten

Blick in die Augen sieht, begreife ich, dass sie meine Frage unbeantwortet gelassen hat.

»Wird das Cade töten?«, wiederhole ich, wobei meine Stimme viel zu hoch klingt.

Sie hält sich die Hände vor die Brust und presst die Finger aneinander. »Für mich ist das alles neu, *nieta*. Und es tut mir leid, dass ich das von dir verlange. Das Einzige, was ich sicher weiß, ist, dass das Messer jetzt mit Valentinas Essenz gestärkt ist. Ich zweifele nicht daran, dass sie sich als großartige Verbündete für dich erweisen wird. Von jetzt an wirst du das Athame zu jeder Zeit mit dir führen. Du schreitest zur Tat, wenn du dazu gerufen wirst. Du tust, was immer nötig ist, um Cade und seine Armee aus untoten Ahnen unschädlich zu machen, koste es, was es wolle.« Ihr Blick wird weicher, als sie weiterspricht. »Und jetzt wollen wir mal sehen, ob wir es nicht schneien lassen können.«

## Fünfundzwanzig
### Dace

»Könnte mir vielleicht mal irgendwer erklären, was hier los ist?« Lita schaut am Lunchtisch entlang und lässt auf jedem von uns einen Moment lang den Blick ruhen. »Zuerst einmal – wo ist Daire? Geht sie überhaupt noch hier zur Schule? Und zweitens, ist es nicht seltsam, dass sie genau dann verschwindet, als Phyre auftaucht? Und nicht dass ich besonders darauf achten würde, nicht dass jemand einen falschen Eindruck kriegt, weil ich ja total über ihn weg bin, aber Cade Richter ist auch immer noch verschwunden. Und nachdem niemand von dieser Abfolge sonderbarer Ereignisse auch nur im Geringsten beunruhigt zu sein scheint, muss ich schon mal fragen: Gab es einen Rundbrief, den ich verpasst habe? Bin ich die Einzige, die sich noch für die Abschlussprüfungen diese Woche interessiert? Und, nur der Vollständigkeit halber: Ich meine vor allem *dich*, Whitefeather, weil du derjenige bist, der die engsten Verbindungen zu allen drei Genannten unterhält.«

Die Jungen am anderen Ende des Tischs wenden sich ab, erleichtert, dass sie aus dem Schneider sind. Ich zucke die Achseln und schaue angestrengt auf mein Automaten-Burrito. »Daire fühlt sich nicht wohl«, sage ich. »Und Cade und ich reden eigentlich nicht miteinander, das weißt du doch.«

Lita nimmt die Informationen schweigend zur Kenntnis. Ihr Kopf bewegt sich vor und zurück, als wäre die Waage der Justitia in ihm eingebettet. »Und die ganze Geschichte mit Phyre? Was ist damit?«

»Keine Ahnung«, murmele ich, und obwohl ich ganz genau weiß, worauf sie damit hinauswill, bin ich nicht bereit, darauf einzugehen. Phyre ist eine Erinnerung. Ein Geist. Sie hat keinen Platz in dem Leben, das ich jetzt führe.

»O nein.« Lita richtet sich auf und starrt mich mit ihrem berühmten Verhörblick an. Dem Blick, der Jacy und Crickett unwillkürlich dazu anregt, sich ebenfalls aufzurichten, da sie um keinen Preis verpassen wollen, was als Nächstes kommt. »Das klappt bei mir nicht. Was hat Phyre mit alldem zu tun – und warum hast du dich in ihrer Gegenwart so seltsam benommen?«

Sie starren. Alle. Selbst Xotichls Augen wandern argwöhnisch in meine Richtung. Und so bleibt mir nichts anderes übrig, als ergeben die Hände zu heben und zu sagen: »Phyre taucht auf, wo sie will. Das spricht sie nicht mit mir ab. Ich habe jahrelang nichts von ihr gehört.«

»Zwei Jahre.« Lita grinst und unterstreicht ihre Worte mit zwei Fingern, die sie mir vors Gesicht hält. »Es ist erst zwei Jahre her, seit sie gegangen ist. Und meine Vermutung ist, dass sie – danach zu urteilen, wie sie dich angesehen hat – genau da weitermachen will, wo ihr aufgehört habt. Und so verlegen und komisch, wie du dich ihr gegenüber benommen hast, weißt du offenbar nicht, was du willst. Oder schlimmer noch, du weißt, was du willst, nur steht dir jetzt ein kleines Problem namens Daire im Weg. Was euch alle ... *perplex* und *konsterniert* macht.«

»Sind das überhaupt Wörter?«, fragt Xotichl, während Jacy und Crickett hinter vorgehaltenen Händen kichern.

Lita verdreht die Augen und straft sie alle mit einem

Kopfschütteln ab. »Das Problem mit dir, Whitefeather«, sie hält inne und verlangt meine ungeteilte Aufmerksamkeit, »willst du wissen, was dein Problem ist?«

Ich frage mich, womit ich das verdient habe. Warum ich mich je auf eine Freundschaft mit ihr eingelassen habe, obwohl offensichtlich ist, dass sie sich kaum verändert hat, seit sie ihre Seele wiederbekommen hat. Doch ich reiße mich zusammen. »Ja, warum nicht?«, erwidere ich nur. »Tu dir keinen Zwang an.«

Sie nickt, verschränkt Arme und Beine und nimmt eine abwehrende Haltung ein, als würde ich auch nur erwägen, einen verbalen Wettstreit mit ihr anzufangen. »Das Problem mit dir ist, dass du es nicht gewöhnt bist, dass man dich heiß findet.«

Xotichl runzelt die Stirn.

Jacy und Crickett schnappen nach Luft und können es kaum fassen.

Erleichtert lasse ich die Schultern sinken. Ich hatte etwas wesentlich Schlimmeres erwartet.

»Oder vielmehr, du bist es nur gewöhnt, dass *eine* Person dich heiß findet. Phyre. Und das lag nur daran, dass sie mit dir in diesem Reservat festsaß, wo es für ein Mädchen nicht allzu viel Auswahl gab.«

»Lita …« Xotichl versucht sie davon abzuhalten, noch weiter zu gehen, doch Lita ignoriert sie. Sie ist in voller Fahrt. Lässt sich nicht bremsen, ehe sie fertig ist.

»Auf jeden Fall war die Wahl damals leicht, als Phyre die Einzige war, die dich wollte. Aber jetzt – jetzt, wo Daire auch auf dich steht, genau wie noch ein paar andere Mädchen, die, obwohl ich das nicht begreifen kann, allen Ernstes in meiner Gegenwart über deinen plötzlich ausgebrochenen Sexappeal diskutiert haben – jetzt hast du die Qual der Wahl.

Ich kann das nicht nachvollziehen. Für meinen Geschmack siehst du Cade viel zu ähnlich.«

»Ähm, ja, weil sie nämlich identisch sind«, sagt Jacy, woraufhin Lita eine finstere Miene zieht und ihr Crickett einen missbilligenden Blick zuwirft.

»Also, worauf ich eigentlich hinauswill – werd bloß nicht zu eingebildet, nur weil du einen kleinen Aufstieg auf der Attraktivitätsskala hingelegt hast. Sei nicht blöd. Sei nicht wie dein Zwilling. Behandele Daire korrekt, sonst kriegst du es mit mir zu tun. *Comprehendu?*«

Ich beiße die Zähne zusammen. *Comprehendu? In Lita Winslows ganz besonderer Welt geht das vermutlich als Spanisch durch.* Ich blicke mich am Tisch um. Registriere, wer alles da ist. Bemerke eine Gruppe Jungen, mit denen mich nichts verbindet und die eindeutig auch nichts mit mir zu tun haben wollen – und eine Gruppe Mädchen, die kein Problem damit haben, mich über den glühend heißen Kohlen baumeln zu lassen, die sie unentwegt anheizen.

Ich war besser dran, als ich meinen Lunch im Korridor verzehrt habe.

Ich konzentriere mich auf mein Essen und verweigere eine Antwort. Das hier ist lächerlich. Und trotz meiner angeblich so guten und reinen Seele werde ich allmählich ärgerlich.

Das Problem bei Mädchen ist allerdings, dass trotziges Schweigen nicht funktioniert. Sie sind zu redselig dafür. Und sie wollen, dass ich ebenfalls redselig bin.

»Wie du meinst«, entgegne ich, da ich weiß, dass ich etwas sagen muss, wenn auch nur, um den Disput zu beenden. »Phyre ist Geschichte. Ganz egal, was zwischen Daire und mir auch geschieht, wir sind fest zusammen. Mein Herz schlägt für sie und nur für sie.«

»Fest zusammen, was?« Lita blinzelt und glaubt mir offenbar kein Wort. »Dann sorg dafür, dass du sie heute Abend zu meiner Weihnachtswichtel-Party ins Rabbit Hole schaffst, okay? Es ist mir egal, ob du sie an den Haaren dorthin zerren musst wie der Neandertaler, für den ich dich halte. Ich will sie dabeihaben, Whitefeather. Ich will *alle* dabeihaben. Ich habe mir ein Bein rausgerissen, damit dies meine bisher beste Party wird. Und ich muss dich vermutlich nicht daran erinnern, dass du von Glück sagen kannst, eingeladen zu sein. Also lass mich meine Großzügigkeit nicht bereuen, okay?«

Sie wirft mir einen letzten warnenden Blick zu, ehe sie sich Jacy und Crickett zuwendet und von ihnen wissen will, ob sie die Strähnchen den Winter über rausmachen soll: nein. Und ob sie ihr Madonna-Piercing behalten oder das Loch wieder zuwachsen lassen soll: Sie finden, sie soll es behalten.

Das Läuten der Schulglocke, das endlich ertönt, hat in meinen Ohren noch nie so herrlich geklungen. Ich stehe vom Tisch auf, erpicht darauf, mich so schnell wie möglich zu verziehen und nie mehr zurückzukehren, als mich Xotichl am Arm packt. »Ich muss mit dir reden«, sagt sie.

Ich schließe die Augen und unterdrücke ein Stöhnen. Ich weiß nicht, wie viel Beschwatzen ich noch verkrafte. Diese Mädchen sind verrückt.

»Entspann dich«, sagt sie, als sie meine Stimmung spürt. »Dieses Thema überlasse ich Lita; sie kann es sowieso viel besser als ich. Ich habe nur gemeint, dass wir über die Prophezeiung sprechen müssen.«

»Du weißt darüber Bescheid?« Ich mustere sie aufmerksam.

»Hast du sie gelesen?«

Ich zögere und weiß nicht recht, wie ich antworten soll. Also bleibe ich etwas im Vagen. »Sie ist mir ein- oder zweimal untergekommen. Trotzdem muss ich alles wissen, was du mir sagen kannst. Möglichst genau. Wort für Wort. Lass nichts aus.«

»Warte einfach nach der Schule auf mich und fahr mich nach Hause. Dann erzähl ich dir alles«, erwidert sie, während ihre graublauen Augen in die Ferne schweifen. Doch das heißt nicht, dass sie mich nicht *sieht*.

Ich seufze und raufe mir das Haar, weil ich nicht warten will, aber da ich keine andere Wahl habe, stimme ich zu.

Sowie ich mich aus der Stunde für Freies Lernen abgeseilt habe, sehe ich, dass Xotichl schon im Korridor auf mich wartet.

»Ich hab ziemlich weit weg geparkt«, sage ich, als sie zu mir aufschließt. Ihr Blindenstock mit der roten Spitze wippt beim Gehen vor ihr auf und ab.

»Gut.« Sie grinst auf eine Art, die ihr Gesicht aufleuchten lässt. »Dann hast du ja jede Menge Zeit, um mir deine Sicht der Ereignisse zu schildern. Lückenlos. Von Anfang bis Ende. Lass bloß nichts aus.«

Ich versuche mich nicht darüber aufzuregen, dass schon wieder jemand dem stetig anwachsenden Club der Leute beigetreten ist, die über mich Bescheid wissen. Was ich bin. Wie ich entstanden bin. Ganz zu schweigen davon, dass ich ihr auf gar keinen Fall *alles* erzählen werde.

»Ich bezweifele, dass es sich von dem unterscheidet, was Daire dir schon erzählt hat.« Ich fasse nach ihr und will ihr gerade den Randstein hinunterhelfen, als ich ebenso schnell wieder zurückzucke. Xotichl kommt bestens alleine zurecht. Sie braucht meine Hilfe nicht.

»Das kriegt man nur auf eine Art raus.« Ihre Miene ist entschlossen, ihr Kiefer angespannt, ihr Mund verkniffen. Für ein zierliches Mädchen mit einer massiven Behinderung ist sie ganz schön tough.

Außerdem ist sie unheimlich nett.

Sie war der erste Mensch, der mit mir gesprochen hat – nein, falsch – sie war fast der *einzige* Mensch, der in meinen ersten zwei Jahren an dieser Schule überhaupt mit mir gesprochen hat, bis Daire kam.

Sie ist auch die Einzige, an die Cade nie herangekommen ist. Das hat mir ein bisschen Ehrfurcht vor ihr eingejagt.

Ich helfe ihr in den Pick-up und achte darauf, dass sie gut sitzt, ehe ich auf meiner Seite einsteige. Dann lasse ich den Motor an und fahre rückwärts aus dem Parkplatz.

»Ich warte immer noch …«, sagt sie.

Ich lasse ein paar Autos passieren, dann fädele ich mich in den fließenden Verkehr ein. »Du willst doch nicht wirklich, dass ich das Ganze noch mal herunterbete, oder? Das bringt doch nichts. Außerdem war abgemacht, dass ich dich nach Hause fahre und du mir erzählst, was du über die Prophezeiung weißt.«

Sie überlegt kurz und tippt sich mehrmals mit einem ihrer winzigen Fingerchen an die Kinnspitze. Sie genießt meine Frustration und kostet den Moment so lange aus, wie sie kann. »Gut«, sagt sie, aber erst, als sie sicher ist, dass ich genug gelitten habe. »Du hast gewonnen. Ich glaube, ich habe alles, was ich wissen muss, von Daire erfahren. Schließlich war sie ziemlich gründlich.«

*Gründlich? Wie gründlich?*

Ich umfasse das Lenkrad fester und mahle so heftig mit

dem Kiefer, dass er protestierend knackt. Erst bei Xotichls nächsten Worten werde ich wieder lockerer.

»Hör mal, sie ist am Boden zerstört, ich lüge dir nichts vor. Aber sie macht dir keinen Vorwurf. Sie weiß, dass du das Richtige getan hast. Außerdem bin ich mir ziemlich sicher, dass sie nicht lange so niedergeschlagen bleibt – sie ist ganz schön hart im Nehmen, weißt du.«

Obwohl ihre Worte mich trösten sollen, bin ich nicht sicher, ob es das besser macht. *Will sie etwa andeuten, dass Daire allmählich über mich hinwegkommt – und sich schon anderweitig orientiert?*

Ich schüttele den Gedanken ab. Er ist lächerlich. Ich bin lächerlich. Ich habe doch gesehen, wie sie mich heute auf dem Parkplatz angesehen hat. Genau so, wie ich sie angesehen habe. Außerdem – ist das nicht genau das, was ich ihr gesagt habe? Dass sie aufhören soll, an mich zu denken – mich zu lieben –, solange es nötig ist?

Mann, ich hasse meinen Bruder.

»Können wir vielleicht über die Prophezeiung sprechen?«, entgegne ich, begierig darauf, es zu hören, obwohl ich mir ziemlich sicher bin, dass es mir nicht gefallen wird.

Sie bewegt den Kopf vor und zurück und ist offenbar noch nicht ganz bereit, das Spiel aufzugeben. »Ich habe es im Kodex gelesen«, sagt sie seufzend.

Ich nicke ungeduldig, da ich nicht genau weiß, was das ist, aber unbedingt davon hören will.

»Es ist ein beeindruckendes Buch. Alles, was man von einem altehrwürdigen und mystischen Folianten erwarten kann. Mit den sich wellenden Pergamentseiten und den aufwendigen Illustrationen wirkt er wie aus einem Fantasyfilm …« Sie hält inne, wahrscheinlich nur, um mich zu quälen. Sie ist ein nettes Mädchen, eines der nettesten, die ich kenne, aber sie liebt es, ihre kleinen Spielchen zu treiben. »Nicht dass ich die Illustrationen tatsächlich hätte sehen können, aber ich konnte ihre Energie lesen. Auf jeden Fall steht eine Menge drin. Er hat unzählige Seiten, die allesamt in einem speziellen Code verfasst sind, den man erst mühselig entziffern muss. Wenn du es nur sehen könntest: Seine Energie ist so lebhaft, so frisch ...«

Ich tappe mit den Daumen aufs Lenkrad und verbeiße es mir, sie anzufahren, damit sie jetzt endlich zur Sache kommt und es mir verrät.

»Also, jedenfalls«, beginnt sie, während ein Lächeln ihr Gesicht aufleuchten lässt. »Hier ist der Teil, den du wissen musst ...«

Als sie ihren Vortrag beendet hat, bin ich mehr als erstaunt darüber, wie harmlos es scheint.

Wie belanglos.

Bei der Art von Buch, die sie beschrieben hat, hätte ich irgendwie erwartet, dass es größer und komplizierter wäre als das, was ich bereits wusste. Vor allem wenn man in Betracht zieht, dass dabei tatsächlich Leben auf dem Spiel stehen.

Doch laut Xotichl passt die Version im Kodex genau zu den Versen, die mir bereits bei meinem Erlebnis in der Schwitzhütte offenbart wurden.

Ein täuschend einfacher Vierzeiler, der folgendermaßen lautet:

*Die andere Seite der Mitternachtsstunde läutet als Vorbote dreimal*
*Seher, Schatten, Sonne – zusammen kommen sie*
*Sechzehn Winter weiter – dann wird das Licht gelöscht*
*Und Finsternis steigt auf unter einem von Feuer blutenden Himmel*

»Dann stimmt es also. Das Licht wird gelöscht. Einer von uns muss sterben.« Ich starre auf die unasphaltierte Straße vor uns und kann mich kaum auf etwas anderes konzentrieren als auf die Worte, die mir unentwegt durch den Kopf gehen.

Höhnisch.

Quälend.

Hartnäckig.

»Aber ich schätze, das wussten wir schon«, sage ich und muss mir selbst in Erinnerung rufen, dass es hier nichts Neues gibt. Xotichl hat es nur bestätigt, weiter nichts.

»Daire wird Cade töten«, erwidert Xotichl. »Nicht nur, damit sie sich als Suchende beweisen, seinen Aufstieg verhindern und in der Unterwelt alles wieder in Ordnung bringen kann, sondern auch, um mit dir wieder ins Reine zu kommen. Und auch wenn ich das alles total verstehe und sie bei ihren Plänen absolut unterstütze, will ich auf keinen Fall, dass sie verletzt wird. Aber ich weiß nicht genau, was ich tun kann, um ihre Sicherheit zu garantieren.«

»Ihr passiert nichts«, sage ich mit fester Stimme, während ich in Xotichls Straße einbiege und vor dem bescheidenen Lehmziegelhäuschen halte, wo sie wohnt. »Sie wird nicht verletzt. Es wird überhaupt nicht so weit kommen, weil ich ihn mir als Erster schnappe.«

Xotichl nickt. Das ist die Antwort, die sie hören wollte.

»Im Rabbit Hole gibt es ein Portal.« Sie macht die Tür auf und steigt aus. »Wenn du von dort aus reingehst, hast du bessere Chancen, ihn aufzuspüren.«

»Leftfoot will, dass ich es finde. Er meint, du kannst mir zeigen, wo es ist.«

»Das ist knifflig.« Sie schlägt die Tür von außen zu und lehnt sich durch das offene Fenster herein. »Außerdem wird es von Dämonen bewacht, also denk daran, massenhaft Nikotin mitzunehmen, um sie zu besänftigen. Und heute Abend, nachdem die Geschenke ausgetauscht worden sind, zeige ich dir, wo es ist.«

## Sechsundzwanzig

DAIRE

»Halt endlich still. Und hör auf, die Augen zu verdrehen. Je länger du dich wehrst, desto länger dauert es.« Jennika runzelt die Stirn, klemmt mir ihren Daumen unters Kinn und dreht meinen Kopf zu sich hin, während sie mir violetten Lidschatten aufträgt. »Ich dachte, du wolltest unbedingt schnell losziehen und mit deinen Freunden feiern?«

»Stimmt. Und falls du dich erinnerst, genau das habe ich auch versucht, als du hereingeplatzt bist und behauptet hast, ich bräuchte ein komplett neues Make-up.« Ich werfe ihr einen gespielt pikierten Blick zu, der rasch in Gelächter übergeht, als sie ihn mit einem ebensolchen erwidert.

»Also, entschuldige bitte, wenn ich das so sage, aber meine Tochter geht nicht auf eine Party und sieht dabei aus wie …« Blinzelnd legt sie den Kopf schief und sucht nach der treffendsten Formulierung, um gleichzeitig den Satz zu beenden und mich angemessen zu beleidigen.

»Wie *was*?« Verstohlen spähe ich nach meinem Spiegelbild. Das linke Auge ist dunkel und *smoky* geschminkt, während das rechte in einem unfertigen Zustand verharrt und lediglich die Aussicht auf einen verruchten Schlafzimmerblick verheißt.

»Meine Tochter geht nicht auf eine Party und sieht dabei aus, als ginge sie in die *Kirche*.« Jennika grinst und freut sich über sich selbst, weil sie es mal wieder geschafft hat, etwas zu sagen, was ich nicht erwartet habe. Doch sie hat noch mehr auf Lager. »Es gibt einen Kirchen-Look und einen Party-Look, und dann gibt es noch den Look für festliche Partys, die, wie du wissen solltest, massenhaft Drama, Glitzer und ja, Smoky Eyes verlangen. *Vor allem* Smoky Eyes. Wenn du also nur noch zehn Minuten Geduld mit mir hast, dann verpasse ich dir einen solchen Killer-Look, dass *du weißt schon wer* unter Garantie aus den Latschen kippt und tot umfällt, sowie er dich sieht.« Sie taucht ihren Pinsel in einen Tiegel mit anthrazitfarbenem Lidschatten und geht erneut auf mich los.

»Dace. Er heißt Dace. Du darfst den Namen gern benutzen, weißt du?« Ich stoße die Worte durch kaum geöffnete Lippen hervor. Eine Art von Bauchrednerkunst, die ich mir aus reiner Notwendigkeit angeeignet habe, als Jennika ihre Special-Effects-Schminkkünste an mir ausprobiert hat, als ich noch klein war. »Und falls es hilft, das Ganze zu beschleunigen, dann sei so nett und mach meine Augen ein bisschen weniger *tödlich*. Ich wäre wirklich froh, wenn er bei meinem Anblick *nicht* tot umfallen würde. Ich mag ihn lebend lieber.«

»Aha!« Ihre Miene leuchtet auf, als hätte ich gerade etwas preisgegeben, was wir beide noch nicht wussten. »Du magst ihn immer noch – das merke ich.« Sie droht mir mit dem Finger. »Und darin liegt das Problem.«

Schon mache ich den Mund auf, um etwas zu sagen, schließe ihn aber ebenso schnell wieder. Ich entscheide mich gegen die allzu defensive und reichlich unglaubwürdige Antwort, die mir als Erstes in den Sinn kommt.

Wenn Verteidigung der erste Akt des Kriegs ist, dann kann alles, was ich sage, nur zu einem Streit eskalieren, den ich lieber vermeiden würde. Wenn ich mir überhaupt noch

Hoffnungen darauf machen will, rechtzeitig hier rauszukommen, um Dace zu treffen, dann werde ich kooperieren müssen.

Seit der heutigen Sitzung bei Paloma, bei der ich nicht nur das Feuerlied gelernt habe, sondern auch einen richtigen kleinen Sturm ausgelöst habe, gefolgt von einem kurzen Regenschauer – nur leider blieb der Schnee, den ich herbeilocken wollte, ein unerfüllter Wunsch –, habe ich dieses Gefühl von neuer Kraft, das ich nicht gerne ungenutzt lassen möchte.

Zum ersten Mal überhaupt fühle ich mich bestens dafür gerüstet, es von Angesicht zu Angesicht mit Cade aufzunehmen.

Und das werde ich tun.

Sobald ich ihn finde.

Doch bevor es dazu kommt, muss ich Dace sprechen.

Ich habe einen Plan. Etwas, was ich mir noch gestern nicht zugetraut hätte. Doch jetzt ist alles anders.

*Ich* bin anders.

Und ich kann es gar nicht erwarten, es ihm zu sagen.

Es ihm zu zeigen.

Jetzt muss ich nur noch Jennika dazu bringen, sich zu beeilen.

»*Et voilà!*« Jennika hält mich am ausgestreckten Arm vor sich hin und inspiziert ihr Werk mit kritischem Blick. Als sie feststellt, dass sie mit ihrer Arbeit zufrieden sein kann, lächelt sie stolz. »Meine liebe Tochter, du bist perfekt – der totale Hingucker! Du erinnerst mich an mich selbst, als ich in deinem Alter war.«

»Und das ist gut?«, witzele ich und muss an die Bilder von ihr in ihrer Möchtegern-Courtney-Love-Phase denken. Ein bleich geschminktes Gesicht, rote Lippen, dazu ein superkurzes Baby-Doll-Kleid und ein Stirnreif auf dem platinblond gefärbten Schopf.

»Das ist sogar *sehr* gut«, antwortet sie lächelnd. »Und da du in diesem Spiel noch Anfängerin bist, lass dir von einer alten Meisterin wie mir etwas gesagt sein: So wird es gemacht. So werden die besten Liebeskriege gewonnen.«

»Liebeskriege?« Ich verziehe finster das Gesicht. Daran stimmt ja nun wirklich einiges nicht. »Dann ist das Ganze also …« Ich zeige auf mein Gesicht. »Dann ist das für dich also nur eine Kriegsbemalung?«

Sie zieht sich den schwarzen Pullover über die lederbekleideten Hüften und setzt ihre Musterung fort. Dabei sucht sie mein Gesicht nach Spuren von sich selbst – und von Django – ab und ist viel zu tief in die Vergangenheit verstrickt, um mich wirklich zu sehen.

»Also ehrlich, Jennika, das ist doch verrückt. Meine Gefühle für Dace sind kein Spiel. Liebe ist kein alter Pat-Benatar-Song. Es ist kein Schlachtfeld oder ein Krieg, den man gewinnen oder verlieren kann. Aber falls du es wirklich so siehst, kann ich nur sagen, *armer Harlan*.«

Die Erwähnung ihres manchmal angesagten und dann wieder abgemeldeten, meistens aber abgemeldeten Freundes reißt sie aus ihren Tagträumen und lässt sie unwillkürlich die Stirn runzeln. »Wirklich, Daire? *Armer Harlan*, sagst du?« Sie schüttelt den Kopf, sodass ihr ein Wirbel dünner Strähnen über die sanft geschwungenen Wangenknochen fällt, ehe sie sie wieder nach hinten wirft. »Weißt du, dass er mir allen Ernstes einen *Heiratsantrag* gemacht hat?«

Ich klammere mich an die Waschtischplatte, damit ich nicht hintenüberkippe. Es kostet mich einen Moment, den Schock zu verkraften, den ihre Worte ausgelöst haben. Das habe ich nicht kommen sehen. Doch jetzt, da sie es ausgesprochen hat, wird mir der Sinn ihres Spontanbesuchs schlagartig klar.

»Wann?« Meine Stimme wird vor Argwohn schrill. »Wann genau hat dir Harlan einen Heiratsantrag gemacht?«

Sie wendet sich ab und wühlt in dem vergeblichen Versuch, Zeit zu gewinnen, in ihrem Make-up-Koffer herum. Schließlich seufzt sie ergeben. »Letzte Woche, am Strand von Malibu. Bei Sonnenuntergang.« Sie verzieht angewidert das Gesicht, als hätte er unter hässlichen Umständen eine grauenhafte Tat begangen.

»Also deshalb ...« Ich werfe ihr einen wissenden Blick zu und lasse den Satz absichtlich unvollendet.

»Deshalb was? Worauf willst du hinaus, Daire?« Sie tunkt einen flauschigen Pinsel in einen Tiegel voller Flitter und wirbelt damit über meine Wangen.

»Deshalb bist du hier. Deshalb bist du ins erste Flugzeug nach Enchantment gestiegen. Du läufst vor Harlan davon – vor einer festen Beziehung – vor dem Leben!« Aus blitzenden Augen funkele ich sie an. So besessen bin ich von meiner aufwühlenden Erkenntnis, dass ich mir absolut sicher bin, recht zu haben, und den Anflug von Schmerz auf ihrer Miene beinahe übersehe. Beinahe – aber nicht ganz.

»Ich bin hier, weil Weihnachten ist und ich mit meiner Tochter zusammen sein wollte.« Sie beharrt auf ihrer Geschichte, obwohl ihre Tarnung aufgeflogen ist. »Warum fällt es dir so schwer, das zu glauben?«

»Es ist nicht so, dass ich es nicht glauben würde.« Ich beobachte sie genau. »Aber es ist eben nicht die ganze Wahrheit. Es steckt noch mehr dahinter, und das weißt du auch. Komm schon, Jennika, warum kannst du nicht einfach zugeben, dass Enchantment, auch wenn du es angeblich noch so furchtbar findest, dein neuer Zufluchtsort geworden ist, wenn dir woanders der Boden unter den Füßen zu heiß wird?«

Ihr Gesicht verdunkelt sich in einer Weise, die mir sagt, dass ich ihre persönlichen Grenzen weit überschritten habe. Doch nachdem ich mich selbst erst neulich aus meinem eisernen Käfig befreit habe, weiß ich tief in meinem Inneren, dass sie das hören muss. Also fahre ich fort. »Du musst doch selbst zugeben, dass es jetzt, nachdem du dich dauerhaft in L. A. niedergelassen hast, immer schwieriger für dich wird, alldem zu entkommen, vor dem du bisher geflüchtet bist. Du weißt schon, Dinge wie Liebe. Und Bindung. Und die ganz reale, ganz greifbare Möglichkeit, mit einem so tollen, begabten, netten, geduldigen und – ja, für einen alten Knacker sogar gut aussehenden – Mann wie Harlan eine ernsthafte Beziehung einzugehen.« Ich muss schmunzeln, als ich das sage, doch sie erwidert mein Lächeln nicht. »Zum ersten Mal seit langer Zeit hast du eine feste Adresse – einen Ort, wo sich all deine persönlichen Dämonen vor der Haustür drängeln und darauf warten, abgearbeitet zu werden. Und jetzt, wo dir die Ausreden ausgegangen sind, kannst du nicht einfach zum nächsten Engagement als Visagistin ans andere Ende der Welt aufbrechen. Jetzt musst du dich alldem stellen, und das macht dir eine Heidenangst. Und was tust du dann? Du kommst mich besuchen.« Ich verschränke die Arme und warte gespannt ab, ob sie mir zu widersprechen wagt.

Doch sie verdreht nur die Augen. »Und wer hat dich zur Beziehungsberaterin berufen?«

»Warum gibst du ihm keine Chance?«, dränge ich. »Warum hältst du dir nicht die Nase zu, machst die Augen zu und springst rein? Probierst aus, wie weit du dich fallen lassen kannst, ohne dich selbst zu verlieren? Ich bin mir ziemlich sicher, dass Harlan weiß, worauf er sich einlässt. Er erwartet garantiert nicht, dass du deine Karriere oder auch nur deinen Namen aufgibst. Ich bin mir ziemlich sicher, dass er dich genau so will, wie du bist.«

Jennika lässt sich Zeit. Ob sie nun über meine Worte nachsinnt oder darauf wartet, dass das Thema einen natürlichen Tod stirbt, weiß ich nicht. Ich weiß nur, dass ihre Stimme, als sie mich schließlich wieder ansieht, ebenso resigniert klingt, wie ihre Miene aussieht.

»Entweder lässt du mich deine Lippen schminken oder du versuchst dich weiter daran, mich psychoanalytisch zu durchleuchten. Es ist deine Entscheidung, Daire. Du hast es in der Hand, wie schnell du von hier wegkommst.«

Unsere Blicke begegnen sich, und ich beschließe, ihr in diesem Punkt den Sieg zu gönnen. Indem ich den Samen gesät habe, habe ich bereits gewonnen.

Dann hebe ich das Kinn, schürze die Lippen und setze mich wieder vor ihr in Positur. Während sie mir eine dicke Schicht Lipgloss auf die Lippen tupft, murmele ich: »Ich meine ja nur…«

»Ja, ich auch.« Ihre Stimme klingt müde und aufgewühlt, aber auf eine gute Art. Auf eine Art, die mir sagt, dass sie eine Zukunft in Erwägung zieht, die sie sich selbst viel zu lange vorenthalten hat. »Ich meine ja auch nur.«

## Siebenundzwanzig
### DACE

Bis ich das Rabbit Hole erreiche, habe ich meine Jackentasche bestimmt mindestens zwanzigmal kontrolliert. Doch das hält mich nicht davon ab, noch einmal nachzusehen. Und es hält mich auch nicht von dem kleinen Seufzer der Erleichterung ab, den ich ausstoße, als ich das Päckchen finde, in dem das Wichtelgeschenk für Daire steckt.

Obwohl das herzförmige Stück Türkis das Zwanzig-Dollar-Limit bei Weitem überschreitet, wirkt es auf den ersten Blick wahrscheinlich eher unspektakulär. Die Schönheit des Steins, seine offenkundige Härte, sein Glanz und die strahlend himmelblaue Farbe, alles Qualitätsmerkmale erster Güte, sind vollständig vorhanden, doch der Stein birgt auch noch eine tiefere Bedeutung.

Er soll ein Amulett sein, das sie zu all ihren anderen Talismanen in ihr Lederbeutelchen stecken kann und das sie beschützen soll, wenn ich nicht bei ihr sein kann. Türkis ist ein Heilstein. Ein Schutzstein. Er soll Böses abwenden. Und davon gibt es hier in Enchantment mehr als genug.

Ich hoffe nur, ich kann es auf eine Weise erklären, die einleuchtend ist, ohne blöd zu klingen.

Ich parke meinen Pick-up am gewohnten Platz und halte schnurstracks auf den Eingang zu. Kaum habe ich es halb durch die Gasse geschafft, als Leandro scheinbar aus dem Nichts zu mir tritt.

»Dace«, sagt er in einem Tonfall, der so schneidend ist wie sein Blick.

Ich funkele das Monster vor mir an. Den schrecklichen, bösen, selbstsüchtigen Unhold, der mich gezeugt, mich versehentlich erschaffen hat, als er meine Mutter vergewaltigte, indem er ihre Wahrnehmung veränderte und sie ihrer Unschuld beraubt hat – und damit ihr ganzes Leben aus der Bahn geworfen hat.

Das Ungeheuer, das ich niemals als *Vater* bezeichnen werde.

»Lange nicht gesehen. Arbeitest du noch hier?«

Auf einmal spricht er in lockerem, freundlichem Ton, doch ich zucke nur die Achseln und betaste zum x-ten Mal meine Jackentasche.

Er hebt das Kinn und sieht in dieser bohrenden Art, die typisch für ihn ist, auf mich herab. Doch statt zurückzuweichen, wie ich es sonst meist tue, halte ich diesmal seinem Blick stand. Ich starre in diese unergründlichen Augen – nutze meine neuen Kräfte. Ich weiß, dass ich mich der Schwärze meines Bruders werde stellen müssen, ehe das hier vorüber ist, und da packe ich den Stier am besten gleich bei den Hörnern.

»Bist du sicher, dass du dorthin willst?« Er grinst so breit, dass sich seine Lippen weit auseinanderziehen und eine Reihe weißer Zähne entblößen, die im Licht der Straßenlampen allerdings gelblich wirken. »Womöglich überlebst du es nicht. Dein Großvater Jolon hat es jedenfalls nicht geschafft.«

Ich starre ihn entgeistert an. Es verblüfft mich, dass er das so freimütig zugibt.

»Komm schon, Sohn, inzwischen bist du doch sicher über die Wahrheit deiner Existenz im Bilde?«

»Nenn mich nicht so.«

Ich will mich an ihm vorbeidrängen, doch er fängt mich ab und zischt mir mitten ins Gesicht.

»Wie soll ich dich nicht nennen – Sohn?« Er zieht eine Braue hoch. »Aber du bist mein Sohn. Ob es dir gefällt oder nicht, du hast deine Existenz mir zu verdanken. Ich habe dir das Leben geschenkt. Ich habe dich in diese Welt gebracht, und glaub mir, ich hätte deinem Leben ebenso schnell wieder ein Ende setzen können. Schon vor Jahren hätte ich dich auslöschen können, aber ich habe es nicht getan. Hast du dich schon mal gefragt, warum?«

Ich sehe ihn unverwandt an und sage kein Wort.

»Ich mag keine Verschwendung. Halte nichts davon. Und ich bin der festen Überzeugung, dass irgendwo in deiner reinen und erbärmlichen Seele ein bitterer schwarzer Dorn wächst, der mich repräsentiert, und ich bin mir ziemlich sicher, dass du es auch spürst. Du hasst mich. Ich sehe die Finsternis in dir wachsen, und das gefällt mir enorm. Dein Hass gibt mir Hoffnung. Wenn du ihn hegst und pflegst und ihn gedeihen lässt, dann wirst du dich im Endeffekt vielleicht doch nicht als ganz hoffnungsloser Fall erweisen. Vielleicht wirst du dann eines Tages imstande sein, vom bescheidenen Leben eines Whitefeather zur erhabenen Existenz eines Richter aufzusteigen. Natürlich gibt es dafür keine Garantie, aber zumindest kann ich mir zum ersten Mal überhaupt vorstellen, dass es möglich wäre.«

»Du bist verrückt. Wahnsinnig.« Ich dränge mich an ihm vorbei und stoße mit meiner Schulter unsanft gegen seine.

»Hast du deinen Bruder gesehen?« Sein Blick verfolgt mich, während ich für ihn unverständlich etwas vor mich hin knurre und weitergehe. Doch er ruft mir nach. »Falls du ihn siehst – sag ihm, dass ich ihn suche. Ich muss ihn noch sprechen, bevor ich die Stadt verlasse.«

An der Tür angelangt, schlage ich brutal mit der Hand dagegen, trete aber nicht gleich ein. Ich brauche einen Moment, um meinen Atem auf ein ruhigeres Maß zu dämpfen und meinen Ärger abzubauen, damit ich ihn nicht an Daire auslasse. Es hätte mir gerade noch gefehlt, sie mit dem Fluch von Leandros finsterer Präsenz anzustecken.

So unerträglich es mir auch ist, Leandro und ich sind Blutsverwandte. Und genau wie er gesagt hat, lauert ein Teil von ihm tief in meinem Inneren. Sosehr ich ihn auch hasse und verabscheue, bin ich doch entschlossen, unsere Bindung zu nutzen, um ihn zu stoppen. Wenn ich mich dabei selbst opfern muss, dann sei's drum. Daire zu retten ist das einzige Vermächtnis, das ich brauche.

## Achtundzwanzig
### Daire

Nachdem ich mich Jennikas Lockenstab ergeben habe und sie mir eine Mähne aus weichen Wellen gezaubert hat, von denen selbst ich zugeben muss, dass sie ziemlich gut aussehen, überlasse ich ihr auch noch den Rest meines Stylings.

Sie lässt kritisch den Blick über meine Designer-Jeans, das coole Top und die neuen Stiefel schweifen, die sie mir mitgebracht hat, ehe sie mir noch mehr Armreifen auf die Handgelenke schiebt und mir ein paar Ringe an die Finger steckt, die sie zum Teil von ihren eigenen abgezogen hat. Doch als sie mir anbietet, mir die Nase ebenso zu piercen wie ihre, ziehe ich die Notbremse. Ich schiebe sie aus dem Haus in die klirrend kalte Nacht, wo wir in ihren Mietwagen steigen und erst einmal minutenlang unkontrollierbar zittern, bis die Heizung in Gang kommt.

»Es könnte wenigstens schneien.« Sie wirft einen Blick nach hinten und fährt rückwärts aus der Einfahrt. »Unter einer frischen Schneeschicht sieht alles besser aus, und diese Stadt braucht weiß Gott jegliche Unterstützung, die sie kriegen kann.«

»Ich arbeite dran«, sage ich und zupfe an der schweren braunen Einkaufstüte auf meinem Schoß. Vertieft in meine gedankliche Aufzählung, was sie alles enthält, merke ich gar nicht, dass ich die Worte laut ausgesprochen habe, bis Jennika nachhakt.

»*Du arbeitest dran?*« Sie wirft mir einen spöttischen Blick zu. »Seit wann kontrollierst du das Wetter?«

*Seit heute – seit ich gelernt habe, ganz mit den Elementen zu verschmelzen. Für mich als Suchende ist es nur eine meiner zahlreichen Pflichten.*

Doch stattdessen sage ich bloß: »Ich habe nur gemeint, dass ich auch auf Schnee hoffe. Alle wünschen sich doch weiße Weihnachten, oder?«

Sie beäugt mich misstrauisch und nimmt mir meinen Vertuschungsversuch nicht recht ab. »Lass dir von Paloma bloß keine abstrusen Ideen in den Kopf setzen«, warnt sie mich. »Lass dich von ihr nicht zu einer jüngeren Version von sich selbst umwandeln.«

Ich schließe nur die Augen und verweigere eine Antwort.

»Im Ernst«, fährt sie fort, mit diesem Thema noch längst nicht fertig. »Du hast ja keine Ahnung, wie viel Kopfzerbrechen es mir macht, dich bei ihr zu lassen. Als du vorhin unter der Dusche warst, habe ich doch tatsächlich gesehen, wie sie eine Patientin angespuckt hat.«

Ich presse die Lippen aufeinander, entschlossen, nicht zu sprechen, bis ich all meine Geduld beisammenhabe. »Sie hat die Patientin nicht *angespuckt*, sie hat nur …« *Die schlechte Energie der Patientin aufgenommen und sie dann ausgespuckt, damit das Universum sie aufsaugt.* In Jennikas Ohren klingt das vermutlich nur unwesentlich besser. »Egal.« Ich zucke die Achseln. »Ich weiß nur, dass sie eine lange Liste von Patienten hat, die sie alle zu lieben scheinen. Es steht uns nicht zu, ihre Methoden zu beurteilen, oder?«

Jennika verzieht finster die Miene. Es ist ihr ein Gräuel, wenn ich mich so korrekt gebe, vor allem dann, wenn ich auch noch recht habe.

»Egal«, füge ich hinzu, da ich unbedingt das Thema wechseln will. »Weißt du den Weg noch?«

»Wie könnte ich den vergessen?« Vor einer Abzweigung bremst sie ab und beschleunigt dann wieder. Sie hüpft auf dem Sitz auf und ab, als der Wagen einen Feldweg nach dem anderen entlangrumpelt. »Als ich das letzte Mal dort war, war es mit Skeletten und Totenschädeln dekoriert. So was vergisst man nicht so leicht.«

»Soweit ich gehört habe, haben sie die Skelette durch Lichterketten und eine großzügige Menge Mistelzweige ersetzt – also pass auf, wo du stehen bleibst.«

»Stehen bleiben?« Sie schreckt zurück. »O nein, meine Aufgabe ist nur, dich hinzubringen. Ich habe nicht vor, dich zu begleiten.«

Entspannt lehne ich mich zurück und versuche, nicht allzu erleichtert darüber zu wirken, dass unsere Mutter-Tochter-Symbiose nicht über dieses Auto hinausreichen wird. Es hätte mir gerade noch gefehlt, wenn Jennika mir über die Schulter spähen und mir in Echtzeit Tipps dafür geben würde, wie ich meinen »Liebeskrieg« gewinnen kann.

»Ich dachte, ich fahre zu Paloma zurück. Schaue vielleicht mal die Kiste durch, von der du mir erzählt hast. Du weißt schon, die mit Djangos Sachen?«

»Solltest du wirklich machen.« Ich verkneife mir ein Grinsen und bemühe mich, angesichts dieses Vorhabens nicht allzu erfreut zu klingen.

Jennika muss unbedingt in diese Kiste schauen. Sie wird niemals imstande sein, eine Zukunft mit jemandem zu schmieden, solange sie sich nicht mit der Vergangenheit ausgesöhnt hat.

»Oder ich fahre einfach ins Hotel zurück und schlafe eine Runde.« Sie trommelt mit den Fingern gegen das Lenkrad und hat den tieferen Sinn hinter meinen Worten offensichtlich klar erfasst. »Ich weiß noch nicht genau.«

»Bleibt dir überlassen.« Ich zupfe an meinen Nagelhäutchen und tue so, als wäre mir egal, wie sie sich entscheidet. So stur und dickköpfig, wie Jennika ist, wird sie bei der leisesten Ahnung davon, dass sich dies in irgendeiner Form auf unser Gespräch über Harlan beim Schminken bezieht, garantiert das Gegenteil tun.

Den Rest der Fahrt schweigen wir, bis sie vor dem Rabbit Hole anhält. »Hast du nicht gesagt, dass du die Stadt hier furchtbar findest?«, sagt sie und mustert mich argwöhnisch.

»Bist du sicher, dass das ich war? Irgendwie klingt das mehr nach dir.« Ich klappe die Sonnenblende herunter und kontrolliere mein Make-up in dem kleinen beleuchteten Spiegel. Ich erkenne mich kaum wieder mit der ganzen aufgemalten Verruchtheit und der voluminösen, welligen Mähne.

»O doch, natürlich hab ich das gesagt.« Sie runzelt die Stirn. »Und ich werde es bestimmt noch ein paarmal sagen, ehe ich nach L. A. zurückkehre. Ich werde nie begreifen, was dir an diesem Ort so gefällt.«

»Und trotzdem kommst du zu Besuch und chauffierst mich herum. So was von selbstlos von dir.« Ich klappe die Sonnenblende hoch und umfasse den Türgriff, bereit, mich zu verabschieden und mich in meinen Abend zu stürzen.

»Chauffeuse zu spielen ist irgendwie der einzige Weg, wie ich ein paar ruhige Minuten mit dir ergattern kann. Für eine solche Tote-Hose-Stadt scheinst du wirklich ganz schön beschäftigt zu sein.«

»Ja, man nennt es Schule. Hausaufgaben. Du weißt schon, die Art von Leben, wie es normale Leute führen. Verrückt, ich weiß.« Ich schüttele den Kopf und rutsche vor an die Sitzkante.

»Geht es darum – dass du normal sein möchtest? Normal kriegen wir schon hin, Daire. Du solltest mal sehen, wie normal mein Leben geworden ist.« Sie sieht mich mit so hoffnungsvoller Miene an, dass ich unwillkürlich wegschaue.

Stattdessen starre ich wie gebannt aufs Rabbit Hole, das Symbol dafür, warum ich nie wieder normal sein werde. Solange es Richters gibt, habe ich keine andere Wahl, als die Art von Leben zu führen, die ich erst ganz allmählich zu verstehen beginne.

Es *ist* mein neues Normal, eine Suchende zu sein. Es ist das Leben, das ich zu akzeptieren lernen muss. Diese lockeren Wortgeplänkel mit Jennika sind so ziemlich das Normalste, was mein Leben zulässt.

»Weihnachtswichtel-Party, aha.« Jennika zupft an meinen Haaren herum, entschlossen, meine Aufmerksamkeit wieder auf sich zu ziehen. »Wen hast du denn bekommen?«

»Lita«, sage ich. »Aber Lita hat Dace bekommen, und deshalb hat sie mit mir getauscht.« Meine Stimme klingt kleinlaut. Schnell schüttele ich es ab und rufe mir in Erinnerung, wie viel sich verändert hat – wie sehr ich mich verändert habe, und das in nur wenigen Tagen.

»Hat dann Lita etwa ... sich selbst bekommen?« Als sich unsere Blicke begegnen, prusten wir beide los vor Lachen, bis ihr die Tüte auf meinem Schoß ins Auge sticht. »Verrätst du mir, was du für ihn hast?«

»Nein.« Ich umfasse die Einkaufstüte fester, als wollte ich Jennika abhalten, danach zu greifen. Was sie vermutlich nicht tun würde. Doch bei Jennika weiß man nie. »Lieber nicht.«

Sie betrachtet mich eine ganze Weile und seufzt schließlich resigniert. »Soll ich dich auch wieder abholen?«

»Ich finde schon jemanden, der mich fährt. Mach einfach das, worauf du Lust hast.« Ich stoße die Tür auf und schiebe mich aus dem Auto. Doch kaum bin ich auf die Straße getreten, überkommt mich einer dieser *Eindrücke* – und ich bin verblüfft über die Menge an Traurigkeit und Einsamkeit, die Jennika in ihrem Herzen birgt. Das veranlasst mich, mich umzudrehen und zu sagen: »Wenn du morgen vorbeikommen willst, kann ich Kachina satteln, ein Pferd von Chay ausleihen, und wir reiten zusammen aus.«

Jennika lächelt. »Klar. Warum nicht? Es ist schon eine Weile her, seit ich meine Cowgirl-Phase hatte. Aber jetzt erst mal …« Sie kramt in ihrer Tasche, zieht mich zu sich her und tupft mir einen Klecks glänzenden, klaren Lipgloss mitten auf die Unterlippe. Dann fährt sie mir mit den Daumen über beide Wangen. »Okay, jetzt bist du absolut unwiderstehlich. Wirf sie um.«

Ich gehe auf den Eingang zu, aber nur, weil ich spüre, dass sie mich vom Wagen aus beobachtet. Sowie sie davonfährt, sause ich nach hinten und mache mich an die Vorbereitungen. Ich benutze jeden Gegenstand aus meiner Tüte, streiche mir verunsichert über die ungewohnte Lockenmähne und betrete den Club.

Mir bleibt kaum Zeit, um mich an die schummrige Beleuchtung und den Krach zu gewöhnen, als mich Lita schon am Arm packt. »Endlich!«, ruft sie. »Ich dachte schon, du willst mir die Party ruinieren!« Schnaubend verdreht sie die Augen und schüttelt gleichzeitig den Kopf. Es ist ein eindrucksvolles, dramatisches Schauspiel. »Aber jetzt bist du ja hier!« Sie zieht mich in eine ihrer Lita-Umarmungen, die mich mit ihrer unglaublichen Ernsthaftigkeit und der

Wolke süßlichen Parfüms immer ganz schwindelig machen.

»Wo warst du überhaupt? Warum kommst du so spät? Bist du mit Dace gekommen? Der ist nämlich auch nicht da. Oder vielmehr, der alte Schrotthaufen, den er fährt, ist da, aber ihn habe ich nirgends gesehen.« Sie weicht ein Stück zurück und lässt forschend den Blick über mich schweifen. »Und wer hat dir die Haare und das Make-up gemacht? Ist Jennika hier? Meinst du, sie würde mich auch stylen?« Kaum lässt sie mir eine Sekunde Zeit für eine Antwort, da redet sie schon weiter. »Egal. Das besprechen wir später. Und jetzt komm endlich. Los jetzt!«

Sie zieht mich unsanft am Ärmel und führt mich an einem riesigen Weihnachtsbaum vorbei, dessen Zweige dermaßen mit Schmuck überladen sind, dass sie sich unter der Last biegen. Dann zerrt sie mich die Mistelzweig-Gasse hinab und funkelt jeden Jungen finster an, der es wagt, sie mit lüsternen Blicken anzuschmachten. Sie macht erst halt, als sie die Gruppe von Tischen erreicht hat, die der Bar am nächsten stehen und wo mehr oder weniger die ganze elfte Klasse sitzt. Einschließlich der Leute, die sie noch vor ein paar Wochen ihrer Aufmerksamkeit für völlig unwürdig erachtet hat.

»Ja, ich weiß, was du denkst.« Sie fängt meinen erstaunten Blick auf. »Zuerst freunde ich mich mit dir an. Dann mit Xotichl und Auden. Dann mit Dace. Und jetzt sieht es so aus, als wäre ich bereit, mich wahllos mit so gut wie jedem anzufreunden.« Sie hebt die Schultern und sieht sich um. »Was soll ich sagen? Ich bin zur totalen Freunde-Schlampe geworden. Aber schließlich ist Weihnachten, und da komme ich immer in Spendierlaune. Also habe ich beschlossen, meinen Horizont zu erweitern und all diesen Losern zu erlauben, zu meiner Party zu kommen.« Lächelnd winkt sie einem Grüppchen von ihnen zu. Ihre Reaktion darauf, von Lita registriert zu werden – überglücklich und albern –, ist ein deutliches Zeichen dafür, wie mächtig sie ist.

Ich mag ja die Macht der Elemente und die Macht meiner Ahnen auf meiner Seite haben, doch Lita besitzt die Macht des Charismas und zieht Menschen an wie eine Blume die Bienen.

»Ich habe etwas für dich«, sage ich, nachdem wir bei Xotichl angekommen sind. »Für euch beide. Und für Auden.« Ich wühle mich durch den Inhalt meiner Tüte, auf der Suche nach den ungeschickt eingewickelten Päckchen. »Tut mir leid wegen der miesen Verpackung, aber ich hatte nicht viel Zeit.«

»Wen kümmert schon die Verpackung?«, sagt Lita, die ohne Zögern das Papier zerfetzt. »Es sind doch die inneren Werte, die zählen, oder?«

Ich blicke zwischen ihnen hin und her und bemerke Litas Enttäuschung und Xotichls Freude, als sie ein kleines, steinernes Opossum beziehungsweise eine Fledermaus enthüllen.

»Das ist ein Talisman.« Ich beiße mir auf die Lippe.

»Ich weiß, was es ist.« Lita sieht mich an. »Wenn man in Enchantment aufwächst, kriegt man zwangsläufig jede Menge Aberglauben mit.«

»Es ist nicht nur Aberglauben«, sagt Xotichl und wiegt ihr Tierchen auf der Handfläche. »Diese Tiertotems beschützen uns und kümmern sich um uns auf mehr Arten, als du denkst.«

»Sagt die abergläubischste Person, die ich kenne.« Lita lacht und stößt Xotichl neckisch mit der Schulter an.

»Mag sein. Aber nur damit du es weißt, die hier sind nicht

wie die, die sie in den Touristenläden verkauft haben – als es hier noch Touristenläden gab. Die hier sind ...«

»Verstärkt«, falle ich ihr ins Wort. »Sie haben Schutzkräfte. Aber nur wenn du deinen auch trägst, ihn nah bei dir hast und möglichst niemand davon erzählst. Anwesende natürlich ausgenommen.«

Xotichl steckt das Geschenk für Auden in die Tasche und ihre Fledermaus in das weiche Wildlederbeutelchen, das sie seit Neuestem trägt, während Lita mit skeptischer Miene zusieht. »Ich muss aber nicht auch so eines tragen, oder?« Sie zeigt mit dem Daumen auf Xotichls Beutel. »Ich meine, versteht mich nicht falsch, ich weiß das Geschenk echt zu schätzen, und diese Beutelchen sehen bei euch echt okay aus, aber ich trage oft tiefe V-Ausschnitte. Dann sticht es heraus – und zwar nicht gerade vorteilhaft.«

»Du kannst den Talisman auch in eine Jackentasche stecken«, schlägt Xotichl vor. »Oder ...«

Lita sieht an ihrem Outfit entlang, auf der Suche nach einem guten Platz für den Talisman. Doch ihr rotes Samtkleid mit dem Besatz aus weißem Kunstpelz an Ärmeln und Saum ist so eng, so kurz und so taschenlos, dass es absolut keinen Platz für irgendetwas bietet.

»Oh, ich weiß – ich stecke ihn in meinen Stiefel!« Sie klammert sich mit einer Hand an meine Schulter, um nicht das Gleichgewicht zu verlieren, und beugt sich vor, während sie tief in den Schaft ihrer schwarz glänzenden, kniehohen Stiletto-Stiefel greift. Dabei zieht sie mich erneut in eine ihrer berüchtigten parfümierten Umarmungen. »Ich liebe ihn«, sagt sie. »Ehrlich. Ich wollte dich nur auf die Schippe nehmen. Wahrscheinlich bin ich ein bisschen schockiert darüber, wie mühelos du dich den hiesigen Gepflogenheiten anpasst.« Sie macht sich los und streicht ihr Kleid glatt. »Und jetzt lasse ich dich mit Xotichl allein. Sie ist die Einzige, der ich ernsthaft zutraue, auf dich aufzupassen und dafür zu sorgen, dass du hierbleibst. Und wenn eine von euch beiden zufällig Dace auftreiben sollte, dann schnappt ihn euch und sorgt dafür, dass er auch hierbleibt. Weihnachtswichteln ist eine exakte Wissenschaft, wisst ihr? Jeder muss nachweislich anwesend sein, sonst funktioniert es nicht.« Damit wendet sie sich von uns ab und stürmt vor zur Bühne, wo Audens Band Epitaph spielt. Ungeduldig wartet sie, bis sie ihr Stück beendet haben, damit sie ihren Platz einnehmen kann.

»Dace ist nicht hier?« Ich bemühe mich, die Sorge aus meiner Stimme herauszuhalten, doch es ist zwecklos – sie durchschaut mich sofort.

»Er ist hier irgendwo. Ich habe vorhin seine Gegenwart gespürt. Aber such lieber nicht nach ihm. Lita kann ganz schön beängstigend werden, wenn sie die Partydiktatorin gibt. Und jetzt, wo sie dich in meine Obhut befohlen hat, musst du unbedingt dableiben.« Xotichl lacht. »Ich wette, dir war nicht klar, dass das Schicksal der gesamten Geschenkeverteilung in deinen Händen liegt? Oder doch?«

Ich muss lachen, aber in Wahrheit ist das nicht ganz ehrlich, und Xotichl registriert erwartungsgemäß selbst den leisesten Hauch von Falschheit.

»An dir ist irgendwas anders.« Sie fasst nach mir und legt ihre Hand auf meine.

»Dank Jennika trage ich Make-up – massenhaft Make-up«, erkläre ich. »Ach, und ich habe mir auch die Haare in Locken legen lassen. Und obwohl es mir irgendwie gefällt, ist es auch befremdlich, mich selbst so zu sehen.« Ich werfe mir die Mähne über die Schulter und hoffe, dass ich es irgendwann vergesse und nicht mehr so viel daran herumfummele. Ich habe mich wirklich auf Wichtigeres zu konzentrieren als auf den neuen spektakulären Party-Look, den mir meine Mom aufgedrängt hat.

»Ich wette, du siehst umwerfend aus«, sagt Xotichl. »Aber das habe ich nicht gemeint.«

*Oh.* Ich frage mich, was das Blindsehen ihr gerade verrät.

»Ein Teil von dir ist stärker geworden.« Sie nimmt ihre Hand von meiner, lässt sie aber darüber schweben, während sie meine Energie taxiert. »Ein anderer Teil allerdings nicht.«

»Das würdest du nicht sagen, wenn du mich vorhin gesehen hättest. Paloma hat mir beigebracht, die Elemente zu manipulieren. Wenn es nach mir geht, kriegst du deine weißen Weihnachten, und zwar so was von …« Meine Stimme verklingt, während mein Blick von einem Mädchen ein paar Tische weiter angezogen wird.

Der Neuen.

Dem Mädchen mit den wilden Haaren und dem exotischen Aussehen.

Sie plaudert mit Jacy und Crickett und ein paar Jungen, deren Namen ich andauernd vergesse.

»Daire …« Xotichl drückt meine Finger. Sie versucht, mich vom Gaffen abzuhalten und davon, die Frage zu stellen, von der wir beide wissen, dass sie kommen muss.

Aber ich kann keines von beidem stoppen.

»Wer ist sie?«, frage ich, wobei ich genau weiß, dass ich nicht erklären muss, wen ich meine.

Mir bleibt nicht verborgen, dass Xotichls Stimme weich und resigniert wird, als sie mir antwortet. »Sie heißt Phyre. Phyre Youngblood. Ausgesprochen wie ›Fire‹, aber mit *P H Y* geschrieben.«

*Phyre.*

*Ausgesprochen wie »Fire«.*

*Genau das Element, mit dem ich mich verbunden und das ich zu kontrollieren gelernt habe. Doch Phyre, der Mensch, gibt mir das Gefühl, mich völlig in den Schatten zu stellen.*

»Woher kennst du sie? Wie kommt es, dass ihr sie anscheinend alle kennt?«

Ich starre sie immer noch an, außerstande, den Blick abzuwenden. Sie lacht auf eine Weise, die eine Lockenkaskade über ihren Rücken fallen lässt, wobei ein langer, anmutig geschwungener Hals sichtbar wird. Ihre Bewegungen sind so fließend, so elegant, so endlos faszinierend, dass die Jungen gar nicht anders können, als sie voller ungezügeltem Verlangen anzugaffen, während Jacy und Crickett mit unverhohlenem Neid zusehen.

Sie presst sich eine Hand auf den Mund, um ihren eigenen Redefluss zu stoppen, während der Junge direkt vor ihr – Brendan? Bryce? irgendwie so ähnlich – von ihrem schieren Anblick derart gebannt ist, dass er nach und nach immer näher rückt, als wollte er sich in ihrem Glanz wärmen.

Doch sowie sie sich zu mir umwendet und mich beim Starren erwischt, wende ich mich hastig ab. Ich komme mir peinlich, dumm und trampelhaft vor – und frage mich, ob ich zu der rasch anwachsenden Liste meiner Fehler auch noch *eifersüchtig* hinzufügen soll.

»Sie hat früher mal hier gewohnt«, erklärt Xotichl und holt mich damit zur vorangegangenen Frage zurück. »Dann ist ihre Mom verschwunden, und ihre Geschwister Ashe und Ember wurden von einer Tante aufgenommen, während Phyre mit ihrem Dad weggezogen ist. Und jetzt sind sie anscheinend wieder da. Das ist zumindest die Kurzfassung.«

»Ja? Und wie lautet die andere Fassung – die, die du mir verschweigst?«

Ich mustere sie genau und weiß, dass sie nur eine gute Freundin sein und mich vor Dingen wie »falschen Vorstellungen« oder »verletzten Gefühlen« bewahren will, doch dafür ist es zu spät. In meinem Kopf überschlagen sich bereits die Gedanken – falsch und schmerzhaft zugleich –, und nur die Wahrheit kann mich retten.

Ich habe nämlich gesehen, wie Phyre Dace angesehen hat.

Und ich habe auch gesehen, wie er es kaum über sich gebracht hat, ihren Blick zu erwidern.

Da steckt etwas dahinter.

Eine Geschichte, die wahrscheinlich nichts mit mir zu tun hat – und die mich zweifellos nichts angeht. Aber ich muss sie trotzdem kennen, damit ich begreife, warum ich mich so sonderbar fühle.

So kann ich herausfinden, ob wirklich etwas seltsam an Phyre ist – oder ob ich einfach kleinlich bin und mich von der Ankunft eines so unfassbar hübschen Mädchens bedroht fühle. Eines Mädchens, das vielleicht eine gemeinsame Vergangenheit mit meinem Freund verbindet – oder auch nicht.

*Benehme ich mich schon wie Lita?*

*Oder gibt es einen ernsthaften Grund zur Sorge?*

Nachdem ich noch nie in einer solchen Lage gewesen bin, fällt mir die Entscheidung schwer. Trotzdem hoffe ich ehrlich, dass der Schwarze Peter Phyre zufällt – nicht mir.

»Du brauchst dir keine Sorgen zu machen. Dace liebt dich, und zwar nur dich, das weißt du doch.«

Ich sehe Xotichl an und erkenne auf ihrem Gesicht einen Anflug von Reue darüber, auch nur so viel verraten zu haben. Alles, was sie mir erzählt, dient nur dazu, mein Feuer anzufachen. Feuer und Phyre sind jetzt ein und dasselbe.

»Sag mal«, hake ich nach. »In welchem Verhältnis stehen sie zueinander? Ich meine, sie waren ja wohl irgendwie zusammen, aber wie eng eigentlich?« Ich schaue Xotichl durchdringend an und muss daran denken, was mir Dace neulich über die gar nicht mehr so verzauberte Quelle gesagt hat. Dass er nur mit einem einzigen anderen Mädchen jemals dort gewesen sei. Tief in meinem Herzen weiß ich, dass es Phyre war.

Xotichl seufzt und spielt mit ihrer Wasserflasche. »Sie sind alle beide im Reservat aufgewachsen.«

»Und?« Sie windet sich und rutscht unbehaglich hin und her. Obwohl ich bei dem Anblick ein schlechtes Gewissen bekomme, hindert mich das nicht daran, sie noch weiter zu bedrängen. »Hör mal, ich hab's kapiert, okay? Jeder hat eine Vergangenheit. Mann, mehr oder weniger die ganze Schule weiß über meinen Vane-Wick-Fehltritt Bescheid.«

»Nein, nicht *mehr oder weniger*. *Jeder* weiß es. Sogar die Lehrer haben darüber geredet.«

Sie grinst. Ich lache. Aber dann werde ich schnell wieder ernst.

»Hier ist irgendwas anders. Irgendwie hab ich das Gefühl, dass sie noch nicht ganz mit ihm fertig ist – noch nicht ganz … über ihn weg ist. Oder leide ich jetzt schon an Verfolgungswahn? Benehme ich mich wie eine jämmerliche, eifersüchtige Freundin, die bei jedem hübschen Mädchen ausrastet, das ihren Freund auch nur ansieht? Wenn das nämlich der Fall ist, musst du es mir gleich sagen, damit wir einschreiten und einen Weg finden können, das auszumerzen.«

»Schau mal«, erwidert Xotichl. »Ich bin nicht über die ganze schmutzige Wäsche im Bilde, aber ja, ich habe die Gerüchte gehört, und Lita hat mehr oder weniger bestätigt, dass sie etwas miteinander hatten. Und als sie heute Mittag beim Lunch Dace damit konfrontiert hat, hat er es auch nicht direkt abgestritten. Sie hat ihm deswegen regelrecht die Hölle heißgemacht. Hat ihm gesagt, er soll dich lieber nicht hintergehen, sonst bekäme er es mit ihr zu tun.«

Wir wenden uns der Bühne zu, vor der sich Lita seitlich aufgebaut hat und darauf brennt, sich das Mikrofon zu schnappen, sowie Audens Gitarrensolo beendet ist.

»Sie ist eine sehr seltsame, aber erstaunlich loyale Freundin. Ich werde nie so richtig schlau aus ihr. Jedenfalls war es ziemlich beeindruckend. Echt schade, dass du es verpasst hast.«

»Dann findest du das also auch. Dass ich eine eifersüchtige Zicke bin.« Ich sacke auf meinem Barhocker zusammen. Dabei frage ich mich, ob es ein schnelles Mittel gegen Eifersucht gibt – vielleicht einen Zauberspruch oder ein Kraut, das ich einnehmen kann?

»Nein«, Xotichl senkt die Stimme zu einem Flüstern, »das meine ich ganz und gar nicht. Es steckt irgendetwas dahinter, dass sie so aus heiterem Himmel hier auftaucht. Und bis jetzt habe ich auch ihre Energie noch nicht zu fassen bekommen. Aber das wird noch, lass mir nur Zeit. Wegen Dace brauchst du dir allerdings keine Sorgen zu machen. Oder vielmehr nur wegen Cade.«

*Ach ja. Der.* So schrecklich es sich auch angefühlt hat, mich in meinem jämmerlichen Pfuhl der Eifersucht zu suhlen, war es doch eine nette Verschnaufpause davon, mich wegen einer wesentlich größeren Gefahr verrückt zu machen, die bedrohlich vor mir aufragt.

»Glaubst du, er taucht zur Geschenkübergabe auf?«

Die Frage war nicht ernst gemeint. Ich habe sie nur so dahingesagt, um die Stimmung aufzulockern. Doch noch ehe Xotichl antworten kann, erklimmt Lita die Bühne und schnappt sich das Mikrofon.

Sie steht vor uns, die Santa-Claus-Mütze schräg übers eine Auge gezogen, was ihrem sexy Weihnachtsfrau-Look noch eine extra gewagte Note verleiht. Lässig schlendert sie am Bühnenrand entlang, damit alle sie gleich gut sehen können. »Ich will euch allen dafür danken, dass ihr euch die Zeit genommen habt, zu meiner alljährlichen Rabbit-Hole-Weihnachtsparty zu kommen!« Sie hält inne, woraufhin die Zuhörer sofort zu pfeifen und zu johlen beginnen, bevor sie sie wieder zum Schweigen bringt, als sie findet, dass es reicht. »Es sind eine Menge neuer Gesichter unter euch, und ich weiß, wie sehr ihr euch darüber freut, endlich auch dazuzugehören. Betrachtet es einfach als mein kleines Geschenk an euch!« Sie hält erneut inne, und als die Jubelrufe ein bisschen gedämpfter klingen als beim ersten Mal, stemmt sie eine Hand in die Hüfte und blickt finster drein, bis sie die Lautstärke hochschrauben und sie auffordern fortzufahren. »Und apropos Geschenke – für alle anwesenden Weihnachtswichtel ist es jetzt Zeit für die Geschenkübergabe. Also, wartet nicht mehr unnötig lang, ihr kennt das Verfahren. Lasst das Geschenkpapier davonflattern!«

Sie gibt Auden das Mikrofon zurück und verlässt die Bühne, während Epitaph den Refrain von *We Wish You a Merry Christmas* anstimmen, was so ähnlich klingt wie die Version von Weezer, die Jennika auf ihrem iPod hat.

»Und – wie hab ich mich gemacht?« Lita steht atemlos vor uns, während sie ihre Mütze zurechtrückt.

»Super!«, sage ich.

»Sagenhaft!«, bestätigt Xotichl.

Doch Lita kaut an ihrer Lippe und ist nicht überzeugt.

»Weißt du, ich dachte eigentlich, er würde auftauchen.«

Sie verschränkt die Arme und sieht sich rasch nach allen Seiten um. »Cade«, sagt sie und reagiert damit auf meinen fragenden Blick. »Ich spreche von Cade. Er ist wie vom Erdboden verschluckt.«

»Lita, du bist doch nicht ... Du bist doch nicht immer noch in ihn verliebt, oder?« Ich schaue ihr scharf in die Augen und suche nach Anzeichen für einen Seelenverlust, was sie aber lediglich zu provozieren scheint.

»Spar dir deinen bohrenden Blick. Da wird mir ja angst und bange. Aber um deine Frage zu beantworten – *nein*, ich bin nicht in Cade verliebt. Ganz und gar nicht. Nicht einmal ein winzig kleines bisschen. Aber trotzdem muss ich andauernd daran denken, dass er ganz genau weiß, wie schwer ich für diese Party arbeite. Er weiß, wie viel sie mir bedeutet. Mann, ich organisiere diese Sause, seit ich in der sechsten Klasse war. Und Liebeskummer hin oder her, es ist einfach total unhöflich von ihm, auf mich und meine Party zu pfeifen, als gäbe es uns gar nicht.«

»Vielleicht schmerzt es ihn einfach zu sehr, in deiner Nähe zu sein«, meint Xotichl und versetzt mir heimlich unter dem Tisch einen Tritt, damit ich nur ja mitspiele.

»Ja, vielleicht sollst du nicht sehen, wie es ist, wenn er wirklich geknickt ist?«, ergänze ich, was mir aber nur einen befremdeten Blick von Xotichl und von Lita einbringt.

»Was soll denn das nun wieder heißen?« Lita runzelt die Stirn. »Also ehrlich, du bist mir echt ein Rätsel. Es ist doch so: Wenn Cade mir wirklich nachtrauert, dann könnte er wenigstens den Anstand besitzen, hier aufzutauchen und sichtbar zu leiden. Er könnte mir wenigstens die Genugtuung gönnen, es aus nächster Nähe mitzuerleben!«

Xotichl und ich nicken, als könnten wir das mühelos nachvollziehen.

»Tja, wenigstens ist sein Zwilling hier. Das müsste dich doch freuen, oder?«

Ich folge ihrem Blick dorthin, wo Dace steht – groß, schlank, stark, hinreißend. Sein Blick findet auf der Stelle meinen, und ein unsicheres Lächeln lässt seine Miene aufleuchten.

»Hör mal ...« Ich zwinge mich wegzusehen, während ich einen kleinen Umschlag aus der Tasche ziehe und ihn Lita in die Hand drücke. »Ich weiß nicht genau, wie dieses Weihnachtswichteln funktioniert, aber kannst du das Dace geben?«

Xotichl beugt sich vor und versucht, die Energie des Umschlags zu lesen, während Lita ihn zwischen Daumen und Zeigefinger klemmt. »Was hast du gemacht, Santos?«, fragt sie mit Verachtung in der Stimme und im Gesicht. »Ihm einen Scheck über zwanzig Dollar ausgestellt?«

»Bitte!« Ich drehe mich nach Dace um. Er kommt auf mich zu und ist nur noch ein paar Meter weit weg. Dann wende ich mich erneut Lita zu. »Kannst du es ihm bitte geben?«, wiederhole ich mit gehetzter Stimme.

»Wie du willst. Dein Wunsch ist mir Befehl.« Sie klemmt sich den Umschlag unter den Arm, während ich zur Hintertür rase. »Ach, nur für den Fall, dass du dich das gefragt hast – ich habe mein Geld in diese Stiefel investiert. Cool, was?«

Doch ich renne einfach nur weiter und kämpfe mich zum Ausgang durch, ehe Dace mich erreichen kann.

## Neunundzwanzig
### Dace

Als ich bereit bin, ihr gegenüberzutreten, gehe ich durch die Tür. Biete alle meine Sinne auf, genau wie es mich Leftfoot gelehrt hat, um Daire in der Menschenmenge ausfindig zu machen. Und sowie ich sie sehe, kommt alles zum Stillstand.

Der Lärm lässt nach.

Das Licht schwindet.

Der Raum wird still und diesig, ausgenommen die Wolke aus weichem, goldenem Licht, die sie umgibt.

Sie ist schön.

Das wusste ich natürlich bereits. Doch ihr Anblick jetzt, mit dem wallenden Haar und ihrem Blick, der sich in meinen einbrennt, versetzt mich sofort zurück zu dem Tag an der verzauberten Quelle. Erinnert mich daran, wie sie aussah, als sie unter mir lag, direkt nachdem wir …

Ich schüttele den Kopf, kontrolliere erneut meine Tasche, um mich zu vergewissern, dass ihr Geschenk noch da ist, und gehe auf sie zu. Schon habe ich mit einigen wenigen Schritten den halben Raum durchquert, da dreht sie sich stehenden Fußes um und rast zur Hintertür, während sich Lita vor mir aufbaut. »Das ist für dich.« Sie drückt mir einen kleinen, rechteckigen Umschlag in die Hand. »Bitte denk daran, dass das nicht von mir stammt. Wenn es also so öde ist, wie ich glaube, erschieß nicht die Überbringerin der Botschaft. Und sag bloß nicht, ich hätte dich nicht gewarnt.«

Sie winkt jemandem auf der anderen Seite des Raums zu und lässt mich stehen, während ich den Umschlag immer wieder gegen die Handfläche schnippe. Er ist von Daire, das weiß ich immerhin. Da ich aber seinen Inhalt nicht erspüren kann, zögere ich, ihn zu öffnen.

Ist es eine Art offizieller Abschiedsbrief?

Eine Art Bekanntgabe eines Sinneswandels etwa folgenden Inhalts: *Ich weiß, du glaubst, du hättest mit mir Schluss gemacht, aber in Wirklichkeit mache ich mit dir Schluss.*

Ist sie deshalb zur Hintertür hinausgestürmt, sowie sie mich gesehen hat?

Oder leide ich nur an Verfolgungswahn?

»Vielleicht machst du am besten mal den Umschlag auf und siehst nach«, sagt Xotichl, die in meiner Energie liest, während sie zu mir herüberkommt.

Sie hat natürlich recht. Es ist Unsinn herumzuspekulieren. Ich schiebe einen Finger unter die Lasche und ziehe ein Blatt aus cremefarbenem Papier heraus, auf das von Hand eine Landkarte gezeichnet ist, was mir zwar auf den ersten Blick nichts sagt, aber zumindest auch nicht so schlimm ist, wie ich befürchtet habe.

»Soll ich raten?«, fragt Xotichl grinsend, als Auden sich von hinten an sie anschleicht und ihr einen Kuss auf die Wange drückt.

Ich reiche ihr die Landkarte und starre auf meine Füße hinab. Ich kann die beiden nicht zusammen sehen. Ihr Glück löst eine solche Sehnsucht nach Daire in mir aus, dass es wehtut.

Xotichl verzieht den Mund und fährt mit den Fingerspitzen mehrmals über das Blatt. »Oh, es ist eine Landkarte! Eine Art Schatzsuche – wie lustig!« Sie gibt es mir wieder.

»Wie machst du das?«, frage ich nicht zum ersten Mal.

Doch wie immer lacht Xotichl nur, während Auden mit dem Daumen nach hinten zeigt und sagt: »Ich glaube, sie ist da lang gegangen.«

Ich gehe in Richtung Tür. Dränge mich an allen vorbei, die mir im Weg stehen, begierig darauf, wieder mit Daire zusammen zu sein und zu erfahren, was sie vorhat.

Auf einmal stellt sich mir Phyre absichtlich in den Weg. »Hey, Dace«, flüstert sie.

Langsam schürzt sie die Lippen, während sie den Blick über mich schweifen lässt. Doch ich habe keine Zeit für so etwas, und das sage ich ihr auch sofort. »Ja, hey. Pass auf, ich hab's ziemlich eilig, also …« Ich mache Anstalten, mich an ihr vorbeizudrängen, doch sie besteht darauf, angehört zu werden.

»Hast du nicht ein paar Sekunden für eine alte Freundin übrig?« Sie legt den Kopf schief und blitzt kokett mit den Augen, doch das ist an mich verschwendet. Daire ist meine Gegenwart. Meine Zukunft. Phyre ist Geschichte. »Es ist so lange her.« Sie nimmt eine kleinlaute Pose ein, die überhaupt nicht zu ihr passt. Sie ist nicht schüchtern. Nie gewesen. Sie tut nur so.

Ich knurre irgendetwas Nichtssagendes und kontrolliere erneut meine Jackentasche.

»Warum werde ich eigentlich das Gefühl nicht los, dass du mir aus dem Weg gehst?« Sie stemmt die Hände in die Hüften, entschlossen, mich von dort fernzuhalten, wo ich am dringendsten hinmuss.

Ich reibe die Lippen aufeinander und sehe mich um. Lita funkelt mich von der Mitte der Tanzfläche aus an, Xotichl wendet sich mit sonderbar schief geneigtem Kopf zu mir her, während Phyre vor mir steht und éine Antwort fordert.

»Weißt du …«, beginne ich, doch die Worte zerfließen

mir auf der Zunge, sowie sie näher kommt. Sie mustert mich durch einen dicken Wimpernvorhang, wobei sich ihre katzenhaften Augen an den Seiten nach oben ziehen. »Es hat sich vieles verändert«, stoße ich schließlich hervor. »Oder vielmehr, nein, vergiss es – alles hat sich verändert, und ich finde, das solltest du wissen.« Ich fange ihren Blick auf und hoffe, dass das genügt, damit ich meinen Abend ungestört verbringen kann.

»Du hast recht.« Sie lächelt, ungerührt von meinen Worten, und ignoriert meine entschlossene Miene. »Vieles hat sich verändert. Mich eingeschlossen.« Sie dreht sich ein wenig vor mir hin und her, sodass ihr das Kleid auf eine Weise um die Beine schwingt, die wohl verführerisch sein soll. Mich quasi auffordert, sie genauso wahrzunehmen und zu bewundern wie früher.

Ich wende mich ab. Verweigere mich ihr hartnäckig. Wünschte, ich könnte diese müde, alte Erinnerung auslöschen, die sie unbedingt wieder aufleben lassen will.

»Ich habe mich nicht nur äußerlich verändert«, erklärt sie, und ihre Entschlossenheit erweist sich als meiner durchaus ebenbürtig. »Ich bin auch innerlich anders geworden. Und ich habe das Gefühl, du auch.«

Ich schnaube unhörbar. Reibe mir das Kinn. Das ist doch lächerlich. Daire wartet irgendwo da draußen in der eiskalten Nacht auf mich, während ich hier in diesem dämlichen Club festsitze und von der albtraumhaften Heimsuchung durch einen Geist aus der Vergangenheit belagert werde.

Ich hebe den Blick und sehe sie an. Entschlossen, der Sache kurz und schmerzlos ein Ende zu machen, sage ich: »Phyre, es ist schön, dich zu sehen. Ehrlich. Aber ich weiß nicht, worauf du eigentlich aus bist. Wir waren noch Kinder, als wir – als du weggezogen bist. Jetzt sind wir keine Kinder mehr.«

Sie fährt mir mit einem lila lackierten Nagel von der Schulter zum Ellbogen. Die Kälte ihrer Berührung durchdringt meine dicke Daunenjacke und den Wollpullover darunter, und ich bekomme eine Gänsehaut. »Komisch«, sagt sie mit leiser, schleppender Stimme, »ich hab mich nicht wie ein Kind gefühlt, als ich mit dir zusammen war.«

Ich zucke unter ihrer Berührung zusammen, registriere, wie sie scharf den Atem einzieht und die Hände sinken lässt. Doch ich habe kein schlechtes Gewissen. Jetzt fällt mir alles wieder ein. Wie sie manipuliert. Berechnet. Die Welle der Reue, die mich überspülte, als es zwischen uns aus war.

»Geht es dir gut?« Ich schulde ihr wenigstens so viel Höflichkeit, mich danach zu erkundigen.

Sie nickt.

»Und deinem Vater – geht es ihm auch gut?«

»Es geht so.« Sie zuckt die Achseln und wiegt den Kopf hin und her.

»Okay. Es freut mich, das zu hören, aber ich muss jetzt wirklich…«

»Du musst jetzt wirklich gehen. Ich weiß.« Sie sieht mich lange unbewegt an. Zu lange. Dann verdunkeln sich ihre Züge, und sie tritt beiseite. »Dann lass dich mal von mir nicht aufhalten.«

Ich dränge mich an ihr vorbei. In die Nacht hinaus. Bin froh über die beißend kalte Luft, die auf meine Hände und mein Gesicht bläst. Über alle Maßen erleichtert, Phyre endlich los zu sein.

Nach einem kurzen Blick auf die Landkarte folge ich der von Daire vorgegebenen Strecke. Bleibe vor zwei langen Reihen leuchtender Kerzen an beiden Seiten eines Wegs stehen, der zu der Stelle führt, wo sie gegen die bitterkalte Nachtluft zusammengekauert dasteht.

Als sie mich sieht – als ihr Blick meinem begegnet –, kann ich mir nur mit Mühe verkneifen, loszuspurten und sie in die Arme zu schließen. Doch ich zwinge mich, in normalem Tempo auf sie zuzugehen. Zwinge mich, die Inszenierung zu würdigen, die sie vorbereitet hat.

»Fröhliche Weihnachten«, sagt sie, als ich schließlich vor ihr stehe. Ihre Wangen sind gerötet und glänzen, und in ihren Augen blitzt der Schalk. »Ich bin dein gar nicht so geheimer Weihnachtswichtel.«

Ich schmunzele. Bin es zufrieden, einfach hier zu stehen und meine Augen mit ihrem herrlichen Anblick zu erfüllen.

Cade kann mich mal.

Die ganzen Richters können mich mal.

Das hier ist das Einzige, was zählt.

Das schöne Mädchen hier vor mir.

Ich bin leer ohne sie. Existiere kaum. Das weiß ich jetzt.

Und obwohl ich weiß, dass das, was wir tun, richtig ist – dass es so geschehen muss, bis Cade unschädlich gemacht ist –, weiß ich doch auch, dass ich sie nicht mehr aus meinem Leben ausschließen kann, sobald das hier vorüber ist. Die letzten paar Tage ohne sie waren die Hölle, und Gedanken an sie verfolgten mich auf Schritt und Tritt.

Und wenn es das Letzte ist, was ich tue, ich finde einen Weg, damit es klappt.

Oder ich komme bei dem Versuch um.

Erneut fange ich ihren Blick auf. Lese darin ihre Erwartung, dass ich auf ihre Aussage reagiere. »Oh«, sage ich, »und ich bin deiner.«

»Ehrlich?« Sie legt den Kopf auf eine Weise schief, dass ihr ein Schwall Locken über die Wange fällt. Ich muss all meine Kraft aufbieten, sie nicht fest an mich zu ziehen und in ihrer Weichheit zu versinken. »Also, eigentlich hat Lita deinen Namen gezogen, nicht ich. Aber dann hat sie mich gebeten zu tauschen, und das habe ich getan.«

»Bei mir hat sie die gleiche Nummer abgezogen.« Ich fixiere Daires Mund – diese weichen, einladenden Lippen, die ich wieder und wieder schmecken möchte. »Ich habe gehört, sie hat ihren Namen zweimal hineingetan, damit sie das Geld für sich selbst ausgeben kann.«

»Dann war das Ganze also manipuliert?« Daire grinst ansteckend. »Und da dachte ich schon, es sei Schicksal.« Ihr Blick wandert über mich und hinterlässt eine Spur von Wärme.

»Das ist wirklich schön.« Meine Stimme klingt heiser. »Ich kann mir kein besseres Geschenk vorstellen, als dich am Ende eines von Kerzen erleuchteten Wegs vorzufinden.«

»Ich bin nicht dein Geschenk.« Sie lächelt. »So poetisch bin ich nicht.«

»Nein? Jetzt hättest du mich fast getäuscht.«

»*Das hier* ist dein Geschenk.« Sie zeigt mit dem Daumen auf den Maschendrahtzaun hinter ihr.

Ich suche angestrengt nach einer Antwort, doch irgendwie fällt mir nichts ein. Also mache ich einen Witz und sage: »Da hast du das Zwanzig-Dollar-Limit aber bestimmt weit überschritten. Allein schon die Genehmigungen …« Meine Worte werden von dem Finger gestoppt, den sie mir auf die Lippen presst.

»Nicht der Zaun, du Dussel – *das hier*.« Sie klappert mit einem goldenen Vorhängeschloss, das an einem der Maschenglieder angebracht ist.

Ich sehe sie weiter an. Irgendwie kapiere ich es noch immer nicht so ganz – aber es ist mir auch egal. Meine Lippen brennen von ihrer Berührung. Das ist das Einzige, woran ich denken kann.

»Wahrscheinlich ist es dir nicht bewusst, aber heute sind es genau sechs Wochen, seit wir zusammengekommen sind. Und das wollte ich irgendwie würdigen. Für mich ist es gewissermaßen eine Premiere.«

»Für mich auch.« Ich sehne mich so danach, sie zu küssen, gleich hier, gleich jetzt. Doch etwas sagt mir, dass ich besser warte. Es gibt noch mehr zu sagen.

»Liegt das daran, dass du dich an diesem Punkt meistens schon längst verdrückt hast?« Sie schickt den Worten ein Grinsen hinterher, doch es braucht nicht viel, um den Strom der Sorge darunter auszumachen.

»Das ist Cades Art, nicht meine«, sage ich, in der Hoffnung, ihr klarzumachen, dass ich alles tun werde, was nötig ist, um mit ihr zusammen zu sein – jetzt und für alle Zeit. Ich war ein Idiot an diesem Abend in meiner Küche. Das passiert mir nicht noch mal.

Sie nickt und holt tief Luft. »Auf jeden Fall wollte ich etwas Besonderes machen, und dann ist mir *das hier* wieder eingefallen.«

Erneut zeigt sie auf das Schloss, doch ich begreife es noch immer nicht.

»Es gibt einen Ort in Paris mit einem alten Maschendrahtzaun, ganz ähnlich wie der hier.« Sie hakt den Finger in eines der Maschenglieder ein und rüttelt zur Betonung daran. Diese Geste, im Verein mit ihren Worten, verwirrt mich noch mehr. »Nur dass der Zaun in Paris über und über mit Schlössern behängt ist. Er ist einfach von oben bis unten von Schlössern aller Art übersät. Und ja, das ist eines der schönsten Dinge, die ich je gesehen habe. Oder zumindest ist es das, wenn du begreifst, was die Schlösser symbolisieren.«

Ich sehe sie an und habe keine Ahnung, worauf sie hinauswill.

»Es ist ein Zaun für Liebende.« Ihre Stimme wird weich. »Ein Ort, wo Paare ihre Liebe zueinander erklären. Als Zeichen der Zuneigung befestigen sie das Vorhängeschloss am Zaun, und dann bekommt jeder der beiden einen Schlüssel. Falls irgendwann einer von ihnen zu der Erkenntnis kommt, dass sich seine Gefühle geändert haben, kann er mithilfe des Schlüssels das Schloss entfernen. Doch dem Aussehen des Zauns nach zu urteilen geschieht das nur selten.« Sie blickt auf den Boden und denkt einen Moment lang nach. »Also, was ich damit zu sagen versuche, ist – ich erkläre meine Liebe zu dir. Und das Schloss dort an dem Zaun ist ein Symbol für diese Liebe. Ich liebe dich, Dace Whitefeather, und ob wir zusammen oder getrennt sind, ändert nichts an dieser grundlegenden Wahrheit. Wenn es eines gibt, was ich in den letzten Tagen gelernt habe, dann, dass meine Liebe zu dir weder verschwindet noch auch nur ansatzweise schwächer wird, wenn ich sie zu unterdrücken versuche.« Ihre Mundwinkel wandern nach oben, doch in ihren Augen steht ein leiser Schatten der Traurigkeit, die unter der Oberfläche lauert. »Ich weiß, wogegen wir ankämpfen, und du weißt es auch. Aber ...« Sie holt tief Luft, und ich muss an mich halten, geduldig vor ihr stehen zu bleiben und nicht spontan meine Lippen auf ihre zu pressen. »Jedenfalls bin ich bereit, alles Nötige zu tun, um mit dir zusammen zu sein. Und, na ja, ich hatte gehofft, dass du genauso empfindest. Aber wenn du nicht mit an Bord bist ...«

Sie fasst in ihr Top, zieht eines von zwei langen Bändern mit einem kleinen goldenen Schlüssel am Ende heraus und hängt es mir hastig um den Hals. Dort bleibt es auf meiner Brust liegen, genau wie das, welches sie trägt.

Ich umfasse den Schlüssel mit zwei Fingern. »Ich werde ihn nicht benutzen. Ich werde ihn bis in alle Ewigkeit tragen. Bis ins Grab.«

Sie beißt sich auf die Unterlippe, und als ich sehe, wie ihre Augen strahlend aufleuchten und ihre Wangen rosig glänzen, bin ich drauf und dran, sie zu küssen. Will sie in meine Arme ziehen und sie so schmecken, wie ich es mir gestern nur erträumen konnte. Bis mir einfällt, dass ich ja auch etwas für sie habe.

Ich lege ihr das kleine Päckchen in die Hände und verfolge, wie sie den Stein aus dem rot-grünen Geschenkpapier wickelt. »Das ist ein ...«

»Ich weiß, was es ist.« Sie reibt mit dem Finger darüber, ehe sie den Stein umdreht und die Rückseite studiert. »Es ist deine Version des Vorhängeschlosses mit den Schlüsseln.« Sie lächelt mich an.

»Er soll dich außerdem beschützen und vor Unheil bewahren. Es ist ein Amulett. Darf ich?«

Ich hake einen Finger um das Wildlederbeutelchen, das sie um den Hals hängen hat. Dann warte ich ab, bis sie ihre Zustimmung signalisiert, ehe ich das Band lockere und die Öffnung weit genug aufziehe, um den Stein zu ihrer Sammlung von Talismanen hinzuzufügen. Es ist mir unmöglich, mich wieder zu lösen, nun, da ich sie berührt habe.

Ich bin gebannt von der Wärme ihrer Haut auf meiner. Dem Rhythmus ihres Herzschlags, der fest gegen meine Handfläche pulsiert. Ihrem Atem, der sachte und schnell geht, während sie direkt vor mir steht. Sie sieht so schön aus, so strahlend, dass ich sie in meine Arme ziehe und ihren Mund mit meinem bedecke.

Ich spüre nur noch, wie ihr Körper nachgibt und sich gegen meinen schmiegt – und wie sie meinen Kuss mit ebensolcher Sehnsucht, ebensolchem Verlangen erwidert. Und so verschwindet alles andere in weiter Ferne – Cade, Leandro, das Rabbit Hole –, sie alle können uns mal. *Das hier* ist das Einzige, was für mich zählt.

Daire.

In meinen Armen.

Die mich liebt und mich ebenso sehr braucht, wie ich sie liebe und brauche.

Sie löst sich aus dem Kuss und schnappt nach Atem. »Ich liebe dich, seit ich dich zum ersten Mal im Traum gesehen habe – lange bevor ich auch nur von Enchantment gehört habe.«

Meine Augen werden schmal, denn ihre Worte erstaunen mich. Nie hätte ich gedacht, dass sie die Träume auch hatte.

»Dann weißt du also, wie es endet?«

Sie schüttelt den Kopf, sodass ihr die Haare ins Gesicht fallen, was sie nur noch unwiderstehlicher macht. »Nein. Ich weiß nur, wie der Traum endet. Aber wir enden nicht so. Dace, ich habe mir überlegt, ob wir uns nicht diese Nacht zum Geschenk machen sollen. Ich weiß, dass wir nicht richtig zusammen sein können, zumindest nicht, ehe Cade ausgeschaltet ist. Trotzdem habe ich mir gedacht, dass wir uns doch dieses Glück gönnen könnten, diese eine Nacht – nur du und ich. Morgen gehen wir getrennte Wege und tun, was wir tun müssen. Aber heute Nacht ... Na ja, irgendwie brauche ich einfach etwas, woran ich mich festhalten kann. Etwas, was den Schmerz der Einsamkeit und des Kummers lindert, weil ich dich so vermisse.«

Ich küsse sie noch einmal. Rückhaltlos. Innig. Es ist das einzig Sinnvolle.

Liebe muss geteilt werden – nicht gehortet. Das ist ihr eigentlicher Sinn.

Kein Wunder, dass im Radio so viele Liebeslieder laufen. Es ist das unendliche Bestreben von Künstlern, das Unbeschreibliche zu beschreiben.

Irgendwo im Rabbit Hole tobt eine Party.

Irgendwo in diesem Club rocken Epitaph, während Xotichl auf meine Rückkehr wartet, damit sie mich zu dem Portal führen kann.

Irgendwo in der Menge bemüht sich Leandro um meine dunkle Seite, während Phyre in der Asche einer Leidenschaft herumstochert, die schon vor langer Zeit erloschen ist.

Doch das spielt jetzt alles keine Rolle mehr.

Denn Daire und ich sind zusammen.

Wie es sein soll.

Wie es uns bestimmt ist.

Und als ich sie zärtlich in den Arm nehme und zu meinem Auto führe, registriere ich, dass sie die Kerzen entlang des Wegs mit nichts als einem Kopfnicken löscht.

Womit kein Zweifel mehr daran besteht, dass sie recht hat.

Wir stehen das durch. Die Prophezeiung definiert uns nicht.

Heute Nacht machen wir einander uns selbst zum Geschenk.

Morgen kommt noch früh genug.

Beim Aufwachen sehe ich Daire neben mir im Schlaf liegen. Ihr Atem geht sanft und gleichmäßig, und ihre Haut glänzt hell unter dem Lichtstreif, der zum Fenster hereindringt. Doch sosehr ich mich auch danach sehne, sie zu berühren, meine Hände mit ihrer Verheißung zu erfüllen, stehe ich doch auf und überlasse sie ihrem Schlummer.

Ich ziehe die Jeans an, die ich auf dem Boden liegen gelassen habe, nehme mir ein frisches T-Shirt aus dem Waschkorb und ziehe es über. Nachdem ich es durch einen grauen Pullover ergänzt habe, den ich von einer Stuhllehne gepflückt habe, sehe ich mich zum ersten Mal seit Tagen in meiner Wohnung um und registriere erschrocken die kolossale Unordnung, die hier herrscht.

Die letzte Woche war mehr als chaotisch. Und genau deswegen sieht es bei mir schlimm aus. Während Daire und ich letzte Nacht ein bisschen zu beschäftigt waren, um es wirklich wahrzunehmen, zweifele ich nicht daran, dass sie es nach dem Aufwachen bemerken wird. Im grellen Schein des Tageslichts lässt sich nichts verbergen.

Zuerst mache ich mich über die Küche her, um dem Berg aus schmutzigem Geschirr in der Spüle zu Leibe zu rücken. Doch ich komme nicht besonders weit, als es an der Tür klopft und Xotichl und Auden davorstehen, beladen mit pinkfarbenen Schachteln und weißen Tüten mit dem Logo von Nanas Bäckerei, einem der wenigen Läden in Enchantment, der sich weder im Besitz der Richters befindet noch unter ihrer Leitung steht, sodass das Brot von dort einfach göttlich ist.

»Wir bringen was zu essen.« Xotichl findet selbst den Weg an mir vorbei, während Auden ihr folgt und Schachteln und Tüten auf den kleinen Küchentisch fallen lässt. »Aber was den Kaffee angeht, zählen wir auf dich, also bitte enttäusch uns nicht. Du bist nicht der Einzige, der eine lange Nacht hatte. Ich brauche dringend eine morgendliche Stärkung.«

»Kaffee hab ich auf jeden Fall da.« Ich kehre an die Spüle

zurück und bearbeite die hartnäckige Schicht Kaffeesatz am Boden der Kanne mit der groben Schwammseite. »Lasst mir nur, äh, ein klein wenig Zeit, dann krieg ich es hin.«

Xotichl steht mitten in meinem Wohnzimmer und bewegt den Kopf hin und her, als wüsste sie nicht, wo sie sich hinsetzen soll, obwohl dies weiß Gott nicht ihr und Audens erster Besuch bei mir ist.

»Stimmt was nicht?« Ich verfolge, wie sich Auden ein Stück Brot abreißt, es in den Mund steckt und mir einen schuldbewussten Blick zuwirft. Xotichl bleibt unterdessen wie angewurzelt stehen, die Nase erhoben und die Miene missbilligend verzogen.

»Dace, die Wohnung hier fühlt sich wie ein schlimmes Durcheinander an. Wie ein richtig krasses Chaos.«

»So ist es auch«, wirft Auden ein und sieht mich an. »Tut mir leid, Amigo, aber ich kann dich nicht so weitermachen lassen. Schlamperei sorgt für schlechte Energie. Das müsstest du doch wissen.«

»Komisch, ich habe die Unordnung gar nicht bemerkt, bis ihr sie angesprochen habt. Wie konnte mir das nur verborgen bleiben?« Daire steht in der Tür und sieht in einem meiner alten roten Karohemden, das ihr fast bis zu den Knien reicht, hinreißend aus.

»Nachts entgeht einem vieles, aber jetzt fällt es dir doch sicher auf?«, fragt Xotichl, außerstande, einen Platz zum Hinsetzen zu finden, bis Auden ein Stück Sofa freischaufelt und sie dorthin führt.

»Nö. Ich interessiere mich nur fürs Frühstück.« Daire schlängelt sich an mir vorbei und fährt mir kokett mit einem Finger das Rückgrat entlang, während sie zum Tisch geht, auf dem Auden ein Sortiment aus frisch gebackenen Brötchen, Plunderteilchen und dicken, ofenwarmen Brotlaiben ausgelegt hat. »Ich bin am Verhungern.« Sie beißt in ein Brötchen und schließt genießerisch die Augen. Langsam öffnen sich ihre Lider wieder. »Woher habt ihr denn gewusst, dass ich hier bin?«, fragt sie und spaziert ins Wohnzimmer, wo sie sich auf der Armlehne des Sofas niederlässt, direkt neben Xotichl.

»Dace hat mich sitzen lassen.« Xotichl nickt in meine Richtung, während Auden lacht. »Ich wollte ihm das Portal zeigen, doch als er dann nicht aufgetaucht ist und du verschwunden geblieben bist … Na ja, sagen wir mal, es war einer der leichter aufzuklärenden Kriminalfälle.«

»Tut mir leid«, murmele ich mit einem Blick zur Kaffeemaschine. »Ich hätte anrufen sollen.«

»Keine Sorge.« Xotichl zuckt die Achseln. »Es läuft uns ja nicht davon.«

»Aber du hast die große Show verpasst.« Auden schleicht sich zum Tisch und schnappt sich ein Plunderteilchen. »Cade ist aufgetaucht.«

Daire und ich wechseln einen Blick.

Einen Blick, der Auden nicht entgeht. »Ja, ich weiß Bescheid«, sagt er. »Dämonen, Portale, multiple Welten, die Richters sind böse Ungeheuer, die Enchantment beherrschen wollen …« Seine Backen füllen sich, als er erneut an seinem Gebäckstück beißt. Mit vorgehaltener Hand spricht er weiter. »Ich bin über alles im Bilde.«

»Und, was ist passiert?« Ich schaue in den Küchenschrank, auf der Suche nach Tassen, die nicht angestoßen sind. Da ich jedoch keine finde, muss ich mich mit denen zufriedengeben, die noch die geringsten Anzeichen von Abnutzung und Beschädigung aufweisen.

»Ja, und ist mit Lita alles in Ordnung?« Daire schlägt die Beine übereinander und lenkt mich mit der Aussicht auf ein Stück Schenkel ab, das ich mich zu ignorieren bemühe.

»Lita geht's gut«, sagt Xotichl. »Ja, sogar mehr als gut. Ich glaube, sie hat über eine Stunde damit zugebracht, die Mistelzweig-Gasse abzuarbeiten, wo sie einmalig kostenlose Weihnachtsküsse verschenkt hat, nur um ihn zu ärgern.«

»Und, hat sie es geschafft?« Daires Miene leuchtet bei dem Gedanken auf.

»Nicht so, wie sie es sich erhofft hatte«, fährt Xotichl fort. »Cade ist über Eifersucht erhaben. Aber ich glaube, es hat ihn doch gekratzt, dass er sie nicht mehr so kontrollieren konnte wie früher. Er ist ein ziemlicher Kontrollfreak.«

»Und das war alles? Cade ist aufgetaucht, Lita hat ein paar Typen geküsst, die sie schon ihr Leben lang kennt, und die Party hat ganz normal geendet?« Ich verteile gefüllte Kaffeebecher und entschuldige mich für den klumpigen Zucker und die fehlende Milch.

»Mehr oder weniger schon«, sagt Auden, während er sich neben Xotichl niederlässt und ihre Hand nimmt. »Allerdings hat er nach dir gefragt – beziehungsweise nach euch beiden.«

»Und?« Daire späht ihn über den Rand ihres Kaffeebechers hinweg an.

»Und – nichts«, antwortet Xotichl. »Ich hab ihn abblitzen lassen. Hab ihm gesagt, ich hätte dich nicht gesehen.«

»Aber es war seltsam«, sagt Auden. »Eigentlich schien er darüber ziemlich froh zu sein.«

»Ja, das kann ich mir denken.« Ich wechsele einen weiteren Blick mit Daire.

»Und was dann?« Daire lehnt sich gegen meine Brust, als ich mich hinter sie stelle. »Ist er geblieben oder gegangen – was ist passiert?«

»Ehrlich gesagt, war es ganz schön schräg. Er hat fast die ganze restliche Zeit damit zugebracht, mit Phyre zu reden.« Xotichl trinkt dankbar einen großen Schluck Kaffee.

»Worüber haben sie gesprochen?« Sachte massiere ich Daires Schultern und bemerke, wie sie sich bei der Erwähnung von Phyres Namen verspannen. Ich frage mich, wie viel sie weiß – beziehungsweise wie viel sie sich womöglich selbst zusammengereimt hat.

»Keine Ahnung«, sagt Xotichl. »Ich war nicht nah genug dran, um es zu hören. Aber die Energie, die zwischen den beiden geflossen ist, war auf jeden Fall eigenartig.«

»Inwiefern eigenartig?«, erkundigt sich Daire mit besorgter Stimme und beugt sich vor.

»Gehetzt. Muffig. Irgendwie trüb und von der Farbe her graubraun.«

»Du hast die Energie *gesehen*?«, hakt Daire nach. »Ich dachte, das ginge nur bei Musik?«

Xotichl schüttelt den Kopf und trinkt noch einen Schluck Kaffee. »Paloma lehrt mich, in allen Formen von Energie die Farbe zu sehen. Die Musik war nur der Einstieg.«

»Apropos«, Daire greift nach meinem Handgelenk und schaut auf meine Uhr, »ich muss mich anziehen und nach Hause gehen. Ich bin mit Jennika verabredet, damit wir ein paar schöne Mutter-Tochter-Stunden miteinander verbringen können.«

»Ich fahr dich, wenn du willst«, sagt Auden. »Ich muss sowieso in die Richtung.«

»Und ich bleibe noch ein bisschen und zeige Dace endlich, wo sich das Portal im Rabbit Hole befindet.«

»Ich will nicht, dass du dorthin gehst.« Daire macht auf dem Weg ins Schlafzimmer halt und richtet ihre Worte an Xotichl.

»Das hab ich mir schon gedacht«, erwidert Xotichl. »Aber ich weiß nicht, ob mich das bremsen kann.«

»Im Ernst«, sagt Daire, die nicht so ohne Weiteres nachgibt. »Es ist total verseucht. Viel zu gefährlich. Dace, versprich mir, dass du sie nicht mitnimmst. Oder versprecht mir lieber gleich, dass keiner von euch beiden hingeht.«

Ich reibe mir das Kinn und ignoriere den letzten Satz geflissentlich. »Hast du schon mal versucht, Xotichl von etwas abzubringen, was sie unbedingt tun will?«

»Ja, hab ich.« Auden hebt die Hand. »Es ist kein Vergnügen. Meine Blume ist ein Dickkopf.«

Daire wirft mir einen warnenden Blick zu, doch ich kann nur die Achseln zucken.

Ich gehe rein.

Ohne Xotichl.

Ohne Daire.

Ohne irgendwen.

Die letzte Nacht hat es besiegelt. Jetzt, da ich wieder mit ihr zusammen gewesen bin, will ich nie wieder ohne sie sein.

Ich werde mich der Prophezeiung stellen.

Und wenn ich damit fertig bin, wird Cade tot sein.

# *Dreißig*
## Daire

Als ich bei Paloma ankomme, weiß ich nicht, was mich erwartet, nachdem ich die ganze Nacht über weggeblieben bin, ohne jemandem Bescheid zu sagen.

Im schlimmsten Fall werden sie alle beide richtig, richtig sauer sein.

Doch Paloma vielleicht nicht. Da sie auch eine Suchende ist, unterscheiden sich ihre Erwartungen an mein Kommen und Gehen von denen der durchschnittlichen Großmutter.

Aber Jennika? Die ist garantiert auf hundertachtzig. Mein Ausbleiben trifft all ihre wunden Punkte. Dann zählt sie zwei und zwei zusammen und kommt auf drei: Ich + Dace = eine ungewollte Schwangerschaft. Wobei sie nie auf die Idee kommt, dass ich mein eigenes Leben leben muss – ein Leben, das sich ganz anders entwickelt als ihres. Außerdem haben Dace und ich aufgepasst und kein Kind gezeugt.

Doch die Szene, mit der ich konfrontiert werde, als ich durch die Tür trete, ist ganz anders als erwartet.

Jennika liegt zusammengerollt auf dem Sofa, eine Decke behaglich um sich gewickelt, und schaut ins Feuer, während Paloma im Sessel daneben sitzt und an einem Becher mit duftendem Kräutertee nippt. Die beiden sitzen ganz still da, als würden sie gar nicht an mich denken, geschweige denn sich Sorgen machen.

Ich murmele eine leise Begrüßung und werfe Paloma

zaghaft einen fragenden Blick zu. Sie lächelt nur und nickt verständnisvoll.

»Hattest du einen schönen Abend?«, fragt Jennika. Ihre Augen sind dunkel und verschmiert von dem Make-up, mit dem sie offenbar geschlafen hat. Damit hat sie ihre eigene Kardinalregel gebrochen: Du sollst mit frisch gereinigtem Gesicht zu Bett gehen. Was mich vermuten lässt, dass sie die Nacht hier verbracht hat.

Ich setze mich auf den freien Platz neben sie und schlage die Beine hoch. »Die Party war gut.«

»Und die After-Party?«

Wir wechseln einen Blick. Diese Frage werde ich nicht beantworten.

»Kannst du mir wenigstens versichern, dass du aufgepasst hast?«, drängt sie weiter.

Ich fasse es nicht, dass ich dieses Gespräch vor meiner Großmutter führe. »Natürlich.« Ich beiße mir auf die Lippe, betaste das goldglänzende Schlüsselchen auf meiner Brust und blicke sie unverwandt an. Sie sieht anders aus. Verletzlich und weich, ja schon beinahe formbar. Als wäre ein lange besetzter Raum in ihr plötzlich frei geworden. »Nur der Vollständigkeit halber«, füge ich hinzu, »ich habe tatsächlich bei den ganzen Aufklärungsvorträgen zugehört, die du mir gehalten hast.«

Der Anflug eines Lächelns zieht über ihr Gesicht, während sie einen Arm um mich legt und mich eng an sich zieht. Sie vergräbt ihre Nase in meinem Haar und atmet tief ein. »Das heißt dann wohl, dass ihr wieder zusammen seid?«

Sie macht sich los und sieht mich an. Ich nicke.

»Du bist jetzt erwachsen«, sie fährt mir mit der Daumenkuppe über die Wange. »Ich kann dir nichts mehr beibringen.«

»Das ist nicht wahr«, widerspreche ich und stelle erstaunt fest, dass ich es auch meine.

Doch sie schüttelt nur den Kopf. »Anscheinend lerne ich jetzt von dir.«

Ich blinzele und weiß nicht genau, was sie meint.

»Übrigens hab ich die Kiste durchgeschaut.«

Ich sehe zu Paloma hinüber, die leise lächelt und meiner Mom zunickt.

»Und dann hatten Paloma und ich ein langes Gespräch.«

Ich presse die Lippen aufeinander und weiß nicht, was ich davon halten soll.

*Was für ein Gespräch?*

*Über Django?*

*Über mich?*

*Darüber, dass ich das biologische Erbe akzeptiert habe, gegen das er vehement angekämpft hat?*

*Heißt das, sie weiß, dass ich eine Suchende bin?*

Sie streicht sich eine Haarlocke aus dem Gesicht und richtet den Blick auf mich. »Ich glaube, so langsam begreife ich, wie viel ich nicht über die Welt weiß. Ganz zu schweigen davon, wie viel ich geleugnet habe, weil ich mich nicht damit auseinandersetzen wollte. Und auch wenn ich nicht behaupten werde, dass es mir gefällt – es gefällt mir nämlich überhaupt nicht –, und auch wenn ich kaum in den Kopf kriege, was für eine Art von Zukunft dir bevorsteht, bleibt mir doch nichts anderes übrig, als es zu akzeptieren. Wenn ich etwas tun könnte, irgendetwas, um es zu ändern, ich würde es tun. Wenn ich mich an deiner statt freiwillig melden und deinen Platz einnehmen könnte, würde ich auch das tun. Aber Paloma sagt, das geht nicht. Sie sagt, ich hätte in den letzten sechzehn Jahren mein Möglichstes getan, und jetzt müsse ich dich der Obhut einer wesentlich größeren

Macht überlassen, als ich selbst es bin.« Sie schluckt schwer und drückt mir einen Kuss auf die Schläfe. Als sie weiterspricht, ist ihre Stimme nur noch ein Flüstern. »Weißt du, ich glaube, Django wäre stolz auf dich – wenn er wüsste, dass du gerade das zu Ende bringen willst, was er so angestrengt zu fliehen versucht hat. Ich glaube, er wäre verblüfft von deinem Mut und deiner Kraft. Ich bin es jedenfalls.«

»Ich habe ihn getroffen«, sage ich, woraufhin sich ihre Augen weiten. »Während meiner Visionssuche. Er ist zu mir gekommen. Hat mir geholfen. Ohne ihn hätte ich nicht überlebt. Und er sah umwerfend aus. Ich kann gut verstehen, warum du dich so heftig in ihn verliebt hast.«

Jennika lächelt bei der Erinnerung an Django.

»Er ist überall, weißt du. Das hat mich Paloma gelehrt. Du kannst mit ihm sprechen, wann und wo auch immer du willst. Aber ich glaube, es wäre ihm lieber, du würdest mit deinem Leben weitermachen.«

Sie nickt und zieht mich an sich. »Lass dich nicht noch einmal von diesem Jungen verletzen.« Ihre Worte sind ein grimmiges Wispern.

»Nennst du ihn immer noch *diesen Jungen*?«

Sie hebt die Schultern und schlägt gleichzeitig die Decke zurück, um mich mit darunterschlüpfen zu lassen.

»Er wollte mich auch beim ersten Mal nicht verletzen. Es war ein verfehlter Versuch, mich zu beschützen, weiter nichts.« Ich rücke näher und lasse mich von ihr in eine behagliche Wollschicht hüllen.

»Und denk immer daran, dass du nicht nur eine Santos – eine Suchende – bist, sondern auch eine Lyons. Auch ich bin ein Teil dieser Gleichung, weißt du?«

»Wie könnte ich das vergessen? Außerdem würde ich es gar nicht anders haben wollen. Du etwa?«

Sie schüttelt kaum merklich den Kopf und zieht die Decke enger um uns, während wir in die Flammen blicken. Wir sehen zu, wie sie züngeln und Funken sprühen und die Holzscheite in Palomas offenem Kamin verzehren.

Unsere Tagträume werden von Paloma unterbrochen. »Schaut mal, es regnet!«, ruft sie.

Ich sehe zum Fenster, und tatsächlich sind die Scheiben nass von Regenschlieren.

»Nicht ganz der Schnee, den ich eigentlich manifestieren wollte, aber es ist immerhin ein Anfang, oder?« Ich blicke zwischen Mutter und Großmutter hin und her.

Und lächele zufrieden, als sie beide sagen: »Ja, allerdings.«

So verbringen wir den größten Teil des Vormittags. Drei Generationen von Frauen, die hinaus in den Regen schauen – und einer Zukunft entgegenblicken, die gähnend weit vor uns aufklafft.

»Ich fasse es nicht, dass du abreist.« Ich sehe mich in dem winzigen Hotelzimmer um, während Jennika ihre Sachen zusammenpackt. »Ich meine, ich kann verstehen, warum du nicht bleiben willst, denn die Stadt ist reichlich trostlos. Trotzdem werde ich dich vermissen. Es ist schön, dich um mich zu haben. Vor allem jetzt.«

»Warum *vor allem jetzt*?« Sie beginnt, ein T-Shirt dreifach zu falten, ehe sie aufgibt und es stattdessen einfach hineinstopft.

»Weil es mir zuwider war, dich anzulügen. Es fühlt sich so viel besser an, alles offen ausgesprochen zu haben. Und es tut gut zu wissen, dass du mit an Bord bist.«

»Hatte ich eine Wahl?«

Wir wechseln einen Blick.

»Wenigstens weißt du jetzt sicher, dass ich nicht verrückt bin. Die Visionen, die Krähen, die leuchtenden Gestalten – es ist alles real.«

Sie seufzt und sagt mir damit, dass sie es zwar notgedrungen akzeptiert, dies aber noch lange nicht heißt, dass es ihr auch gefällt – und schon gar nicht, dass sie sich näher mit den Einzelheiten befassen will. Dann bedeutet sie mir, mich auf ihren Koffer zu setzen, damit sie den Reißverschluss zuziehen kann.

»Und wo gehst du jetzt hin?« Sie zerrt unsanft an dem Reißverschluss.

»Ins Rabbit Hole. Und du?« Ich drücke mit aller Gewalt auf den Kofferdeckel, um ihr zu helfen.

»Zuerst nach Hause und dann zu Harlan.« Sie schließt das Schloss mit einem befriedigenden Klicklaut.

»Ja?« Ich sehe sie an, und mein Lächeln wird breiter, als sie scherzhaft nach mir schlägt und mich in die Höhe zieht.

Und dann sagt sie etwas, was meine Hoffnungen gleich wieder zerstört. »Ich gelobe, mich auf einen Drink mit ihm zu treffen. Und wenn das gut läuft, lasse ich mich von ihm zum Essen einladen. Dann sehen wir weiter. Immer einen Schritt nach dem anderen, stimmt's?« Sie hievt den Koffer vom Bett. »Soll ich dich irgendwohin fahren?«

Ich schüttele den Kopf und begleite sie zur Tür. »Es ist nicht weit. Außerdem tut mir ein Spaziergang ganz gut.«

»Es regnet aber immer noch«, warnt sie.

»Ja, und ich versuche immer noch, Schnee daraus zu machen.«

Sie nimmt mich fest in die Arme. Umarmt mich so fest, dass ich nur noch lachend nach Atem japsen kann. »Ich krieg keine Luft!«, krächze ich.

»Pass gut auf dich auf.« Langsam macht sie sich los. Sie

streicht mir übers Haar und legt das Lockengewirr zurecht, das den vergangenen Abend erstaunlich gut überstanden hat.

»Pass du auch auf dich auf.« Ich folge ihr zu ihrem Auto. Warte, bis sie davonfährt, ehe ich die Straße überquere, bereit, mich meinem Schicksal zu stellen.

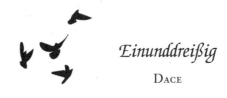

## Einunddreißig

DACE

»Du weißt, dass ich dich nicht weiter mitkommen lassen kann«, sage ich zu Xotichl. So winzig und schmal sieht sie aus, als würde sie gleich von dem dicken Parka verschluckt, den sie anhat.

Wir können von Glück reden, dass wir ungesehen so weit gekommen sind. Dass wir es geschafft haben, uns an einer Horde untoter Richters vorbeizuschleichen, die viel zu sehr damit beschäftigt waren, eine sogenannte Jobmesse aufzubauen, um uns zu registrieren. Das ist allerdings keine Garantie dafür, dass unsere Glückssträhne von Dauer sein wird. Und ich würde es mir nie verzeihen, wenn Xotichl in meiner Obhut zu Schaden käme.

»Offen gestanden, kann ich auch nicht behaupten, dass ich das will. Hier spielt sich irgendwas ganz Sonderbares ab.« Sie reckt das Kinn und schnuppert. »Noch sonderbarer als sonst, finde ich. Diese Leute, an denen wir vorhin vorbeigekommen sind, du weißt schon, die die Tische aufgestellt und die Schilder aufgehängt haben?«

»Ja?« Ich ziehe eine Braue hoch und beuge mich zu ihr.

»Es sind Untote.«

Ich atme aus und bin seltsamerweise von ihren Worten erleichtert. Das zeigt mir, wie sehr sich mein Leben in nur wenigen Wochen verändert hat. »Ich weiß.« Ich erzähle es ihr. »Das ist Cades Lieblingsprojekt. Er hat am Tag der Toten eine Reihe lange verstorbener Richters wiederbelebt, indem er sie mit Stückchen von Seelen – sowohl tierischen als auch menschlichen – gefüttert hat. Das ist nur ein weiterer Grund dafür, dass er aufgehalten werden muss. Es hätte uns gerade noch gefehlt, wenn noch mehr Richters herumlaufen.«

Xotichl umklammert ihren Stock und zieht die Schultern zusammen. »Ich halte das mit der Jobmesse für einen Schwindel. Ich glaube, es ist ein Vorwand für etwas viel Zwielichtigeres.« Sie hält inne, damit ich mich dazu äußern kann, doch ich habe nichts zu sagen. Ich bin ganz ihrer Meinung. »Vielleicht sollte ich dich begleiten«, erbietet sie sich. »Du weißt schon, wie ein Bodyguard.« Sie grinst über ihren Witz, doch die Wirkung hält nur kurz an, dann legt sich die Schwere der Situation erneut über uns.

»Mir ist echt nicht wohl dabei, dich jetzt allein zu lassen. Bist du sicher, dass du den Rückweg findest?«

Ich blicke zwischen ihr und der Wand, die keine Wand ist, hin und her. Sinne darüber nach, wie lange ich ihre Anwesenheit nichts ahnend hingenommen habe, obwohl ich bestimmt Hunderte von Malen an ihr vorbeigegangen bin. Und darüber, dass ich eine Blinde dazu brauche, um mich auf die Wahrheit zu stoßen, die seit jeher direkt vor meinen Augen war.

Wir sehen, was wir sehen wollen. Und wenn wir uns diesen Luxus nicht mehr leisten können, sehen wir, was wir sehen müssen.

Jetzt, wo ich mit der Wahrheit konfrontiert werde, bin ich hin- und hergerissen zwischen meinem Wunsch, einfach loszustürmen, und der Sorge, Xotichl zurückzulassen. Ich habe Angst, dass sie sich in diesem dunklen, höhlenartigen Raum verirrt, der regelrecht nach Bösartigkeit und Niedertracht stinkt.

»Mach nie den Fehler, mich zu unterschätzen. Ich komm schon klar.« Sie zieht eine Braue auf eine Weise hoch, dass kein Zweifel möglich ist. »Wenn mich irgendjemand erwischt, sage ich einfach, ich war so begeistert von den Jobangeboten, dass ich extra früh gekommen bin, um als eine der Ersten ein Bewerbungsblatt ausfüllen zu können. Und wenn sie mir das Recht dazu verweigern wollen, drohe ich damit, dass ich sie wegen Diskriminierung verklage.« Um ihre Worte zu unterstreichen, schlägt sie mit dem Stock fest auf den Boden. »Hast du die Zigaretten?«

Ich klopfe auf meine Jackentasche und bestätige, dass ich sie habe. »Ich dachte immer, das sei ein Mythos. Du weißt schon, das mit dem Tabakopfer für die Dämonen.«

»Und was glaubst du, wo Mythen herkommen?«, fragt sie. »Sie beginnen als Wahrheiten. Sie sind erst zu Mythen geworden, als wir beschlossen haben, dass es leichter ist, Dinge, die wir nicht verstehen, einfach zu leugnen.«

»Okay, du kleine Schlaubergerin.« Ich umfasse ihre Schultern mit beiden Händen und drehe sie um, bis sie in die andere Richtung schaut. »Wir müssen uns jetzt trennen. Du suchst den Ausgang, während ich auf Entdeckungsreise gehe.«

Doch kaum will ich losgehen, da dreht sie sich um. »Dace«, beginnt sie, während ihre Miene sich besorgt verzieht. »Was soll ich Daire sagen? Du weißt schon, falls ich ihr begegne?«

Ich betrachte Xotichl, die in diesem hohlen Raum derart winzig und verletzlich aussieht, dass ich mir selbst in Erinnerung rufen muss, wie recht sie hat – es wäre ein Fehler, sie zu unterschätzen. Ich umfasse die Zigaretten, umklammere sie fest mit den Fingern, während ich auf den schmierigen, pulsierenden Schleier zugehe und sage: »Mach dir keine

Sorgen. Dank dir habe ich einen soliden Vorsprung. Dagegen ist Daire wahrscheinlich gerade erst bei Paloma zur Tür hereingekommen und muss jetzt ein ausführliches Verhör über sich ergehen lassen, wie und wo sie die Nacht verbracht hat. Bis sie sich wieder loseisen kann, ist Cade tot. Zumindest dafür werde ich sorgen.«

## Zweiunddreißig

### Daire

Als ich zum Rabbit Hole komme, drängen sich auf der Treppe massenhaft Leute, die unter einem Spruchband mit einer Werbung für eine Jobmesse mehr oder weniger geordnet Schlange stehen.

*Eine Jobmesse?*

*Hier in Enchantment, wo es überhaupt keine Jobs gibt?*

Damit hatte ich nicht gerechnet.

Ich hatte gehofft, früh hier einzutreffen. Mich unters Putzpersonal zu mischen, um ein bisschen herumzuschnüffeln und dabei möglichst unentdeckt zu bleiben.

Ursprünglich hatte ich vorgehabt, die Unterwelt direkt durch das Portal im Rabbit Hole zu betreten, da ich dachte, ihr Zugangspunkt würde mich schnurstracks zu Cade führen.

Und dann, wenn ich ihn gefunden hätte, würde ich ihn töten.

Ein Plan, der mir ungemein einleuchtend vorkam – zumindest bis jetzt.

Trotz meines späten Starts hätte ich nie mit einem Szenario gerechnet, bei dem ich von einem Türsteher empfangen werde, der einseitige Bewerbungsformulare verteilt.

Doch ich beschließe mitzumachen und zu schauen, wie es weitergeht. Ich schleppe mich zu einem der runden Stehtische, die die Tanzfläche umgeben, und mustere die Horde von Jobsuchenden. Die meisten sind mittleren Alters, und alle tragen den gleichen müden, glasigen Blick zur Schau. Darüber hinaus, dass sie sich hierhergeschleppt haben, scheint keiner von ihnen sich zu mehr aufraffen zu können, als belämmert herumzuschlurfen.

»Nummer eins bis zwanzig – hier entlang!« Ich drehe mich zu der Stimme um, die hinter mir brüllt. Mein Blick landet auf einem Mann, den ich noch nie gesehen habe, der aber eindeutig das dunkle Äußere eines Richter aufweist und die Gruppe beäugt, die er gerade aufgerufen hat und die nun langsam an ihm vorbeidefiliert.

Ich starre auf meinen Zettel, auf dem von Hand die Zahl 27 in die obere rechte Ecke gekritzelt wurde, was mich in die nächste Gruppe platziert, die aufgerufen werden wird.

*Soll ich gehen?*
*Soll ich das Blatt hier ausfüllen und einfach weiter mitmachen?*
*Werde ich es ewig bereuen?*
*Werde ich es überleben?*

Ich vergrabe das Gesicht in den Händen und weiß nicht, was ich tun soll. Schließlich tröste ich mich mit dem Gedanken, dass ich mir wenigstens nicht wegen Dace und Xotichl den Kopf zerbrechen muss. Obwohl sie wahrscheinlich meine Proteste ignoriert haben und hierhergeeilt sind, haben sie garantiert kehrtgemacht, als sie das hier gesehen haben.

Meine Gedanken werden von einer Frau unterbrochen, die mich fragt, ob ich ihr einen Kuli leihen kann. Ihre Augen sind so müde und von so tiefen Falten umgeben, dass sie schon fast in ihrem Schädel zu verschwinden scheinen.

Ich krame in meiner Tasche herum. Als ich einen Bleistift finde, reiche ich ihn ihr und sage: »Nicht direkt ein Kuli, aber ich glaube, das wird denen egal sein.«

Wortlos nimmt sie den Stift entgegen. Mit zittriger Hand

und verkniffenem Mund konzentriert sie sich auf die simple Aufgabe, ihren Namen zu schreiben.

»Und, was für Jobs bieten sie eigentlich an?«, frage ich, da ich unbedingt ein Gefühl dafür bekommen will, worauf ich mich einlasse.

»Keine Ahnung.« Ihre Stimme ist so flach wie ihr Blick. Sie gibt mir den Stift zurück, obwohl sie nur ihren Namen eingetragen und alle anderen Kästchen freigelassen hat. »Hab gehört, es soll freie Kost und Logis geben. Das ist das Einzige, was mich interessiert.«

Sie schlurft vor zur Bühne und wartet dort auf den Aufruf für die nächste Gruppe. Und obwohl ich nun keinen Deut schlauer darüber geworden bin, worum es hier geht, kann ich wohl annehmen, dass diese sogenannte Jobmesse nicht das ist, was sie scheint. Die Richters sind nicht gerade für ihren Altruismus bekannt. Es muss immer etwas für sie herausspringen. Doch das kann ich nur auf eine Art herausfinden.

Ich trage einen falschen Namen und eine falsche Adresse in mein Formular ein. Dabei amüsiere ich mich ein bisschen über meine List, bis ich an die Stelle komme, wo die Fragen seltsam werden. *Irgendwelche Krankheiten? Hier auflisten.*

Und direkt darunter: *Maximales Gewicht, das Sie ohne Probleme heben können?*

Doch was mich wirklich beunruhigt, ist Folgendes: *Dieser Job erfordert, dass Sie für einen unbestimmten Zeitraum abwesend sind. Listen Sie die Namen all der Personen auf, die Sie vermissen könnten. Falls nötig, schreiben Sie ruhig auf der Rückseite weiter.*

Was zum Teufel soll das für ein Job sein?

Als kurz darauf meine Gruppe aufgerufen wird, hole ich meine Kapuze aus ihrem Versteck im Kragen und ziehe sie mir über den Kopf. Dann lasse ich die Schultern nach vorn sacken, knülle das Bewerbungsformular zusammen und reihe mich unter die anderen ein. Ich tue mein Bestes, um eine einsame, niedergeschlagene, geknechtete Person mit einer Begabung für Gewichtheben und ohne ernsthafte Krankheiten abzugeben. Was nicht annähernd so leicht ist, wie es scheint.

Ich verschmelze mit meiner Gruppe. Versinke tiefer in meiner Kapuze, als ich die Bühne passiere, wo der Richter mit dem Mikrofon uns mit scharfem Blick mustert, ehe er uns den Korridor hinabwinkt, der letztlich zu dem von Dämonen bewachten Portal weiter hinten führt.

Während ich mit den anderen weiterschlurfe, kann ich ein paar verstohlene Blicke auf die anderen Jobsuchenden werfen. Sie alle tragen den gleichen glasigen Blick zur Schau und erinnern mich an die Gäste, die bei meinem ersten Besuch hier an der Bar saßen. Dass sie alle aussahen, als hingen sie den größten Teil des Tages auf Barhockern herum – wenn nicht den größten Teil ihres Lebens. Abgestumpft von dem endlosen Fluss von Alkohol, der ihre Gehirne durchtränkt.

Eine neue Gruppe von Bewerbern gesellt sich zu uns, und es dauert nicht lange, bis weitere angewiesen werden, sich anzuschließen. Allzu viele unter der Kontrolle der Richters verbrachte Jahre haben diese Menschen hoffnungslos, verzweifelt und begierig darauf werden lassen, die Hölle, die sie kennen, gegen eine einzutauschen, die sie sich nicht einmal vorstellen können.

Ein ersticktes Geräusch ertönt von vorn, und auch wenn ich es nicht ganz einordnen kann, klingt es doch auf eine Art vertraut, die mich hellhörig macht.

Ich stelle mich auf die Zehenspitzen und bemühe mich, über die vielen Köpfe hinwegzusehen. Ich erhasche einen

Blick auf einen weiteren untoten Richter, bevor die Leiber vorwärtsdrängen und ich gezwungen bin, mit den anderen mitzutrotten. Indem ich genau die schlechte Haltung annehme, die mir Jennika als Kind mühsam ausgetrieben hat, lasse ich die Zigarettenschachtel heimlich in meine Hand gleiten und schiebe mir das Athame in den rechten Ärmel. Ich muss auf alle Eventualitäten eingestellt sein, da ich keine Ahnung habe, wohin das hier noch führen wird.

Wir halten direkt auf die Wand zu, in der sich das Portal verbirgt. Dort werden wir von demselben untoten Richter aufgehalten, den ich schon vor einem Moment erspäht habe. Soweit ich es über mehrere Reihen von Schultern hinweg erkennen kann, ist er damit betraut, die Bewerbungen zu inspizieren und zu entscheiden, wer Zutritt erhält.

Doch nachdem ich eine Zeit lang zugesehen habe, begreife ich, dass es nur eine Finte ist, die die Spannung steigern soll. Viele Leute lechzen nach Zugang und atmen erleichtert auf, sobald sie drinnen sind. Soweit ich es beurteilen kann, wird niemand abgewiesen. Ganz egal, wie man sein Formular ausgefüllt hat, die Richters finden einen Weg, die Leute auszuquetschen, bevor sie sie auf den Müll werfen.

Als ich an der Reihe bin, gebe ich mein Bewerbungsformular ab und starre stur geradeaus, bemüht, unter seinem strengen Blick nicht zusammenzuzucken. Dabei bin ich mir der Alarmglocken in meinem Kopf nur allzu bewusst, die mich drängen davonzulaufen, dieses Lokal zu verlassen und nie wieder einen Blick zurückzuwerfen. Ich male mir all die schrecklichen Möglichkeiten aus, wie das hier komplett nach hinten losgehen könnte.

Mein Herz beginnt zu rasen. Instinktiv verlagere ich das Gewicht nach vorn. Getrieben von meinem archaischsten

Instinkt, um jeden Preis meine eigene Haut zu retten. Gerade will ich die Flucht antreten, als dieser gruselige untote Richter mich am Kinn packt und mein Gesicht zu sich dreht. Sein Blick bohrt sich in meinen, während seine papiertrockenen, untoten Finger mein Kinn so fest umklammern, dass es wehtut.

Ich kann nicht atmen. Nicht sprechen. Nicht rennen. Kann überhaupt nicht viel tun, außer seinen starren Blick mit einem ebensolchen zu quittieren. Voller Reue darüber, dass ich mich selbst in diese Lage gebracht habe.

Ich hätte nicht hierherkommen sollen.

Ich habe sie total unterschätzt.

Und deswegen bin ich jetzt nur noch Sekunden davon entfernt, überwältigt und vernichtet zu werden.

Seine schauerlichen Lippen zucken an den Seiten, aber ansonsten bleibt seine Miene so undurchschaubar, dass man unmöglich erraten kann, was er denkt. Das Einzige, was ich sicher weiß, ist, dass ich verdammt schnell hier raus muss, solange ich auch nur den Hauch einer Überlebenschance habe.

Ich werfe den Kopf zur Seite, begierig darauf, mich seinem Griff zu entwinden, als er mir die andere Hand brutal ins Kreuz schlägt und mich in null Komma nichts durch das Portal schubst.

## *Dreiunddreißig*
### Dace

Ich krieche durch die Höhle, erleichtert, dass sie frei von untoten Richters und Dämonen ist – wahrscheinlich wurden sie gebraucht, um die Jobmesse aufzubauen –, muss jedoch enttäuscht erkennen, dass ich nach wie vor in der Mittelwelt bin.

Einer anderen Dimension der Mittelwelt, jedoch immer noch weit entfernt von der Unterwelt, auf die ich gehofft hatte.

Aber bestimmt führt sie irgendwann dorthin.

Alles hier ist luxuriös. Vornehm. Die ausgesuchten antiken Möbel und die teuren Kunstwerke an den Wänden lassen darauf schließen, dass sie viel Zeit hier verbracht haben. Lauernd. Planend. Darauf wartend, dass sich der Zugang erneut weit auftut.

Die ganze Geschichte hindurch, immer wenn sie es geschafft haben, in die Unterwelt einzufallen, diente dieser Ort als ihr Hauptzugang. Einmal drinnen angelangt, machten sie sich unverzüglich daran, die Geisttiere zu korrumpieren, indem sie ihr Land verseuchten, ihnen ihre Kraft und ihr Licht nahmen und damit die Fähigkeit, ihre menschlichen Anhängsel zu leiten. Dieser Verlust führte zu entsetzlichen Episoden von Wahnsinn, Chaos und Krieg in der gesamten Mittelwelt – und zu ungeahnten Reichtümern für die Richters.

Zumindest ist es laut Leftfoot so gewesen.

Doch das ist nur ein weiterer Grund, warum ich Cade töten muss.

Und sobald das erledigt ist, kommt als Nächster Leandro dran.

Da er seinen Ehrgeiz in erster Linie darauf ausgerichtet hat, Enchantment zu beherrschen, und sich nicht besonders für Cades größeres Ziel der Weltherrschaft interessiert, ist er vielleicht nicht ganz so gefährlich, doch er muss trotzdem verschwinden. Wenn auch aus keinem anderen Grund, als dass ich seinen Anblick nicht mehr ertrage, seit ich weiß, was er meiner Mutter angetan hat. Trotz allem, was die Stammesältesten sagen, genügt es nicht, ihn im Gleichgewicht und im Zaum zu halten.

Nicht für mich.

Niemals.

Es ist an der Zeit, ein paar Dinge neu zu definieren.

Zeit, die Prophezeiung auf den Kopf zu stellen.

Zeit, dafür zu sorgen, dass sie alle sterben.

Es bedeutet so viel mehr als mein Zusammensein mit Daire.

Und obwohl ich weiß, dass es stimmt, kann ich die ganze Zeit nur an Daire denken, während ich mir den Weg durch diesen langen Hohlraum bahne, wo ich schließlich durch die gegenüberliegende Wand stoße und mich von Sand umgeben wiederfinde.

Ich halte inne. Sehe mich um. Denke an das, was mich Leftfoot gelehrt hat – die Wahrheit zu suchen, die hinter den sichtbaren Dingen liegt. Alles, was ich sehe, ebenso infrage zu stellen, wie ich alle Gedanken hinterfragen soll, die man mir eingetrichtert hat.

*Es verbirgt sich wesentlich mehr hinter dieser Welt, als man auf den ersten Blick sieht. Eine ganz andere Wahrheit, die die*

*Menschen am liebsten verdrängen. Sei nicht so blind wie sie. Blick tiefer. Denk tiefer. Werde ganz ruhig und still, damit sich dir die Wahrheit offenbaren kann.*

Ich schließe die Augen und tue, wie er mich geheißen hat. Als ich sie wieder öffne, ist es, als wäre ein Weg vor mir angelegt worden. Er scheint auf dem Kamm einer riesigen Sanddüne zu enden, die von dort aus senkrecht in die Unterwelt abfällt.

Ich schlüpfe durchs Erdreich und lande schließlich unsanft auf der Seite. Rasch richte ich mich auf. Da ich seit meiner letzten Jagd mit Daire nicht mehr hier war, muss ich erschrocken feststellen, wie sehr die Gegend in nur wenigen Tagen verfallen ist. Die Geisttiere, früher froh und munter, sind nun antriebslos und können kaum noch ihre eigenen Grundbedürfnisse erfüllen. Und je weiter ich vordringe, desto schlimmer wird es. Jeder Schritt enthüllt weitere Verderbnis, Verkommenheit und Zersetzung. All das entfaltet sich in einer unheimlichen Stille, die schon bald vom beunruhigenden Geräusch knackender Äste, umstürzender Bäume und dem vielfach verstärkten Dröhnen eines animalischen Grunzens und Schnaubens widerhallt, das von allen Seiten zu kommen scheint.

Ich hechte im selben Moment hinter einen großen Felsen, als ein Blitz aus beigefarbenem Fell und rot glühenden Augen an die Stelle prescht, wo ich zuvor stand.

Kojote.

Zweifellos Cades Kojote.

Er kommt schlitternd zum Stehen, während er die Schnauze in die Luft reckt und meine Witterung aufnimmt. Im nächsten Moment kreuzt ein zweiter Kojote auf, dessen Reißzähne und Fell mit Blut und den schleimigen Überresten einer unglücklichen Beute beschmiert sind.

Sowie ich sie erblicke, weiß ich, dass Leftfoot recht hatte.

Auch wenn Cade vielleicht kein Hautwandler im traditionellen Sinne sein mag, so ist er doch imstande, andere Formen anzunehmen.

Ich schlängele meine Finger in die Jackentasche, auf der Suche nach dem Blasrohr, das mir Leftfoot einst gegeben hat und das er von Alejandro erhalten hat, einem brasilianischen Jaguarschamanen, der außerdem zugleich der Großvater ist, den Daire nie kennengelernt hat. Laut Leftfoot wurde die Waffe sorgfältig aus einem seltenen Holz geschnitzt, das man nur im Regenwald des Amazonas findet. Doch ehe er einwilligte, sie mir auszuhändigen, rang er mir das Versprechen ab, sie ausschließlich zur Selbstverteidigung zu benutzen.

Die Kojoten ducken sich dicht an dicht aneinander. Ihre Schnauzen zucken, die Augen schießen hin und her, und es ist nur eine Frage von Sekunden, wann sie mein Versteck ausfindig gemacht haben.

Warum soll ich es so weit kommen lassen?

Warum soll ich warten, bis sie mich angreifen, nur damit ich Notwehr geltend machen kann, wo ich sie doch mühelos gleich ausschalten kann?

Ich greife nach einem Pfeil und drücke seinen mit Rabenfedern besteckten Schaft zusammen, während ich ihn in das Blasrohr schiebe.

Dann kneife ich ein Auge zu, hebe das kleine Rohr an den Mund und ziele.

Kojote knurrt. Ein Wirbel aus glühenden Augen, gefletschten Zähnen und heißem, stinkendem Atem schnellt hart gegen meine Wange. Weit reißt er den Kiefer auf, bereit, ein weiteres Stück aus mir herauszubeißen …

Als er schwankt.

Stolpert.

Zusammenbricht und vor Schmerz aufjault.

Ich lächele triumphierend, doch das Grinsen vergeht mir schnell, als ich den Blick hebe und Cade nackt und blutbeschmiert vor mir stehen sehe, mit Fetzen von Tierfell am Körper.

Ich habe das falsche Ziel getroffen.

»Was zum Teufel treibst du da?« Er lässt sich neben Kojote nieder und flucht herzhaft, während er an dem Pfeil zieht und sich die Spitze aus der Schulter reißt. Er weiß ganz genau, dass es damit noch nicht getan ist. Er senkt den Kopf an die Einschussstelle, schließt die Lippen darum und saugt das Gift aus, das ich auf die Pfeilspitze geträufelt habe, ehe er alles ausspuckt. »Du bist ein richtiger Idiot, weißt du das?« Kopfschüttelnd funkelt er mich an und sieht zu, wie ich das Blasrohr neu lade und wieder auf ihn anlege. »Glaub mir, das willst du garantiert *nicht* tun.«

»Du hast keine Ahnung, was ich will.« Ich schließe die Lippen um das Blasrohr, hole tief und bewusst Atem und puste erneut.

Puste mit aller Kraft, die mir zu Gebote steht.

Und stoße meinerseits eine Kette von Flüchen aus, als Cade dem Pfeil aus der Bahn tänzelt und sich wieder in einen Kojoten verwandelt.

Der andere hat sich mittlerweile vollständig erholt, und nun stehen sie einträchtig vor mir – Schulter an Schulter.

Ihre Augen lodern vor Rachedurst, und sie lassen keinen Zweifel daran, dass sie nach meinem Blut lechzen. Und noch ehe ich davonlaufen kann, ehe ich nachladen und zielen kann, stürzen sie sich in einem Taumel aus scharfen Klauen und spitzen Reißzähnen auf mich.

## Vierunddreißig

### Daire

Das Erste, was ich sehe, als ich durch die Wand breche, ist der Dämon.

Oder vielmehr *die Dämonen*. Schließlich befindet sich hier eine ganze Armee davon.

Das Zweite, was mir auffällt, ist, dass niemand auch nur im Geringsten von den riesigen, bösartigen Wesen beunruhigt zu sein scheint, die sich um sie scharen. Kaum einer wirft einen Blick auf die verschiedenartigen Schweife, Hufe, Hörner und missgestalteten Köpfe. Ganz zu schweigen von den Gesichtern, die eine groteske Mischung aus Tier, Mensch und irgendeinem unidentifizierbaren Monster aus der tiefsten Finsternis darstellen.

Die Masse schlurft nur einfach benommen weiter. Als ich an ihnen vorbeikomme, dauert es trotz meiner enormen Anstrengungen, mich in die Gruppe einzufügen, nicht lange, ehe einer von ihnen mit seinen langen, schartigen Klauen nach mir greift und sein Gesicht vor meines hält. Seine dunklen Schlitzaugen sehen mich aus solcher Nähe durchdringend an, dass mir der Schweiß ausbricht.

Das darf nicht passieren.

Ich kann es mir nicht leisten, entlarvt zu werden.

Nicht jetzt.

Nicht, nachdem ich so weit gekommen bin.

Ich beruhige meinen Atem und starre stur geradeaus, während ich unbemerkt von den anderen das Päckchen Zigaretten vor ihm schwenke und ein stilles Gebet an meine Vorfahren sende, an die Elemente, meine Talismane und einfach alle, die bereit sind, mir Gehör zu schenken. Ich flehe darum, dass mein Tabakopfer ebenso gut funktioniert wie letztes Mal, als ich hier war, und atme erleichtert auf, als er das Bestechungsgeschenk annimmt und sich die Zigaretten mitsamt der ganzen Verpackung ins Maul stopft.

Wir durchqueren den Tunnel, der zur Höhle führt, dann schlüpfen wir durch den Eingang und in den Wohnraum. Weiter geht es durch den langen Korridor, wo wir uns unordentlich im Halbkreis aufstellen und einer – soweit ich es hören kann – Einführungsrede lauschen.

Dort, wo ich stehe, klingen die Worte ein bisschen dumpf, aber ich kann doch einzelne Satzfetzen verstehen: *Große Gelegenheit … seltener blauer Turmalin … ein Vermögen zu verdienen … freie Kost und Logis.* Wobei mir nichts davon mehr Klarheit verschafft, als ich bereits hatte.

Nur eines steht fest – das einzige Vermögen, das dabei zu verdienen ist, werden die Richters einsacken. Die Leute hier werden keinen Cent davon sehen.

Im nächsten Moment setzen wir uns erneut in Bewegung. Schieben uns durch die zweite Wand, die zu dem sandigen Tal führt, wo wir unseren Treck über das Wüstengelände beginnen.

Meine Wandergefährten sind so fügsam, dass ich mich frage, ob sie überhaupt wissen, was sie tun und wohin sie gehen. Es ist, als befänden sie sich in einer Trance, programmiert darauf, das zu tun, was man ihnen sagt, und auf Ungewöhnliches nicht zu reagieren.

Als wir an einen Punkt kommen, wo der Hügel einen Kamm bildet und der Grund nachgibt, achte ich darauf, mich vor der Masse stürzender, um sich schlagender Gliedmaßen zu schützen, während wir der Unterwelt entgegentaumeln, indem ich auf die Füße springe und hinter einen Mann krabble, der doppelt so groß ist wie ich. Ich ziehe meine Kapuze zurecht, sodass sie den größeren Teil meines Gesichts bedeckt, und hoffe, dass ich unentdeckt bleibe, bis ich gesehen werden will.

»Willkommen!«, ruft Cade mit tiefer, selbstsicherer Stimme. »Es freut mich, dass ihr es alle geschafft habt. Dass ihr beschlossen habt, ein bisschen höher zu greifen und etwas Sinnvolleres mit eurem Leben anzufangen, als Tag für Tag an der Bar herumzuhängen und euch das Hirn zu begießen. Wir haben ein großes Ziel vor Augen, und ihr solltet stolz auf euren Anteil daran sein …« Er schwadroniert weiter und spult eine Rede ab, die völlig überflüssig ist. Diese Menschen sind Gefangene. Unter seinem Befehl. Es gibt keinen Grund, so zu sprechen, wie er es tut, abgesehen davon, dass er es liebt, sich selbst reden zu hören. Schließlich kommt er zum Ende. »Also, nun ist es an der Zeit zu beginnen. Ich sehe keinen Anlass, noch etwas zu verzögern. Aber zuerst – eure Uniformen.«

Er greift in eine große Pappschachtel, die ein untoter Richter an seine Seite gestellt hat, und wirft Berge von schwarzen, kurzärmeligen T-Shirts mit einem Bild von ihm darauf in die Menge, so wie er einst dem Heer untoter Richters Seelen zum Fraß vorgeworfen hat.

»Nehmt euch eines und gebt den Rest weiter«, bellt er. »Das ist dafür, dass ihr nie vergesst, wem ihr Gefolgschaft geschworen habt.« Sein Blick verfinstert sich, während er seine vor ihm versammelten Untertanen mustert.

Als mir der Typ vor mir ein T-Shirt reicht, betrachte ich es einen Augenblick lang. Mir fällt auf, dass das Grinsen auf Cades Abbild genau das gleiche ist, das er momentan aufgesetzt hat.

Falsch.

Leer.

Eine bedeutungslose Leere.

Es ist das Lächeln eines Psychopathen.

Eines egomanischen Monsters ohne Zugang zu menschlichen Emotionen, weshalb er diese bestenfalls imitieren kann.

Ich knülle das T-Shirt zusammen und werfe es zu Boden. Ich habe nicht vor, es zu tragen, habe nicht vor, für ihn zu arbeiten. Mein unmittelbares Ziel ist es herauszufinden, was er im Schilde führt. Und dann …

Und dann weiß ich nicht genau weiter.

Das war kein Teil des Plans.

»Ihr werdet nach Turmalin schürfen. Nach reinem, blauem Turmalin. Der, nur damit ihr es wisst, einer der wertvollsten, seltensten und daher teuersten Steine der Welt ist. Aber täuscht euch nicht – ihr werdet die ganze Arbeit haben und nichts von den Gewinnen. Und jeder von euch, der auch nur daran denkt, einen Stein einzustecken, von dem er glaubt, dass ihn niemand vermissen wird, sollte noch einmal nachdenken. Wir beobachten euch rund um die Uhr. Der Preis für einen solchen Verrat ist der sofortige Tod ohne irgendwelche Fragen. Und falls irgendeiner von euch jetzt kehrtmachen möchte – es ist zu spät. Es gibt kein Entkommen.«

Ein paar halbherzige Protestrufe ertönen aus der Menge, doch das stört Cade nicht. Er erwartet nicht weniger als ihre absolute Unterwerfung, und die wird er zweifellos bekommen.

Er dreht sich um die eigene Achse, gewiss, dass wir ihm

folgen werden – was wir auch tun –, und führt uns über schwarz verbranntes Land zu einer gewaltigen Schürfanlage, die von einem Heer weiterer untoter Richters bewacht wird. Ihr Anblick macht mich fassungslos.

Ich bin hier fehl am Platze.

In einer ganz anderen Liga.

Das doppelschneidige Messer, das ich in meinem Jackenärmel verborgen habe, ist ein Witz, ganz egal, was Paloma behauptet.

Es sind viel zu viele Richters – viel zu viele Köpfe zu kappen –, und ich bin ganz allein.

Auch wenn das Athame die Macht besitzen mag, Cade zu töten, werde ich überhaupt nicht so weit kommen, ehe ich von den anderen überwältigt werde.

Ich habe mich komplett verkalkuliert.

Habe zugunsten von Wut und Rachegelüsten die Vernunft fahren lassen.

Trotz Valentinas Behauptung – *deine Entschlusskraft stärkt deinen Willen, und dein Wille ist dein Weg* – sehe ich nicht, wie eines von beidem mich zum Sieg führen soll, wenn ich einer solchen Überzahl gegenüberstehe.

Ich ducke mich hinter dem Mann vor mir und schiebe die Kapuze gerade weit genug zurück, um zu sehen, was für ein Chaos hier herrscht.

Die Mine ist die Ursache für diesen Umweltfrevel. Der Grund dafür, warum das Meer verseucht ist und alle Fische sterben. Doch das wird Cade nicht kümmern. Die Unterwelt zu verletzen garantiert ihm nicht nur Profite, sondern wird auch dafür sorgen, dass die Mittelwelt bald dem Ruin anheimfallen wird – wie er es geplant hat.

Als meine Leidensgenossen nach und nach in den Schacht drängen, löse ich mich aus ihren Reihen und verstecke mich hinter einem Wäldchen aus verbrannten Baumskeletten. Dann beobachte ich die Vorgänge und denke über meinen nächsten Schachzug nach.

Es besteht keine Veranlassung, irgendwelche Risiken einzugehen. Wenn ich mir Hoffnungen darauf machen will, diese Menschen zu retten – sie hier herauszuholen –, dann muss ich es zurück in die Mittelwelt schaffen, wo ich mich mit den Stammesältesten beraten und einen besseren Plan für den Umgang mit dieser Situation schmieden kann.

Als die gesamte Gruppe in der Mine verschwindet, sieht sich Cade mit einem gruseligen, selbstzufriedenen Lächeln um.

Einem gruseligen, selbstzufriedenen Lächeln, das augenblicklich schwindet, als er die Nase in die Luft reckt und meine Witterung aufnimmt. Er wirbelt zu mir herum und sieht mich aus seinen abgründigen Augen an. »Weißt du, was ich am faszinierendsten an Raben finde?«, ruft er.

Ich schlucke schwer. Lasse das Athame in meine Hand gleiten. Sehe zu, wie er mit dem Finger schnippt, den Arm hebt und triumphierend grinst, als im nächsten Moment Rabe, mein Rabe, gehorsam auf seinem Finger landet.

»Sie lassen sich nicht nur darauf trainieren, auf Befehl herbeizukommen, sondern haben auch eine phänomenale Begabung für Mimikry. Sie können alle möglichen Laute und Sätze mit absolut perfektem Tonfall wiedergeben. Zum Beispiel«, er beäugt Rabe und gurrt ihm leise etwas zu, »komm schon, sag Santos, was du weißt.«

Auf Befehl beginnen Rabes Augen zu glitzern, während er loskrächzt. »Die Suchende liebt das Echo.« Seine Stimme klingt genau wie die von Cade.

Ich ziehe die Hülle von der Schneide und halte das Messer dicht am Körper.

»Putzig, was?« Cade tätschelt Rabe liebevoll den Kopf. »Natürlich haben wir gerade erst angefangen und müssen noch viel üben.« Er lässt Rabe los und sieht ihm nach, wie er davonfliegt und sich auf einem nur wenige Meter entfernten Zweig niederlässt. Bei dem Anblick verzieht Cade angewidert das Gesicht. »Er ist so neugierig.« Er schüttelt den Kopf und wendet seine Aufmerksamkeit wieder mir zu. »Wie hast du das nur ausgehalten?«

Er schlendert auf mich zu, und ich umfasse das Heft fester, bereit, die Waffe bei der ersten Gelegenheit einzusetzen. Atme erst aus, als Cade wenige Schritte vor mir stehen bleibt.

»Aber du bist ja nicht hier, um dir alberne Haustierkunststückchen anzusehen, oder? Und bestimmt suchst du keinen Job – oder zumindest hoffe ich das. Es ist eine geisttötende, seelenzerfressende Arbeit, bei der deine vielen Fähigkeiten und Begabungen nicht einmal ansatzweise zum Zuge kämen.« Er leckt sich mit der Zunge über die Schneidezähne. Eine so penetrante, so obszöne Geste, dass ich mir eine Reaktion mit aller Kraft verkneifen muss. »Jedenfalls ist es nicht gerade das, was mir vorgeschwebt hat, als ich dich um Zusammenarbeit gebeten hatte. Also, warum gibst du's nicht einfach zu, Santos, du bist gekommen, um mich zu sehen.«

Erneut grinst er mich selbstgefällig an, und jetzt kann ich mich nicht mehr beherrschen. »Du spinnst ja komplett!«, fauche ich ihn an und löse mich von dem Baum, da Verstecken jetzt, da meine Tarnung aufgeflogen ist, keinen Sinn mehr hat.

»Ja?« Er mustert mich aufmerksam. »Trotzdem kannst du nicht aufhören, an mich zu denken. Was soll man davon halten?«

Ich verdrehe die Augen. »Das kannst du nicht machen.

Trotz all deiner Einbildung steht die Unterwelt nicht unter deiner Kontrolle.«

Er grinst höhnisch. Sieht sich in alle Richtungen um. Weist mit großer Geste auf die umgebende Landschaft, die offensichtlich etwas anderes belegt. »Vielleicht solltest du noch mal hinsehen«, sagt er, während er all den Schaden und die Zerstörung betrachtet, die er verursacht hat. Er ist eindeutig erfreut über das von ihm allein herbeigeführte trostlose Elend.

Ich mache den Dolch in meiner Hand bereit. Mit einem Auge fixiere ich das Heer von Richters, die mich genau im Blick behalten, mit dem anderen Cade.

»Ich nehme an, du bist hierhergekommen, um mich zu töten.« Er lächelt geduldig wie gegenüber einem ziemlich zurückgebliebenen Kind.

Ich presse die Lippen zusammen. Weigere mich, es zu bestätigen oder zu leugnen.

»Das ist der zweite Mordversuch an einem Tag.« Er fährt sich mit einer Hand durchs Haar und schürzt die Lippen, als amüsierte ihn der Gedanke, während es mir damit ganz anders geht.

Falls meiner der zweite Versuch ist, dann hat Dace den ersten unternommen.

Und es heißt auch, dass er ihm misslungen ist.

*Misslungen im Sinne der Prophezeiung?*

Mein Körper versteift sich. Mein Herzschlag setzt aus. Ich begreife, dass das Blatt sich soeben gewendet hat, und doch weigere ich mich, es zu glauben.

Wenn Dace etwas zugestoßen wäre, hätte ich es doch garantiert gespürt. Bestimmt hätte ich es irgendwie gefühlt.

*Oder nicht?*

»Ich vergesse immer wieder, was für eine Anfängerin du

bist.« Cade setzt eine Maske des Bedauerns auf. »Also lass dir von mir einen kleinen Ratschlag geben, der uns diese Art von Peinlichkeit vielleicht in der Zukunft erspart. Du wirst mich nicht umbringen, Santos. Und Dace auch nicht. Du kannst mir glauben, dass jeder Versuch, mein Leben zu beenden, für keinen von euch beiden gut ausgehen wird. Ganz zu schweigen davon, dass dein jämmerliches Hexen-Gärtnermesser dem Vorhaben kaum gewachsen ist.«

Ich schiebe mir das Messer hinters Bein, sodass es unsichtbar ist.

Cade lacht nur. »Was? Bildest du dir etwa ein, ich sähe es nicht?« Er mustert mich eingehend und spricht seufzend weiter. »Vielleicht habe ich dich überschätzt. Du lernst wesentlich langsamer, als ich dachte.« Sein Blick wandert an mir entlang und bleibt an all den falschen Stellen hängen. »Tu uns beiden einen Gefallen und verzieh dich, damit wir vergessen können, dass es je geschehen ist. Ich bin ein geduldiger Mensch, Daire. Und ich versuche ehrlich, hier mit dir zu arbeiten. Aber du musst auch mit mir arbeiten. Du musst akzeptieren, dass es sinnlos ist, mir nach dem Leben zu trachten. Du hast dich übernommen. Es ist meine Welt, Seeker – du kannst von Glück sagen, dass ich dir gestatte, darin zu leben.«

Trotz seiner Worte bleibe ich ungerührt stehen. Ich stelle mir vor, wie aufregend es wäre, auf ihn zuzustürmen, die Genugtuung, ihm die Klinge mitten ins Herz zu rammen. Vorausgesetzt, er hat eines.

»Falls du es nicht kapiert hast, das ist jetzt richtig selbstlos von mir. Wir haben noch viel Arbeit vor uns. Und abgesehen von diesen kleinen Entgleisungen, auf die du anscheinend bestehst, freut es mich sehr, dass du dich als wesentlich bessere Geschäftspartnerin entpuppst, als ich je erwartet hätte. Anders ausgedrückt, ich bin momentan noch nicht bereit, dich zu töten. Aber glaub mir, du merkst es, wenn ich so weit bin.«

»Vielleicht bin ja ich bereit, dich zu töten.« Meine Stimme klingt erstaunlich fest, während ich auf ihn zugehe und registriere, dass er nicht einmal ansatzweise zusammenzuckt.

»Tja, dann würde ich sagen, du stehst vor einem massiven Dilemma.« Er grinst und reibt sich demonstrativ übers Kinn, so wie Dace es oft tut. Der Anblick ist so entwaffnend, dass ich mich zwingen muss, den nächsten Schritt zu tun. »Was würdest du lieber tun, Daire? Mich töten – oder das Leben meines Zwillings retten?«

Da uns lediglich ein paar Schritte trennen, könnte ich die Distanz zwischen uns mit einem einzigen Satz überwinden.

»Ist deine Entscheidung.« Sein Tonfall wirkt zunehmend gelangweilt, während er eine Stelle hinter meiner Schulter fixiert und mich damit lockt, es ihm nachzutun.

Zuerst weigere ich mich, da ich es für einen Trick halte.

Doch dann höre ich ein heiseres Stöhnen – Laute von jemandem, der Schmerzen hat –, gefolgt von einem Tröpfeln von Daces gewohntem Strom warmer, liebender Energie, und sofort hebe ich das Messer hoch über den Kopf, entschlossen, zur Tat zu schreiten – Cade zu erledigen, solange die Gelegenheit günstig ist.

Ebenso schnell gebe ich die Idee wieder auf.

Ich weiß instinktiv, dass die Energie von Dace nur deshalb so schwach ist, weil seine Lebenskraft rasch dahinschwindet, sodass ich mit der Zeit, die ich brauche, um Cade zu töten, ernsthaft das Risiko eingehe, auch Dace zu verlieren.

Ich laufe zu ihm hinüber. Stelle entsetzt fest, dass man ihn quasi hier zum Sterben abgelegt hat. Sein Oberkörper ist zerfetzt und blutüberströmt, seine Hände sind von Bisswunden übersät, und einer seiner Arme steht seltsam verdreht zur Seite ab.

Ich sinke auf die Knie und ziehe ihn an mich. Der dringende Wunsch, ihn zu retten, ist mein einziger Antrieb. Das Einzige, woran ich denken kann. Das Einzige, was ich sehe.

Meine Liebe zu ihm erfüllt mich ganz.

Leider erfüllt sie auch Cade.

Lässt ihn sich wandeln. Wachsen. Seine Kleider platzen an den Nähten, während sein Körper anschwillt und sich ausdehnt – eine Verwandlung vollzieht, die ebenso spektakulär wie gruselig ist. Und ihn zu einem schuppenhäutigen, schlangenzüngigen Monstrum von dreifacher Größe macht.

Als er sich umdreht, als er die Hände seitlich hebt und seine Aufmerksamkeit auf mich richtet, dröhnt ein schauriges Grollen durchs Land. Es veranlasst Rabe, sich krächzend zum Flug zu erheben, während das Erdreich sich zu lockern und zu verschieben beginnt und alles zu einem tosenden Beben anschwillt, durch das mir Dace entgleitet.

Der Boden spaltet sich zwischen uns und lässt jeden von uns auf seiner eigenen höllischen Insel stranden. Meine Panik wird untermalt von Cades fiesem Lachen. Er wirft den Kopf in den Nacken, reißt den Mund klaffend weit auf und lässt die seelenraubenden Schlangen frei, ehe er sich in seiner ganzen Dämonenherrlichkeit mir zuwendet.

Sein Mund ist ein schartiger, obszöner Schlund aus Schlangen und Zahnfleisch. »Ich dachte, ich schüttele das Ganze mal ein bisschen durch«, sagt er. »Lockere den Turmalin auf und mache die Steine leichter auffindbar. Dabei verlieren wir zwar vielleicht ein paar Grubenarbeiter, aber das ist der Preis des Geschäfts, nicht wahr, *Partnerin?*«

Ich schaue zur Mine hinüber und sehne mich danach,

irgendwie zu helfen. Ich kann ihm das nicht durchgehen lassen. Kann diese armen Menschen nicht noch mehr leiden lassen, als sie bereits gelitten haben. Doch der Spalt im Boden wird immer breiter und trennt mich weiter von Dace.

»Tot nützt du ihnen gar nichts. Mir auch nicht. Rette dich, Santos. Solange du noch kannst. Und wo du schon dabei bist, rette auch meinen Bruder. Und wenn du nächstes Mal hierherkommst, um mich zu töten, denk daran, es liegt an dir, dass ich stärker bin als du.« Ein fieses Grinsen verzerrt seine dämonische Visage noch weiter. »Apropos, vermutlich sollte ich dir für die jüngste Kraftspritze danken. Dank dir bin ich stärker denn je. Ich kann nur darüber fantasieren, was für unanständige Sachen ihr zwei zusammen getrieben habt.«

Das Beben verstärkt sich. Die Erde wankt so heftig, dass die Bäume, hinter denen ich mich zuvor versteckt hatte, abbrechen und umfallen. Als einer von ihnen beinahe Dace erschlägt, bleibt mir nichts anderes übrig, als den Sprung zu ihm zu riskieren.

Mit zusammengekniffenen Augen taumele ich durch die Luft. Stoße mich heftig mit den Beinen ab, als ich mit der Stiefelspitze festen Boden spüre, doch nur kurz, bevor das Erdreich unter mir erneut bröckelt und sich lockert. Schon befinde ich mich im freien Fall und stürze in einen finsteren Schlund, in dem es nichts gibt, woran ich mich festhalten könnte.

Der Sog der Schwerkraft zieht mich nach unten, bis die Erde sich erneut verschiebt und diesmal auf mich zukommt. Rasch greife ich nach einem harten Stück fest gepackter Erde, das in ein paar Felsbrocken übergeht. Und schon bin ich hektisch auf der Suche nach Haltepunkten für Hände und Füße und arbeite mich vorsichtig nach oben.

Als ich den Absatz überwunden habe, eile ich an die Stelle, wo Dace liegt. Nachdem ich mich als Erstes vergewissert habe, dass er noch atmet, lege ich mir seinen heilen Arm über die Schulter, hieve ihn in die Höhe und zerre ihn mit mir davon, auf der Suche nach einem Ausweg.

Gehetzt von einem immer breiter werdenden Spalt hinter uns und dem Gellen von Cades Hohngelächter. »Lauf, Santos«, ruft er in gehässigem Singsang. »Lauf!«

## Fünfunddreißig
### DACE

Ich erwache und habe keine Ahnung, wie lange ich bewusstlos war.

Ich weiß nur, dass es schlimm gewesen sein muss, falls ich aus dem schweren Dunst aus Räucherwerk und Kerzen irgendetwas schließen darf.

Chepi ist als Erste bei mir. Allerdings bin ich mir ziemlich sicher, dass sie die ganze Zeit da gewesen ist. Nie wirklich weg war. Ihr verhärmtes, tränenüberströmtes Gesicht schwebt über meinem, während sie mir mit der einen Hand das Haar aus der Stirn streicht und mit der anderen ein durchweichtes Taschentuch umklammert, das sie sich fest an die Brust presst. Leise murmelt sie Worte des Dankes und der Erleichterung – ich soll wissen, wie sehr sie mich liebt, wie sehr sie für mich gebetet hat, dass Jolons Geist mir beigestanden hat –, bis Leftfoot sie beiseiteschiebt und an ihre Stelle tritt.

Seine eigenen Dienste sind nicht annähernd so liebevoll. »Ich dachte wirklich, du seist tot, als du hier angekommen bist«, sagt er barsch.

Ich will etwas erwidern, doch mein Mund ist so trocken, dass ich die Zunge nur gewaltsam von den Zähnen lösen kann. »Sind das dann also Totenkerzen?«, krächze ich mit heiserer Stimme.

»Du kannst es dir nicht leisten, Witze zu machen.« Er runzelt die Stirn. »Du hast keine Ahnung, wie schlecht es dir geht. Aber die Heilkräuter, die ich dir gegeben habe, lassen schon bald in ihrer Wirkung nach, dann wirst du es schlagartig begreifen.«

Ich schliesse die Augen und versuche mühsam, mich zu erinnern, wie ich hierhergekommen bin. Mein Verstand braucht ein paar Sekunden zum Warmlaufen, zum Wachwerden und dazu, die nebulösen Reste einer entfernten Erinnerung auszugraben. Einen Augenblick später, als mich die Szene in all ihrer schaurigen Detailfülle überfällt, wünsche ich nur noch, ich wäre klug genug gewesen, alles im Dunkeln zu lassen.

Die höllische Begegnung entfaltet sich munter in meinem Kopf, schwelgt in der Szene, als mich Daire regelrecht aus der Unterwelt herauszerren musste. Gnadenlos läuft sie wieder und wieder ab, wenn auch nur, um mich zu quälen.

Gedemütigt ist gar kein Ausdruck dafür.

Erniedrigt trifft es auch nicht.

Es gibt kein Wort, das angemessen beschreiben würde, wie ich mich fühle.

Doch eine Frage bleibt bestehen: *Ist sie hier?*

Ich versuche mich aufzusetzen, da ich sie unbedingt sehen will. Werde aufgehalten von dem stechenden Schmerz in meiner Seite und Leftfoots Hand, die mich auf die Matratze zurückstösst.

»Wo ist sie?« Ich presse die Frage zwischen zusammengebissenen Zähnen hervor. Leftfoot hatte recht – die Wirkung der Kräuter lässt allmählich nach.

Im nächsten Moment steht Daire neben mir. Ihre Haare sind vom Wind zerzaust, ihre Kleider verschmiert und blutbefleckt. Trotzdem sind ihre Wangen unter der Schmutzschicht rosig angelaufen, in ihren Augen leuchtet die Hoffnung, und für mich war sie nie schöner. Nie war ich glücklicher, sie zu sehen.

»Ich bin da – ich bin immer da«, flüstert sie, wobei ihre Worte nur für meine Ohren bestimmt sind.

Doch als sie sich auf die Lippen beißt und mir vorsichtig über die Wange streicht, muss ich schnell die Augen schließen und mich abwenden. Dabei denke ich, wie abstoßend ich auf sie wirken muss.

Geschlagen.

Gebrochen.

Besiegt und schwach.

Jemand, den sie retten musste.

Weit weg von dem Helden, der ich sein wollte.

Und Leftfoot ist nicht gerade daran interessiert, mein Ego zu schonen. Er hat mehr als deutlich gesagt, was er von meinem Stolz hält.

»Wie oft muss ich dich wohl noch zusammenflicken, bis es nichts mehr zu flicken gibt?« Er murrt weiter vor sich hin, während er Chay bedeutet, ihm dabei zu helfen, mich aufzusetzen.

Ich wappne mich gegen den Schmerz, aber vor allem ist es mir peinlich, dass Daire mich so sieht.

»Wir müssen dir das Hemd ausziehen«, befiehlt Leftfoot. »Oder vielmehr das, was noch davon übrig ist. Du warst in derart schlechter Verfassung, als sie dich hergebracht hat, dass ich dich nur notdürftig verarzten konnte. Ich hatte Angst, jeder weitere Eingriff würde dir den Rest geben. Aber jetzt, wo es wieder bergauf geht, ist es an der Zeit, dich zu behandeln.« Mein Zögern und der verstohlene Blick, den ich Daire zuwerfe, bleiben ihm nicht verborgen. »Sie ist die ganze Zeit dabei gewesen«, sagt er. »Es gibt nichts, was sie nicht schon gesehen hätte.«

Daire läuft rot an und wendet den Blick ab, während Leftfoot ein rotes Tuch aus der Schublade zieht, es mir hinhält und sagt: »Hier, beiß da drauf. Du wirst es brauchen.«

Ich wende ablehnend den Kopf zur Seite. Mein Blick wandert von Chay zu Chepi, zu Daires Hinterkopf und wieder zurück zu Leftfoot. Es gibt nichts Entmannenderes als ein Zimmer voller Stammesältester, die mich vor meiner Freundin aburteilen. Da muss ich mich wenigstens hart im Nehmen zeigen und den Schnuller zurückweisen.

»Ist deine Sache«, sagt Leftfoot, der mich nie zu etwas zwingen würde, auch wenn er mein Benehmen noch so idiotisch findet. »Du kannst von Glück sagen, dass er nur ausgekugelt ist und nicht gebrochen. Brüche brauchen länger zum Heilen.« Er legt mir eine Hand auf die Schulter und packt mit der anderen meinen Arm. Leise singt er einen seiner Heilgesänge, zieht mit enormer Kraft an meinem Arm und bringt das Gelenk wieder in die richtige Position.

Das ruckartige Aufeinandertreffen von Knochen auf Knochen löst einen derartigen Schmerz aus, dass ich mich krampfhaft auf die Nische voller hölzerner Santos auf der anderen Seite konzentrieren muss. Ich ringe den Schrei nieder, der in meiner Kehle aufwallt, und kämpfe wie ein Berserker, um ihn nicht herauszulassen.

Nicht so.

Nicht vor Daire.

Allerdings kann ich nichts gegen die Sterne tun, die grell blitzend vor mir herumwirbeln.

»Komisch, ich fühle mich gar nicht wie ein solcher Glückspilz«, presse ich zwischen den Zähnen hervor, während ich darum ringe, gleichmäßig zu atmen und mich unter Kontrolle zu bringen.

»Und jetzt ... die Wunden.« Leftfoot zieht mir den

blutverkrusteten Schlüssel von der Brust. Er inspiziert ihn gründlich und wirft Daire einen vorwurfsvollen Blick zu. Dann löst er den Verbandmull mitsamt der Kompresse, die mich zusammengehalten haben wie eine Mumie, damit er mein zerfetztes und zerbissenes Fleisch besser untersuchen kann.

Beim Anblick meiner Wunden beginnt Chepi sofort, in ihr bereits völlig durchweichtes Taschentuch zu schluchzen, während Daire mit schuldbewusster Miene zusieht.

Es ist ein Blick, den ich nicht ertrage.

Ein Blick, der beweist, wie sehr ich sie im Stich gelassen habe.

»Es war ein Glück, dass Chay euch gefunden hat«, sagt Leftfoot.

»Wie hast du uns denn gefunden? Woher hast du gewusst, wo du suchen musst?«, frage ich, da ich mich nicht an Einzelheiten erinnern kann.

»Intuition.« Chay richtet seine Worte direkt an mich, doch sein Blick bleibt weiter an Leftfoot haften. »Ich war reiten, als wir ein kleines Erdbeben hatten, und da hab ich mich instinktiv zum Portal aufgemacht, weil ich gespürt habe, dass das keine normalen Erdbewegungen sind. Ich bin erst ein paar Minuten dort gewesen, als ihr beiden aufgetaucht seid.«

»Was habt ihr denn dort gewollt?«, fragt Chepi.

Daire und ich wechseln einen Blick. Ich habe keine Ahnung, was sie den anderen erzählt hat, also umgehe ich die Frage und berichte ihnen stattdessen von der Mine. Erkläre deren Verbindung mit den vielen verschwundenen Personen, von denen mir Leftfoot berichtet hat.

Ich bin froh, mich auf etwas anderes konzentrieren zu können als auf das heftige Brennen der Tinkturen, mit denen Leftfoot meine Wunden sterilisiert, ehe er sie näht und mich mit mehreren Lagen Verbandmull und Kräutern erneut in eine Mumie verwandelt.

Als er fertig ist, wirft er mir ein sauberes Hemd zu, weist mich an, mich anzuziehen, und muss mir auch noch dabei helfen. Als wäre ich für einen Tag nicht schon genug entmannt worden.

Dann wendet er sich an Chepi. »Bring ihn nach Hause. Damit er gesund wird, muss er strenge Bettruhe halten.« Seine nächsten Worte gelten Daire. »Chay kann dich bei Paloma absetzen. Höchste Zeit, dass ihr zwei euch voneinander fernhaltet. Und zwar endgültig. Ich garantiere euch, beim nächsten Mal kommt ihr nicht mehr so glimpflich davon.«

# Blutender Himmel

## *Sechsunddreißig*
### Daire

Als ich nicht mehr zählen kann, wie oft ich bei Dace angerufen habe, nur um Chepi am Apparat zu haben, die sich weigert, ihn ans Telefon zu holen, weiß ich, dass es höchste Zeit für einen anderen Ansatz ist.

Auch wenn es ihr gelungen sein mag, sein Telefon zu konfiszieren, auch wenn die Stammesältesten unter einer Decke stecken und alles dafür tun, um uns zu trennen, werden sie niemals damit durchkommen.

Ich muss ihn sehen. Muss ihn besuchen und mich vergewissern, dass es ihm gut geht.

Als ich ihn das letzte Mal gesehen habe, war sein Körper ebenso zerschmettert wie sein Ego. Ich muss ihm sagen, dass ich ihn nicht geringer schätze, weil er von Kojote geschlagen wurde.

Zweimal hat sich Dace nun schon diesem dämonischen, blutrünstigen Monstrum in den Weg gestellt und seine Bereitschaft demonstriert, sich selbst zu opfern, nur um mich zu retten.

Es ist unsagbar rührend.

Es ist der Inbegriff des Heroischen.

Doch sein Blick, als ich Leftfoots Haus verlassen habe, sagte mir deutlich, dass er sich eher schämte, als sich tapfer vorzukommen.

Es ist ein Blick, der mich verfolgt – und den ich unbedingt verändern muss.

Die Frage ist nur, wie?

Wie kann ich zu ihm vordringen, solange er unter Chepis Obhut steht?

Ich erhebe mich schwerfällig vom Bett und gehe ans Fenster. Mit einem Finger tippe ich sachte gegen den Federschmuck, der von dem Traumfänger über dem Sims herabhängt, und lasse den Blick über den Vorgarten schweifen. Über die dicke Schicht aus frisch gestreutem Schutzsalz, den Kojotenzaun aus langen Wacholderzweigen und die massive Lehmziegelmauer, die das gesamte Anwesen umgibt. Ich muss an einen Zeitpunkt kurz nach meiner Ankunft hier denken, als ich die sonderbaren Maßnahmen als Grund zum Davonlaufen benutzt habe – ohne zu ahnen, wie sehr sie eines Tages meinem Schutz dienen würden.

Ich erwäge, mich davonzuschleichen, einen Sattel auf Kachina zu werfen und mich zum Fenster von Dace durchzuschlagen, doch Dace ist nicht der Einzige, der bewacht wird. Paloma hat sich Leftfoots Warnung, Dace und mich voneinander fernzuhalten, sehr zu Herzen genommen. Ich kann nicht entkommen, ohne erwischt zu werden.

Ich sehe zu, wie die Sonne allmählich untergeht und dem Himmel ein strahlendes Orange verleiht.

Ich sehe zu, wie mein Kater oben am Zaun entlangstreift und einen Moment innehält, bevor er sich duckt und auf die Straße hüpft.

Ich sehe zu, wie sich ein Rabe gemächlich auf einem Ast niederlässt und sitzen bleibt, während ihm eine sanfte Brise die Federn zaust.

Rabe.

Wind.

Es ist so offensichtlich, dass ich mich frage, warum ich nicht längst darauf gekommen bin.

Rabe ist mein Geisttier. Wind mein Leitelement. Es ist kein Zufall, dass sich diese scheinbar so unverfängliche Szene vor meinen Augen abspielt.

Es gibt keinen Zufall. Nie und nimmer. Dies ist schlicht und einfach ein Angebot.

Wenn ich eines gelernt habe, dann dass das Leben voller Synchronizitäten ist und es überall Omen und Zeichen gibt, die wir gern ignorieren. Bis wir uns so daran gewöhnt haben, die unzähligen Wunder um uns herum zu leugnen, dass wir sie nicht einmal mehr erkennen, wenn sie sich direkt vor unseren Augen abspielen.

Doch nicht dieses Mal. Dies ist genau die Gelegenheit, auf die ich die ganze Zeit gewartet habe.

Ich vergewissere mich, dass die Tür fest geschlossen ist, da es mir gerade noch gefehlt hätte, dass Paloma hereinkommt und mich reglos auf dem Fußboden liegend vorfindet, während meine Seele neben der eines Raben auf Reisen ist. Dann wende ich mich dem windzerzausten Vogel zu und konzentriere mich mit aller Kraft auf ihn. Ganz ähnlich wie beim ersten Mal, als ich mich mit der Kakerlake verschmolzen habe und Cade durch das Portal gefolgt bin, verschmelze ich nun meine Energie mit seiner, bis unsere Seelen eins sind und unsere Herzen im Tandem schlagen.

Sowie ich bereit bin, starten wir. Erheben uns von dem Zweig und steigen hoch in die Luft. Getragen von Schwingen, so leicht und zart wie Spinnweben, gleiten wir über eine Landschaft, die sich wie ein Band unter uns abwickelt. Es ist ein so herrliches Erlebnis, dass ich nicht verstehe, warum ich seit dem letzten Mal so viel Zeit habe verstreichen lassen.

Über Chepis Haus beschreibt Rabe einen weiten, akkuraten Bogen, dann lässt er sich direkt vor Daces Zimmer nieder. Mit dem einen Flügel streift er sachte das Fenster, was Chepi sofort mit misstrauischem Blick von ihrer Lektüre aufblicken lässt. Die Intensität ihres Blicks ist so verblüffend, so unerwartet, dass meine Energie aus dem Takt kommt und ich beinahe die Verbindung verliere.

*Sie weiß nicht, dass ich es bin*, sage ich mir im Bemühen, meine Panik zu dämpfen. *Ich bin nur ein x-beliebiger Rabe. An denen herrscht ja nun kein Mangel.*

Doch offenbar vernehme nur ich dieses Mantra. Chepis durchdringender Blick wird noch schärfer. Sie ist sich sicher, dass ich nicht einfach nur irgendein Vogel bin. Dass die Szene nicht annähernd so harmlos ist, wie sie scheint.

Der Rabe wird unruhig und tänzelt umher. Er ist es leid, den Wirt zu spielen, und gibt sich die größte Mühe, mich abzuschütteln, indem er von einem Bein aufs andere hüpft, ein leises, kehliges Krächzen ausstößt und mit seinen Schwanzfedern fest gegen die Fensterscheibe schlägt. Das Theater veranlasst Chepi, die Stirn zu runzeln, und Dace, aus dem Schlaf hochzuschrecken und augenblicklich zu mir herzusehen. Intuitiv spürt er meine Anwesenheit und nickt mir unauffällig zu, bevor er etwas zu Chepi sagt, was ich nicht verstehe. Doch es genügt, um sie ihr Buch ablegen und aus dem Zimmer gehen zu lassen, während Dace aus dem Bett geschossen kommt.

Mit wenigen Schritten durchquert er den Raum, schiebt das Fenster hoch und streckt mir eine Hand entgegen. Obwohl der Urinstinkt des Raben ihn zur Flucht drängt, kann ich ihn überreden, näher heranzugehen, bis er den Kopf gegen seine einladenden Finger stupst. Kaum kann ich an mich halten, als Dace die Lippen auf den Kopf des Raben herabsenkt. Sein Kuss ist so berauschend, dass er mir durch und durch geht.

»Ich wusste, dass du kommen würdest«, flüstert er. »Ich wusste, du würdest einen Weg finden. Trotzdem muss ich sagen, das ist genial. Wenn ich nur auch darauf gekommen wäre. Dann hätte ich dich besucht.«

Obwohl Raben für ihre verblüffenden stimmlichen Fertigkeiten bekannt sind, weigert sich dieser spezielle Rabe zu kooperieren, weigert sich, die Worte zu sprechen, die zu äußern ich ihn dränge. Nach zahlreichen gescheiterten Versuchen beschließe ich, es mit einem Blick zu vermitteln. In der Hoffnung, dass meine Dankbarkeit, meine Bewunderung und meine Liebe irgendwie durch die kleinen Knopfaugen des Raben hindurchstrahlen.

Dace fährt mit einem Finger den Rücken des Raben entlang. »Kein Grund zur Sorge«, wispert er. »Mir geht's von Tag zu Tag besser.« Er streichelt weiter die glänzenden Federn und lässt mich unter seiner Berührung dahinschmelzen. »Wir sind schon bald wieder zusammen«, sagt er mit entschlossenem Unterton. Und obwohl er mich eigentlich beruhigen will, haben seine Worte den gegenteiligen Effekt.

Er plant etwas. So viel steht fest. Aber was auch immer es ist, ich darf es nicht zulassen. Darf ihn nicht Cade verfolgen lassen. Darf ihn nicht zuerst bei Cade anlangen lassen.

Denn das hieße, direkt in die Prophezeiung einzugreifen. Und das kann nur in einer Tragödie enden.

»Bald, Daire, bald …« Seine Stimme wird leiser, während sein Blick in die Ferne schweift, einer ungewissen Zukunft entgegen, die sich nur in seinem Kopf abspielt.

Im verzweifelten Bemühen, zu ihm durchzudringen, veranlasse ich den Raben, sich auf Daces Schulter zu setzen. Gerade will ich den nächsten Versuch starten, ihm etwas ins Ohr zu flüstern, da steckt Chepi den Kopf zu Daces Zimmertür herein. »Dace? Warum bist du auf, und mit wem sprichst du?«

Das genügt, um den Raben aufzuschrecken und zurück aufs Fensterbrett flattern zu lassen.

»Es ist nichts.« Dace wendet sich vom Fenster ab. »Ich habe nur ein bisschen frische Luft gebraucht. Und eine kleine Erinnerung an die Welt außerhalb dieses Zimmers.«

Chepi kommt entschlossen und mit wissender Miene angerauscht. »Und jetzt, nachdem du dich erinnert hast, flugs zurück ins Bett.« Sie greift nach dem Fenster und schiebt es mit solcher Wucht nach unten, dass die Verbindung zwischen dem Raben und mir auf der Stelle gekappt wird.

Was dem Raben erlaubt, vom Fenstersims davonzuflattern, während meine Seele wieder in meinen Körper zurückkehrt.

## *Siebenunddreißig*
### Dace

Daires Besuch war genau das, was ich brauchte.

Dass sie mithilfe des Raben vor meinem Fenster aufgetaucht ist, war nicht nur absolut genial, sondern gab mir auch den Ansporn, den ich brauche, um mich aus dem Haus zu schleichen und meinen Plan zu vollenden.

Aber zuerst muss ich an Chepi vorbeikommen. Sie ist ein gewaltiges Hindernis – eine Wächterin mit Adleraugen. Und nachdem ich sie bereits so häufig wie nur möglich nach mehr zu essen und zu trinken geschickt habe, ohne ihren Verdacht zu erregen, bleibt mir als einzige List nur eine weitere Runde vorgetäuschter Schlaf. Da sie denken soll, ich hätte mich zur Nachtruhe begeben und würde mich bis zum nächsten Morgen nicht mehr regen, ziehe ich mir die Decke über den Kopf und versuche, möglichst langsam und regelmäßig zu atmen. So verharre ich, bis sie sich schließlich entspannt und aus dem Zimmer geht.

Sowie sie weg ist, werfe ich die Decken beiseite, spähe den Flur entlang, um mich zu vergewissern, dass die Luft rein ist, und haste zur Tür. Fast bin ich am Ziel, als sie von hinten angelaufen kommt, mich am Arm packt und mich anherrscht: »Wo willst du hin?«

Ich schließe kurz die Augen. Bin voll der Reue über das, was ich als Nächstes tue. Wünschte, es müsste nicht so ablaufen. Doch Wünschen ist zwecklos. Taten sind das, was gebraucht wird. Und ganz egal, wie sehr sie mit mir ringt, sie kann mich nicht von dem abhalten, was ich am dringendsten tun muss.

Trotzdem spreche ich in extra sanftem Tonfall mit ihr. »Ich muss raus. Du hast mich zu lange im Haus festgehalten, und ich fühle mich allmählich eingeengt. Ich muss mal in meiner Wohnung vorbeischauen und ein paar Dinge erledigen.«

Ihre Miene verfinstert sich, sodass die Fältchen auf ihrer Stirn und um ihren Mund tiefer werden und sie binnen weniger Sekunden um zehn Jahre gealtert scheint.

»Komm schon, Ma, du weißt, dass du mich nicht für immer hier im Haus festhalten kannst.« Ich trete von einem Fuß auf den anderen.

»Du willst zu *ihr*«, sagt sie vorwurfsvoll und mit scharfem, wissendem Blick.

»Ich weiß nicht einmal, wo sie ist.« Ich fahre mir übers Kinn, um die Lüge zu vertuschen, die jetzt kommt. »Wir haben uns seit Tagen nicht gesprochen. Aber das weißt du ja. Dafür hast du gesorgt.« Ich schlucke schwer und zwinge mich, ihrem Blick nicht auszuweichen.

Ein flüchtiger Ausdruck wandert über ihr Gesicht – eine Mischung aus Traurigkeit und Bedauern, die im Handumdrehen wieder verschwunden ist. »Du bist noch nicht ganz genesen.« Sie greift nach meinem Arm und versucht, eine Wunde zu inspizieren, die bereits verblasst ist. »Ich kann dich nicht aus dem Haus lassen, bis du wieder gesund bist. Ich habe Leftfoot versprochen, dafür zu sorgen, dass du genügend Bettruhe bekommst.«

»Du kannst Leftfoot ausrichten, dass es mir gut geht und ich vollständig geheilt bin.« Ich zerre an meinem Hemdsaum und ziehe mir das Teil über den Oberkörper, damit sie sieht, dass nicht nur die Verbände weg sind, sondern dank einer dicken Schicht von Leftfoots Kräuterpackung und ein bisschen Magie, die ich selbst gewirkt habe – und die ich lieber verschweige –, auch lediglich kaum sichtbare Spuren der Narben zurückgeblieben sind, die weiter verblassen, wenn nicht gar ganz verschwinden werden.

Ich lasse das Hemd wieder fallen und frage mich, welches Argument sie wohl als nächstes bemühen wird. Sicher kommt eines.

Ihre Sorge um meine Gesundheit weicht dem Appell: »Aber es ist doch Weihnachten!« Sie steht vor mir und lässt meinen Ärmel einfach nicht los. Jetzt spielt sie die Mom-Karte und setzt auf mein Mitgefühl. Aber heute Abend klappt das nicht. Kann nicht klappen. Ich muss hier raus. Muss mich um meine eigenen Angelegenheiten kümmern, und zwar auf meine Art.

»*Morgen* ist Weihnachten. Und dann bin ich wieder da und verbringe das Fest mit dir. Ich versprech's.« Ich beuge mich zu ihr herab, drücke ihr einen sanften Kuss auf den Kopf und schlinge meine Finger um ihre. Dann drücke ich sie vielsagend und hoffe, ihr damit das zu vermitteln, was ich mit Worten nicht zu sagen vermochte. Schließlich befreie ich meinen Arm aus ihrem Griff und trete hinaus auf die Veranda. Sie ruft mir hinterher.

Ich drehe mich um. Versuche, meinen Ärger zu verbergen, indem ich mir einschärfe, dass ihre Absichten gut sind.

»Sei vorsichtig.« Sie kommt auf mich zu und mustert mich mit kritischer Miene, während sie die Hand zu meiner Wange hebt. »Gefährde deine eigene Sicherheit nicht durch deine Fürsorge für andere. Ich brauche dich hier.«

Ich schließe kurz die Augen und schicke ihr eine stille Entschuldigung für den Schmerz, den ich ihr vielleicht zufügen muss. Doch als mein Blick ihrem begegnet, sage ich nur: »Gute Nacht, Mutter.«

Es ist unnötig, sie noch mehr zu beunruhigen.

Unnötig, ihr mitzuteilen, dass ich mich in den letzten Tagen, die ich abgekapselt in meinem Zimmer verbracht habe, nicht ausschließlich auf meine Genesung konzentriert habe.

Sie steht auf der Schwelle, eine Hand aufs Herz gepresst. Das helle Licht aus der Lampe über ihr fällt sachte über sie und hüllt sie in einen schimmernden Schleier aus weißem Licht, der sie wie einen Engel oder eine Heilige erstrahlen lässt.

Ihre gequälte Miene ist das Letzte, was ich sehe, ehe ich in meinen Pick-up steige und langsam zur Straße hinausrolle. Bereit, meine frisch geschliffenen Fertigkeiten auf die Probe zu stellen.

## Achtunddreißig
### DAIRE

Paloma steckt den Kopf zur Tür herein und verzieht das Gesicht, als sie mich im Schneidersitz mitten im Zimmer sitzen sieht, umgeben von einem Sammelsurium aus Federn, Kristallen, Kerzen, dem Pendel, meiner Rassel, der Trommel, dem Athame und dem aufgeschlagenen Kodex. »Glück gehabt?« Sie lehnt sich an den Türstock und betrachtet das Chaos.

Ich zucke die Achseln. »Sicher. Ich bin vom Glück begünstigt – zumindest, was meine Magie angeht. Dank dir und allem, was du mir beigebracht hast, kann ich nur staunen, wie weit ich gekommen bin und wie schnell das alles ging. Trotzdem weiß ich nicht, wie es mir helfen soll, Cade zu besiegen.«

»Jede Kleinigkeit hilft, *nieta*. Ein Teilchen fügt sich zum anderen.«

Ich seufze. Sie hat zweifellos recht, doch die Teile, die ich suche, liegen irgendwie alle außerhalb meiner Reichweite, und ich zögere nicht, ihr das mitzuteilen.

»Was sagt denn das Buch?« Sie verschränkt die Arme.

»Im Buch steht vieles, von dem ich das meiste nicht verstehe. Du hast es gelesen, also sag mir, was ich überlesen habe.«

Sie blickt den Flur hinab, als hätte sie Angst, dass uns jemand belauscht, ehe sie mit gedämpfter Stimme antwortet. »Ich weiß nicht, ob du etwas überlesen hast. Vermutlich konnte Valentina gar nicht alles vorhersehen, womit du konfrontiert bist. Manches musst du einfach selbst herausfinden. So ist es immer.«

Ich seufze. Wünschte, es wäre nicht immer so schwer – wünschte, nur dieses eine Mal kämen die Antworten von selbst. Doch ebenso schnell verwerfe ich den Gedanken wieder. Davon, dass es einfach werden würde, war nie die Rede, und nach allem, was ich bisher erlebt habe, wäre es idiotisch, so etwas zu erwarten. Es ist an mir, die Sache zu ergründen und mich als würdig zu erweisen. Das kann mir keiner abnehmen.

»Der Punkt ist, Cade ist geradezu abartig stark«, sage ich und erschauere dabei. Ich muss daran denken, wie er Dace an jenem grauenhaften Tag an der nicht-so-verzauberten Quelle mit einer Hand auf Abstand gehalten hat. »Und wenn er nicht von seinem gruseligen Kojoten bewacht wird, dann ist er von seiner Armee aus untoten und doch äußerst loyalen Ahnen umringt. Aber obwohl ich mich so viel stärker, so viel mächtiger fühle als noch vor einer Woche, habe ich Angst, dass es nicht genug sein könnte. Womöglich muss ich sie erst überwinden, um zu Cade durchzudringen, und ich weiß nicht, ob ich das schaffe. Außerdem – ich weiß, ich habe es nicht erwähnt, zum Teil, weil ich nicht wusste, was ich davon halten soll, und zum anderen, weil ich der Sache nicht mehr Bedeutung zumessen wollte, als sie bereits hat, aber ...« Ich halte inne und hole Luft. »Der Traum ist zurückgekehrt.« Ich sehe sie forschend an, doch Paloma bemüht sich, wie immer eine möglichst undurchschaubare Miene zu wahren. »Er geht mir nach, seit wir Dace in Leftfoots Haus zurückgelassen haben, und er ist immer gleich. Dace und ich vergnügen uns in der verzauberten Quelle, bis Cade auftaucht, sich in das Monster verwandelt, das er ist,

Dace die Seele raubt und ihn tot in meinen Armen zurücklässt.« Ich zucke zusammen, da die Erinnerung so glasklar ist, dass es scheint, als geschähe alles direkt vor meinen Augen. »Cade hat mir zwar deutlich zu verstehen gegeben, dass er über den Traum Bescheid weiß, aber ich frage mich, ob er einen Weg gefunden hat, um meine Träume zu manipulieren, oder ob es eine Prophezeiung ist, die wir alle teilen? Und apropos Prophezeiung: Ich hatte gehofft, sie irgendwie anders auslegen zu können, aber es ist ziemlich eindeutig, oder?«

Palomas bedrückte Miene ist mir Bestätigung genug.

»Aber was ist eigentlich mit euch?«, frage ich, begierig darauf, das Gespräch von mir weg auf sie zu lenken, in der Hoffnung, dass sie mehr Erfolg gehabt haben mögen als ich. Ich weiß von dem dauerhaften Ritual und der ununterbrochenen Wache, die die Stammesältesten seit dem Tag abhalten, an dem sie erfahren haben, welches Chaos und welche Zerstörung Cade angerichtet hat. »Habt du und Chay irgendwelche Fortschritte gemacht? Und was ist mit Chepi und Leftfoot?«

Sie sieht mich an, und wir sind uns beide nur allzu deutlich des Namens bewusst, den ich ausgelassen habe.

*Dace.*

Ich kann nicht riskieren, seinen Namen auszusprechen. Kann nicht riskieren, dass sie errät, was ich getan habe. Dass ich hinter ihrem Rücken die von ihr erlernte Fertigkeit benutzt und ihn mithilfe des Raben besucht habe.

Doch es ist unmöglich, Paloma anzulügen, und ein Blick in ihr Gesicht sagt mir, dass sie mehr weiß, als sie sich anmerken lässt.

Ich taste nach dem kleinen Schlüssel auf meiner Brust und denke daran, wie sich Daces Haut angefühlt hat, wie er die Lippen auf die Federn gepresst und ich das Gewicht seiner Berührung gefühlt habe ...

Ich schüttele den Gedanken ab, schiebe das Schlüsselchen unter den Pulli und wende mich wieder meiner Großmutter zu.

»Chay ist gerade erst zurückgekommen«, beginnt sie. »Er und Leftfoot haben sich in die Unterwelt gewagt und sich dort ein bisschen umgesehen. Laut seiner Aussage ist der Zustand fürs Erste konstant. Das bedeutet, die Mine ist noch in Betrieb, die Geisttiere sind antriebslos und schlaff, und die Unterwelt ist nach wie vor massiv verschmutzt. Aber unsere vereinten Bemühungen scheinen zu einer Stabilisierung beigetragen und verhindert zu haben, dass es noch schlimmer wird. Zumindest fürs Erste. Man weiß nie, wie lange unsere Magie wirkt. Das hier erfordert schon drastischere Maßnahmen.« Sie schickt ihren Worten einen bezeichnenden Blick hinterher.

»Soll das heißen, ich muss den nächsten Schritt tun?« Ich formuliere es wie eine Frage, doch wir kennen beide die Antwort. Es ist ganz allein meine Aufgabe, mich darum zu kümmern. Dafür wurde ich geboren.

»Du wirst bald dazu bereit sein, *nieta*.«

Ich starre auf das Sammelsurium von Werkzeugen. *Bald* genügt nicht. Ich müsste eigentlich jetzt schon bereit sein. Zeit ist ein Luxus, den ich mir nicht leisten kann.

Mit dem Knie klappe ich das Buch zu und schwöre mir, Cade noch heute Abend entgegenzutreten. Es gibt keinen Aufschub mehr. Je länger dieser Zustand anhält, desto mehr Menschen müssen leiden. Außerdem habe ich gehört, was Dace gesagt hat, und die Entschlossenheit in seinem Blick gesehen. Ich muss mir seinen Bruder schnappen, bevor er es tun kann. Solange er unter Chepis Aufsicht steht, ist er in Sicherheit. Die Prophezeiung kann sich nicht erfüllen, wenn sie ihn hinter Schloss und Riegel hält.

Und deshalb muss ich jetzt etwas tun.

Es noch länger aufzuschieben hieße, alles aufs Spiel zu setzen.

Ich hebe den Blick zu Paloma. »Es ist Zeit«, sage ich mit entschlossener Stimme. »Meine Ausbildung ist abgeschlossen, und meine magischen Kräfte … Na ja, sie könnten wahrscheinlich besser sein, aber sie sind schon ziemlich okay. Jedenfalls muss ich jetzt tätig werden, bevor es zu spät ist.«

Sie mustert mich weise. Vermittelt so viel Gefühl mit einem einzigen Blick: ihr Bedauern darüber, dass mein Leben dermaßen viele Opfer fordert; ihr Stolz, dass ich mich der Herausforderung trotz all der Gefahren stelle; ihre Angst um meine Sicherheit und die sehr reale Gefahr, dass ich meinen nächsten Geburtstag nicht erleben werde.

»Es genügt nicht, ein Ziel zu haben, *nieta*. Du brauchst auch einen Plan, um es zu erreichen.«

Ich denke einen Moment lang über ihre Worte nach und weiß, dass es keine Strategie und keinen Plan gibt und auch keine Zeit mehr ist, um mir einen auszudenken. »Ich habe keine Strategie«, erwidere ich. »Also glaube ich, ich tue einfach das, was du mir beigebracht hast, und denke vom Ende her.«

Sie fummelt an der Knopfleiste ihrer Strickjacke herum und überlegt eine Weile, schließlich nickt sie. »Also, zuerst musst du dich um das Zimmer hier kümmern. Deine Freundinnen warten im Wohnzimmer. Du willst doch sicher nicht, dass sie es in diesem Zustand sehen.« Sie zeigt auf das Chaos und grinst immer breiter, als ich das Zimmer in hektische Betriebsamkeit versetze. Die Tagesdecke wird geglättet, die Sofakissen aufgeschüttelt und all die herumliegenden Gegenstände in die Truhe zurückgelegt, aus der sie gekommen sind. Alles wird ordentlich aufgeräumt, obwohl ich nicht einmal einen Finger gerührt habe.

»Unterschätze nie deine Fähigkeiten oder deine Gewandtheit, *nieta*. Erst recht nicht nach einer so beeindruckenden Vorstellung. Dein telekinetisches Können ist enorm fortgeschritten.« Ihre Stimme wird ganz heiser vor Rührung. »Wirklich sehr bemerkenswert.« Sie zieht ihre Strickjacke enger um sich und betrachtet mich ausgiebig, ehe sie meine Freundinnen holen geht.

Noch bevor meine Freundinnen das Zimmer betreten, liege ich lässig auf dem Bett, den Rücken ans Kopfteil gelehnt und die Beine ausgestreckt. Ich fahre mir rasch mit der Hand durchs Haar, während Lita als Erste hereingeschlendert kommt.

»Das ist also dein Zimmer?«, sagt sie und mustert alles mit prüfend zugekniffenen Augen hinter dick geschminkten Wimpern. »Ehrlich gesagt, Daire, das hab ich mir ganz anders vorgestellt.«

»Wie hast du's dir denn vorgestellt?« Xotichl navigiert gekonnt zu meinem Bett und setzt sich auf dessen Ende.

Lita schüttelt ihre Jacke ab, hängt sie über eine Stuhllehne und trommelt mit gespreizten Fingern gegen ihre Hüfte. Sie inspiziert meinen Schreibtisch, den am Fenster hängenden Traumfänger und die hohe Kommode mit Djangos Bild. »Ich meine, ich bin ja schon öfter hier gewesen, aber immer nur im Wohnzimmer. Irgendwie hab ich wohl nicht erwartet, dass es dem Rest des Hauses so ähnlich wäre. Ich hätte es mir stylischer vorgestellt. Cooler. Vielleicht sogar – wenn ich so sagen darf – glamourös. Ich dachte, da wäre wenigstens ein kleiner Hauch von etwas, irgendetwas, das auf deine Hollywood-Vergangenheit hinweist. Aber nein. Das einzige Wort, das auf diese viereckige Schachtel zutrifft, ist *praktisch*. Dein Zimmer ist *sauber, ordentlich* und *praktisch*. Es leistet das, was ein Zimmer zu leisten hat, aber mehr nicht.«

»Tut mir leid, wenn ich dich enttäuscht habe. Irgendwie ist mein Vane-Wick-Poster wohl beim Umzug verloren gegangen.« Ich lasse mich tiefer in die Kissen sinken und sage mir, dass das eben einfach typisch Lita ist und es keinen Sinn hat, beleidigt zu sein. Als sie sich mit blitzenden Augen und aufgeworfenen Lippen zu mir umdreht, wappne ich mich vor dem, was als Nächstes kommt.

»Apropos ...« Sie macht eine Kunstpause. »Du willst nie darüber reden. Aber nachdem Weihnachten ist und so, hatte ich gehofft, du gibst vielleicht nach und gönnst mir ein paar glitzernde Häppchen aus der Traumfabrik.«

Sie ringt um einen hoffnungsvollen, engelgleichen Gesichtsausdruck, der mich lediglich zum Lachen reizt. »Ich wusste es!« Ich schüttele den Kopf und tue so, als wäre ich richtig aufgebracht.

»Du wusstest was?« Sie schaut erschrocken.

»Ich wusste, dass du dich deshalb mit mir angefreundet hast. Es wundert mich nur, dass du es so lang verborgen hast.«

»Das ist nicht nur unfair, sondern auch unwahr, das weißt du ganz genau. Ich meine, wie wär's, wenn du ein bisschen Mitleid mit uns weniger Privilegierten hättest? Ich habe immer nur hier gelebt. Ich bin in Enchantment aufgewachsen und werde wahrscheinlich auch hier sterben. Das Beste, worauf ich hoffen kann, ist ein gelegentlicher Shopping-Trip nach Albuquerque. Ich werde nie die Möglichkeiten haben, die du hattest, also könntest du mir wenigstens einen Knochen hinwerfen.«

»Du musst zugeben, das ist ein ziemlich treffendes Argument«, ergänzt Xotichl. »Außerdem sind wir deine Freundinnen, und unter Freundinnen ist das so üblich. Sie schwelgen in der Vergangenheit, jammern über die Gegenwart und fantasieren über die Zukunft.«

»Ihr wisst ja wirklich, wie man jemandem ein schlechtes Gewissen macht«, knurre ich. Doch in Wirklichkeit habe ich längst beschlossen, ihrem Wunsch zu entsprechen. Was kann es schon schaden? »Was wollt ihr denn wissen?«, frage ich, wobei ich die Worte in erster Linie an Lita richte, die mit gespielter Nachdenklichkeit auf ihrer Unterlippe kaut, obwohl ihre Antwort so schnell erfolgt, dass sie sie sich garantiert zurechtgelegt hat.

»Zwei Dinge.«

Ich senke die Lider und versuche zu erraten, was es wohl sein wird.

»Erstens – wie hat Vane Wick geküsst? Auf einer Skala von eins bis zehn. Eins ist dabei der mieseste Küsser aller Zeiten und zehn der ...«

»Zehn ist Dace!«, fällt ihr Xotichl ins Wort.

»Ih.« Lita verzieht angewidert das Gesicht. »Entschuldige, ich will nicht unhöflich sein, aber ich komme einfach nicht darüber weg, dass er Cades Zwilling ist.«

*Willkommen im Club.*

»Mal ehrlich, war es romantisch? Ich meine, es muss doch superexotisch gewesen sein. Ihr wart schließlich in Marokko und so, aber ich muss jetzt unbedingt sämtliche Einzelheiten wissen. Und ich verlange vollständige Offenheit.«

Ich sehe Xotichl an, erstaunt, dass sie sich auf einmal zu

mir herbeugt, ebenso hungrig auf Einzelheiten wie Lita. Dann schließe ich kurz die Augen und drifte in die Erinnerung ab. Tauche in eine Zeit vor Dace ein. Obwohl es mir so vorkommt, als gäbe es eine solche Zeit überhaupt nicht – als wäre er schon immer an meiner Seite gewesen.

»Wisst ihr, zuerst war ich so wütend über die Zeitungsgeschichte und über seinen Verrat an mir, dass ich mir geschworen habe zu behaupten, dass er total überschätzt wird, falls mich jemand fragt. Aber in Wirklichkeit hat er ziemlich gut geküsst.« Ich schiebe die Füße über die Bettdecke, ziehe die Knie an und umfasse sie locker mit beiden Armen. »Aber das muss wohl auch so sein. Er hatte ja jede Menge Übung, sowohl im richtigen Leben als auch im Film.«

Lita presst sich eine Hand aufs Herz und fächelt sich mit der anderen Luft zu. Sie gibt eine derart dramatische Vorstellung von einem Ohnmachtsanfall, dass ich so herzlich lachen muss wie schon lange nicht mehr. Es ist ein so gutes Gefühl, diesen Moment mit meinen Freundinnen zu erleben, dass ich sage: »Aber wisst ihr, wer ganz miserabel küsst?«

Xotichl horcht auf, während Lita an die Stuhlkante rutscht und erwartungsvoll den Mund aufsperrt.

»Will Harner.«

»Nein!«, kreischt Lita, deren Miene so entzückt aufleuchtet, wie es nur ein saftiger Skandal auslösen kann. »Aber hat er nicht einen MTV-Award für den besten Kuss gekriegt?«

»Glaub mir, er ist der absolut mieseste Küsser – nichts als Spucke, Zähne und eine hektische, schlabberige Zunge. Es ist, als wenn man in der Spritzzone im Sea World sitzt oder mit offenem Verdeck durch die Waschanlage fährt. Hinterher bist du pitschnass. Die Schauspielerin, die mit ihm gedreht hat, muss echt Talent gehabt haben.« Ich zucke unter der speichelgetränkten Erinnerung zusammen.

»So was von enttäuschend.« Lita seufzt. »Trotzdem beneide ich dich total. Selbst wenn es ein ekliger, schlabberiger Kuss war, bleibt doch die Tatsache, dass du ihn überhaupt geküsst hast, während ich schon mein Leben lang mit denselben Jungs festsitze. Wie hältst du es eigentlich hier aus? Ich meine, klar, früher dachte ich auch mal, hier wäre es am coolsten. Mann, ich dachte ja sogar mal, *ich* sei die Coolste – als wären Cade und ich das Königspaar der Milagro High.«

»Ähm, das liegt daran, dass ihr tatsächlich der Milagro-Adel wart«, sagt Xotichl, woraufhin Lita die Augen verdreht.

»Wohl schon«, gesteht sie. »Trotzdem ist es total seltsam, dass mir solche Sachen nicht mehr wichtig sind. Es ist, als hätte ich mein ganzes Leben damit zugebracht, meine Stellung als Alphamädchen zu verteidigen – oder als Alphazicke, wie die meisten Leute sagen würden –, aber jetzt überlege ich nur noch, wie ich diesen Ort hinter mir lassen kann, sowie ich mit der Schule fertig bin. Ich kann es gar nicht erwarten, von hier wegzukommen.«

Ihr Blick schweift ab, als suchte sie nach dem exakten Zeitpunkt, an dem sich ihre Meinung über Enchantment gewandelt hat. Sie hat keine Ahnung, dass es am Tag der Toten war. In der Nacht, als ein Teil ihrer Seele wiederhergestellt wurde – den untoten Richters entwunden und ihr zurückgegeben.

Sie steht nicht mehr unter ihrem Bann. Sieht diese Stadt nicht mehr so, wie sie sie einst aufgrund von Manipulation sehen musste. Fürs Erste sind die Richters außerstande, sie zu berühren, außerstande, ihre Wahrnehmung zu beeinflussen. Und wenn es nach mir geht, werden sie nie wieder auf Lita zugreifen können.

»Diese Stadt ist der Inbegriff der Langeweile«, sagt sie. »Ehrlich. Ich weiß nicht, wie ihr es hier aushaltet.«

»Eigentlich ist es gar nicht so langweilig.« Ein Lächeln umspielt Xotichls Mundwinkel, als sie den Kopf zu mir neigt. »Es wirkt nur auf den ersten Blick so.«

Lita zieht eine Braue hoch und ist ganz anderer Meinung. Aber schließlich weiß sie auch nichts von der Brutstätte übernatürlicher Aktivitäten, die direkt unter der Oberfläche brodeln. Und mit etwas Glück bleibt es auch dabei.

»Bis jetzt hatte ich noch nie einen Ort, den ich mein Zuhause nennen konnte. Und auch wenn das hier vielleicht nicht meine Traumstadt ist, ist es doch gar nicht so übel«, sage ich und werde ganz ernst, als mir die volle Wahrheit meiner Worte aufgeht. So trostlos Enchantment zweifellos ist, lässt sich doch nicht leugnen, dass einige meiner liebsten Momente sich hier abgespielt haben. Ich werde tun, was ich kann, um das zu verteidigen. Hoffentlich gelingt es mir. Ich ziehe ein Kissen heran und drücke es mir fest an die Brust.

»Das sagst du nur, weil du verliebt bist.« Lita blickt zwischen mir und Xotichl hin und her. »Alles sieht besser aus, wenn du total auf jemanden stehst. Erst wenn der Zauber verfliegt – und glaub mir, das tut er *immer* –, kannst du eines Tages zurückblicken und sagen: *Was zum Teufel hab ich mir dabei bloß gedacht?*« Sie zieht an einem losen Faden am Saum ihres engen V-Pullis. »Oder vielleicht geht es auch bloß mir so.« Seufzend lässt sie die Hände in den Schoß fallen. »Vielleicht bin ich einfach nur frustriert, nachdem ich meine ganze Jugend an Cade Richter verschwendet habe.«

»Ich bin mir ziemlich sicher, dass noch eine ganze Menge Jugend in dir steckt«, sagt Xotichl lachend. »Du giltst erst offiziell als alt, wenn du über fünfundzwanzig bist, oder?« Sie lehnt sich zu mir herüber, damit ich es bestätige.

»Ehrlich gesagt, habe ich gehört, dass vierzig das neue Fünfundzwanzig ist. Wenn das stimmt, dann hat Lita noch massenhaft Jugendjahre vor sich, auf die sie sich freuen kann.«

»Super.« Lita stöhnt. »Jahrzehnte mit miesen Dates, die sich vor mir auftun – oh, welche Freude.« Sie nimmt eine dicke Haarsträhne in die Hand und sucht nach gespaltenen Spitzen. »Ihr habt leicht lachen, denn ihr müsst euch ja darüber nie wieder den Kopf zerbrechen. Hast du gesehen, wie Auden Xotichl ansieht?« Sie lässt die Haare los und lässt sich auf dem Stuhl zurücksinken. »Das ist so ziemlich der Inbegriff all dessen, wovon ein Mädchen träumt. Und Dace hat anscheinend auch mehr zu bieten, als einem im ersten Moment ins Auge sticht.« Sie wirft mir einen schuldbewussten Blick zu und korrigiert sich rasch. »Ja, natürlich. Objektiv betrachtet könnte ich, wenn ich seinem Perversling von Bruder nie begegnet wäre, vielleicht sogar zugeben, dass er süß ist. Vielleicht sogar heiß. Mann, alle anderen finden es ja auch, also muss etwas dran sein. Aber der böse Geist von Cade überschattet alles, also werde ich letztlich dein Wort dafür nehmen müssen.«

»Wie dem auch sei ...«, wirft Xotichl ein und lenkt damit vom Thema Cade ab. »Was war die zweite Frage?«

»Ach, ich weiß nicht.« Lita zuckt die Achseln und verharrt immer noch in ihrer tiefen Enttäuschung über den Mangel an süßen Jungs hier in der Stadt. »Ich wollte eigentlich fragen, welche anderen Promis Daire geküsst hat, aber nachdem ich das von Will Harner gehört habe, kann ich, glaube ich, gut noch warten.« Ihr Blick wandert zur Kommode, und im nächsten Moment springt sie auch schon auf und schnappt sich das Foto von Django im silbernen Rahmen. »Wer ist denn dieser Süße?«, will sie wissen.

»Das ist mein Dad«, antworte ich und pruste vor Lachen, als ich ihre entsetzte Miene sehe.

»Ich brauche eindeutig einen Freund.« Sie stellt das Foto wieder hin und schüttelt sich vor Scham über ihren Irrtum. »Oder wenigstens ein Date. Es ist doch echt ein schlechtes Zeichen, die Väter anderer Leute anzuschmachten, oder?«

»Auf dem Bild ist er sechzehn. Das Alter ist also absolut passend«, versichere ich ihr. »Außerdem hätte er sich sicher geschmeichelt gefühlt.«

Sie tut so, als müsste sie würgen, und weist diesen Gedanken damit weit von sich. Dann packt sie mich am Ärmel und zerrt mich vom Bett. »Komm mit. Zieh dich an, wir gehen aus.«

»Wohin?«

»Ins Rabbit Hole.« Xotichl grinst. »Wohin sonst?«

»Deshalb sind wir hier.« Lita führt mich an meinen Kleiderschrank. »Es ist Tradition in Enchantment, an Heiligabend dorthin zu gehen und bis kurz nach Mitternacht zu bleiben.«

»Konzentriert sich hier eigentlich jeder Feiertag aufs Rabbit Hole?« Ich sehe zwischen den beiden hin und her, kann ihnen aber nicht anvertrauen, was ich wirklich denke: Dass alles wie am Schnürchen läuft, als könnte es gar nicht anders sein. Zuerst gehe ich ins Rabbit Hole, dann seile ich mich unter irgendeinem Vorwand von meinen Freundinnen ab, suche das Portal auf, und dann rechne ich ein für alle Mal mit Cade ab.

»Mehr oder weniger schon.« Xotichl zuckt die Achseln, während Lita sich durch meine Kleider wühlt. Sie sucht eines der neuen Tops aus, die mir Jennika geschenkt hat und die noch ungetragen sind.

»Zieh das an.« Sie wirft es mir zu. »Und mach dein Haar

lockig, so wie auf meiner Party. An dem Abend hast du echt super ausgesehen.«

»Den Look krieg ich nie wieder hin. Meine Mom ist diejenige mit den sagenhaften Styling-Künsten, nicht ich.«

»Mag sein«, sagt Lita. »Aber vergiss nicht, dass mir deine Mom ein paar Tricks gezeigt hat. Und nachdem ich fleißig geübt habe, bin ich mittlerweile ziemlich gut. Also mach schon, zieh dich an und dann komm mit mir ins Badezimmer. Du hast ein Date mit einem Lockenstab und einem ziemlich auffälligen Eyeliner.«

# Neununddreißig
## DACE

Nachdem ich an meiner Wohnung vorbeigefahren bin und Jeans und einen frischen Pulli angezogen habe, mache ich mich auf zum Rabbit Hole. Ich will das Geld für meine Arbeit abholen, das sie mir noch schulden, ehe ich zu einer letzten Runde mit Cade in die Unterwelt aufbreche.

Zumindest ist das die Lüge, die ich mir selbst erzähle.

In Wahrheit möchte ich auch Daire sehen.

In der Hoffnung, dass Lita und Xotichl sie einladen, an der traditionellen Weihnachtsparty in Enchantment teilzunehmen.

Die kurze Zeit, die wir mithilfe des Raben miteinander verbracht haben, hat in mir Sehnsüchte nach mehr geweckt. Und obwohl ich mir einrede, dass ich mit einem kurzen Blick zufrieden sein werde, einer kurzen Begegnung, bevor ich meiner Wege gehe, zeigt sich in dem Moment, wo ich sie mit lockigem Haar und fröhlichen Augen zusammen mit Lita und Xotichl auf den Eingang zugehen sehe, dass ein bloßer Blick niemals genügen wird.

Sie betritt den Club mit ihren Freundinnen, während ich mich zwinge, stehen zu bleiben – und dafür zu sorgen, dass ich deutlich nach ihr in das Lokal komme.

So herrlich es auch war, ihr Besuch mithilfe des Raben war nicht ohne Risiko. Bis ich meinen Plan verwirklicht habe, ist es unsinnig, ihr nachzujagen. Unsinnig, Cade noch mehr zu stärken, als wir es bereits getan haben.

Doch das hindert mich nicht daran, jeden Quadratzentimeter ihres Körpers mit gierigen Blicken zu verschlingen, während das geflüsterte Mantra *bald* auf meinen Lippen liegt.

*Bald* sind wir zusammen.

*Bald* steht sie an meiner Seite.

Als genug Zeit verstrichen ist, schiebe ich mich am Türsteher vorbei, lehne den lächerlichen Stempel mit dem roten Kojoten ab, den er mir auf die Haut drücken will, und betrete den Club. Ich halte auf die Büroräume hinter der Bar zu und bleibe vor Leandros geschlossener Tür stehen, durch die zwei erboste Stimmen dringen.

Ich presse ein Ohr ans Türblatt, um besser hören zu können, wie Leandro auf mir bisher völlig unbekannte Weise Cade abkanzelt.

»Ich komme in die Stadt zurück und finde *das* vor?«

Eine Hand knallt wütend auf die Tischplatte.

Leandros Hand.

Leandros Schreibtisch.

»Was zum Teufel treibst du? Hast du deinen verdammten Verstand verloren?«

»Wenn du es mich einfach mal erklären lassen würdest ...« Cades Stimme klingt schrill, doch Leandro lässt sein Tonfall kalt.

»Was erklären? Dass du im Alleingang unseren Reichtum zerstörst? Alles aufs Spiel setzt, was ich zeit meines Lebens aufgebaut habe?«

»Aber das ist es doch gerade! Der Turmalin ...«, setzt Cade erneut an, doch er kommt nicht besonders weit, denn Leandro fällt ihm ins Wort.

»Du glaubst, ich bin über den Turmalin nicht im Bilde? Was zum Henker denkst du dir eigentlich? Wir beuten ihn schon seit Jahren aus. Was glaubst du, wie die Bergwerke dorthin gekommen sind? Jedes Mal, wenn wir in die Unterwelt eindringen, schnappen wir uns so viel wir können und horten es, um es in der Zukunft zu verkaufen. Seine Seltenheit ist es ja gerade, was den Preis hochtreibt. Das ist die Philosophie hinter jedem nicht lebenswichtigen Luxusartikel. Du treibst den Preis über seinen realen Wert hinaus in die Höhe, bringst ihn in sehr begrenzten Mengen auf den Markt – und ehe du dichs versiehst, will jeder ein Stück davon haben. Jeder bildet sich ein, er kann sich selbst erhöhen, wenn er genau das besitzt, was alle haben wollen, aber nur wenigen vergönnt ist. Und jetzt kommst du daher und überflutest in deiner Ignoranz den Markt mit Turmalin – damit treibst du den Preis nach unten und untergräbst unseren Reichtum! Hast du überhaupt eine Ahnung, was für einen Schaden du angerichtet hast?«

»Du irrst dich«, entgegnet Cade in selbstgefälligem Tonfall. »Das Geld strömt nur so in die Kassen. Und es gibt absolut keine Kosten – die Arbeitskraft ist gratis! Mich wundert, dass du die Brillanz meines Plans nicht erkennst. Alles ist gut, Dad. Die Unterwelt ist korrumpiert, und bald werden die Mittel- und die Oberwelt folgen. Und nachdem das Geld fließt und die Menschen keine Orientierung mehr haben, wird es nicht lange dauern, bis wir alles beherrschen. Warte nur ein bisschen ab, dann siehst du es.«

»Die Arbeitskraft ist *gratis*? Glaubst du das?« Leandro schnaubt empört. »Das Rabbit Hole ist eine Bar, Cade! Und der Erfolg dieser Bar hängt von der Anzahl der Trinker ab, die sich Tag für Tag dort aufhalten. Trinker, die du, wie ich höre, für deine eigenen lächerlichen Zwecke gekidnappt hast. Du zerstörst also nicht nur das Turmalingeschäft, sondern nimmst die Bar gleich mit.«

»Aber Dad ...«

»Jetzt pass mal auf, du hörst auf der Stelle mit diesem Unsinn auf. Du hast nicht nur den Wert der Steine derart ruiniert, dass sich der Preis jahrelang nicht erholen wird, sondern du wirst, wenn du der Sache nicht sofort ein Ende machst, noch den gesamten Wert dieser Stadt zerstören. Hast du eine Ahnung, wie hart ich dafür arbeite, uns aus der Schusslinie zu halten? Hast du irgendeine Ahnung, warum ich das tue? Du bildest dir ein, du hättest mir so viel voraus, weil dein Ehrgeiz weiter reicht – dabei lässt du eine Spur verbrannter Erde hinter dir, die ich womöglich nie wieder tilgen kann. Es hätte uns gerade noch gefehlt, wenn der Blick der Welt sich auf Enchantment richtet. Nachdem die Bevölkerung immer weiter abnimmt, was glaubst du, wie lange wir all die Verschwundenen aus den Nachrichten halten können? Überall vor dem Lokal hängen Bilder der Vermissten. Und das liegt alles an dir und deinem lächerlichen, unreifen, schwachsinnigen Plan!«

»Aber Dad, hör doch einfach mal ...«

»Raus!«

»Was?« Cades Stimme ist ein Mittelding zwischen Jaulen und Wimmern.

»Sofort! Raus! Verschwinde aus meinem Büro und aus meinen Augen. Und komm nicht wieder, ehe du dieses Chaos nicht bereinigt hast.«

Ein lautes Knurren ertönt. Das unheimliche, vertraute Geräusch wird durch Leandros Stimme gekappt. »Und komm bloß nicht auf die Idee, dich vor mir oder vor irgendjemand anders zu verwandeln. Du hast für einen Abend genug Ärger gemacht. Reiß dich zusammen.«

Die Tür knallt ins Schloss, aber erst als ich zurückgewichen bin und mich dicht an die Wand gepresst habe. Ich bleibe unbemerkt, als Cade aus Leandros Büro stürmt, dermaßen außer sich, dass sein ganzer Körper vor Wut zittert.

Er kämpft dagegen an. Ringt darum, es aufzuhalten. Es in den Griff zu kriegen. Wenn auch aus keinem anderen Grund als dem, Leandro zu besänftigen.

Doch es ist schon zu weit fortgeschritten. Das Verwandeln hat sich derart verselbstständigt, dass es nicht mehr seiner Kontrolle untersteht. Er schafft es kaum den Korridor entlang, als er sich in das Monster verwandelt, das ich schon kenne.

Das Monster, auf das ich gehofft hatte.

Ich schaue konzentriert auf seinen Rücken und kneife die Augen zusammen, bis ich mich in seine Haut projiziert habe. Dann vollführe ich den Seelensprung, wie ihn mich Leftfoot gelehrt hat. Tauche in Cades Abgründe und erforsche jede dunkle Facette, jeden in Finsternis getauchten Winkel. Bis ich sprachlos bin angesichts des tristen und hoffnungslosen Zustands seiner Seele.

Gesteuert von seinen archaischsten, ungezügeltsten Trieben, zu morden und zu metzeln, zu erobern und zu ersticken, wirkt er auf den ersten Blick animalisch – wie ein ganz alltägliches Raubtier. Doch ein gründlicherer Blick enthüllt ein rasendes Verlangen nach persönlicher Erhöhung und Selbstverherrlichung, das ihn gefährlich menschlich macht.

Ich ziehe meinen Besuch in die Länge – dehne und recke mich und mache es mir in seiner Haut bequem. Erkunde die Rohheit seiner Wut, den Kern seiner Bösartigkeit, die nackte Brutalität, die alle seine Handlungen antreibt. Und trotz meines anfänglichen Widerwillens, trotz meines absoluten Grauens angesichts all dessen, was ich sehe, kümmere ich mich darum, mir ein ordentliches Stück dieser Dunkelheit anzueignen. Ich muss es untersuchen – es begreifen, um es besiegen zu können.

Mein Körper wehrt sich dagegen, will es abwehren und unsere Verbindung ein für alle Mal kappen. Doch meine Entschlossenheit, mir die Macht meines Bruders einzuverleiben, mich von seiner Niedertracht durchströmen zu lassen, erringt die Oberhand. Und je länger ich bleibe, desto mehr kann ich mir aneignen, bis der Strom seiner Kraft eine Wahrheit enthüllt, über die ich zuvor nur spekulieren konnte.

Genau wie er meine Antriebskraft, meine Liebe zu Daire, anzapfen kann, kann ich das unverfälschte Böse anzapfen. Und genau das tue ich. Ich sauge auf, so viel ich kann, wobei ich genau weiß, dass die Macht, die ich raube, Macht ist, die mein Bruder nicht mehr gegen Daire einsetzen kann.

Mein Körper windet sich in Zuckungen. Das Blut rast durch meine Adern, verbrennt und kocht mein Inneres und hinterlässt eine grässliche Pockennarbe auf meiner Haut. Der Schmerz ist so entsetzlich, dass ich nur stolpernd vorwärtskomme und mir den Bauch halten muss. Keuchend und schlotternd, außerstande, meinen hechelnden Atem auf Normalmaß zu bringen, schließe ich die Augen und warte, dass es vorbeigeht. Ich muss es bis zum bitteren Ende durchstehen. Keinesfalls werde ich aufgeben. Jetzt, wo mich die Kraft meines Bruders durchströmt, hat sich mein ursprünglicher Plan geändert. Statt ihm die Kraft zu rauben, um ihn zu schwächen, werde ich das, was ich ihm genommen habe, benutzen, um ihn zu zerstören.

Leftfoots Warnung hallt aus der Ferne in meinem Kopf wider: *Du darfst die Gabe nie missbrauchen. Niemals. Ich kann das gar nicht genug betonen. Du benutzt die Gabe ausschließlich dann, wenn du der festen Überzeugung bist, dass es sein muss. Zuerst musst du alle anderen Optionen ausschöpfen. Es darf nur ein letzter Ausweg sein.*

Das hier ist ein Notfall. Der einzige Ausweg, der mir bleibt.

Der einzige Weg, um Cade zu besiegen, besteht darin, sich ein Stück von Cade anzueignen – Cade zu werden –, wenn auch nur vorübergehend.

Es ist wie die Lektion, die Leftfoot unwissentlich mit mir geteilt hat: *Manchmal musst du dich in die Finsternis wagen, um das Licht zutage zu fördern.*

Und genau das tue ich. Es ist der letzte Anstoß für die Entscheidung, die ich in der Schwitzhütte getroffen habe. Mich ins Dunkel zu wagen, um Daire zu retten – das Licht meines Lebens.

Es ist ein Risiko.

Ein Risiko, bei dem meine eigene Seele auf dem Spiel steht.

Doch kein Preis ist zu hoch, um Daire zu retten.

Außerdem habe ich nicht die Absicht zu verlieren.

Sobald es vollbracht ist, stoße ich den Schatten meines Bruders ab und kehre zu mir selbst zurück.

Nur besser.

Reiner.

Denn dann werde ich mich dem schlimmsten aller Männer gestellt und überlebt haben, um davon zu künden.

Ich hebe den Kopf und verfolge, wie mein Bruder auf das Portal zuhält. Der Anblick lässt mein Blut abkühlen und meinen Puls gemächlicher gehen, und sowie er durch die Wand bricht, ist unsere Verbindung gekappt.

Abgesehen von dem Teil von ihm, der tief in mir steckt.

Ich stehe vor Leandros Tür und nehme mir kurz Zeit, um

mich zu zentrieren. Und als ich wieder der Dace bin, den alle kennen und erwarten – zumindest an der Oberfläche –, trete ich ein und übernehme den Platz meines Bruders vor Leandros Schreibtisch.

## *Vierzig*
### Daire

»Was soll das?« Kurz vor dem Eingang mache ich halt. Spähe durch die Gasse auf eine Horde von Leuten, die vor einer über und über mit Bildern beklebten Wand stehen und flackernde Kerzen in den Händen halten.

»Mahnwache für die Vermissten.« Lita schickt ihren Worten ein Stöhnen hinterher. »Als ob diese Stadt nicht schon deprimierend genug wäre.«

Ich sehe die Fotos durch und erkenne viele der Gesichter von Cades unechter Jobmesse, während Lita Xotichl und mich von der Menge wegsteuert und in den Club drängt. Sie beginnt ihr gewohntes Programm aus Lächeln, Winken und Luftküssen, wobei sie mit spöttischem Tonfall ruft: »Hallo-hallo! Kuss-Kuss! Winke-Winke!« Stirnrunzelnd schüttelt sie den Kopf. »Was bin ich eigentlich – das dämliche Begrüßungskomitee?« Als sie Jacy und Crickett am gewohnten Platz warten sieht, schlägt sie gezielt die andere Richtung ein. »Ich pack das nicht mehr. Ich krieg es nicht mehr hin. Ich hab die Szene hier dermaßen satt, dass ich zum ersten Mal über einen vorzeitigen Abgang nachdenke. Wenn Phyre so scharf darauf ist, mich abzulösen, soll sie. Von mir aus kann sie die neue Königin werden.«

»Bist du dir sicher, dass du die Krone aufgeben willst?«, witzelt Xotichl. »Noch dazu völlig kampflos?«

»Derart beliebt zu sein saugt einem total die Energie aus.« Lita seufzt. »Ihr habt ja keine Ahnung. Ich kenne diese

Leute praktisch schon mein ganzes Leben, und trotzdem wird immer noch erwartet, dass ich mich jedes Mal vor Begeisterung überschlage, wenn ich sie sehe. Wenn wir doch nur ein paar neue Schüler auf die Milagro kriegen könnten – und zwar *keine* Mädchen –, dann würde ich es mir vielleicht noch mal überlegen. Aber schaut sie euch nur an.« Sie zeigt auf eine Gruppe Jungs, die mit Jacy und Crickett am selben Tisch sitzen. »Ich habe schon jeden dieser Trottel geküsst, und glaubt mir, sie hatten wesentlich mehr davon als ich.« Sie verzieht das Gesicht und wendet sich zu mir um. »Wenn du zu Jennika nach L. A. fährst, musst du mir versprechen, dass du mich mitnimmst. Ehrlich. Ich rolle mich in deinem Handgepäck zusammen – und das meine ich so was von ernst. Betrachte es als Rettungseinsatz. Nur dass du mich vor der sehr realen Gefahr retten würdest, vor Langeweile zu sterben.«

Ich stelle mir Lita in L. A. vor und komme zu dem Schluss, dass es ihr wahrscheinlich so gut gefallen würde, dass ich am Ende ohne sie nach Enchantment zurückkäme.

»Wir können unsere Tage mit Shoppen und am Strand verbringen, und abends zeigst du mir die ganzen Promi-Lokale. Wie klingt das?«

»In deiner Fantasie besser als in Wirklichkeit«, sage ich und lasse auf der Suche nach Cade den Blick schweifen, doch stattdessen kommt mir Dace ins Visier. Und obwohl es mich freut zu sehen, dass er wieder auf den Beinen ist, bedeutet die Tatsache, dass er hier ist, nichts Gutes für meine Pläne. Mehr denn je muss ich mir Cade schleunigst schnappen, ehe Dace den Plan umsetzen kann, den er angedeutet hat.

Gewaltsam wende ich mich ab und konzentriere mich auf meine Freundinnen, da ich weiß, dass ich Dace nicht zu viel Aufmerksamkeit schenken darf. Doch schon im nächsten Moment tippt mir Lita auf die Schulter und sagt: »Äh, vielleicht solltest du da mal dazwischengehen. Ich trau der Tussi nicht über den Weg.«

Sie zeigt zu der Stelle, wo Dace noch vor ein paar Sekunden allein stand und wo sich jetzt Phyre zu ihm gesellt hat. Die immer näher an ihn heranrückt. Sich in seinen Raum drängt. Dabei scheint sie weder zu bemerken noch zu berücksichtigen, dass er zurückweicht und sich gezielt aus ihrem Radius entfernt. Und auch wenn ich einerseits am liebsten hinübermarschieren und sie zur Rede stellen würde, bin ich doch klug genug, mich zurückzuhalten.

»Mal im Ernst.« Lita stupst mich an, diesmal etwas fester. »Willst du nicht etwas dagegen unternehmen, dass sie dir deinen Mann klaut?« Sie wirft mir einen empörten Blick zu. »Warum gibst du dich so passiv? Das kapier ich nicht. Sieht dir gar nicht ähnlich.«

Ich will ihr gerade antworten, als Xotichl das für mich übernimmt. »Du kannst einen anderen Menschen nicht klauen, Lita. Entweder geht er freiwillig oder er tut es nicht. Und wenn er freiwillig geht, dann tschüss – dann kannst du froh sein, wenn du ihn los bist.«

Litas Augen werden schmal, als sie über Xotichls Worte nachdenkt und an ihrem Piercing dreht, während ich mich zwinge, woanders hinzusehen und Dace nicht anzuschauen. Was er und Phyre diskutieren, geht mich nichts an.

»Okay«, sagt Lita. »Selbst wenn Xotichl recht hat – und ich muss widerwillig zugeben, dass dem so ist –, dann steht trotzdem außer Zweifel, dass Phyre wildert. Und ich finde, sie sollte wissen, dass du sie total im Blick hast und das weder akzeptabel noch cool ist. Die Welt ist hart, und wir Mädels müssen zusammenhalten. Wir müssen die Hinterhältigkeit, das Herumzicken und den Konkurrenzkampf um Jungs sein lassen, als wären sie irgendein sagenhafter Preis.«

»Da hast du dich ja ganz schön weiterentwickelt«, witzele ich und muss daran denken, wie schlecht sie mich an meinem ersten Schultag behandelt hat.

»Ja, allerdings.« Sie wirft mir ein verkniffenes Lächeln zu. »Und nur damit du's weißt, wenn du jetzt nicht zu Miss Phyre Youngblood rübermarschierst und alles wiederholst, was ich gerade gesagt habe, dann kann ich es gern für dich übernehmen.«

Ich schüttele den Kopf und lasse einen Moment lang den Blick auf Dace ruhen. Lange genug, um ein wenig von seiner Wärme zu spüren, ehe ich wieder wegsehe. »Es ist alles ein bisschen kompliziert mit Dace ...«

»Sie machen gerade eine kleine Pause«, wirft Xotichl ein und spricht damit eine Wahrheit aus, die für mich zu schmerzhaft ist.

»Was? Wann genau ist das passiert? Willst du damit sagen, dass wir jetzt alle beide Single sind? Heißt das, ich konkurriere mit dir?« Lita kneift die Lider zusammen und muss erst überlegen, wie sie das findet.

»Konkurrieren um *was*?«, will Xotichl wissen. »Du hast doch gerade gesagt, wir Mädels müssten aufhören, um Jungs zu konkurrieren. Und du hast gesagt, es gäbe keinen einzigen interessanten Jungen in der Stadt, der nicht gebunden ist.«

»Stimmt. Und genauso habe ich es auch gemeint. Was soll ich sagen? Manchmal gibt es halt eine kleine Verzögerung bei der Umsetzung meiner Worte. Außerdem ist das alles rein hypothetisch. Du hast dir den einzigen guten Typen geschnappt, der hier in der Gegend zu haben war. Wo ist Auden eigentlich?«

Xotichl neigt den Kopf zur Seite. »Er ist gerade gekommen.«

Lita und ich schauen zur Tür, wo tatsächlich Auden steht und sich auf der Suche nach Xotichl im Raum umsieht.

»Wie machst du das? Wie macht sie das?« Lita sieht zwischen uns hin und her, doch ich zucke nur die Achseln. Ich habe genug damit zu tun, nicht wegen Dace auszurasten.

»Ich bin gekommen, um Wettschulden einzutreiben«, sagt Auden, während er auf Xotichl zugeht. »Wenn in den nächsten Stunden nicht etwas Dramatisches passiert, können wir bestenfalls auf *nasse* Weihnachten hoffen, aber nicht auf *weiße* Weihnachten.«

»Oh, ihr Kleingläubigen.« Xotichl grinst. »Wisst ihr nicht, dass der Vorhang erst fällt, wenn das weiße Zeug vom Himmel rieselt?«

Ich sehe sie alle an und kann kaum glauben, dass ich so angestrengt versucht habe, im Kodex Antworten zu finden, die Prophezeiung in meinem Kopf umzudeuten und mir einen Plan einfallen zu lassen, dass ich gar nicht mehr an den Schnee gedacht habe.

Nicht mehr an das Einzige gedacht habe, das nach wie vor – vielleicht – meiner Kontrolle untersteht. »Bin gleich wieder da!«

»Wo willst du hin?«, ruft mir Lita nach, während Xotichl besorgt das Gesicht verzieht.

»Ich verschaffe Xotichl ihre weißen Weihnachten«, gebe ich zurück und haste auf den Ausgang zu, während mir Lita, Xotichl und Auden nachstarren.

 *Einundvierzig*
DACE

Ich schaffe es kaum durch die Menge, als Phyre mich aufspürt. Als hätte sie eine Art unsichtbaren Radar, der darauf programmiert ist, nur mich zu orten.

Sie tritt aus dem Dunkel, baut sich vor mir auf und sagt: »Hey, Dace.« Ihre Stimme ist weich, ihr Lächeln hübsch.

Nicht die Hübschheit, die ich suche.

Ich nicke und mache Anstalten, mich zu entfernen. Werde davon aufgehalten, dass sie mir die Finger ums Handgelenk schlingt und mich zu sich zurückzieht.

»Kann ich mit dir reden?«

Ich senke die Lider. Suche nach einem freundlichen Weg, ihr zu sagen, dass sie aufhören soll, an mich zu denken. Aufhören soll, mir nachzustellen. Die Vergangenheit dort zu lassen, wo sie hingehört – tot und vergraben.

Als ich die Augen wieder öffne, entdecke ich plötzlich Daire auf der anderen Seite des Lokals und will mich nur ungern von ihr abwenden, nachdem ich sie nun endlich gefunden habe.

»Du hast es immer so eilig. Nie hast du Zeit für mich.« Phyre zieht mich am Arm. Mit einem Fingernagel fährt sie über meine Haut, im verzweifelten Bemühen, meine Aufmerksamkeit zu erringen.

Widerwillig löse ich den Blick von Daire und richte ihn auf Phyre. »Es gibt nichts zu reden.« Ich befreie mich aus ihrem Griff.

»Das sagst du, aber wie kannst du da sicher sein?« Sie neigt den Kopf, sodass ihr eine Lockenkaskade über die Wange fällt. Es ist eine gut einstudierte, überstrapazierte Geste. »Und überhaupt – bist du denn nicht neugierig, warum ich zurückgekommen bin?«

Ich werfe ihr einen geduldigen Blick zu, in der Hoffnung, dass das die Sache beschleunigt.

»Es ist kein Zufall, weißt du.«

»Falls mich die Erinnerung nicht trügt – nichts, was du tust, ist ein Zufall«, erwidere ich und denke an die vielen Male, die sie ganz zufällig am selben Ort aufgetaucht ist wie ich. Daran, dass es eine Weile gedauert hat, bis ich begriffen hatte, dass daran rein gar nichts zufällig war. Was mir allerdings nichts ausmachte. Ich freute mich einfach, von einem weiblichen Wesen registriert zu werden, das nicht meine Mom war. Die Tatsache, dass Phyre so hübsch war, war ein weiterer Vorzug.

»Du warst immer so still, so nachdenklich. Es war nicht leicht, deine Aufmerksamkeit zu erregen.«

»Du hast es aber trotzdem geschafft, oder?« Mein Blick begegnet ihrem, und als sie zusammenzuckt, stelle ich erstaunt fest, dass ich es genieße, was ganz und gar nicht typisch für mich ist. Das muss das Stück von Cade sein, das seinen Einfluss geltend macht. Und mich damit daran erinnert, dass ich nicht mehr der Gleiche bin, der ich einmal war.

»Stimmt«, gesteht sie und zuckt die Achseln. »Was soll ich sagen? Wenn ich mir etwas oder jemanden in den Kopf gesetzt habe, bekomme ich normalerweise – nein, falsch – bekomme ich immer, was ich will.«

Ihr Blick ist offen. Direkt. Eine Herausforderung, die ich entweder ablehnen oder annehmen kann. Doch stattdessen quittiere ich sie mit derart unbewegter Miene, dass man rein gar nichts herauslesen kann.

»Immerhin hab ich dich gekriegt, oder?«

Ich lasse den Blick über Phyre wandern und versenke mich kurz in ein paar Szenen aus meiner Erinnerung.

*Wie wir uns den neugierigen Blicken unserer Eltern entzogen haben, um ein paar berauschende Momente unter dem Sternenhimmel zu erleben. Einen ersten Kuss – ihre Lippen entschlossen und sicher, meine übereifrig und unerfahren. Eine erste Berührung – wobei sie meine Ungeschicklichkeit mit ihrer erstaunlichen Gewandtheit übertrumpfte. Dann noch ein anderes erstes Mal – auf dem sie bestand – was aber nicht heißen soll, dass ich nicht gewollt hätte. Und direkt danach waren sie verschwunden.*

Ich stoppe den Film, der in meinem Kopf abläuft, und sage: »Vorübergehend. Eine Zeit lang wäre ich dir überallhin gefolgt.«

»Es mag kurz gewesen sein, aber für mich war es die Sache absolut wert. Andererseits war ich nur allzu bereit, nach jedem Krümel zu lechzen, den du mir hingeworfen hast.«

»Bist du dir da sicher?« Ich fördere eine ganz andere Erinnerung zutage – eine, in der sie mich dazu manipuliert hat, sie zu begehren, sie zu brauchen – und dann, *peng* – ehe ich michs versehe, hat ihre Familie ihre Sachen gepackt und ist sang- und klanglos weggezogen. Das Einzige, was mich überraschte, war, wie schnell ich mich erholt habe. Ich dachte, es würde mehr wehtun. Ihr verdanke ich, dass ich Lust von Liebe unterscheiden kann. Kurz darauf traf ich eine Vereinbarung mit mir selbst, mich nie wieder mit weniger zufriedenzugeben.

»Es war nicht meine Schuld, dass wir umgezogen sind.« Sie versucht es mit einer lockeren Verteidigung. »Aber nur damit du es weißt, jetzt bin ich wieder da, und bin nicht bereit, mich erneut abspeisen zu lassen. Auch wenn es irgendwie peinlich ist, es zuzugeben, ich habe nie aufgehört, dich zu vermissen. Nie aufgehört, an dich zu denken.« Sie hält inne und leckt sich mit der Zunge über die Lippen, sodass sie feucht glänzen. »Ich habe dich nie aufgegeben.«

Ich beschließe, dass brutale Aufrichtigkeit der einzige Weg ist, das hier abzubiegen. »Phyre. Du warst jung und traurig. Du hattest gerade deine Mom verloren und hast nach einem Weg gesucht, dich besser zu fühlen, einem Weg, dich lebendig zu fühlen, und ich war eben zufällig gerade da. Das war alles. Bausch es nicht romantisch zu etwas auf, was es nie war.«

»Komisch, ich habe es ganz anders in Erinnerung.«

Ich schüttele den Kopf und will mich von ihr abwenden. Doch im nächsten Moment hat sie mich schon wieder am Handgelenk gepackt. Ihre Lippen teilen sich leicht und schweben nur wenige Zentimeter vor meinen. Ihre Entschlossenheit ist so unwiderruflich, dass sie kaum reagiert, als ich sage: »Tu das nicht.«

»Was?« Ihre Finger schließen sich, und ihr Mund nähert sich meinem.

»Zwing mich nicht, Dinge zu sagen, die du nicht hören willst.«

Sie lockert ihren Griff und wirft einen Blick auf die andere Seite, wo Daire steht. »Was denn zum Beispiel? Dass du in die Suchende verliebt bist?«

Ich runzele die Stirn. Aus ihrem Mund klingt das nicht gut.

»Was? Bildest du dir ein, ich wüsste nicht, wer sie ist? Glaubst du, ich sähe die ganzen Anzeichen nicht?«

Sie spricht mit leiser, kehliger Stimme weiter. »Du bist nicht der Einzige, der umgeben von Mystik aufgewachsen ist. Im Gegensatz zu den anderen Leuten hier waren meine Augen gegenüber der Wahrheit dieser Stadt nie verschlossen.«

»Was willst du?« Meine Stimme klingt ungeduldig; ich bin dieses Spielchen leid. Sie hat es also definitiv nicht nur auf mich abgesehen. Bei Phyre steckt immer noch etwas anderes dahinter.

»Ich will das Gleiche wie du.« Sie hebt und senkt die Schultern und stoppt ihre unechten Flirtversuche.

»Unwahrscheinlich«, murmele ich und wende mich ab. Ich habe mehr als genug von ihren manipulativen Machenschaften über mich ergehen lassen.

»Heißt das, du wünschst dir Cades Tod nicht herbei?« Sie sieht mich herausfordernd an.

Ich erwidere ihren Blick zu lang.

Auch wenn die Worte stimmen – die Energie ist falsch.

Ich erwäge einen Seelensprung. Verspreche mir selbst, dass er nur kurz sein wird. Doch ebenso schnell verwerfe ich die Idee wieder. Ich kann es mir nicht leisten, irgendetwas zu tun, das die Arbeit beeinträchtigen könnte, die ich bereits geleistet habe. Außerdem bin ich mir ziemlich sicher, dass es nicht viel zu sehen gäbe. Sie hat offenbar Gerüchte gehört. Glaubt, wenn sie behauptet, meinen neu entdeckten Hass gegen Cade zu teilen, wäre das ein sicherer Weg zu mir.

»Ich habe keine Ahnung, wovon du redest«, entgegne ich ihr, und diesmal gelingt es mir davonzugehen.

Kurz fange ich auf dem Weg zur Tür Daires Blick auf. Ein Fehler, den ich hätte vermeiden sollen. Durch das Wissen, dass ich nicht einfach zu ihr hinübergehen kann, fühle ich mich isolierter denn je.

Ich schiebe die Hände in die Taschen und verlasse den Club. Ducke mich vor dem unentwegten Nieselregen, während ich mich auf den Weg zu dem alten Maschendrahtzaun mache und Trost bei dem goldenen Schloss suche.

Ich muss nachsehen, ob das Symbol unserer Liebe noch dort ist, wo wir es zurückgelassen haben – stärker als die Mächte, die versessen darauf sind, sie zu zerstören.

Ich will eine letzte Erinnerung, ehe ich Cade aufspüre.

## Zweiundvierzig

### Daire

Ich haste durch die Gasse, schleiche um die Menschenmenge herum, die an der Mahnwache teilnimmt, und suche mir eine abgelegene Ecke, wo mich niemand beobachten kann, während ich fest mein Beutelchen umklammere und die Elemente anrufe. Ich rufe Luft, Feuer, Wasser und Erde, ich singe ganz leise ihre jeweiligen Lieder und bitte um ihren Beistand. Flehe sie an, mir diesen kleinen Gefallen zu tun. Einer geplagten Stadt und ihren Menschen, die aufgrund meiner Versäumnisse – meines Versäumnisses, Palomas Seele zu opfern, meines Versäumnisses, alle Richters aus der Unterwelt zu vertreiben – weit mehr gelitten haben, als überhaupt jemandem zumutbar ist, den weihnachtlichen Schneefall zum Geschenk zu machen.

Raschelnd fährt mir der Wind durchs Haar. Eine aufflackernde Flamme zieht neben meinen Füßen entlang und hinterlässt eine Spur frisch versengter Erde.

Doch die Verheißung von Schnee zerstiebt bald, als das leichte Nieseln zu einem heftigen Wolkenbruch anwächst.

Ich seufze frustriert auf und vergrabe das Gesicht in meinen von Fäustlingen bedeckten Händen. Da ich nicht in den Club zurückkehren und meinen Freunden gegenübertreten will, gehe ich in Richtung des Maschendrahtzauns. Ich erhoffe mir, in bessere Stimmung zu kommen, wenn ich sehe, dass das Schloss noch an Ort und Stelle ist. Doch als ich um die Ecke biege, sehe ich Dace dort stehen. Mit einer Hand umfasst er das Schloss, mit der anderen fummelt er an dem Schlüssel herum, der von seinem Hals hängt.

Meine Knie werden weich und schwach und geben unter mir nach. Unwillkürlich schlage ich mir eine Hand auf die Brust, als wollte ich mein Herz daran hindern, aus dem Leib zu springen. Dabei kann ich die Augen nicht von der Szene abwenden, die ich gehofft hatte, nie erblicken zu müssen.

Dace hält das Schloss in der Hand – und schwenkt den Schlüssel.

Dace sagt sich los von uns – sagt sich los von mir.

Er dreht sich um, da er meine Gegenwart gespürt hat, und sieht mir in die Augen. Ein Blick in mein schmerzerfülltes Gesicht genügt, schon lässt er Schlüssel und Schloss los und ruft meinen Namen – doch ich bin bereits weg.

Habe mich abgewandt.

Ich erhasche einen Blick auf Phyre, die aus der Finsternis zusieht – mit sonderbar glitzernden Augen.

Ich halte auf sie zu. Lita hatte recht, es ist an der Zeit, dass ich sie zur Rede stelle und sie frage, was sie vorhat und was sie will. Kaum bin ich bei ihr angelangt, da hört der Regen auf und wird zu etwas anderem.

Etwas Leichterem.

Trockenerem.

Etwas, das in kleinen, weißen Karos zu meinen Füßen landet.

Ich hebe das Kinn, schließe die Augen und lasse es mir sachte auf die Wangen rieseln.

Mein Herz hebt sich triumphierend, und ich weiß, das habe ich bewirkt. Es ist mein Werk, dass es schneit!

Überall um mich her erklingen begeisterte Rufe, während alles aus dem Club in die Gasse und hinaus auf die Straße stürmt. Horden von Leuten drängeln und schieben sich vorwärts, weil jeder der Erste sein will – jeder will ein Teil des Wunders sein, meines Wunders. Die Stimmen übertönen sich gegenseitig. »Schnee!«, rufen sie. »Es schneit! Ihr müsst kommen und euch das anschauen!«

Ich drehe mich nach Dace um, da ich seine Reaktion sehen will. Er steht noch immer neben dem Zaun, breitet die Hände weit vor sich aus und heißt die herabfallenden weißen Karos willkommen.

Er hebt das Kinn, und sein Blick verdunkelt sich, während er mir mit Gesten etwas verständlich machen will – mich drängt, das zu sehen, was er sieht.

Es ist ganz und gar nicht das, was wir denken.

Schnee ist frisch. Rein. Nass.

Er schmiert nicht.

Hinterlässt keine dunkelgrauen Spuren, wenn man ihn verreibt.

Das kann nur Asche.

Wir mustern einander, getrennt durch einen Schleier weißer Asche und eine Horde von Leuten, die ein Wunder betrachten wollen, das in Wahrheit ein Fluch ist. Sie tanzen und hüpfen unter dem Schauer und erkennen nicht, dass sie alles komplett missverstanden haben.

Erkennen nicht, dass sie sich im Griff von etwas weitaus Dunklerem, weitaus Bedrohlicherem befinden, als sie sich je hätten ausmalen können.

Die Erde beginnt zu beben, während die Aschekaros zu einem Schwall von Flammen werden, die aus dem Himmel stürzen.

Es ist die leibhaftig gewordene Prophezeiung, genau wie es der Kodex vorhergesagt hat:

*Die andere Seite der Mitternachtsstunde läutet als Vorbote dreimal*
*Seher, Schatten, Sonne – zusammen kommen sie*
*Sechzehn Winter weiter – dann wird das Licht gelöscht*
*Und Finsternis steigt auf unter einem von Feuer blutenden Himmel*

Überall um mich herum gehen die Freudenschreie in Angstlaute über, während die Menschenmenge nach Zuflucht sucht und sich wieder zurück ins Lokal drängt. Sie zwingen mich, mich zwischen ihnen durchzukämpfen. Mein Wunsch, Phyre zur Rede zu stellen, ist so gut wie vergessen, als ich mich auf die Suche nach meinen Freunden mache. Ich will Xotichl, Lita und Auden warnen, sie auffordern zu fliehen und von hier zu verschwinden.

»Was ist mit dir?« Xotichl wird bleich, während sie die Finger unter meinen Ärmel schiebt, da sie nur zu gut versteht, was das bedeutet.

»Ich werde das stoppen. Beheben. Und wenn es das Letzte ist, was ich tue.«

Ich reiße mich aus ihrem Griff los und höre noch, wie sie mir nachruft, doch ich kann die Worte nicht mehr ausmachen, während ich auf das Portal zustürme.

## *Dreiundvierzig*
### Dace

»Was hast du mit ihr gemacht?« Ich packe Phyre an den Schultern und verlange eine Antwort. Als ich Daire zuletzt gesehen habe, stand sie direkt vor ihr, und jetzt ist sie verschwunden.

Phyre lächelt, und ihr Blick ist verhangen und schwer. »Das war ich nicht. Ich schwör's«, sagt sie, wobei ihre Stimme einen so seltsamen Tonfall annimmt, dass ich mich frage, wie ich die Worte interpretieren soll.

»Wohin ist sie gegangen?« Meine Stimme klingt hektisch, entschlossen. Bestimmt spielt sie irgendeine zwielichtige Rolle dabei, so verrückt es auch scheint. Doch sie bleibt einfach reglos stehen und starrt verträumt in die von Flammen erleuchtete Nacht.

»Es beginnt«, flüstert sie. »Die letzten Tage sind angebrochen. Dies ist eines der Zeichen.«

Ich verdrehe die Augen. Grabe die Finger tiefer in ihr Fleisch, in der Hoffnung, sie aus ihrer Trance zu wecken. »Ach was. Dein Vater ist verrückt.« Sie scheint meine Worte nicht zu hören, so gebannt ist sie von dem Himmel, aus dem es Feuer regnet.

»Ich habe versucht, dich zu warnen. Versucht, mit dir zu reden. Dich daran zu erinnern, was uns einmal verbunden hat – wenn auch nur, damit du siehst, was ich sehe, und weißt, was ich weiß.« Ihr Blick ist entrückt, ihre Stimme klingt müde und resigniert. »Aber du wolltest ja nicht hören, und jetzt ...« Sie zeigt auf das Chaos um uns herum. »Jetzt ist es zu spät für uns alle.«

Ich umfasse ihre Schultern fester und suche nach Spuren des Mädchens, das ich einst kannte. Ein trauriges, schönes, kompliziertes Mädchen mit einem verrückten Weltuntergangspropheten als Vater. Ein Mädchen, das zu früh seine Mutter verloren hat, die spurlos verschwunden ist, ohne dass je ihre Leiche gefunden worden wäre. Ein Mädchen, das ich einst sehr mochte, wenn auch nur kurz.

»Komm mit mir, Dace.« Sie fixiert mich scharf. »Mein Vater hilft uns. Rettet uns. Er weiß bestimmt, wie man das hier überlebt.«

»Dein Vater kann niemandem helfen«, versichere ich ihr, doch ein Blick in ihre Augen sagt mir, dass meine Worte nicht zu ihr durchdringen. »Verschwinde von hier. Geh zu Leftfoot – er kümmert sich um dich.«

Als sie sich nicht vom Fleck rührt, als sie in keiner Weise reagiert, gebe ich auf und mache mich auf die Suche nach Daire. Meines Wissens gibt es nur einen Ort, den sie angesichts der Umstände aufsuchen würde, und ich verfluche mich selbst, dass ich nicht gleich daran gedacht habe. Schließlich bin ich deshalb gekommen.

Ich rase durch den Club. Ignoriere Leandros Hilfeschreie, während er sich von dem umgefallenen Regal zu befreien sucht, unter dem er feststeckt. Mir ist nur allzu bewusst, wie heftig die Erde bebt, während überall Feuersbrünste ausbrechen.

Allzu bewusst, dass die Prophezeiung ohne mich ihren Anfang genommen hat – und mich nun zwingt, Schritt zu halten.

Ich haste durch das Portal, wobei ich bemerke, dass keine Dämonen in Sicht sind, eile durch die Höhlenwohnung –

die jetzt komplett verwüstet ist, sicherlich das Resultat von Cades Raserei –, dann weiter durch das Tal aus Sand und sehe mich die ganze Zeit nach Daire um.

Sie ist da draußen.

Irgendwo.

Auf der Jagd nach Cade.

Ich bete darum, dass ich ihn zuerst finde.

## Vierundvierzig
### DAIRE

Ich komme rollend zum Stillstand, nicht weit vom Bergwerk entfernt.

Es ist das erste Mal, dass ich eine solche Punktlandung schaffe.

Das erste Mal, dass ich es geschafft habe, einen Ankunftspunkt zu bestimmen und dann tatsächlich dort herauszukommen.

Zweifellos ein gutes Omen.

Ich hoffe, dass noch mehr in der Art folgt.

Geduckt halte ich mich zum Einsatz bereit. Ich brauche einen Moment, um mich an den Rhythmus der Erde anzupassen, die gefährlich unter mir schwankt – eine lange Reihe von rasch aufeinander folgenden Nachbeben. Doch zum Glück lässt ihre Intensität mit jedem davon nach.

Das zweite gute Omen?

Ich nehme, was ich kriegen kann.

Ein Crescendo von Schreien dringt aus dem Bergwerk. Die Gefangenen, offenbar nicht mehr von den Richters eingelullt, versammeln sich am Ausgang des Schachts und versuchen freizukommen. Ihre Leiber drängen gegen das Heer untoter Wächter, die sich schwer gegen sie stemmen und sie wieder hineinpressen.

Mein Blick rast zwischen ihnen hin und her, auf der Suche nach Cade, doch als ich ihn nirgends entdecke, schiebe ich mir das Athame in die Faust und gehe weiter.

Obwohl alles gegen mich spricht – obwohl ich ganz allein bin und sie unzählige sind –, bin ich irgendwie in ein sonderbares Gefühl der Ruhe gehüllt, dem jeder Anflug von Furcht fernliegt.

Dies ist der Moment, in dem sich Theorie und Praxis endlich vereinigen, nachdem sie sich monatelang nur keusch getroffen haben.

Dies ist meine Chance, all die Fertigkeiten einzusetzen, die mich Paloma gelehrt hat.

Dies ist meine Chance, meine Bestimmung zu erfüllen.

Ich krieche mit so langsamen, so verstohlenen Bewegungen auf die Richters zu, dass sie von meiner Anwesenheit nichts mitbekommen. Dabei denke ich an das, was mir Paloma gesagt hat, dass der einzige Weg, die Welt von ihnen zu befreien, sie in ihre Nachleben zurückzuschicken, darin besteht, ihnen entweder die Köpfe abzuschneiden oder sie sauber in zwei Hälften zu zerteilen.

Das klingt einfach in der Theorie, aber wenn man ihre schiere Anzahl in Betracht zieht, kann ich es wohl nur schaffen, wenn ich mich weniger auf die Tat an sich und mehr auf das Endergebnis konzentriere. Sie mir in kopflosen Haufen überall um mich herum vorstelle. Es so sehe, als wäre bereits alles erledigt.

Das Bild in meinem Kopf fest verankert, reibe ich die Lippen aneinander, umfasse das Messer fester und springe den ersten an. Verblüfft, wie leicht ich ihn zu fassen kriege.

Doch andererseits hat er mich nicht kommen sehen. Nicht gespürt, dass ich mich von hinten an ihn angeschlichen habe, das Messer griffbereit in der Hand.

Er begreift gar nicht, wie ihm geschieht, bis das rasiermesserscharfe Athame bis zum Heft in ihn eindringt. Und obwohl er sich zu wehren versucht, ist es zu spät. Ich greife ihm bereits an den Hals und mache mich daran, ihm den Kopf abzutrennen.

Er bricht zu meinen Füssen zusammen, und sein erbärmliches Röcheln verklingt unter dem Lärm und dem Chaos, sodass niemand etwas mitbekommt.

Blut gibt es erstaunlich wenig. Anscheinend war er einer der Älteren – nach dem Haufen Knochen und Staub zu urteilen, das von ihm übrig bleibt. Doch das kleine Stückchen Seele, das einst dazu diente, ihn wiederzubeleben, schwebt kurz über ihm, als probierte es die Grenzen seiner Freiheit aus, ehe es durch den Himmel saust.

Es ist ein sagenhafter Anblick, den ich mir jedoch nur kurz gönne. Rasch ziehe ich zum nächsten weiter. Erneut stelle ich mir die Tat als bereits vollzogen vor, ramme ihm die Klinge tief ins Rückgrat und säge in einer geraden Linie entlang. Obwohl sich dies als effektive Tötungsmethode erweist, hat Paloma leider zu erwähnen vergessen, dass es ihnen auch ermöglicht, zu schreien und zu brüllen und die anderen zu warnen.

Diesen Fehler mache ich nicht noch einmal.

Enthauptung ist eindeutig der bessere Weg.

Unter den Augen zahlloser untoter Richters halte ich kurz inne, um zu lächeln und zu winken.

Obwohl es mir lieber gewesen wäre, ich hätte noch ein paar mehr gemeuchelt, bevor es so weit kommt, habe ich es doch geschafft, sie genau dorthin zu kriegen, wo ich sie haben will: auf *mich* fixiert statt auf das Bergwerk. Was es im Gegenzug einigen der gefangenen Arbeiter ermöglicht zu entweichen.

Die erste Reaktion der Richters besteht darin, einen wütenden Chor aus bedrohlichen Schreien und Knurrlauten anzustimmen. Doch trotz ihres zur Schau gestellten Wagemuts dauert es eine Weile, bis sie sich organisiert und an die schlagartig gewandelte Situation angepasst haben. Sie sind es derart gewohnt, Befehle von Cade zu befolgen, dass ihnen selbstständiges Handeln völlig fremd ist.

Egal. Ich halte mich im Hintergrund und bleibe, wo ich bin. Ich bin bereit, hier zu warten, bis sie sich wieder sortiert haben, da ich weiß, dass jede Sekunde der Verzögerung mehr Menschen die Flucht ermöglicht. Außerdem ist es nicht nötig, mich auf sie zu stürzen, da sie doch schon bald zu mir kommen werden.

Ich halte das Athame in einer Hand und reibe mit der Klinge über mein Jeansbein, wobei ich unbeteiligt auf die dicke Schleimschicht blicke, die davon abfällt, während ich mit der anderen Hand meinen Beutel umfasst halte. Ich rufe die Elemente an, meine Ahnen und den letzten Rest an Güte, der noch in unseren Geisttieren enthalten ist, und erweise dem Wissen meiner Vorfahren, das tief in mir lebt und in meinen Adern pulsiert, die Reverenz.

Das Blut von Valentina, Esperanto, Piann, Mayra, Diego, Gabriela, Paloma, Alejandro und Django – all die Suchenden, die so große Opfer gebracht haben, damit ich hier sein kann. Die sich dem Antlitz des Bösen gestellt haben, damit andere ihr Leben in relativem Frieden führen konnten.

Wenn so viele auf mich zählen, kann ich sie nicht im Stich lassen.

Als der größte der Untoten auf mich losgeht, ist klar, dass er von nichts anderem als von rasender Wut angetrieben wird. Er erinnert mich daran, wie ich früher immer agiert habe, ehe Chay mich darauf aufmerksam machte, wie absolut idiotisch das war, und mich warnte, dass ungezügelte Emotionen ohne die Kraft, sie zu stützen, ein sicherer Weg sind, den Tod zu finden.

Zu meinem Glück habe ich auf ihn gehört. Ich bin nicht mehr das Mädchen von einst.

Zum Pech für den untoten Richter hat er Chay nie kennengelernt.

Er geht mit glühenden Augen und einem Kriegsschrei auf mich los – die Hände zu Fäusten geballt, die wild umherschwingen. Und obwohl es auf den ersten Blick ganz schön beeindruckend wirkt, habe ich ihn schon im nächsten Moment gepackt und ihm den Arm umgedreht, bis er bricht. Ohne zu zögern, ziehe ich ihm mein Athame sauber über den Hals und sehe zu, wie sein Körper getrennt vom Kopf zu Boden fällt.

Ich warte darauf, dass er zerfällt. Doch als er in einer dicken, schwarzen, zähflüssigen Masse, die ihm aus dem Halsstumpf sickert, ausblutet, nehme ich an, dass er erst seit viel kürzerer Zeit tot war als der letzte.

Ich trete ihn beiseite und warte auf den nächsten Ansturm. Bestimmt wird einer kommen. Sich zu ergeben ist das Letzte, was ihnen einfällt.

Die Gruppe ist schlauer und sammelt erst einmal Äxte und Pickel zusammen, um sich gegen mich zur Wehr zu setzen. Sie kommen nicht sehr weit, da ich ihnen alles wieder abnehme. Ich benutze meine Gabe der Telekinese und lasse mir von meinem Element Wind helfen, um sie zu entwaffnen – einen nach dem anderen metzele ich nieder. Zwischendurch werfe ich immer wieder einen Blick auf das Bergwerk und stelle erleichtert fest, dass es nach wie vor unbewacht ist. Die Gefangenen fliehen weiter, während ich einen Richter nach dem anderen töte.

Sowie diese Gruppe ausgelöscht ist, fallen die übrigen Richters in einem Schwall aus untotem Gestank, fauligem Atem, knirschenden Zähnen und tretenden Füßen über mich her. Und zu ihrer Überraschung wehre ich mich nicht.

Ich kämpfe nicht gegen sie an.

Ich stehe locker vor ihnen, den Kopf erhoben, die Arme zu beiden Seiten ausgestreckt, und nehme an, was immer sie mir zufügen.

Lasse mich von ihnen auf die Knie zwingen. Mir das Gesicht in den Staub drücken. Ich bekomme Stücke verbrannter Erde in die Nase, als sie mich beißen, boxen, brutal über mich herfallen – während ich mir sage, dass ich es verdient habe.

Dass es das ist, was ich für die zahlreichen Versäumnisse bekomme, die zu so viel Elend und Zerstörung geführt haben.

Diese Faust in meinem Magen ist für all jene, die sinnlos im Bergwerk umgekommen sind.

Diese Klauen, die an meinem Skalp reißen, sind für jene, die gelitten haben, weil ich nicht dazu imstande war, Palomas Seele zu opfern.

Während der Fuß, der mich immer wieder in den Rücken tritt, meinem Versäumnis gilt, meine Liebe zu Dace aufzugeben.

Meine Haut platzt auf, lässt Ströme von Blut aus meinen Wunden fließen, während mein Inneres klappert und knirscht und meine Augen von Tränen überquellen – doch die Tränen sind nicht für mich. Sie sind für alle, die ich im Stich gelassen habe, indem ich mich von der Liebe habe beherrschen lassen.

Das Problem ist – der Schmerz und die Bestrafung, die ich suche, treffen nie ein.

Die Erleichterung, die ich mit jedem Schlag zu spüren erwartet habe, bleibt ebenso aus.

Trotz des Sperrfeuers aus Fäusten, das auf mich herabregnet, empfinde ich kaum etwas.

*Du kannst nie zu krank, zu arm oder zu geschlagen sein, um jenen zu helfen, denen es schlechter geht als dir. Der einzige Weg, anderen mehr Macht zu verschaffen, ist, dir selbst mehr Macht zu verschaffen. Entschuldige dich nie für die Gaben, die dir geschenkt wurden. Bestraf dich nie für deine Fähigkeit zu lieben. Liebe ist nie ein Fehler – sie ist der Inbegriff der Gnade – der höchsten Macht von allen. Sie ist das Einzige, was uns aus der Finsternis heraus und ins Licht führen wird ...*

Die Stimme gehört Valentina. Und obwohl ich eigentlich vorhatte, mich noch ein bisschen länger von ihnen schlagen zu lassen, ehe ich ihnen wieder die Köpfe abschneide und sie in Stücke reiße, begreife ich, dass sie recht hat.

Erlösung kann nie auf diese Art errungen werden.

Der beste Weg, meine Versäumnisse wiedergutzumachen, besteht darin, die Welt von diesen übel riechenden, hasserfüllten, bösartigen Richters zu befreien.

Und dann erhebe ich mich.

Ich schwinge das Athame vor mir, als dirigierte ich eine herrliche Symphonie, die nur ich hören kann. Ich trenne einen Kopf nach dem anderen ab, ramme die Knöchel immer wieder in totes, verdorbenes Fleisch, während die Leichen links und rechts von mir zu Boden gehen. Ich bin so versunken in die Melodie, dass ich es kaum bemerke, als die Musik verstummt und kein einziger Tanzpartner mehr übrig ist.

Ich dresche weiter auf die Leichen ein, zertrümmere die Skelette in winzig kleine Teilchen. Mache es ihnen unmöglich, jemals wieder zum Leben erweckt zu werden, indem ich dafür sorge, dass ihre Überreste an einen Ort zurückkehren, den sie nie hätten verlassen sollen.

Als es vorbei ist, stecke ich mein Athame weg, wische mir die Stirn und hebe den Blick zum Himmel, wo ich verblüfft die Konstellation hell leuchtender Seelen über mir glitzern sehe. Sie blinken, kreisen, blitzen und wirbeln rasant umher – losgelöst und frei. Kurz schweben sie über mir, damit ich sie sehe, sie würdige, ehe sie außer Sichtweite verschwinden und nach Hause fliegen.

Dann senke ich den Blick zu dem Haufen von Überresten zu meinen Füßen und staune darüber, dass alles genauso aussieht, wie ich es mir vorgestellt habe. Und während ich mir den Weg durch sie hindurchbahne, stelle ich verblüfft fest, dass ich mehr Wandel herbeigeführt habe, als ich je für möglich gehalten hätte.

Mit jedem gefällten Richter, mit jeder befreiten Seele hat die Unterwelt einen gigantischen Sprung hin zu ihrer eigenen Heilung getan. Stellen mit ehedem abgestorbenem Gras sprießen jetzt zu üppigen, samtigen Wiesen, während die ausgehöhlten Bäume, einst gebeugt wie alte Tattergreise, sich nach und nach recken und aufrichten, als wollten sie ihre Äste ermuntern, einen langen, kräftezehrenden Winter abzuschütteln.

Und es dauert nicht lange, da wagen sich auch die Tiere wieder aus ihren Verstecken. Waschbär, Rotfuchs, Polarwolf, Wildkatze, Affe, Eichhörnchen, Jaguar, Bär, Löwe, Fledermaus, Opossum, Kolibri, Adler – ja, selbst Pferd und Rabe kommen heraus, um mich zu begrüßen.

Ihre glücklich leuchtenden Augen liefern mir den schlagenden Beweis dafür, dass mit der endgültigen Vertreibung der Richters der Fluch aufgehoben ist.

Die Unterwelt blüht wieder auf.

Ich halte auf die Mine zu und vergewissere mich, dass sie geräumt ist, bevor ich mich nach den Verletzten umsehe und feststelle, dass die Lage zwar nicht annähernd so schlimm ist, wie ich fürchtete, aber auch noch lange nicht gut.

Außerstande, mich um sie alle zu kümmern, wende ich mich Hilfe suchend an die Tiere. Ich geselle diejenigen, die nicht gehen können, zu den größeren, stärkeren wie Pferd, Bär und Jaguar, während der Rest dem von Adler und Fledermaus, die über uns fliegen, vorgegebenen Weg folgt.

Indem ich darauf vertraue, dass die Stammesältesten ihren Anteil übernehmen, ihre Magie einsetzen werden und dabei wachsam für die Signale bleiben, die sie zu der Menge führen, die schon bald am Portal der verkrümmten Wacholderbäume eintreffen wird, verabschiede ich mich. Geleitet von Rabe, der vor mir herfliegt, und dem Flüstern des Windes, der mir wie eine Feder über die Haut wirbelt, mache ich mich auf die Suche nach Cade.

## Fünfundvierzig
### Dace

Ich durchsuche alle meine Taschen. Klopfe wie ein Besessener Jacke und Hose ab und bin erst beruhigt, als ich das massive Gewicht und die feste Form erspürt habe.

Diesmal bin ich bereit.

Diesmal bin ich bewaffnet.

Das Blasrohr voll von Pfeilen, die mit einem Gift getränkt sind, welches kein Untier überleben kann, gehe ich über trockenes und verbranntes Land, das, auch wenn es mir verrückt vorkommt, mit jedem Schritt gesünder zu werden scheint.

Blätter bilden sich an Bäumen. Knospen sprießen von den Spitzen einst kahler Blütenstängel.

Selbst die Geisttiere, die den letzten Monat im Verborgenen verbracht haben, sind jetzt wieder auf den Beinen. Doch als sie mich erblicken, treten sie seltsamerweise einen schnellen Rückzug an, begierig darauf, Abstand zu halten und mir aus dem Weg zu gehen.

Wahrscheinlich leiden sie noch an ihrer Version einer posttraumatischen Belastungsstörung nach der ganzen Hölle, die Cade sie hat durchleiden lassen.

Zumindest rede ich mir das selbst ein, bis ich die spiegelnde Oberfläche eines Teichs passiere und mir ein Abbild von Cade entgegenblickt.

Ich fahre mir durchs Haar und vergewissere mich, dass es noch lang ist, nicht kurz wie seines. Dann presse ich mir eine Hand auf die Wange und sehe erleichtert, dass das Spiegelbild dieselbe Geste wiedergibt.

Dennoch besteht kein Zweifel daran, dass es Cades Augen sind, die mir entgegenstarren. Genau der Grund, aus dem die Tiere geflohen sind – sie haben mich mit ihm verwechselt.

Ich würde lügen, wenn ich sagte, dass mich das nicht stört. Doch es ist keine Zeit, es zu bedauern, also konzentriere ich mich von Neuem darauf, ihn zu suchen.

Ich muss die Sache regeln, ehe Daire auftaucht.

Es wäre mir unerträglich, wenn sie mich so sehen würde.

## Sechsundvierzig

### DAIRE

Als mich Rabe und Wind zur verzauberten Quelle führen, ist sie wirklich wieder verzaubert – keine aufgeblähten Fische, keine rattenverseuchten Ranken –, was mich jedoch nicht erstaunt. Dass ich mich von den Richters habe verprügeln lassen, hat mir ziemlich zugesetzt. Ein kurzes Bad im heilenden Wasser der Quelle wird mir sicher guttun.

Trotzdem sehe ich mich vorsichtshalber zuerst überall um, da ich mich vergewissern muss, dass ich allein bin und Cade nicht irgendwo im Dunkeln lauert und auf die ideale Gelegenheit wartet, um zuzuschlagen. Ich bekomme die erwünschte Bestätigung, als Rabe auf meiner Schulter landet und mich mit dem Schnabel anstupst, während Wind sich um mich schlingt und mich auf das glitzernde Becken zuschiebt.

»Es ist gut, dich wiederzuhaben«, sage ich, während Rabe zu einem Felsen in der Nähe flattert. »Deine Gesellschaft hat mir gefehlt. Ohne dich war es nicht das Gleiche.«

Seine violetten Augen spähen blitzend in alle Richtungen, und er passt gut auf, als ich meine Kleider ablege, die Stiefel ausziehe und das Messer in Reichweite lege, falls ich es brauchen sollte. Dann gleite ich in die warme, blubbernde Quelle und tauche unter, bis mir das Wasser über den Kopf reicht und beginnt, meine Wunden zu heilen und meine Energie wiederherzustellen, sodass ich beim Auftauchen wie neugeboren bin.

»Das sollten wir in Flaschen abfüllen.« Lachend steige ich aus dem Wasser und klettere über die Felsen am Rand. Doch das Schmunzeln vergeht mir, als ich merke, wie Wind zu bocken beginnt und Rabes Federn zaust, während Rabe zappelig wird, unruhig von einem Fuß auf den anderen tritt und heftig mit den Augen rollt.

»*Shhh! Er kommt – er kommt!*«, krächzt Rabe und imitiert eine unbekannte weibliche Stimme, von der ich nur annehmen kann, dass sie einer von Cades unglücklichen Gefangenen gehört. Ich winde mich bei dem Gedanken, wie oft Rabe ihre Schmerzens- und Angstschreie gehört haben muss, um den furchtsamen Klang so perfekt imitieren zu können.

Die plötzliche Erschütterung der Erde, begleitet von einem markerschütternden Gebrüll, das durchs ganze Land hallt, lässt mich hastig in meine schmutzigen, zerrissenen Klamotten schlüpfen, nach dem Athame greifen und Rabe und Wind dorthin folgen, wo es seinen Ursprung hat. Cades persönlichem Epizentrum direkt neben der Quelle.

»Was zum Teufel hast du angerichtet?«, schreit Cade und begrüßt mich mit bösem Blick und klaffendem, von Reißzähnen und Schlangen bewehrtem Mund, obgleich er glücklicherweise seine normale Größe bewahrt hat.

Ich schaue zu seinen Füßen und registriere, dass seine ganze unmittelbare Umgebung verseucht bleibt, während der Rest weiter heilt.

»Wenn du mich sehen wolltest, hättest du anrufen oder eine SMS schicken können«, sage ich mit fester Stimme. »Du hättest meinetwegen nicht dieses ganze Drama inszenieren müssen.«

Mit großer Geste senkt er die krallenbewehrten Hände und bringt die Erde zur Ruhe, während der ihn umgebende

Feuerring verglüht und dunkler wird und ich nur hoffen kann, dass in der Mittelwelt die gleichen Erscheinungen stattfinden.

»Deine Denkweise kann ich nicht nachvollziehen«, höhne ich und lasse den Blick über ihn wandern, während sich meine Lippen angewidert verziehen. »Du bist wie einer dieser durchgeknallten Plünderer, die man in den Nachrichten sieht. Du lebst in Enchantment, deiner Familie gehört praktisch Enchantment, und doch zerstörst du es beinahe, indem du es mit diesem von dir selbst geschaffenen Feuerregen überziehst. Hast du eigentlich eine Vorstellung davon, wie irre dich das aussehen lässt?«

Er schlägt mit einer Hand nach mir, wobei mir seine rasiermesserscharfen Krallen unangenehm nahe kommen. »Es ist die Prophezeiung, Daire. Ich dachte, das wüsstest du. Es hat nur einen kleinen Schubs gebraucht, um sie in Gang zu bringen. Jetzt beantworte meine Frage. Wo sind meine Ahnen und meine Angestellten? Was zum Teufel hast du getan, Santos?« Seine Stimme gellt laut, wobei sich die Schlangen in alle Richtungen winden. Während er die Umwandlung von seinem Dämonen-Ich zu seinem normaleren Ich vollzieht, pfeift er nach seinem gruseligen Kojoten, der gehorsam angetrottet kommt und sich mit einem blutig zerfleischten Kaninchen, das ihm halb aus der Schnauze hängt, neben ihn setzt.

»Das ist das *Geisttier* von jemandem!«, keuche ich und fasse nach Kojote, entschlossen, es ihm zu entringen.

Doch Cade geht dazwischen und brüllt mich wutentbrannt an. »Beantworte meine Frage!« Seine Stimme klingt so schrill, dass Kojote die Schnauze hebt und zu jaulen beginnt, sodass das tote Kaninchen auf die Erde plumpst.

Ich starre auf den übel zugerichteten Tierkadaver und

tröste mich damit, dass es ohnehin schon tot war. Ich hätte es durch nichts mehr retten können. Also wende ich mich wieder Cade zu. »Das waren keine Arbeiter, das waren Sklaven. Und nur für den Fall, dass du es nicht wusstest, Sklaverei ist illegal, deshalb habe ich die Sache selbst in die Hand genommen und sie befreit. Ach, und was deine Ahnen angeht – die hab ich getötet. Bis zum letzten Mann.« Ich halte inne und tippe mir mit dem Finger ans Kinn. Letzteres muss ich korrigieren. »Oder vielleicht ist *getötet* nicht ganz das richtige Wort, wenn man bedenkt, dass sie schon tot waren. Fakt ist, Cade, du bist allein. Deine untoten Spielgefährten haben sich verabschiedet. Diesmal für immer. Was bedeutet, dass in diesem Moment all die Seelen, die du gestohlen hast, zu ihren rechtmäßigen Besitzern zurückkehren. Und die Leute, die du versklavt hast, sind wieder in der Mittelwelt, wo sie nicht nur genesen werden, sondern auch vor der Art von Magie geschützt werden, die du niemals wirst überwinden können. Du wirst sie niemals wieder verletzen oder ihre Wahrnehmung manipulieren können. Was im Gegenzug bedeutet, dass dein Geschäft gestorben ist. Du hast keine Sklaven, keine Wächter und niemanden sonst, der bereit wäre, an deinem Wahn mitzuwirken.«

»Dafür wirst du bezahlen.« Er stürmt mit geballten Fäusten auf mich zu.

»Vielleicht, aber wahrscheinlich eher nicht.« Ich weiche vorsichtig zurück, je näher er kommt.

Nicht, weil er mir Angst macht – das tut er nicht.

Nicht, weil ich eingeschüchtert wäre – das bin ich nicht.

Sondern weil ich ihn auf mein Terrain locken will. Ich bemerke, dass das Gras unter seinen Füßen einen schnellen Tod stirbt, nur um wieder lebendig zu werden, sobald er weg ist. Doch jetzt, wo die Magie der verzauberten Quelle wiederhergestellt ist, jetzt, wo die Richters weg sind und der Schleier ihrer negativen Energie sich rasch auflöst, bin ich zuversichtlich, dass er nicht die Macht hat, um alles erneut zu verseuchen. Und da Wind ruhig ist und kein Protest von Rabe kommt, kann ich weitermachen.

»Du hast ja keine Ahnung, was du angerichtet hast.« Er funkelt mich an. Seine eisblauen Augen sind dunkel und stürmisch. »Keine Ahnung, wie du für deine idiotischen Übergriffe bezahlen wirst. Du bist so banal in deinem Denken. So dumm und konventionell. Jedes Mal, wenn ich dachte, es könnte noch Hoffnung für dich geben, tust du etwas Lächerliches wie die Seele deiner *abuela* retten oder meine Ahnen töten. Langsam glaube ich, ich habe dich falsch eingeschätzt, Santos. Mir selbst weisgemacht, du wärst eine Person von Substanz.«

»Oh, du hast mich zweifellos falsch eingeschätzt.« Unter dem Geräusch der sprudelnden Quelle, die nur wenige Meter von uns entfernt ist, lasse ich das Athame in meine Hand gleiten.

Er verdreht die Augen, tritt noch einen Schritt näher. »Wirklich? Das schon wieder? Die nächste Aufführung des Hexenkriegstanzes?«

»Nachdem die letzte schon ein solcher Erfolg war, dachte ich mir, es sei eine Wiederholung wert.«

Er sieht mich an, von meinen Worten verwirrt, doch ich bin nur allzu gern bereit, ihn aufzuklären.

»Das ist dasselbe Messer, mit dem ich schon ziemlich heftige Verwüstungen unter deinen Vorfahren angerichtet habe. Mit recht wenig Mühe ihre Köpfe habe rollen lassen. Es ist aus, Cade. Wirklich. Und falls du mir nicht glaubst, dann schau dich mal um und sag mir, was du siehst.«

Er starrt mich lange an, doch letztlich gewinnt seine

Neugier die Oberhand, und er lässt den Blick schweifen. Sieht sich das an, was ich auch sehe – wie die Unterwelt langsam heilt und zu ihrer früheren Schönheit und Pracht zurückkehrt.

Abgesehen von der Stelle direkt unter seinen Füßen, die mir weiterhin Sorgen macht.

Ich trete einen weiteren Schritt zurück, diesmal ein bisschen hastig, unsicher. Und typisch für das Monster, das er ist, nutzt er meinen Moment der Schwäche sofort aus.

Im Handumdrehen ist er bei mir, hat die Lücke zwischen uns geschlossen. Steht so nah bei mir, dass sein heißer Atem hart gegen meine Wange prallt, während Kojote knurrend an meiner Hand zieht.

Dies veranlasst Rabe zu laut krächzendem Protest, während Wind stärker wird und heftig auf Cade einpeitscht. Doch schon im nächsten Moment habe ich sowohl meinen festen Stand wiedergewonnen als auch meine Magie. Ich ziele mit zwei Fingern auf Kojotes rot glühende Augen und beobachte, wie er in winselnde Unterwürfigkeit verfällt.

»Beeindruckend«, sagt Cade, scheinbar ungerührt von dem Windstoß in seinem Rücken. »Aber wenn du dich noch einmal auch nur in die Nähe von Kojote wagst, bring ich dich um.«

»Versuch's doch mal.« Ich schwenke das Athame neben mir und trete noch einen Schritt zurück. Verstohlen blicke ich bei meinem Rückzug auf seine Füße und halte erst inne, als der Boden sich nicht mehr verändert, sondern unter ihm fest und grün bleibt.

Er sieht mich durchdringend an und versucht, mir die Energie abzusaugen, mir die Seele herauszuziehen, doch es funktioniert nicht mehr. Er hat keine Ahnung, wie viel Macht ich besitze. Keine Ahnung, mit wem er es jetzt zu tun hat. Ich bin endlich die Suchende, die zu sein ich geboren bin.

»Jetzt hab ich dich, wo ich dich haben will.« Sein Blick verdunkelt sich. »Du und ich an der verzauberten Quelle. Genau wie in dem Traum. Das Einzige, was fehlt, ist Dace.«

Ich reibe die Lippen aneinander, gelähmt von dem beklemmenden Gefühl eiskalter Finger, die mir das Rückgrat hinauflaufen.

Er hat recht.

Es ist wirklich der Traum, der lebendig geworden ist.

Nur bekommt er diesmal ein neues Ende.

Und wenn es das Letzte ist, was ich tue – dafür sorge ich.

»So ist es.« Ich bleibe regungslos vor ihm stehen. »Aber du weißt ja, was man über Träume sagt – man kann sie auf so viele Arten interpretieren. Das Gleiche gilt für Prophezeiungen. Erst nachdem sich der Staub gelegt hat, kann man alles fixieren, den Worten eine feste Bedeutung beimessen und so tun, als sei das schon die ganze Zeit gemeint gewesen.«

Cade grinst. »Falls ich mich recht erinnere, ist das jetzt der Teil, in dem du mit meinem Zwilling ganz heiß zur Sache kommst. Sollen wir es nachspielen?« Er lässt seine Zunge über die Lippen gleiten. »Da er schließlich nicht da ist, springe ich gerne für ihn ein. Ich bin sicher, es wird dir gefallen. Dann siehst du endlich, was du verpasst hast – den Unterschied zwischen einem Amateur und einem Profi.«

»Klar.« Ich zucke die Achseln und sehe ihn herausfordernd an. »Nur zu. Lass sehen, was du zu bieten hast.« Ich umfasse den Messergriff fester.

»*Ladies first.*« Er weist mit großer Geste auf die Quelle.

Ohne zu zögern, springe ich weg vom Wasser und auf ihn zu. Ich erfreue mich an Kojotes wildem, aber letztlich nutzlosem Knurren, da er noch immer unter meinem Bann steht, bin aber enttäuscht darüber, dass Cade nicht einmal zusammenzuckt, als ich ihm die Klinge meines Messers fest gegen die Wange drücke. Ich schabe ein breites Band Bartstoppeln ab, als ich es ihm über die Haut ziehe. »Träum weiter, Richter«, höhne ich. »So dringend werde ich es nie nötig haben.«

Ich ziehe die Klinge an der Krümmung seines Kinns entlang und führe sie bis zu der Kuhle an seinem Hals, fasziniert von der Ader, die lebhaft pulsiert. Voller Vorfreude erwarte ich den berauschenden Anblick, sie für immer stillgelegt zu sehen, wenn mir sein Kopf vor die Füße fällt.

Ich steche die Messerspitze hinein, tief genug, um ein bisschen Blut herauszulocken. Begierig darauf, einen dicken, sprudelnden Blutstrom zu sehen, presse ich die Lippen zusammen und drücke die Klinge fester hinein. Mein Blick ist verengt auf diese eine Stelle in Cades Fleisch – gebannt davon, wie sich die Haut so mühelos spaltet und das Blut auf der Stelle zu fließen beginnt. Hin- und hergerissen zwischen der Lust am Töten und dem echten Grauen davor, was ich als Nächstes tun werde.

Bei seinen Ahnen war es anders.

Die Untoten bluten nicht.

Wenn der Körper vor Leben pulsiert, fühlt es sich viel mehr wie Mord an.

Ich schlage mir diesen Gedanken aus dem Kopf. Setze an seine Stelle die Erinnerung an all die schrecklichen Dinge, die er getan hat, die Tatsache, dass er kein richtiger Mensch ist, dass seine Seele das personifizierte Böse ist …

Seine Finger umfassen mein Handgelenk und greifen fest zu, während er sich das Messer aus dem Hals zieht, das eine bestenfalls oberflächliche Wunde hinterlässt. Seine

Berührung fühlt sich erstaunlich kühl an, als er meine Hand beiseitedrückt.

»Spiel nicht mit mir, Santos.« Er schiebt sein Gesicht dicht vor meines und lässt mir sein Blut auf die Brust tröpfeln, während er langsam und tief meinen Geruch einatmet, als wollte er sich daran gütlich tun. »Niemand wird gern umsonst scharfgemacht. Außerdem ist es ja nicht so, als hättest du es noch nie getan. Aber ich verspreche dir, du wirst ein paar neue Tricks lernen.«

Er zupft am Bund meiner Jeans, entschlossen, sie mir auszuziehen. Mit der anderen Hand sorgt er dafür, dass das Athame weit von seinem Fleisch entfernt bleibt.

Er ist abartig stark.

Stärker, als ich ihn in Erinnerung habe.

Doch das hindert mich nicht daran, meine Beine um seine zu schlingen.

Hindert mich nicht daran, ihn fest an der Kniekehle zu packen und seinen Schenkel nach vorne zu ziehen, bis er zwischen meinen steckt.

Von seinem leisen, lustvollen Stöhnen und der Art, wie er seine Hüften gegen meine reibt, ebenso angewidert wie angetrieben, nehme ich den letzten Rest meiner Kraft zusammen, um meine Brust hart gegen seine zu stoßen, während ich weiter an seinem Bein ziehe. Ich sehe zu, wie er unter mir wegrutscht und nach hinten stürzt, das Gesicht eine Maske von Schock und Wut, als er mit dem Kopf brutal auf die Erde schlägt.

Schnell lege ich nach und verliere keine Zeit, ehe ich ihm einen Fuß auf die Brust stelle und erneut das Messer an seinem Hals ansetze.

»Was zum ...« Er bäumt sich wild auf, erzürnt darüber, plötzlich unter mir zu liegen. Seine Augen gehen vom gewohnten Eisblau in ein dunkel glühendes Rot über, während er sich freizukämpfen, meinen Griff abzuschütteln sucht. Schließlich gibt er auf und beginnt rückwärtszukriechen, langsam, aber gezielt in Richtung Quelle.

Doch ich darf ihn nicht dorthin gelangen lassen.

Darf das Risiko nicht eingehen, dass ihn das Wasser ermächtigt, ihn stärkt, so wie es bei mir gewesen ist.

Ich falle auf die Knie und packe ihn an seinen Jeans, zerre heftig an den Beinen und ziehe ihn in die andere Richtung, während er weiter mit mir ringt. Tretend und kämpfend, schnaubt und beißt er wie das Tier, das er ist. Er grinst triumphierend, als er ein Knie hochschwingt und es mit solcher Wucht in meinen Bauch rammt, dass ich mich vor Schmerz krümme.

Vage vernehme ich Rabes aufgeregtes Krächzen und spüre, wie Wind auf allen Seiten um mich herumpeitscht. Ich keuche heftig und ringe mühsam darum, wieder etwas Luft in die Lungen zu kriegen. Dabei versuche ich die ganze Zeit, aus Cades Reichweite zu bleiben, doch dafür ist es zu spät.

Er hat mich bereits um die Taille gefasst.

Die Arme um mich geschlossen.

Mich niedergerungen, bis ich dicht an ihn gepresst daliege.

Was mir keine andere Wahl lässt, als mich freizukämpfen. Darum zu kämpfen, das Athame in der Hand zu behalten, indem ich es wild umherschwenke und auf alles in Reichweite einsteche. Doch Cade ist zu wendig. Zu flink. Lässig weicht er der Klinge aus, bis ich nach Luft schnappe.

Und schließlich rollt er mich herum, sodass ich unter ihm feststecke. Sein Körper liegt dicht auf meinem, sein Gesicht ist nur wenige Zentimeter entfernt, und er blickt mit einem boshaften Glitzern in den Augen auf mich herab.

Seine Finger nähern sich dem Messer, während ich verzweifelt die Arme über den Kopf hebe. Alle Sehnen bis zum Anschlag gespannt, wechsele ich das Messer zwischen meinen Händen hin und her, mit dem einzigen Ziel, ihm einen Schritt voraus zu bleiben. Trotzdem bin ich ihm nicht gewachsen.

Cade ist größer.

Seine Arme sind länger.

Womit mir keine andere Wahl bleibt, als das Messer zu opfern, indem ich es an eine Stelle werfe, die keiner von uns erreichen kann. Schon im nächsten Moment umfasst er meine Hände mit seiner Faust, drückt sie mir hoch über den Kopf und betatscht mich mit seiner freien Hand. Dabei tut er so, als würde er meinen Widerstand missverstehen, und legt die Tatsache, dass ich mich verzweifelt unter ihm winde, um mich irgendwie zu befreien, als Zustimmung aus.

Vor Ekel schließe ich die Augen. Wappne mich vor dem Zugriff seiner Finger, die über meinen Körper wandern, während er die Hüften kreisend gegen meine presst, im Takt mit meinen verzweifelten Versuchen, seine Last abzuschütteln. Ein tiefes Stöhnen entringt sich seiner Kehle, als er nach dem Wildlederbeutelchen zwischen meinen Brüsten greift.

Er will mich in jeder denkbaren Weise meiner Macht entledigen.

Will mich demoralisieren, indem er mich hilflos und schwach macht.

Er weiß, dass in dem Moment, in dem er hineinsieht, die Magie der Talismane verloren ist.

Er weiß, dass er in dem Moment, in dem er mich vergewaltigt, gewonnen hat.

Ich wende den Kopf zur Seite, presse die Wange in den

Staub, während ich verzweifelt nach Rabe Ausschau halte. Erleichtert stelle ich fest, dass er nach wie vor bei mir ist und nur wenige Meter entfernt hockt. Sein aufgeregtes Kreischen verstummt mit einem Mal, doch in seinen Augen liegt ein Glanz, den ich noch nie gesehen habe. Ihr Glitzern wird immer intensiver, als Cade einen Finger um das Band schlingt und der Beutel zu zittern und sich zu erhitzen beginnt.

Ich bäume mich weiterhin erbittert gegen ihn auf, doch so wie er auf mir liegt und mich mit beiden Beinen in die Zange genommen hat, habe ich nicht viel Schubkraft.

»Ich wollte schon immer wissen, was ihr Seeker eigentlich in diesen Beuteln habt«, sagt er. »Jetzt werde ich es wohl erfahren.«

Er zerrt an dem Zugband, während ich nicht aufhöre, mich zu winden und mit allem, was in mir steckt, Widerstand zu leisten. Ich versuche, meine Magie heraufzubeschwören – den Wind herbeizurufen. Das Athame in meine Hand zurückzuordnen, damit ich es Cade in die Augen stechen und dafür sorgen kann, dass er mich nie wieder so lüstern anglotzt. Doch mit seinem Körper, der meinen bedeckt, blockiert er irgendwie meine Magie.

Das ist die einzige Erklärung dafür, dass sie mich auf einmal im Stich lässt.

Die einzige Erklärung dafür, warum der Wind nachlässt, Rabe verstummt und Kojote, nun von meinem Bann befreit, mit der Schnauze gegen meine Stirn stößt und ein bedrohliches Knurren von sich gibt.

Da ich keine Alternative habe, befeuchte ich meine Zunge und ziele. Ich muss mir ein Grinsen verkneifen, als der Speichelklumpen mitten zwischen Kojotes gruseligen Augen landet. Die Tat verursacht genau die Ablenkung, auf die ich gehofft hatte, als er erbost aufjault und Cade vorübergehend seinen Griff lockert. Das genügt mir, um eine Hand freizubekommen und sie ihm fest auf den Schädel zu donnern.

Doch schon im nächsten Moment hat er sich gefangen und mich erneut zu Boden gedrückt. Mit zornesrotem Gesicht faucht er mich an. »Komm mir bloß nicht dumm. Ob es dir passt oder nicht, bald gehörst du mir ...«

Er fährt mit der Hand an seine Jeans, öffnet den Reißverschluss und schiebt sie sich über die Hüften. Als er sie da hat, wo er sie haben will, nämlich um die Knie herum zusammengekrempelt, greift er erneut nach meinem Beutelchen. »Eins nach dem anderen«, flötet er und reißt grob an dem Zugband; einmal, zweimal ...

Und auf einmal jault Kojote vor Schmerz auf, und Cades Pupillen drehen sich nach hinten, als er von einer unsichtbaren Macht hochgehoben und in die Luft geschleudert wird.

Ich springe auf und schaue zu Rabe hinüber, überzeugt davon, dass er irgendwie dafür verantwortlich ist. Doch dann höre ich meinen Namen, und als ich herumwirbele, steht Dace dort. Sein Bruder ist nur noch ein jämmerlicher Haufen in weiter Ferne.

Ich stürze mich in seine Arme. Meine Erleichterung, ihn zu sehen, löscht sämtliche Ängste aus, die ich in Bezug auf sein Erscheinen hier hegte. Obwohl es sich womöglich auf die Prophezeiung auswirkt, hat sich diese eindeutig bereits verändert. Dace und ich sind zusammen. Das ist das Einzige, was zählt.

»Gerade noch rechtzeitig! Wenn du nur eine Sekunde später gekommen wärst ...« Ich verstumme und denke mit Schaudern daran, was mir beinahe zugestoßen wäre.

Ich lehne mich an seine Brust und suche den Trost und die Wärme seines Körpers.

»Kein Grund zur Sorge.« Seine Lippen finden meine Stirn, meine Wangen. »Ich bin da. Ich werde immer da sein. Es gibt nichts zu befürchten. Er wird dir nie mehr zu nahe kommen. Dafür sorge ich.« Er flüstert sein Versprechen, begleitet von der beruhigenden Hand, die mir über den Rücken streicht, ehe er sie um mich legt und mich an sich zieht.

Ich presse die Wange auf das goldene Schlüsselchen auf seiner Brust und stoße hervor: »Ich habe dich am Zaun gesehen. Ich dachte, du würdest …«

»Psst.« Er presst mir einen Finger auf die Lippen. »Das war ganz anders, als du dachtest. Ich würde unsere Liebe niemals aufgeben. Niemals.«

Ich hebe eine Hand zu seiner Wange und muss mich davon überzeugen, dass sich die Worte in seinen Augen widerspiegeln, wobei ich erstaunt feststelle, wie verändert er ist.

Er ist dunkler.

Härter.

Seine Energie ist befremdlich und unruhig und spendet nur einen Bruchteil des gewohnten Stroms an bedingungsloser Liebe, den ich gewohnt bin.

Und als mein Blick seinen findet, ist es, als sähe ich Cade an. Sein Blick ist dunkel, unergründlich und reflektiert nicht.

»Dace, was ist geschehen?«, frage ich, außerstande, meine Panik zu unterdrücken. Betroffen sehe ich zu, wie er sich hastig abwendet, als schämte er sich zu sehr, um sich anschauen zu lassen.

»Nicht. Schau mich nicht an. Bitte. Ich erklär's dir später. Sowie es vorbei ist, erzähl ich dir alles. Glaub mir einfach, dass ich getan habe, was ich tun musste. Ich hab's für uns getan. Für dich. Und es ist nichts, was man nicht rückgängig machen könnte. Aber bitte, ich kann es nicht ertragen, wenn du mich so siehst.«

Er weicht zurück, doch ich packe ihn am Arm und ziehe ihn wieder an mich. »Wer hat dir das angetan?« Ich fasse nach seiner Wange, da ich ihm noch einmal in die Augen sehen muss, um zu erkennen, ob es wirklich so schlimm ist, wie ich glaube, doch er reißt sich los.

»Daire, bitte!«, schreit er, und aus seinen Worten klingt entsetzliche Seelenpein. »Was du siehst, bin nicht ich. Ich bin immer noch hier drin, ich schwör's. Aber ich ...«

Ich bin zu erschüttert, um mich zu regen.

Ich kann mich kaum auf seine Worte konzentrieren, als er weiterspricht. »Es ist nur vorübergehend. Ich musste es tun, um dich zu retten. Es wird alles gut, du wirst sehen.«

Ich suche in seinen Augen und hoffe auf Aufschluss darüber, was das heißen könnte.

»Ich weiß, wie die Prophezeiung endet«, sagt er, und bei diesen Worten läuft es mir eiskalt über den Rücken. »Es ist genauso wie in meinem Traum, und ich lasse dich nicht sterben.«

Ich schüttele den Kopf, denn er muss begreifen, dass es nicht so ist, wie er glaubt. »Du hast es völlig falsch verstanden. So geht es nicht aus, das bedeutet es nicht!« Doch meine Worte stoßen auf taube Ohren.

»Doch, es ist so, Daire. Genau so kommt es. Ich habe es schon allzu oft geträumt. Die Zeichen der Zeit gesehen – buchstäblich. Und auch wenn ich nichts dagegen tun kann, dass der Himmel Feuer blutet – ich werde tun, was ich kann, um die Finsternis daran zu hindern, dein Licht zu löschen.«

»Aber ich bin nicht das Licht, so endet der Traum nicht! Du bist …«

Meine Worte werden von Cade unterbrochen, der auf uns zugeschlendert kommt und sich gelassen Schmutz von den Kleidern und aus den Haaren wischt, während sein getreuer Kojote neben ihm hertrottet.

»Ach, ist das nicht eine rührende Szene?« Er bleibt vor uns stehen und grinst Dace an, als wäre er der sehnlich erwartete Sondergast. »Du hast ja einen ganz schönen Schlag, Bruder, wer hätte das gedacht?« Er lacht. Dehnt den Hals nach beiden Seiten. Doch abgesehen von dem Schmutz auf seiner Kleidung sieht er wie neu aus.

Dace stellt sich vor mich, um mich zu schützen, und schiebt verstohlen die Finger in seine Jackentasche. »Dachte mir schon, dass ich dich hier unten finden würde, wo du einen Wutanfall inszenierst und schmollst wie das Kind, das du eigentlich bist. Wie viele Leute müssen leiden, nur weil du es nicht schaffst, Leandro zu beeindrucken?« Er schüttelt den Kopf. »Wir wissen alle von deinem jämmerlichen Drang nach seiner Anerkennung. Bestimmt fühlst du dich ziemlich mies, wenn er dich so anbrüllt.«

Dace sieht ihn finster an, während ich hektisch zwischen beiden hin- und herschaue. Und es genügt das kaum wahrnehmbare Zucken von Cades Schultern, um zu wissen, dass Dace den wunden Punkt getroffen hat.

Es erinnert mich an etwas, was ich einmal zu Paloma gesagt habe, als ich Cade folgendermaßen beschrieben habe: *ein psychopathisches, dämonisches Monster – angetrieben vom erbärmlichen Drang, Leandro zu beeindrucken, indem er die Herrschaft über die ganze Welt erringt.*

Es ist der winzige Kern Menschlichkeit, der tief in ihm verborgen liegt.

Bei der Mine – Cades Präsenz in der Unterwelt – geht es nur zum Teil darum, ein Vermögen anzuhäufen und die Mittelwelt zu kontrollieren. Im Grunde ist es ein Unterfangen, um seinen Dad zu beeindrucken. Er ist bereit, unzählige Leben zu zerstören, um die Anerkennung seines Vaters zu erringen. Und laut Dace hat er auf ganzer Linie versagt.

Xotichl und Paloma hatten recht – er ist eindeutig ein Mensch.

Was aber nicht heißt, dass ich ihn nicht töten werde.

»Ich habe direkt vor der Tür gestanden und gehört, wie er dich verbal in Fetzen gerissen hat«, fährt Dace fort. »Habe gehört, wie du gebettelt hast – mit hoher, winselnder Stimme –, als er dich zur Schnecke gemacht und sich geweigert hat, dir zuzuhören. Siehst du, wie ich grinse?« Er baut sich vor ihm auf und zeigt mit dem Finger auf sein breites, hohles Grinsen. »Das ist gar nichts im Vergleich dazu, wie ich in dem Moment gegrinst habe.« Er hält inne und tut dann so, als sei seine nächste Äußerung nur ein Nachgedanke. »Ach, und übrigens, wenn du dich noch mal in die Nähe meiner Freundin wagst, bist du tot.« Er zieht die Hand aus der Tasche und bringt das Blasrohr zum Vorschein, das letztes Mal nicht so gut funktioniert hat. Doch sein Gesicht beweist seine restlose Überzeugung, dass es beim zweiten Mal gelingen wird. »Aber eigentlich bist du so oder so tot. Also sag adieu, Bruder.«

Rabe krächzt.

Wind wirbelt um meine Füße.

Kojote duckt sich, senkt den Kopf und fletscht die Zähne.

Während ich ein paar Schritte zurückgehe, mich bücke und das Messer aufhebe.

Ungerührt von der Drohung gegen sein Leben, stürzt

Cade auf Dace zu, bis nur noch der Hauch eines Abstands zwischen ihnen liegt. Mit durchdringendem Blick herrscht er ihn an: »Was hast du getan?«

Er beugt sich vor und versucht, Dace am Hemd zu packen. Doch Dace weicht ihm aus und hebt das Blasrohr an die Lippen, während ich das Messer fest umklammere. Ich bin sicher, dass ich von hier aus locker ins Schwarze treffe.

Cade wirbelt herum, seine Augen lodern rot. »Bist du sicher, dass du das probieren willst, Santos?«

Ich sehe erst den einen und dann den anderen an. Registriere, dass es abgesehen von den Haaren keinen erkennbaren Unterschied mehr zwischen ihnen gibt. Die Augen von Dace sind so hohl und leer wie die seines Bruders.

»Daire, lass es. Ich hab das hier«, sagt Dace, ein Auge geschlossen, das andere auf Cade fixiert, und zielt.

Und obwohl ich keine Ahnung habe, was ihn derart verändert hat, ist nun mein erstes Ziel, die Prophezeiung daran zu hindern, sein Leben zu fordern – sein Licht. Also atme ich scharf ein und schleudere das Athame zur gleichen Zeit, wie Dace den Pfeil abfeuert.

Fasziniert verfolge ich, wie es bei seinem Flug glitzert – einen rasanten, silbernen Blitz durch die Luft beschreibt. Schließlich überholt es den Pfeil und bohrt sich tief in Cades Hals, genau, wie ich es mir ausgemalt hatte.

Nur dass es nicht mehr Cade ist.

Der Dämon ist an seine Stelle getreten.

Er hakt eine scharfe Kralle um den Griff, zieht die Klinge heraus und wirft das Messer zu Boden, wo es mit einem dumpfen Schlag neben seinen unförmigen, klauenbewehrten Füßen aufkommt.

Der Anblick ist so verblüffend, so unfassbar, dass ich

verwirrt blinzele. Außerstande, zu begreifen, weshalb Cade monströs und grinsend vor mir steht, Messer und Pfeile unbeachtet zu seinen Füßen, während Dace auf die Knie bricht und ihm das Blut aus der Wunde strömt, die eigentlich seinem Bruder zugedacht war.

Cade sieht mit unbewegter Miene zwischen uns hin und her und hebt mit tonloser Stimme zu sprechen an. »Ich hab dir doch gesagt, dass wir verbunden sind. Aber vielleicht habe ich vergessen zu erwähnen, wie tief. Also darf ich dich jetzt aufklären. Um mich zu töten, musst du mich in menschlicher Form erwischen. Aber sei gewarnt, ich sterbe nicht allein. Ich nehme meinen Bruder mit. Und ob du es glaubst oder nicht, mir ist es lieber, wenn er am Leben bleibt.« Er fixiert mich durchdringend mit seinen rot glühenden Augen. »Oh, eventuell greife ich gelegentlich auf Kojote zurück, um ihn auf Kurs zu halten – die Wunden, die er Dace zufügt, machen mir nichts aus. Was ihr alle beide berücksichtigen solltet, wenn einer von euch das nächste Mal Mordgelüste kriegt.«

Seine Worte machen mich perplex und sprachlos. Ich starre erst den einen und dann den anderen an, entsetzt von einer Wahrheit, die auf einmal real geworden ist.

*Cade zu töten bedeutet, Dace zu töten.*
*Es ist eine unfassbare Wahl, die ich niemals treffen könnte.*
*Und doch muss ich.*
*Dazu wurde ich geboren.*
*Ist es das, was Paloma meinte, als sie mich warnte, dass das Leben einer Suchenden große Opfer erfordert?*
*Hat sie die ganze Zeit schon vermutet, dass wir von Anfang an verdammt waren?*

Cade ragt bedrohlich vor mir auf, wobei sein Monstergesicht belustigt dreinblickt, als fände er das alles wahnsinnig amüsant. Dace ignoriert den Blutstrom, der nun aus seinem Hals rinnt, und greift nach Cades Fesseln, seinen Knien, im Versuch, ihn daran zu hindern, auf mich loszugehen.

Doch als ausgewachsener Dämon besitzt Cade gewaltige Kräfte. Er lässt sich nicht so leicht überwältigen. Und so fegt er Dace mit einem Tritt weg und würdigt ihn kaum eines weiteren Blickes. »Mach dir keine Sorgen um ihn«, sagt er zu mir. »Er hat Schmerzen, und das hat er dir zu verdanken. Aber du zielst nicht besonders gut. Du hast die Hauptschlagader verfehlt. Jedenfalls hast du jetzt schon zweimal versucht, mich zu töten, was mich glauben macht, dass ich dir nicht mehr vertrauen kann. Du hast dein Pulver verschossen, Seeker. Du bist die Letzte deiner Linie. Es war interessant, aber bilde dir bloß keine Sekunde lang ein, dass ich dich vermissen werde.«

Hinter ihm hechtet Dace nach dem Messer, bereit, sich zu opfern, um mich zu retten.

Ein selbstloser Akt, der mir bestätigt, dass immer noch *er* da drinnen steckt.

Irgendwo.

Ich habe ihn nicht völlig verloren.

Doch er ist Cade nicht gewachsen.

Mit einer schnellen Handbewegung hat sich Cade bereits das Messer geschnappt und stürmt auf mich zu.

Rammt mir das zweischneidige Messer mitten in die Brust, wobei die Klinge ein grässliches Kratzgeräusch macht, als sie an dem Schlüssel vorbeischrammt.

Ich stolpere rückwärts. Sein grausiges Dämonengesicht verschwimmt vor meinen Augen, während ich die Wunde in meinem Fleisch betaste. Beklommen sehe ich auf meine Hände, die jetzt in Rot getaucht sind.

»Tut weh, was?« Cade grinst. Er lässt die seelenraubenden Schlangen aus seinem Mund springen, direkt auf das klaffende Loch in meiner Brust zu.

*Es ist genau wie in dem Traum. Genau wie in der Prophezeiung. Nur dass ich es geschafft habe, das Ende zu verändern. Statt dass Dace stirbt, bin ich an seine Stelle getreten.*

Ich halte den Gedanken fest und sehe ihn sich entwickeln. Sehe zu, als würde es mit jemand anders passieren.

Meine Hände hängen vor mir herab, nutzlos und schlapp. Ich will Dace so unbedingt sagen, dass ich ihn liebe und dass es mir leidtut, ihn so zurückzulassen.

Doch die Worte werden schon bald von einem Strom von etwas Metallischem und Bitterem erstickt, das sich in meiner Kehle ballt.

Blut.

Mein Blut.

Und es hört nicht auf. Es kommt einfach so viel davon.

Rabe kreischt.

Kojote jault voll ungestümer Begeisterung.

Cade brüllt seinen Sieg heraus, jedoch mit einem frustrierten Unterton.

Als Dace nach mir ruft, wieder und wieder meinen Namen schreit, klingt seine Stimme heiser, gequält. Doch es dauert nicht lange, da verklingen die Laute, als würden sie durch zu viele Lagen gefiltert, um richtig vernommen zu werden – als kämen sie von einem Ort, der in immer weitere Ferne rückt.

Mein ganzer Körper erschauert.

Mein Atem geht in verzweifelten, abgehackten Zügen – und manchmal atme ich überhaupt nicht mehr.

Wenn da nicht diese starken Arme wären, die mich halten, würde ich fallen – an einen Ort stürzen, von dem ich nie mehr zurückkäme.

Wenn diese starken Arme mich nicht schützen würden, wäre es Cade gelungen, meine Seele zu stehlen.

Ich will Dace sagen, dass er sich keine Sorgen zu machen braucht. Will ihm von dem goldenen Wesen erzählen, das sich meiner annimmt – den leuchtenden Händen, die mich halten –, doch die Worte wollen nicht kommen.

*Schweig,* gurrt das Wesen, als es mit einem langen goldenen Finger über meine Lippen streicht.

*Aber ich habe gar nicht gesprochen, ich hab's versucht, aber ich kann nicht.*

*Bring deine Gedanken zum Schweigen.*

Ich tu's. Eine Zeit lang. Aber dann melden sie sich wieder.

*Wohin gehen wir? Wohin bringst du mich?*

*Hinauf.*

Mir fallen die Augen zu. Ich nehme nach wie vor das Licht wahr, das hinter meinen Lidern scheint, bin aber zu müde, um Dinge zu betrachten, die ich nicht verstehe. Ich ziehe es vor, mich in diesem warmen, überschäumenden Gefühl von Geborgenheit und Liebe zu baden, das es bringt.

*Du musst die Sonne sein!* Der Gedanke durchzuckt mich – und ich reiße die Augen wieder auf. Versuche, seine Form auszumachen, doch das Einzige, was ich sehen kann, ist ein strahlender goldener Fleck. *Ich habe Dace erklärt, dass er sich irrt, und gesagt, es gebe keine Sonne in der Unterwelt. Das ist nur eine Fabel, die ihm Leftfoot erzählt hat, als er noch ein Kind war. Aber ich habe mich getäuscht, oder?*

*Sehe ich aus wie die Sonne?*

Ich zwinkere und ringe darum, das zu erkennen, was bis jetzt verborgen geblieben ist. Beglückt schnappe ich nach Luft, als das Leuchten gerade so weit schwindet, dass die Züge schärfer hervortreten und sich allmählich ein Gesicht herausbildet.

Der Teint ist hell, als wäre er aus Lichtstrahlen geformt. Das Haar so hellblond, dass es fast so weiß ist wie die Haut. Doch die Augen stehen in scharfem Kontrast dazu, denn die Iriden, die auf mich herabblicken, sind von einem ungewöhnlichen, aber schönen Lavendelton.

Und ehe ich reagieren kann, fühle ich es.

Die schlanken Finger des Todes schlingen sich um mich.

Angekündigt durch das leise Summen und Brummen, mit dem mich meine Lebenskraft verlässt.

Meine körperliche Seite aus Fleisch und Blut schwindet dahin. Ergibt sich. Lässt die Seele übernehmen. Damit sie mich immer höher hinaufträgt – so hoch, wie ich es wage.

Das Gefühl ähnelt dem, als ich in den Wasserfällen am Ertrinken war. Das leuchtende Wesen ist ebenfalls ähnlich. Es ist das gleiche leuchtende Wesen, dem ich damals, auf diesem Platz in Marokko, vorgeworfen habe, mich zu verfolgen. Doch jetzt weiß ich es besser.

*Du erinnerst dich also?* Er strafft seinen Griff, als ich bestätigend nicke.

Nur dass es diesmal anders ist.

Diesmal hat sich die Prophezeiung erfüllt.

*Die andere Seite der Mitternachtsstunde läutet als Vorbote dreimal*
*Seher, Schatten, Sonne – zusammen kommen sie*
*Sechzehn Winter weiter – dann wird das Licht gelöscht*
*Und Finsternis steigt auf unter einem von Feuer blutenden Himmel*

*Nur dass anstelle des Lichts ich ausgelöscht wurde. Aber wenigstens ist Dace in Sicherheit.*
*Stimmt's?*

*Stimmt's?*

*Du stellst zu viele Fragen. Du musst ruhen. Wir sind bald da.*

Ich schließe erneut die Augen und benutze meine verbliebenen Kraftreserven für eine letzte Frage: *Kannst du es bitte schneien lassen? Würdest du das für sie tun?*

*Nicht nötig,* lautet die Antwort. *Du hast bereits dafür gesorgt.*

Meine Mundwinkel wandern nach oben, und meine Wangen werden nass von Tränen, während ich nach dem blutverkrusteten Schlüssel auf meiner Brust taste und die Finger darum schließe. Wenigstens hinterlasse ich ihnen das …

Mein Blickfeld verengt sich auf einen ganz winzigen Punkt, nicht größer als ein Molekül. Erstaunt stelle ich fest, dass das Molekül ich bin – und dass ich mit allem verbunden bin.

In der Ferne ertönt ein gequälter Schrei, doch ich bin sicher, er gilt nicht mir.

Warum auch?

Ich bin in Sicherheit.

Geliebt.

Umgeben von Licht, so warm und leuchtend wie ein Kuss.

Mein Herz flattert.

Meine Lungen quellen über von Atem.

Und im nächsten Augenblick breche ich durch ein herrliches, aus Seide gewobenes Gespinst – hinein in eine Welt aus strahlend goldenem Licht.

# Zeit der Wunder

# Epilog
## Axel

Das Mädchen liegt blutend in meinen Armen.
Ihr glänzend braunes Haar fällt mir über die Schulter, während das Rot ihrer Wangen so schnell schwindet wie ihre Lebenskraft.

Trotzdem ist sie schön.

Aus der Nähe noch viel schöner.

Und wissbegierig.

Und obwohl ich sie gerne beruhigen würde, hat es keinen Sinn, sie anzulügen.

Sie schwankt am Rande des Abgrunds. Mit guten Aussichten hineinzufallen.

Ich presse ihr einen Finger auf die Lippen und dränge sie zum Schweigen. Sie kann sich den Luxus, zu sprechen und zu denken, nicht leisten – kann es sich nicht leisten, die dringend benötigte Energie zu verbrauchen.

Als sich ihre Augen flatternd schließen, verstärke ich meinen Griff.

Jedes Einatmen ist ein Gebet: *Rette sie! Verschone sie!*

Jedes Ausatmen begleitet eine lange unterdrückte Wut – verflucht seien sie alle.

Das hat sie nicht verdient.

Sie hatte nie eine Chance gegen sie. Und ich im Grunde auch nicht. Nachdem ich in meinem Bemühen, ihr zu helfen, auf sie aufzupassen, sie zu leiten, versagt habe.

Doch es ist noch nicht vorbei.

Ich blicke nach oben. Unser Bestimmungsort ist noch so weit entfernt. Und obwohl ihr Herz noch schlägt, scheint es das nur zu tun, um mehr Blut aus ihrer Wunde herauszupumpen.

Sie wird schwächer.

Sie wird es nicht schaffen.

Dennoch bringt sie nach wie vor die Kraft auf zu fragen, ob es schneit – in der Hoffnung, ihren Freunden ein Geschenk zu hinterlassen.

Bereit, sich dem Tod zu ergeben, sobald ich es ihr bestätige. Die Spur eines Lächelns zieht über ihre Wangen, während sie dem Abgrund entgegenrollt.

Und obwohl ich weiß, dass es falsch ist – obwohl ich schon viele Male gewarnt wurde –, hält mich das nicht davon ab, ihr Gesicht in beide Hände zu nehmen und meine Lippen fest auf ihre zu drücken.

Mein stilles Flehen um Vergebung, gefolgt von einem einzigen lebensrettenden Atemzug.

## Paloma

»Komm ans Fenster, *cariño*. Es schneit. Anscheinend hat Daire es doch noch geschafft.«

Chay sieht mich an und wartet geduldig. Doch als ich nicht an seine Seite eile, kommt er herüber zu dem abgenutzten alten Tisch, an dem ich über einem Buch brüte, das schon so lange Teil meines Lebens ist, dass ich mich an eine Zeit davor gar nicht mehr erinnern kann.

»Was siehst du dir an?« Er reibt mir tröstend den Rücken.

Ich nicke zum Kodex hin. Die Worte wurden mir mitsamt der Atemluft geraubt. Ich weiß nicht, ob das, was ich sehe, real ist oder ob ich nur eine müde alte Frau bin, die auf einmal verrückt geworden ist. Er muss mir das eine oder das andere bestätigen, wobei ich insgeheim auf Letzteres hoffe.

Sein geflüstertes »Mein Gott« liefert mir den Beweis dafür, dass es nicht an mir liegt.

Seine starken Arme schließen sich um mich, doch das genügt nicht, um mich vor der Wahrheit abzuschirmen.

Es geschieht tatsächlich.

Eine lange vorhergesagte Zukunft ist in die Schwebe geraten.

Dicht aneinandergeschmiegt blicken wir in den uralten Folianten. Sehen zu, wie Worte, die jahrhundertelang dort gestanden haben, langsam von den Seiten verschwinden.

Und dort, wo bisher die Prophezeiung stand, einen leeren Fleck zurücklassen.

»Was hat das zu bedeuten?« Chays entsetzter Blick sucht meinen.

Ich ziehe meine rote Strickjacke eng um mich und schaue zum Fenster, das sich wie ein Rahmen um die tanzenden Schneeflocken legt, die vom Himmel fallen.

Ungern muss ich zugeben, dass ich nicht weiß, was das heißt.

Ich habe keine Ahnung.

Zum ersten Mal seit langer Zeit fehlen mir die Antworten.

## Phyre

Wir sind schon fast zu Hause, als der Schnee zu fallen beginnt und mein Dad beschließt, meine Anwesenheit in seinem Auto zur Kenntnis zu nehmen.

»Muss ich also davon ausgehen, dass du versagt hast?«, fragt er in einem Tonfall, der so streng ist wie seine Miene – und so streng wie der nüchterne schwarze Anzug, den er trägt.

Ich presse die Stirn ans Fenster und starre in eine unendliche Nacht hinaus, die nun weiß glitzert.

»Antworte mir!« Er tritt heftig auf die Bremse. Hält den Wagen mitten auf der Straße an, als wären wir die Einzigen hier. Sind wir auch.

Ich presse mich dicht an die Tür und ziehe die Schultern hoch. Jetzt bin ich dran.

Heimlich hebe ich eine Hand und wische die paar Tränen weg, die ich mir erlaubt habe, bevor er sie sieht, da ich weiß, dass es das nur noch schlimmer macht.

Das ist meine Rolle. Als ob ich das nicht wüsste. Ich habe sie seit meiner Kindheit eingeübt, seit dem Tag, als er mit dem Finger auf mich gezeigt und erklärt hat, dass ich unter meinen Schwestern seine Erwählte sei.

»Na?«, drängt er und fährt keinen Meter weiter, bis ich ihm die Antwort gebe, die er haben will.

»Es ist nicht so einfach, wie du denkst«, erwidere ich und bereue es sofort. Es ist zu defensiv. Schreibt die Schuld mehr ihm zu als mir. Ich müsste es besser wissen. Diese Art von Taktik funktioniert nie.

»Tatsächlich?« Er rutscht hin und her und zerrt unsanft an seinen Ärmeln, genau wie er es jeden Sonntag tut, ehe er die Kanzel besteigt. »Dann sollte ich vielleicht eine deiner Schwestern hierherholen, damit sie sich an deiner statt um die Sache kümmert. Ember oder Ashe – welche wäre dir lieber?«

»Keine von beiden.« Die Antwort kommt schnell, ohne Zögern. Ich drehe mich auf dem Sitz zur Seite, bis ich ihm direkt ins Gesicht sehe. »Lass sie in Ruhe«, bitte ich. »Ich schaffe das. Ich mache es. Ich brauche nur ...«

Er starrt mich an. Seine Augen sind dunkel und ohne Gnade.

»Ich brauche nur ein bisschen mehr Zeit. Es ist lang, wenn man zwei Jahre weg ist. Es ist, als finge man von vorne an. Ich muss erst sein Vertrauen wiedergewinnen. Das ist nicht mehr so leicht. Er hat eine Freundin. Glaubt, er sei verliebt. Und das ist er auch. Ich habe mitbekommen, wie er sie ansieht.« Die Wahrheit hinterlässt einen bitteren Geschmack auf meiner Zunge.

»Tja, dann würde ich sagen, du musst eben einen Weg finden, um ihn abzulenken, oder?«

Ich schlucke schwer. Nicke, wie er es erwartet. Konzentriere mich auf die andere Seite der Windschutzscheibe und beobachte, wie sich der Schnee in kleinen, vereinzelten Klumpen auf der schmutzig weißen Motorhaube sammelt.

»Die Zeit wird knapp.« Er geht von der Bremse und lässt den Wagen langsam den Feldweg hinunterrollen.

*Die Zeit ist immer knapp. Das ist sie schon seit meiner Kindheit.*

»Es hat bereits begonnen. Die Zeichen sind überall.«

*Alles ist ein Zeichen. Eine seltsam angebrannte Scheibe Toast – eine Wolkenformation, die etwas Unheiligem ähnelt – eine Katze mit sechs Zehen – er sieht Vorboten des Untergangs, wo immer er hinschaut.*

»Und du weißt, was das bedeutet. Du weißt, was von dir erwartet wird.«

Ich nicke erneut. *Mein gesamtes Leben habe ich damit zugebracht, mich auf die Letzten Tage vorzubereiten, wenn auch nur, um meinen Schwestern diese Aufgabe zu ersparen.*

»Dein Opfer ist hart, aber es dient dem Wohl des größeren Ganzen. Du wirst als Retterin verehrt werden – als Heilige!« Er singt es mit glänzenden Augen, versunken in die falsche Herrlichkeit seines salbungsvollen Gefasels. Nie kommt er darauf, mich zu fragen, warum es mich kümmern sollte, wie man sich nach meinem Tod an mich erinnert. Er dreht sich um und fixiert meine Augen. »Warum ist dein Make-up verschmiert? Hast du geweint?« Seine Stimme hebt sich empört und veranlasst mich, hektisch an meinen Augenlidern und Wangen herumzureiben. »Du hörst sofort damit auf! Hast du mich verstanden?«

Er wirft mir einen warnenden Blick zu und konzentriert sich erst dann wieder aufs Fahren, als er sicher ist, dass ich mich gehorsam zeige. Für den Rest der Fahrt verfällt er in willkommenes Schweigen, bis er vor dem kleinen, verlassenen Trailer parkt, den er als unser Zuhause bezeichnet.

»Ich will, dass der Junge bis Silvester tot ist«, sagt er. »Lange bevor die Uhr Mitternacht schlägt. Dace – Cade – egal, welcher. Soweit ich es überblicke, sind sie ein und dieselbe Person. Beherrscht von Finsternis. Der absolute Inbegriff des Bösen. Wenn du deine Arbeit richtig machst und das Opfer bringst, für das du auf diese Welt gekommen bist, werden die Letzten Tage von den Leuchtenden

Tagen der Herrlichkeit gefolgt werden, die ich schon lange prophezeit habe.« Er blickt in den Rückspiegel und rückt das Revers seines Anzugs zurecht – des Anzugs, den er für Feiertage, Sonntage und seine heiß geliebten Weltuntergangsmomente reserviert hat.

»Jetzt schau dir das mal an!« Seine Stimme klingt auf einmal hell und heiter, als er auf seine billige Uhr mit ihrem abgewetzten Lederband schaut. »Es ist schon Mitternacht vorbei. Fröhliche Weihnachten«, sagt er.

»Fröhliche Weihnachten«, wiederhole ich dumpf.

Ich rutsche aus dem Auto und halte das Gesicht gen Himmel. Gesalbt vom Schnee, der kurz auf meinen Wangen liegen bleibt, bevor er schmilzt und die Tränen verbirgt, die ich nicht weinen darf.

XOTICHL

»Halt das Auto an!«

Auden tritt heftig auf die Bremse und legt gleichzeitig den Arm um mich, damit ich nicht gegen das Armaturenbrett knalle, aber ich habe bereits die Tür aufgerissen und bin hinausgesprungen.

Nur mühsam finde ich Halt auf der glatten, nassen Straße, ehe ich mich mitten auf den Asphalt stelle und das Gesicht gen Himmel drehe, sodass mir dicke Schneeflocken auf die Wangen fallen.

»Was machst du da? Was treibt sie?«, kreischt Lita, bevor sie ebenfalls die Tür aufreißt und mir nachrennt. »Nein«, ruft sie, und ihr Tonfall schlägt von vorwurfsvoll zu begeistert um. »Wahnsinn! Das gibt's doch nicht!« Sie läuft zu mir herüber, während Auden an meine andere Seite eilt. »Zeit, deine Wettschulden zu begleichen, Auden!«, schreit sie jubilierend, schlingt die Arme um mich und führt ein kleines Tänzchen auf, zu dem sie mich vorsichtig mitdreht. »Offenbar hat Xotichl recht gehabt – es ist wirklich die Zeit der Wunder!« Sie schiebt mich zu Auden hinüber, macht sich los und hüpft die Straße rauf und runter. Oder zumindest glaube ich, dass sie das tut, nach dem Aufwallen ihrer Energie und dem Schleifen ihrer Füße zu urteilen.

»Hey, Liebste, jetzt hast du doch noch deinen Weihnachtswunsch erfüllt bekommen. Ich verspreche, ich werde nie wieder an dir zweifeln.« Auden drückt seine Lippen auf meine, und sein Kuss ist andächtig und süß. Schließlich macht er sich los. »Warum weinst du dann?«

Ich presse mich fest in seine Arme und vergrabe den Kopf an seiner Halskuhle. Suche Trost in seiner Kraft, seinem Duft – ich will die Worte nicht laut aussprechen, sie dadurch noch realer machen, als sie es in meinem Kopf bereits sind.

Will die schreckliche Wahrheit nicht aussprechen, die tief in meinem Inneren wohnt.

Das ist kein ganz gewöhnlicher Schneefall.

Das ist keine meteorologische Selbstverständlichkeit.

Nicht, wenn der Schnee singt wie der Wind – und doch wärmt wie die Sonne.

Er fällt in einem Regenbogen von Farben vom Himmel – begleitet von den anschwellenden Klängen der reinsten und herrlichsten Symphonie, die ich je vernommen habe.

Es ist der Klang der Engel.

Es ist der Klang von Daire, die sich verabschiedet.

Und uns ein letztes Geschenk hinterlässt – den Schnee als ihre Elegie.

## Dace

»Wo ist sie?«

Ich sehe mich aufgeregt in alle Richtungen um. Die Worte sind kaum mehr als ein heiseres Röcheln, doch ich weiß, dass er mich gehört hat. Er hat genau verstanden, was ich gefragt habe.

Ich spüre ihn neben mir.

In mir.

Überall um mich herum.

Die Grenzen zwischen uns sind jetzt verwischt.

Wir sind verbunden wie nie zuvor.

Ich betrachte meinen Monster-Zwilling, der jetzt wieder menschliche Gestalt angenommen hat und keine einzige Verletzung aufweist – im Gegensatz zu mir, dem nach wie vor ein Blutstrom aus dem Hals rinnt.

Ich presse eine Hand auf meine Wunde, in der Hoffnung, den Fluss zu stillen, ehe ich schließlich die Kraft zu sprechen aufbringe. »Was zum Teufel hast du mit ihr gemacht?«

Auch wenn die Frage nicht ganz so klingt wie in meinem Kopf, ist das Lächeln, das mir entgegenschlägt, absolut widerlich und verrät mir, dass er jedes Wort verstanden hat.

»Ein kleiner leuchtender Mann hat sie mitgenommen«, sagt er. »Ich schätze mal, sie sind unterwegs in die Oberwelt. Eine Welt, in die du niemals vordringen wirst. Zumindest nicht jetzt. Es ist eine hochnäsige, elitäre Gruppe dort. Der ultimative Country-Club. Sie sind nicht gerade scharf auf uns. Doch das hindert uns nicht daran, es zu versuchen. Ich will unbedingt dort rein, und ich bin sicher, ich schaffe es. Ich habe gehört, dort glänzt und glitzert alles – und man hat eine perfekte Aussicht auf alle anderen. Das würde ich wirklich gerne sehen. Vielleicht schaffen *wir* es eines Tages.« Er grinst mich sardonisch an.

Ich verabscheue diese Verwendung von *wir*.

Verabscheue, dass sie zutrifft.

Verabscheue, dass ich mich von meinem Hass habe leiten lassen.

Hass ist der Grund, aus dem ich hier bin.

Der Grund, warum ich absichtlich meine Seele geschwärzt habe, um sie zu retten – nur um mit anzusehen, wie alles nach hinten losgeht – außerstande, irgendetwas anderes zu tun, als hilflos zuzusehen, wie der Traum vor mir ablief.

Und genau wie im Traum kam ich zu spät, um sie zu retten.

»Ich steh echt auf gute Ironie, du nicht?« Cade legt den Kopf schief und bückt sich, um seinen gruseligen Kojoten zu streicheln. »Hast du gesehen, wie sie dich angeschaut hat? Hast du diese köstliche Mischung aus Schock, Abscheu und Pein gesehen, als sie erkannte, was du getan hast, wozu du dich selbst gemacht hast, nur um mich zu besiegen?«

Ich stolpere vorwärts, und in meinem Kopf wird es immer schwummriger, während mein Sehfeld sich bis zur Unschärfe verzerrt. Ich kämpfe wie ein Löwe dagegen an – ringe darum, die Szene auszulöschen, die er in meinen Gedanken skizziert, und weise es von mir, mich in dieser Form an Daire zu erinnern.

»Ich will ja nicht unhöflich sein, aber ich bin mir ziemlich sicher, dass das demnächst mein Lieblings-Erinnerungsfilm wird. Diese Tragik! Dieser Wahnsinn!« Er wirft den Kopf in den Nacken und lacht, womit ein Geräusch einhergeht, das genauso krank und monströs ist wie er selbst. Es ermuntert Kojote, die Schnauze in die Luft zu recken und ein langes, klagendes Jaulen auszustoßen. Der Lärm, den die beiden veranstalten, ist eine unwillkommene Störung in einem Land, das gerade zum Frieden zurückkehrt. Cade beruhigt sich wieder und wendet sich wieder mir zu. »Zuzusehen, wie du absichtlich genau zu dem wirst, was du hasst, in einem ausgesprochen schwachsinnigen und völlig verfehlten Versuch, mich zu töten – nur damit sich dann genau diese Verwandlung als das erweist, was dich von ihr trennt … Das ist unbezahlbar. Wie bestellt. Zu schön, um wahr zu sein. Ich hätte es mir nicht besser erträumen können!« Er gönnt sich einen weiteren Anfall der Belustigung. »Weißt du denn nicht – du ziehst nicht das an, was du *willst*, Bruder. Du ziehst das an, was du *bist*. Hab mir schon gedacht, dass einer wie du das nicht weiß.«

Ich presse mir eine Hand auf den Hals, und sofort werden meine Finger klebrig und rot. »Dafür wirst du bezahlen!«, keuche ich. »Dafür sorge ich.«

»Unwahrscheinlich«, erwidert Cade. »Schließlich bist du derjenige, der blutet, nicht ich. Du bist derjenige, der die für ihn Bestimmte verloren hat. Es ist Zeit, der Realität ins Auge zu blicken, Bruder. Selbst wenn sie noch am Leben war, als sie von hier weggegangen ist, hat sie sich wahrscheinlich mittlerweile freigemacht. Würde es dein Kumpel Leftfoot nicht so bezeichnen – eine Befreiung des Körpers?« Er hält lange genug inne, um zu grinsen und die Augen zu verdrehen. »Auf jeden Fall, Bruder, bin ich mir ganz sicher, dass sie tot angekommen ist. Das nächste Mal werden wir sie am Tag der Toten sehen, wenn sie gezwungen ist, der Knochenhüterin ihren Respekt zu bezeugen. Und ich glaube, wir wissen beide, dass mir Leandro bis dahin verzeihen wird. Er hat mich schon immer vorgezogen. Kann auch noch jede Menge von mir lernen, ob er es nun zugibt oder nicht. Letztlich ist das hier nicht mehr als eine Rüttelschwelle – mein Leben bleibt voll auf Kurs. Während deines dagegen ganz anders aussieht.« Er zeigt auf meinen blutenden Hals. »Du weißt, dass davon eine Narbe zurückbleiben wird, oder? Noch etwas, wodurch sie uns werden auseinanderhalten können. Wenn du's dir mal überlegst, ist es eigentlich echt witzig – je mehr du versucht hast, wie ich zu werden, desto mehr hebst du dich ab. Falls irgendjemand heute Abend versagt hat, Bruder, dann du.«

Ich lasse die Augen zufallen und genieße die Ruhepause. Doch im nächsten Moment schlage ich sie schon wieder auf und wische mir die blutigen Hände an meinen Jeans ab. Sehe mich in einer Welt um, die zu ihrer früheren Schönheit zurückkehrt, und weiß, dass dies Daires Werk ist.

Das Vermächtnis, das sie uns hinterlassen hat.

Da kann ich wenigstens dafür sorgen, dass es anhält.

Cade hat recht.

Er leidet nicht. Hat nie auch nur einen Moment des Leidens erlebt.

Ich bin derjenige, der alles verloren hat.

Bin ein Risiko eingegangen, indem ich meine Seele aufs Spiel gesetzt habe – nur um sie zusammen mit allem anderen zu verlieren, was mir je etwas bedeutet hat.

Doch das heißt nicht, dass ich nicht alles wieder umkehren, alles wieder in Ordnung bringen könnte.

Das heißt nicht, dass ich nicht wenigstens einen letzten Versuch der Wiedergutmachung wagen könnte.

Ich ringe mir einen flachen, abgehackten Atemzug ab, in der Hoffnung, dass er mir genug Kraft gibt, um weiterzumachen. Um mir zu erlauben, das zu tun, was am nötigsten ist.

Dann starre ich auf den Fleck neben Cades Füßen – will ihn zu mir herholen, doch offenbar haben mich meine magischen Kräfte verlassen.

Da mir keine andere Wahl bleibt, mache ich einen Satz und springe ihn an. Sehe zu, wie er außer meine Reichweite tänzelt. Und fälschlicherweise annimmt, ich würde auf ihn losgehen.

Doch das tue ich nicht.

Ganz und gar nicht.

Es gibt nur einen Weg, das wiedergutzumachen, was ich getan habe.

Nur einen Weg, all das Elend und die Zerstörung zu beheben, die die Richters verursacht haben.

Ich greife nach Daires Athame – demselben, das Cade gegen sie gerichtet hat und das noch feucht von ihrem Blut ist – und umfasse den Schaft.

Es gibt nur einen Weg, der Sache ein Ende zu bereiten.

Ich hebe die Klinge, ohne je den Blick von Cade abzuwenden. »Offenbar hattest du die ganze Zeit schon recht«, sage ich. »Wir sind auf Arten miteinander verbunden, die ich mir nie hätte ausmalen können.«

Ich genieße die Mischung aus Entsetzen und Begreifen, die sich auf seinem Gesicht abzeichnet.

Er macht einen verzweifelten Satz, doch es ist zu spät.

Ich habe das Messer bereits gesenkt.

Es mir mitten in den Bauch gerammt.

Die Tat wird untermalt von Cades Schreien und Kojotes Jaulen, als hätte ich ihn getroffen.

Mein Sichtfeld wird von einem heftigen Blutregen verwischt.

Mein Blut. Cades Blut. Es ist ein und dasselbe.

Ich sehe zu, wie mein Bruder – mein Zwilling – das Wesen, mit dem ich gemeinsam diese Welt betreten habe, gekrümmt zu Boden sinkt, während ich neben ihm zusammenbreche.

Es heißt ja, wenn man stirbt, zieht das ganze Leben blitzartig an einem vorüber – doch alles, was ich sehe, sind Visionen von Daire.

Daire, wie sie lacht.

Lächelt.

Daire, wie sie mit geröteten Wangen neben mir liegt und mich mit einem Blick voller Liebe ansieht.

Ich schlinge die Finger um den kleinen goldenen Schlüssel, während mir die Augen zufallen und ich den festen Entschluss fasse, die Bilder mitzunehmen.

Cade und ich treten genau so ab, wie wir gekommen sind – zusammen und doch allein.

## *Spirituelle Leittiere*

### *Bär*

Bär steht für Kraft, Selbsterforschung und Wissen. Bär lehrt uns, den Blick nach innen zu richten, um unser angeborenes Potenzial zu wecken. Mit seiner enormen Kraft reagiert er heftig, wenn seine Höhle bedroht wird, und erinnert uns daran, unsere Liebsten zu beschützen. Da er während des Winterschlafs von seinem gespeicherten Körperfett zehren kann, zeigt uns Bärs Geist, wie man innere Quellen fürs Überleben anzapft und Veränderungen ausgeglichen übersteht. Tag und Nacht aktiv, spiegelt Bär zugleich die Kraft der Sonne und die Intuition des Mondes wider und legt uns damit nahe, unsere Kräfte mit Bedacht einzusetzen.

### *Kolibri*

Kolibri steht für Wendigkeit, Glück und Staunen. Kolibri lehrt uns, den aktuellen Augenblick mit wachem Blick wahrzunehmen und auf die verschlungenen Wege des Lebens flexibel und geschickt zu reagieren. Der sehr verspielte Kolibri ruft uns in Erinnerung, dass das Leben reicher ist, wenn wir Freude an dem empfinden, was wir tun, und Gutes in jeder Lebenslage entdecken. Als virtuosester Flugkünstler der ganzen Vogelwelt symbolisiert Kolibris Geist, dass man auch das vollbringen kann, was unmöglich erscheint.

Da er als einziger Vogel rückwärts fliegen kann, ermuntert uns Kolibri, die Vergangenheit zu erforschen und Freude aus ihr zu schöpfen, ohne in ihr zu verharren.

## *Fledermaus*

Fledermaus steht für Übergang, Wiedergeburt und Initiation. Fledermaus lehrt uns, uns unseren Ängsten zu stellen und Wandel willkommen zu heißen. Mit ihrer Fähigkeit, im Finstern perfekt zu navigieren, lehrt uns Fledermaus, unseren Instinkten zu vertrauen und die verborgene Bedeutung von gesprochenen Worten ebenso zu erkennen wie die von unausgesprochenen. Als Wächter der Nacht ermutigt uns der Geist von Fledermaus, die Ängste in den dunklen Ecken unseres Verstands zu überwinden und unserem inneren Leitsystem zu vertrauen. Als einziges flugtüchtiges Säugetier spiegelt Fledermaus die Fähigkeit wider, sich in große Höhen aufzuschwingen und nach turbulenten Veränderungen neue Anfänge zu begrüßen.

## *Opossum*

Opossum steht für Aussehen, Strategie und Flexibilität. Opossum lehrt uns, Äußerlichkeiten zu nützen und zu erkennen, wenn andere einen falschen Anschein zu erwecken suchen. Als geschickter Schauspieler ist Opossum ein Meister darin, ein Bild zu formen, das es ihm ermöglicht, das erwünschte Resultat zu erzielen. Imstande, sich nach Bedarf tot zu stellen, erinnert uns Opossums Geist daran, dass nicht immer alles so ist, wie es scheint, und es auch verborgene Bedeutungen geben kann. Als Beuteltier, das seine Jungen im Beutel umherträgt, ermuntert uns Opossum, in unserer eigenen Trickkiste zu wühlen und unsere unerkannten Talente und unsere verborgene Weisheit zutage zu fördern.

## *Otter*

Otter steht für Spaß, Lachen und Teilen. Otter lehrt uns, unsere Kontrollwut aufzugeben und zu unserem inneren Kind vorzudringen, damit wir das Leben in all seinen Facetten genießen können. Von natürlicher Neugier getrieben, erinnert uns Otter daran, dass alles auf dieser Welt interessant ist, wenn man es nur aus der richtigen Perspektive betrachtet. Schnell und wendig im Wasser, zeigt uns Otters Geist, wie man sich geschickt durch die Probleme und emotionalen Turbulenzen des Lebens bewegt. Als eines der wenigen Tiere, das Werkzeuge benutzt, ermuntert uns Otter, ein Gleichgewicht zwischen unbeschwertem Spiel und kluger Vorsorge zu finden.

# SOUL SEEKER
## Das Echo des Bösen
### hat Ihnen gefallen?

Dann können Sie sich freuen, dass es im dritten Roman
der »Soul Seeker«-Serie

## Im Namen des Sehers

genauso spannend weitergeht:

Daire Santos ist eine Seelensucherin, bestimmt, zwischen den
Lebenden und den Toten zu wandeln, um das Gleichgewicht
der Welten aufrechtzuerhalten. Doch es gibt einen mächtigen
Gegenspieler, der immer wieder versucht, sie auszulöschen.
Nun hat er sie in die Oberwelt verbannt, getrennt von ihrer
großen Liebe Dace. Aber Daire kann sich befreien und macht
sich auf die Suche nach Dace. Denn nur zusammen können
sie die Prophezeiung verändern, die ihnen eine Zukunft in
abgrundtiefer Finsternis vorhersagt.

»Es gibt keinen Zweifel: Die ›Soul Seeker‹-Romane
von Alyson Noël gehören
zu den schönsten (Lese-)Erlebnissen der letzten Zeit.«
*literaturmarkt.info*

Mehr Informationen unter www.alyson-noel.de.

Auf den folgenden Seiten finden Sie
Ihre exklusive Leseprobe aus
## Im Namen des Sehers.

# *Eins*

## Daire

Ich erwache in einem schlagartig hell gewordenen Raum, als mich Axel von der Tür her anspricht.

Er wartet. Gibt mir Zeit, mich zu sammeln, ehe er zu mir ans Bett kommt. Sein Weg wird begleitet vom sanften Ein- und Ausströmen seines Atems und dem leisen Huschen seiner Füße auf dem glatten Steinfußboden.

Seine Stimme ist eine Melodie.

Seine Bewegungen gleichen einer leichtfüßigen Choreografie.

Doch als er neben mir steht und mir vorsichtig die Hand auf die Schulter legt, weiche ich seiner Berührung aus und kneife die Augen zu. Kehre zurück in den Traum, um die Erinnerung an Dace und seine Umarmung festzuhalten. Seine streichelnden Finger auf meiner Haut … seine Lippen auf meinen … die unstillbare Sehnsucht, mich im glitzernden Feuer seiner kaleidoskopartigen Augen zu verlieren, die mein Gesicht tausendfach widerspiegeln. Das Traumbild von Dace und mir, glücklich wiedervereint an der verzauberten Quelle, erscheint mir weitaus verlockender als die freudlose Realität, die mich erwartet.

»Daire, bitte. Ich weiß, dass du wach bist.« Axels Worte klingen gleichmütig, als würde ihn mein Spielchen nicht im Geringsten verärgern. »Ich kann gern den ganzen Tag hier sitzen bleiben, wenn es sein muss.« Er lässt sich auf meiner Matratze nieder und wartet darauf, dass ich seine Anwesenheit zur Kenntnis nehme.

»Du hast die Geduld eines Heiligen«, blaffe ich ihn an, während ich den Traum widerwillig aufgebe und mich damit abfinde, dass er nur ein Hirngespinst ist. Beim Anblick von Axels sorgenvollen lavendelfarbenen Augen erstarre ich und beobachte gebannt, wie sie sich zu einem düsteren Violett verfinstern, bevor sie wieder so klar und strahlend werden wie an dem Tag, als wir uns zum ersten Mal begegnet sind.

Dem Tag, an dem wir die ersten Worte wechselten und uns miteinander bekannt machten.

Dem Tag, an dem er mich in die Arme nahm und mich hoch in den Himmel katapultierte, das prachtvolle seidige Gewebe durchstieß und mit mir in eine Welt aus strahlend goldenem Licht vordrang.

So anders als zuvor – einmal tief unter Wasser – einmal auf einem gespenstischen Platz in Marokko –, als ich noch so naiv war, die Geschehnisse als Zufälle abzutun.

»Ein Heiliger bin ich wohl kaum.« Seine Finger graben sich in das blonde Haar, das ihm in sanften Locken in die Stirn und über die Wangen fällt. Eine Geste, die ich schon unzählige Male an ihm gesehen habe, dennoch wirkt sie noch genauso hinreißend wie beim ersten Mal. Mit seinen platinblonden Haarsträhnen, dem makellosen, durchscheinenden Teint und den pastellfarbenen Augen wirkt er unglaublich engelhaft – ihm fehlen nur noch Flügel und Heiligenschein.

»Wenn du kein Heiliger bist, dann vielleicht ein Engel?« Die Frage hängt bedrückend in der Luft und ist nicht annähernd so witzig, wie sie oberflächlich betrachtet erscheinen mag. Hier in der Oberwelt ist nichts unmöglich, und ich setze alles daran, die Wahrheit über die sonderbare Situation, in der ich mich befinde, zu ergründen. »Oder ein Geistführer vielleicht? Womöglich *mein* Geistführer?«

Ich mustere ihn mit zusammengekniffenen Augen, während ich im Stillen über die unausgesprochenen Fragen nachgrübele:

*Bin ich eine Genesende oder eine Gefangene?*

*Will er mich retten oder zur Sklavin machen?*

Als er zusammenzuckt und den Blick abwendet, weiß ich, dass er nicht nur meine Worte, sondern auch meine Gedanken gehört hat.

»Und wenn ich dir sage, dass ich nichts von alldem bin?«

»Dann würde ich annehmen, dass du lügst«, sage ich mit entschlossener Stimme. Er soll wissen, dass ich ihm zwar körperlich unterlegen und auf seine Hilfe und Pflege angewiesen bin, aber nach wie vor über einen starken Willen verfüge. Meine Tage als Patientin nähern sich dem Ende.

»Wenn du auf einer Bezeichnung bestehst, was offensichtlich der Fall ist, könnte man wohl am ehesten sagen, dass ich ein Mystiker bin.« Er streicht über seine weiße Tunika.

»Ein Mystiker?« Mein Tonfall ist genauso schroff wie mein Gesichtsausdruck.

Er nickt und studiert das an Georgia O'Keeffe erinnernde Gemälde eines leuchtend blauen Sees an der gegenüberliegenden Wand, bevor er sich auf den Rand des gekachelten Beckens setzt, in dem ich immer mit einem züchtigen weißen Gewand bekleidet bade und mir von Axel den Seifenschaum von Schultern und Haaren spülen lasse.

»Wie definierst du Mystiker?«, frage ich. Mehr als das habe ich trotz wiederholter Versuche bislang nicht aus ihm herausbekommen, und ich bin wild entschlossen, ihn diesmal aus der Reserve zu locken.

»Jemand, der in esoterische Mysterien eingeweiht ist.« Sichtlich zufrieden mit seiner Erklärung sieht er mich an, doch ich bin alles andere als zufrieden.

»Könntest du das bitte ein bisschen genauer darlegen, oder bleibst du mit Absicht so vage?« Ich hebe das Kinn und stelle überrascht fest, dass er meinen Sarkasmus mit einem strahlenden Lächeln auf die Probe stellt. Ein Lächeln, das sich von seiner Kinnspitze bis zum Haaransatz ausbreitet. Ein Lächeln, so offen, freundlich und aufrichtig, dass es mich enorme Willenskraft kostet, es nicht zu erwidern.

»Ich drücke mich mit Absicht so vage aus, das will ich gar nicht abstreiten. Und wenn die Fragestunde beendet ist, könnten wir dann vielleicht über dich reden?« Er fasst mein Schweigen fälschlicherweise als Kapitulation auf und rückt ein wenig näher. »Wie fühlst du dich?«, fragt er, mustert mich mit besorgter Miene und streicht mir mit seiner kühlen Hand über Stirn und Wangen. Er sucht nach Anzeichen von Fieber und Schüttelfrost, worunter ich seit meiner Ankunft hier leide.

»Die Fragen hören nie auf. Das solltest du mittlerweile wissen.« Ich weiche seinen Berührungen aus und bemühe mich um einen strengen Tonfall. »Was genau ist ein Mystiker?«, will ich wissen.

Er hält sich die Hand vor die Augen und seufzt. »Ich fürchte, das sprengt den Rahmen menschlicher Vorstellungskraft.«

»Versuch's trotzdem.« Ich runzle die Stirn. Starre ihn grimmig an. Ich werde so lange warten, bis er mir eine vernünftige Antwort gibt. Doch wieder bekomme ich von ihm nichts weiter als ein Lächeln. »Komm schon, Axel«, bettle ich. »Wieso willst du mir nicht sagen, was es bedeutet? Ist jeder in der Oberwelt ein Mystiker? Und wenn ja, wo sind dann die anderen? Warum habe ich in der ganzen Zeit, die ich hier bin, niemanden außer dir zu Gesicht bekommen?«

Er hüllt sich in Schweigen, und die Frage bleibt unbeantwortet in der Luft hängen.

»Na schön.« Ich stoße einen frustrierten Seufzer aus. »Aber glaub bloß nicht, das war es schon. Heute kannst du mir noch ausweichen, aber irgendwann komme ich dahinter. Du bist nicht der einzige Sturkopf hier im Raum«, sage ich, krampfhaft bemüht, seinen Charme von mir abprallen zu lassen, doch es ist sinnlos. Selbst wenn er nicht lächelt, sich verlegen durchs Haar streicht oder irgendeine andere einstudierte Gebärde aus dem *Handbuch für entwaffnende Gesten* vollführt, ist seine Ausstrahlung von einem derartigen Übermaß an aufrichtiger Güte, Wohlwollen und unbestreitbarem Charisma geprägt, dass es nicht lange dauert, bis ich kapituliere. »Also gut, um mich kooperativ zu zeigen – was dir übrigens auch nicht schaden könnte –, werde ich deine Frage beantworten und dir mitteilen, dass mein Fieber endlich abgeklungen ist.«

Kurz berührt er meine Wange, dann legt er die Hand wieder in den Schoß. Fasziniert verfolge ich seine Bewegungen, die von einem wunderbaren Lichtschleier umgeben sind, ohne den kleinsten Hauch von Dunkelheit oder Schatten.

»Und meine Erinnerungen kehren langsam zurück«, füge ich hinzu und bemerke, wie ein leichter Anflug von Sorge seine Züge umwölkt, während er den Blick erneut auf das Gemälde richtet.

»Und was genau offenbaren diese Erinnerungen?«, fragt

er, wobei seine Stimme so leise und unsicher klingt, wie ich sie noch nie gehört habe.

Ich zögere, brauche einen Moment, um mir zu überlegen, was ich sagen soll. Einerseits möchte ich so tun, als wüsste ich mehr, als ich weiß – was wohl auf den simplen Wunsch nach einer Art Überlegenheit zurückzuführen ist –, andererseits würde ich mein Wissen gern kleinreden, in der Hoffnung, dass er mir dann endlich erklärt, wie es dazu kam, dass er mich sterbend in der Unterwelt gefunden hat, niedergestreckt von meinem eigenen Athame. Dessen zweischneidige Klinge zerschnitt mir das Herz, als Cade Richter meine Seele in Besitz nehmen wollte.

»Ich weiß, dass es einen Kampf gab. Ich weiß, dass ich ihn verloren habe. Und ich habe gehofft, du könntest die Erinnerungslücken auffüllen.« Ich durchbohre ihn mit meinem Blick, weil ich ihn zwingen will, sich mir zuzuwenden, mich wahrzunehmen, doch er starrt eine halbe Ewigkeit lang nur auf die Wand. »Na schön«, sage ich schließlich. »Behalt dein Geheimnis fürs Erste für dich. Irgendwann finde ich es schon heraus. Aber könntest du mir wenigstens verraten, ob es Dace gut geht oder nicht? Wenn ich hier bei dir in der Oberwelt bin, werden wahrscheinlich alle in der Mittelwelt denken, ich sei tot. Was bedeutet, dass die Prophezeiung abgewendet wurde. Was auch bedeutet, dass Dace am Leben ist und ich ihn retten konnte. Stimmt's?«

Axel presst die Lippen zusammen, und ich kann mich kaum beherrschen, ihn an den Schultern zu packen und eine Antwort aus ihm herauszuschütteln. Nach einer quälend langen Pause meint er schließlich: »Ich halte nichts geheim, Daire. Ich sehe nur keinen Sinn darin, die Vergangenheit heraufzubeschwören, wenn die Gegenwart auf dich wartet.«

»Aber die Vergangenheit hat mich hierhergebracht!«, rufe ich und ärgere mich augenblicklich über den hysterischen Klang meiner Worte. Ich rege mich zu sehr auf. Ich muss mich zurückhalten. Muss wieder zu Kräften kommen. Diese emotionalen Ausbrüche bringen niemals etwas Gutes. »Wie lange bin ich schon hier?«, frage ich betont beiläufig, als würde mich die Antwort nicht besonders interessieren. Meine Versuche, den Überblick über meine Verweildauer zu behalten, haben mich nur verwirrt. Die meiste Zeit verbringe ich schlafend, und das Licht, das durch die mit Gardinen verhängte Fensterscheibe dringt, scheint sich kaum zu verändern, sodass es unmöglich ist, die Tage zu zählen.

»Ein linearer Zeitverlauf existiert hier nicht«, erklärt Axel. »Aber das weißt du ja schon.« Er führt die Hand an meine Brust, um sich dringlicheren Problemen zuzuwenden. »Darf ich?« Seine Hand bleibt unsicher in der Schwebe, wartet auf meine Erlaubnis fortzufahren, trotz der Tatsache, dass er als mein einziger Pfleger das hier wohl kaum zum ersten Mal macht.

Ich schmiege die Wange in die mit weichem Seidenstoff bezogenen Daunenkissen, die er mir unter den Kopf geschoben hat. Beschämt, dass mir das Blut in die Wangen schießt, als er mein Gewand lockert und meine Wunde bloßlegt.

»Es verheilt gut.« Er lässt den Finger über die wulstige, krumme Linie aus gerötetem Fleisch gleiten, das er mit seiner Platinnadel und dem goldenen Faden wieder zusammengenäht hat. Seine Berührung durchdringt mich bis ins Innerste, bis hin zu dem unter der Oberfläche verborgenen unsichtbaren Narbennetzwerk, wo er seine Magie gewirkt und mein Herz wieder zusammengesetzt hat.

— LESEPROBE —

»Wann kann ich zurückkehren?«, will ich von ihm wissen. Es ist dieselbe Frage, die ich immer stelle.

Und wie immer weicht Axel aus, nimmt ein kleines Schraubglas vom Nachttisch, wiederholt sein übliches Mantra, während er den Deckel aufdreht und ihn auf das Glastischchen legt, das neben mir steht. »Noch nicht. Aber bald … sehr bald.«

Er taucht den Finger in die blaue Salbe. Doch bevor er sie auf die Wunde geben kann, packe ich sein Handgelenk und stoße ihn weg.

»Ich will nicht, dass sie verblasst«, sage ich, während ich von der Anstrengung, mich ihm zu widersetzen, nach Luft schnappe. Angesichts seines skeptischen Blickes füge ich hinzu: »Jetzt, wo ich mich erinnere, kann ich es mir nicht leisten zu vergessen, wie ich hier gelandet bin.«

Er murmelt ein paar unverständliche Worte in irgendeiner archaischen Sprache mit verschliffenen Vokalen und harten Konsonanten, die ich nicht verstehe. Dann stellt er das Schraubglas ab, schließt mein Gewand und sagt mit einem resignierten Seufzer: »Wenn du Rachepläne hegst, gebe ich dir den guten Rat, sie zu begraben. Dadurch begibst du dich nur auf Cades Ebene herab, zerstörst dein Potenzial und machst dich zu seinesgleichen. Willst du das?«

»Rache ist nicht mein Motiv.« Ich balle die Hände zu Fäusten, eine Geste, die meine Worte Lügen straft. »Es ist Liebe. Meine einzige Sorge gilt Dace.« Beim Aussprechen seines Namens krampft sich mein Herz schmerzhaft zusammen, und ich mag mir die Trauer nicht vorstellen, die er fühlen muss, ohne die volle Wahrheit dessen zu kennen, was in jener Nacht wirklich passiert ist.

Und obwohl auch mir der genaue Ablauf der Geschehnis-

— LESEPROBE —

se noch schleierhaft ist, bin ich mir einer Sache ganz sicher: Ich habe ihn gerettet.

Ich musste sterben, damit Dace leben konnte.

Nur dass ich nicht wirklich tot bin.

Er glaubt nur, dass ich es bin.

»Auch darüber solltest du besser nicht nachdenken.« Axel dreht mir ablehnend den Rücken zu. »Du musst gesund werden. Deshalb bist du hier.« Unsicher streicht er sich durchs Haar.

»Ist das der *einzige* Grund, aus dem ich hier bin?« Ich stütze mich auf und starre seinen Rücken an. Es ist ein unerfreuliches Thema, doch ich muss es ein für alle Mal wissen.

*Warum hat er mich gerettet?*

*Und was erwartet er als Gegenleistung?*

»Was willst du wirklich von mir wissen, Daire?« Er wendet sich mir wieder zu, und sein Blick ist so offen und direkt, dass er mich damit augenblicklich zum Schweigen bringt, da ich nicht mehr sicher bin, wie ich mein dringendstes Anliegen in Worte fassen soll.

*Ist er ein verrückter Stalker, der einen Moment der Schwäche ausgenutzt hat, um mich zu entführen?*

*Oder ist er wirklich ein guter Samariter, ein Mystiker, wie er behauptet, der nur mein Bestes will?*

Obwohl er mich immer mit Güte und Respekt behandelt hat, werde ich den leisen Verdacht nicht los, dass er nicht aus völlig uneigennützigen Motiven handelt.

Bedrückendes Schweigen senkt sich über uns herab. Die Art von Schweigen, die mich früher dazu verleitete, etwas Dummes zu sagen oder einen blöden Witz zu reißen, doch jetzt nicht mehr. Dieses Mädchen bin ich nicht mehr. Die neue Daire ist geduldig.

— LESEPROBE —

Sie kann warten.

Sie hat keine andere Wahl.

Doch als Axel in Richtung Tür geht, bedauere ich es augenblicklich, ihn zu sehr bedrängt zu haben. Er darf nicht gehen. Noch nicht. Er ist hier nicht der Einzige, der bestimmte Ziele verfolgt.

Ich kämpfe mich hoch, bis ich fast aufrecht dasitze, wobei ich übertrieben keuche und mit den Zähnen knirsche. Und wie erhofft, eilt er augenblicklich wieder an meine Seite.

*Geduld. Du kannst es schaffen. Denk an das, was Paloma dich gelehrt hat: Denk vom Ende her.*

»Übertreib es nicht, Daire.« Axel umfasst meine Schultern und drückt mich sanft zurück in die Kissen. »Dass du kein Fieber mehr hast, bedeutet nicht, dass du schon wieder gesund bist.«

Ich nicke, als würde es mir nicht im Traum einfallen, an seiner Weisheit und der unwiderlegbaren Wahrheit seiner Worte zu zweifeln. »Ich bin wohl einfach zu ungeduldig«, sage ich bekümmert und hoffe, dass ich den Bogen nicht überspanne. »Ich bin es nicht gewohnt, bettlägerig und schwach zu sein.« Ich mache ein schuldbewusstes Gesicht. »Und wenn ich jemals wieder von hier wegkommen will, muss ich alles dafür tun, um meine Muskeln zu trainieren. Je länger ich hier liege, desto mehr verkümmern sie. Deshalb würde ich gern versuchen, ein paar Schritte zu gehen. Was meinst du?«

Ich halte die Luft an, sehe ihn erwartungsvoll an und hoffe, dass meine Worte nicht zurechtgelegt, sondern überzeugend wirken.

Als er für meinen Geschmack nicht schnell genug antwortet, kämpfe ich mich erneut Grimassen schneidend und zähneknirschend hoch, bis ich mit rotem Gesicht und außer Atem am Kopfteil lehne und ihn anflehe: »Bitte. Ich muss aufstehen und mich bewegen – wenigstens ein paar Schritte. Aber ich brauche deine Hilfe. Allein schaffe ich es nicht.« Ich zwinge mich, die Lüge zu verschlucken, doch ihr bitterer Geschmack klebt mir an der Zunge. »Komm schon, Axel, du hast doch versprochen, mich zu heilen, mich wieder gesund zu machen! Das hast du doch gesagt, oder?«

Er runzelt die Stirn und verzieht das Gesicht, und ich weiß, dass ich gewonnen habe. Dass er sieht, was ich ihm vor Augen führen wollte – ein atemloses, schweißnasses, blasses Etwas, das Forderungen stellt, die meinen Kräften nicht entsprechen.

Ich schnappe nach Luft, schiebe die Finger unter die Matratze und mache den Versuch, die Beine über die Bettkante zu schwingen. »Sieht so aus, als würdest du dich nicht umstimmen lassen – ganz egal, was ich sage.«

»Sieht so aus«, flüstere ich und gönne mir ein verstohlenes Lächeln, als er mir den Arm um die Taille legt, meine Füße auf den Boden stellt und mich hochzieht, bis ich fest an seinen Körper gedrückt dastehe.

Seine Berührung strahlt eine beruhigende Kraft aus, die mich verunsichert und an den Moment erinnert, als er mich gerettet hat. Ich denke daran, wie er seine Lippen auf meinen Mund presste und mich aus den Klauen des Todes riss – mich mit einem Kuss wieder zum Leben erweckte.

*Die Frage ist, warum?*
*Warum ich?*
*Und, was noch wichtiger ist, wieso hält er mich versteckt, nachdem er mich gerettet hat?*

Keine Menschenseele ist vorbeigekommen, seit ich hier

bin. Und oft, wenn er denkt, dass ich schlafe, beobachte ich aus den Augenwinkeln, wie er durch die Vorhänge späht, während seine Finger nervös zucken, aus Angst, gesehen zu werden.

Trotz der aufopfernden Pflege, mit der er mich umsorgt, drängt mich seine Weigerung, meine Fragen zu beantworten, zu der Vermutung, dass seine Motive keineswegs so lauter sind, wie sie scheinen. Dass sie weniger mit seinen inneren moralischen Werten zu tun haben als mit der simplen Tatsache, dass er es – aus welchen Gründen auch immer – nicht ertragen könnte, mich zu verlieren.

Als hätte er einen persönlichen Anspruch auf mich.

Als würde ich ihm weitaus mehr bedeuten, als es eigentlich sein dürfte.

Ein Verdacht, der mich nervös macht.

Mein Herz gehört Dace. Und wenn es stimmt, was ich Axel unterstelle, dann hat er mein Leben zu einem Preis gerettet, den ich niemals zurückzahlen kann.

»Könntest du vielleicht einen Gehstock für mich manifestieren?«, frage ich, und obwohl ich schon viele Male gesehen habe, wie er seine Magie ausübt, beobachte ich mit unverhohlener Bewunderung, wie sich ein wunderschön geschnitzter Elfenbeinstock zwischen seinen Fingern materialisiert.

»Hoffentlich wurde dafür kein Elefant verstümmelt!« Ich umfasse den Griff und teste die Stabilität des Stocks, indem ich mich mit meinem ganzen Gewicht darauf stütze.

»Er kam aus dem Äther und wird dorthin zurückkehren, sobald du ihn nicht mehr brauchst.« Er lockert den Griff um meine Taille und gewährt mir etwas mehr Bewegungsfreiheit, während er aufmerksam über mich wacht, jederzeit

— LESEPROBE —

bereit, mich aufzufangen. »Jetzt stehst du also wieder auf eigenen Beinen. Und wohin willst du nun gehen?«

Das seltsame Glitzern in seinen Augen kann ich nicht deuten. Ist es Belustigung? Stolz? Könnte es sein, dass er mir auf die Schliche gekommen ist und meine Scharade durchschaut?

»Du musst ein Ziel haben, Daire. Du kannst kein Ziel treffen, das du gar nicht siehst.«

»Die Tür.« Ich deute mit dem Kopf auf die mit aufwendigen Schnitzereien verzierte Doppeltür, als sei sie mir gerade erst in den Sinn gekommen. Als hätte ich nicht in jeder wachen Minute davon geträumt, meine Hände gegen das schwere Holz zu pressen und hinaus in die Freiheit zu drängen.

Langsam setze ich einen Fuß vor den anderen, sorgsam darauf bedacht, mein Gewicht gleichmäßig zu verteilen. Schließlich will ich keine weitere Verletzung riskieren, nur um mich selbst zu beweisen. Ich spüre, wie Axel meinen Bewegungen folgt. Bis mein Gang unsicher wird und meine Beine anfangen zu zittern und er mich mit festem Griff stützt und an seine Brust zieht.

»Du wirst es schon schaffen, Daire. Hab keine Angst«, sagt er, als ich niedergeschlagen seufze und in mir zusammensacke, während er mich wieder in mein Krankenbett legt und sorgfältig zudeckt. »Es dauert nur ein bisschen länger, als dir lieb ist, das ist alles.«

Ich nicke gehorsam und schließe die Augen, als würde ich mich von seinen geflüsterten Versprechungen einlullen lassen: *Bald, ganz bald ...*

Bis die Tür hinter ihm ins Schloss fällt und ich aus dem Bett springe.

— LESEPROBE —

## Zwei

### DACE

*Dunkel.*

Das Wort hallt in meinem Kopf wider. Dröhnt mir in den Ohren. Reißt mich heraus aus der süßen, betäubten Leere und zurück ins grelle Licht der Wachheit.

Wie ein undichter Wasserhahn, der innehält, Feuchtigkeit sammelt und einen weiteren Tropfen herabfallen lässt.

*Dunkel.*

Es ist das erste Wort, das ich höre, seit … wie vielen Tagen? Es ist unmöglich zu sagen. Ohne jede Spur von Sonne oder Mond, mit nichts weiter als dem trostlosen Himmel aus pappigem grauem Matsch über mir, gibt es keinerlei Hinweise auf den Verlauf der Zeit.

Dennoch freue ich mich über die Gesellschaft. Bin froh, nicht länger auf mich allein gestellt zu sein in diesem sonderbaren, fremdartigen Land.

Ich versuche, ein Auge zu öffnen, um zu sehen, wer zu mir gekommen ist. Doch eine dicke Kruste hat meine Lider verklebt, und ich muss mit blutverschmierten Fingern daran kratzen, um sie abzulösen.

»Wer ist da?«, rufe ich mit rauer, fremder Stimme – eine Folge meiner eitrigen Halswunde. »Zeig dich!« Ich drehe mich auf die linke Seite und inspiziere meine Umgebung, nur um festzustellen, dass niemand da ist. Dann drehe ich mich auf die rechte Seite, wo ich zu demselben Ergebnis komme.

Nur ich bin hier.

Nur ich allein.

Mit nichts weiter als dieser trostlosen, öden Landschaft als Gesellschaft.

*Dunkel.*

Ich stoße einen tiefen Seufzer aus und drehe mich auf den Rücken. Möchte über meine Dummheit lachen, doch die Heiterkeit kommt einfach nicht an die Oberfläche. Sie ist zusammen mit all den anderen Tugenden gestorben, die ich einst so hoch geschätzt habe.

Dinge wie Glaube, Hoffnung, Barmherzigkeit und Liebe haben hier keinen Platz.

Obwohl die Liebe überraschend hartnäckig war und sich kräftig zur Wehr gesetzt hat.

Nachdem die anderen längst verloren waren, hat die Liebe überdauert.

Entschlossen, sogar dann noch auszuharren, als mein Herz zu einem kalten, verbitterten Stein wurde.

Selbst dann noch, als meine Erinnerungen an Daire sich gegen mich auflehnten, zu einem Feind wurden, der nur existierte, um mich zu quälen. Zu einem findigen, gerissenen Widersacher, der mit unendlicher Geduld den richtigen Moment abwartet – wenn Erschöpfung sich in Verzweiflung wandelt –, um unvermittelt und gnadenlos zuzuschlagen. Mich vernichten können mit ein paar glücklichen Bildern, kurzen Szenen, die eine lachende, verliebte Daire zeigen, doch dann wurde der Film immer schneller vorgespult, bis zu dem Moment, als ihre Augen mich angstvoll anstarrten, weil sie sah, wie ich mich verändert hatte. Als sie die beschämende Wahrheit der unverantwortlichen Wahl erkannte, die ich getroffen habe. Dass ich meine Seele geopfert habe, um sie zu retten, indem ich wie Cade wurde.

Und doch war es ihr Gesicht, an das ich mich geklammert habe, als der Tod kam, um mich zu holen.

Es war ihr Gesicht, das den Fall abfing.

Doch jetzt, wo ich nicht mehr unter den Lebenden bin – und auch keine Heimstatt bei den Toten habe –, ist es ihr Gesicht, das mich verfolgt.

Daire ist tot.

Tot und erloschen.

Bei meinem Versuch, sie zu retten, habe ich versagt. Und jetzt gibt es dort, wo einst meine Seele lebte, nur noch Reue.

*Dunkel.*

Ich beiße mir auf die Zunge. Halte mir mit blutverkrusteten Händen die Ohren zu. Dennoch ertönt das Wort erneut.

Und da begreife ich es.

Da wird mir klar, dass der Klang nicht von außen kommt – es ist ein Wort, das in meinem Kopf entstanden ist.

Der Klang wiederholt sich. Wird mit jedem Mal eindringlicher, während mir die Ungeheuerlichkeit meiner Situation aufgeht.

Die Dunkelheit, von der es spricht, dröhnt in meinem Inneren.

Meine Finger gleiten über meinen Rumpf, tasten nach der klaffenden Wunde, wo ich mir Daires Athame tief in die eigenen Eingeweide gerammt habe, bereit, mein eigenes Leben zu opfern, um das meines Bruders auszulöschen. Ein märtyrerhafter Akt, der mir versagt wurde, als Kojote in allerletzter Sekunde in die Bresche sprang, Cades flüchtende

Seele zwischen die Zähne nahm und sie zurück in seinen Körper stopfte, wodurch meine davonschweben konnte …

Dennoch sind wir auf wundersame Weise miteinander verbunden, und eines ist sicher – wenn Cade lebt, bin auch ich am Leben.

Oder zumindest ein Abbild von mir.

*Dunkel.*

Es hat keinen Sinn, sich etwas vorzumachen. Niemand wird mich finden. Ich werde an diesem Ort verrotten und habe es auch nicht besser verdient.

Ich schließe die Augen, falte die Hände über der Brust und warte darauf, dass die betäubende Woge der Bewusstlosigkeit mich erneut davonträgt.

# Alyson Noël

ist eine preisgekrönte Autorin, die bereits mehrere Romane veröffentlicht hat. Mit ihrer »Evermore«-Serie stürmte sie auf Anhieb nicht nur die internationalen, sondern auch die deutschen Bestsellerlisten und eroberte unzählige Leserinnenherzen. Die Übersetzungsrechte für ihre Bücher wurden bisher in 35 Länder verkauft und auch die Filmrechte schnell vergeben. Alyson Noël lebt in Laguna Beach, Kalifornien. Weitere Informationen auf www.alyson-noel.de, www.alysonnoel.com und auf facebook.

Von Alyson Noël außerdem lieferbar:

Evermore – Die Unsterblichen, Band 1
Evermore – Der blaue Mond, Band 2
Evermore – Das Schattenland, Band 3
Evermore – Das dunkle Feuer, Band 4
Evermore – Der Stern der Nacht, Band 5
Evermore – Für immer und ewig, Band 6

Die Serie mit Evers kleiner Schwester Riley:

Riley – Das Mädchen im Licht, Band 1
Riley – Im Schein der Finsternis, Band 2
Riley – Die Geisterjägerin, Band 3
Riley – Die Geisterjägerin - Der erste Kuss, Band 4

Soul Seeker:

Vom Schicksal bestimmt, Band 1
Im Namen des Sehers, Band 3

(📖 Alle Romane sind auch als E-Book erhältlich.)

www.goldmann-verlag.de